Herstellung und Verlag: BoD – Books on Demand, Norderstedt
ISBN: 9783754330845

editionSastra
℅ Christian Urech
Michael-Maggi-Strasse 14
8046 Zürich
www.christianurech.com

Inhaltsverzeichnis

Bungee-Jumping   4

«The only thing that looks good on me is you»   21

Boys Town   67

Herzrasen   130

Kleiner Grenzverkehr   209

Der Sprung ins Netz   297

Yesterday – all my trouble seems so far away   388

Es ist Unsinn
sagt die Vernunft
Es ist wie es ist
sagt die Liebe

Es ist Unglück
sagt die Berechnung
Es ist nichts als Schmerz
sagt die Angst
Es ist aussichtslos
sagt die Einsicht
Es ist wie es ist
sagt die Liebe

Es ist lächerlich
sagt der Stolz
Es ist leichtsinnig
sagt die Vorsicht
Es ist unmöglich
sagt die Erfahrung
Es ist was es ist
sagt die Liebe

Erich Fried

BUNGEE-JUMPING ODER DIE KUNST, DEN ABSTURZ ZU GENIESSEN

Auf der Verliererstrasse zu gehen, bedeutet: aus einem Mangel heraus leben, ein Loch sein, das gefüllt werden muss. Auf der Gewinnerstrasse lebt man aus einem Überfluss heraus – das ist der tiefere Sinn des Bibelwortes, dass Geben seliger denn Nehmen sei. Ob einer auf der Verlierer- oder auf der Gewinnerstrasse geht, ist unabhängig von unseren herkömmlichen Vorstellungen des Erfolgs oder Misserfolgs. Erfolg ist allenfalls ein sekundäres Nebenprodukt für den, der auf der Gewinnerstrasse geht. Geben und Nehmen spielen sich nur zu einem Teil auf der materiellen Ebene ab: Es geht dabei auch und vor allem um Gefühle, um Energien, um Intelligenz. Auf der Gewinnerstrasse gehen, heisst aber auch: bewusst das Risiko des Absturzes in Kauf zu nehmen, mehr noch: die Kunst zu lernen, den Absturz zu geniessen, die Intensität des Absturzes zu geniessen. Hingabe braucht Mut. Das Grundgefühl dessen, der auf der Verliererstrasse geht, ist Angst. Diese Angst entsteht aus einem Sicherheitsbedürfnis, das nicht mehr zu befriedigen ist. Das Grundgefühl dessen, der auf der Gewinnerstrasse geht, ist ein Vertrauen, das derjenige, der auf der Verliererstrasse geht, als «blindes Vertrauen» bezeichnen würde, weil es keiner Logik, zumindest keiner beschreib- und begreifbaren Logik folgt. Dieses Vertrauen kann aber nur dem zufallen, der die Angst kennt: der durch die Angst hindurchgegangen ist. Niemand, der auf der Gewinnerstrasse geht, ist nicht zuvor auf der Verliererstrasse gegangen. Angst kommt von Enge, und in der Enge waren wir alle, bevor wir geboren wurden. Niemand, der die Kunst lernt, den Absturz zu geniessen, hat nicht zuvor viele Male die Panik vor dem Absturz kennengelernt, die schmerzhafte Lähmung vor dem Fall. Nur der kann das köstliche Glück der Freiheit begreifen, der die Qual und die Verzweiflung des Gefangenseins, aber auch die Verführung zu Trägheit und Passivität, die in der Knechtschaft liegt, durchlitten hat: Das ist ein Gesetz des Lebens.

Die Kunst, den Absturz zu geniessen: Deshalb (oder müsste ich eher schreiben: dennoch?) will ich irgendwann einmal den Sprung wagen. Den realen, aber gewissermassen symbolischen als Entsprechung zum bildhaft so umschriebenen, aber realen Absturz. Irgendwann. Ich muss diesen Vorsatz nur lange genug mit mir herumtragen, in mir reifen lassen. Ich werde in dem Sprung nicht den Nervenkitzel suchen, auch verstehe ich ihn nicht als Flucht aus einem unerträglich gewordenen grauen Alltag, wie ich einmal las, oder gar als Krankheitssymptom der Midlife-Crisis. Bungee-Jumping ist für mich nicht Sportart und schon gar nicht Freizeitvergnügen, sondern Teil des Wegs. Denn ich glaube, manchmal schier verzweifelt, dass ich mich auf irgendeinem Weg befinde, oder, mit andern Worten, dass das Leben einen erst noch zu entdeckenden Sinn hat, und zwar keinen intellektuell begründbaren, sondern nur existentiell erfahrbaren Sinn. Es bleibt mir gar nichts anderes übrig, als an einen derart verborgenen, in kurzen Augenblicken vielleicht manchmal aufscheinenden Sinn zu glauben. Die Alternative ist schlicht und einfach zu unerträglich.

Der Bungee-Springer, steht in einem Buch über Abenteuer-Sportarten, lässt sich einfach fallen. Sich einfach fallen zu lassen, ist aber, wie jeder weiss, nicht einfach. Wie die Babys kennen wir alle den reflexartigen Klammergriff. Genauso klammern wir uns an Gewohnheiten, Normierungen, Konditionierungen, antrainierte Reflexe oder wie immer man es nennen will, weil sie uns Sicherheit versprechen und wir das bekannte Unglück dem unbekannten Glück vorziehen, weil wir Angst haben und das Risiko scheuen. Wir verwechseln Geborgenheit mit Erstarrung, Verkrampfung. Wir verweigern uns dem Realitätsprinzip, weil wir uns an unseren Wirklichkeitsvorstellungen festklammern und die Landkarten mit der Landschaft verwechseln. Wir gehen auf dem dünnen Eis der Normalität und der Harmlosigkeiten und reden uns ein, von der Tiefe unter uns nichts zu wissen. Statt um einen Absprung, steht weiter in dem Buch, handle es sich beim Bungee-Springen eher um einen Absturz. Korrekterweise müsste man also von «Bungee-Stürzen» sprechen. Das sei aber unattraktiv, da mit dem Begriff «Absturz» viele negative Assoziationen verbunden sind; man denke nur an Unfälle wie Flugzeugabstürze, an Alkoholexzesse oder auch Systemabstürze in Computeranlagen.

Asiaten schienen mir schon immer die schönsten Menschen der Erde zu sein. Der Anziehung eines Thai, Filipino oder Malaien, aber auch gewisser Inder, Chinesen und Japaner kann ich mich nur schwer entziehen. Ihre Anmut verschlägt mir den Atem, diese Mischung aus Kindlichkeit und Schlitzohrigkeit in den Gesichtern. Ich liebe ihre Lebensfreude, ihre Fröhlichkeit und Freundlichkeit. Ich liebe auch ihre Unberechenbarkeit, die ich aus Ratlosigkeit so nenne. Dass sie mir rätselhaft bleiben und ich sie nicht entschlüsseln kann, macht mich zwar immer wieder unruhig, erhöht aber auch den Reiz, den sie auf mich ausüben. Ihre Katzenhaftigkeit, ihr Freiheitsdrang.

Schon als Kind hat es mich nach Osten, ins Morgenland gezogen. Vom Westen habe ich nie geträumt, träume ich nie (ausser, seltsamerweise, immer wieder von New York). Ich erinnere mich an ein altes Buch über Java, das meinem Grossvater gehörte und das ich immer wieder anschauen wollte. In diesem Buch waren nacktfüssige Menschen mit spitzen Hüten abgebildet, die an einem Stock baumelnde Lasten auf den Schultern balancierten. Ich hatte keine Ahnung, was dieses Java (oder war es Indochina?) war und wo es liegen mochte, nur, dass das unendlich weit weg war, im Grunde genommen in einer anderen Welt, die mit der meinen nur durch das leuchtende Band der Sehnsucht verbunden war. Auch erinnere mich an eine Tabaksorte namens «Javaanse Jongens» («Javanische Jungs»), auf deren Tabakbeutel zwei Knaben in Sarungs abgebildet waren. Wer hätte damals gedacht, dass ich später mein halbes Leben mit einem solchen «Jungen» verbringen würde?

Später, in der Pubertät, träumte ich von Indien – ich musste, ich wollte unbedingt nach Indien reisen, ich weiss nicht wieso. Ich begann, mich mit Hinduismus und Buddhismus zu beschäftigen oder mit dem, was ich dafür hielt und verstehen konnte, die Herrmann Hesse-Siddharta-Variante, kaufte Räucherstäbchen, begann zu meditieren, suchte mir einen indischen Guru. Zum ersten Mal in meinem Leben verliebte ich mich heftig in einen Jungen, einen schweizerischen, einen Schulkameraden, der meine indische Leidenschaft nicht nur verstärkte, sondern eigentlich erst anstachelte. Leider blieb diese Liebe weitgehend platonisch. Ausser auf einer Busfahrt während der Maturreise im damals noch kommunistischen Prag. Diese Fahrt in dem überfüllten Verkehrsmittel der Prager Verkehrsbetriebe dauerte glücklicherweise recht lange und das Schicksal wollte es, dass mein Körper durch die Menge und Dichte der Passagiere sehr heftig an den Körper meines begehrten Schulkameraden gepresst wurde – und zwar so, dass mein Schwanz etwa auf der Höhe seines Arsches platziert wurde. Sowohl mein Angebeteter als auch ich trugen natürlich Kleider, versteht sich von selbst, sogar dicke Winterkleider, aber ich war meinem Schatz doch bisher noch nie so lange so nahe gewesen (auch später nie mehr), ausserdem findet Sex ja bekanntlich vor allem im Kopf statt und für die Vorstellungskraft eines Verliebten sind die paar Zentimeter Stoff oder Daunen oder was sich sonst an Material auch immer zwischen nackter Haut und nackter Haut befand, natürlich kein wirkliches Hindernis. Eine heftige sexuelle Erregung ergriff in jenem Bus also Besitz von mir und machte mich ganz besoffen vor Geilheit im Kopf, worauf sich meine Lenden erhitzten, wie es so schön heisst. Schliesslich überwältigte mich, obwohl ich ihn durchaus zurückzuhalten versuchte, der wohl heftigste Orgasmus, den ich je hatte und je haben werde, die Neuronen in meinem Hirn versprühten ein Feuerwerk und gewaltige Fontänen von Sperma ergossen sich in meine Unterhosen. Mein Schulkamerad schien von all dem nichts zu bemerken; er zeigte auf jeden Fall keine Reaktion. Ich treffe ihn auch heute manchmal noch, zum Mittagessen. Unsere Arbeitsplätze liegen im selben Quartier. Er ist Computerfachmann und immer noch Anhänger dieses Gurus. Meine Verliebtheit in ihn ist endgültig zu einer Erinnerung geworden. Den 16- bis 20-Jährigen, dem meine Leidenschaft galt, gibt es nicht mehr.

Ich bin in einem extrem verklemmten Milieu aufgewachsen: Sex galt als etwas Schmutziges, schwuler Sex ohnehin, und war mit Schuld verbunden. Soweit ich mich zurückerinnern kann, war ich immer ein sehr sexuelles, erotisches Wesen. Wenn ich an Astrologie glauben würde, müsste ich annehmen, dass mir dieses zentrale Lebensthema als doppeltem Skorpion vorbestimmt war. Im Kindergarten schwärmte ich für einen Knaben und ein Mädchen: Bis zur Pubertät war ich perfekt bisexuell. Diesem Mädchen hielt ich übrigens über mehrere Jahre hinweg meine Treue, auch wenn es mich überhaupt nicht beachtete. Es war gross, mager und rotwangig, und ich schaute ihm heimlich beim Turnen zu. Mein Vater arbeitete bei der Bahn, und kurz vor der Pubertät zogen wir in einen anderen Ort. Jetzt konzentrierten sich meine erotischen Wünsche immer eindeutiger auf Knaben. Ich begann mir alle möglichen Dinge auszumalen, wie ich sie mit einem neuen Schulkameraden, einem Italiener, treiben könnte. In Wirklichkeit ist natürlich nichts passiert – oder nicht viel. Ein paar Raufereien, man zeigte sich die Schwänze, wollte wissen, wieviele Schamhaare der andere schon hat. Einer, den sie den «Halbwilden» nannte, brachte mich besonders ins Fantasieren: Ich stellte mir vor, wie er mich an einen Baum band, nicht an irgendeinen, sondern an eine ganz bestimmte, über hundertjährige dickstammige Eiche, die es heute nicht mehr gibt, leider. Damals war ich etwa elf oder zwölf und wirklich noch ein unschuldiges Kind, das nie etwas von SM oder dergleichen gehört hatte und nicht einmal wusste, dass es so etwas wie Pornographie überhaupt gibt. Die Pornographie war in meinem Kopf; ich war ein Naturtalent, das keine Vor-Bilder brauchte. Auch dass es so etwas wie Schwule gibt, wusste ich im Grunde nicht; gewiss, meine Eltern hatten mir etwas von bösen Männern erzählt, die kleinen Jungen in öffentlichen Toiletten ihr Glied zeigten, das dann ganz dick und gross und steif werde, ausserdem gab es da noch den als Unikum halbakzeptierten Dorfschwulen, den Dynamo- oder Thermomax, wie sie ihn nannten, aber der war schon uralt, und ich konnte keine Verbindung zwischen diesem Thema und meinen Fantasien herstellen, noch nicht. Als ich etwas zu ahnen begann, versuchte ich zunächst, gegen meine Neigungen anzugehen – es war ein Kampf, den ich verlieren musste und wohl in meinem tiefsten Inneren auch unbedingt verlieren wollte. Mit sechzehn begann mein Coming-out: Ich erzählte meinen Eltern, ich sei schwul und gedenke, das auch zu bleiben. Sie waren schockiert, gewöhnten sich aber erstaunlich rasch daran. Es blieb ihnen ja auch nichts anderes übrig.

In der ersten Sekundarschulklasse, ich war zwölf, waren alle Knaben mehr oder weniger in ihrer homosexuellen Phase, und ich war damals so drauf, dass ich – mit zwei, drei Ausnahmen – jedem hätte an die Wäsche gehen mögen. Wieder gab es diese halbschwulen Ringkämpfe im Turnen und unter der Dusche, die mich sehr erregten.

Im Gymnasium gab es wieder neue Kameraden, darunter zwei, die mein erotisches Idealbild bis heute geformt haben. Der eine war blond, zierlich, langbeinig, samthäutig, sanftäugig, schmolllippig. Der andere war dunkel, etwas stämmiger, ein geiles Tier, und er hatte den schönsten Schwanz, den ich je gesehen habe. In diesen Burschen war nicht nur ich verknallt. Viele nahmen das erotische Naturwunder mit kaum beherrschbarer Begierde wahr. Immer, aber wirklich ausnahmslos immer, wenn wir unter der Dusche standen, hatte er einen Steifen – diese schöne, grosse, herrlich geformte Latte. Es sei wegen des warmen Wassers, erklärte er allen Ernstes, wenn er kalt dusche, bekomme er keine Schwellung im Glied. Wenn ich dieses geschwellte Prachtstück anschaute, bekam ich natürlich auch eine Erektion, aber das war ja nun legitimiert. Überhaupt, diese nackte Duscherei nach dem Turnunterricht. Ich mochte das Fach ja sonst nicht, ich bin nicht sehr sportlich, aber ich freute mich doch immer darauf.

Meinen ersten Südostasiaten traf ich, als ich etwa ein- oder zweiundzwanzig war, im «Ursus-Club», einer Schwulendiskothek in Bern, die es inzwischen auch schon sehr lange nicht mehr gibt. Er hiess Antonio. Als junges Studentlein vom Land in die Stadt gekommen, lernte ich soeben erst das schwule Leben kennen. Antonio war auf Durchreise. Ich war sofort aufgeregt, als ich ihn sah – damals gab es noch nicht so viele Asiaten in der Schweiz. Wir flirteten, und er kam mit mir nach Hause. Er war sehr weich, feminin, hatte eine glatte, zarte, haarlose Haut, einen – wie mir schien – winzigen Schwanz.

Ich hatte vorher noch nie so etwas gesehen. Bevor wir uns der Lust hingaben, betete er einen Rosenkranz. Und danach wieder. Erst da kam mir in den Sinn, dass Antonio aus den Philippinen katholisch sein musste. Das schien mir eigenartig. Worüber wir geredet haben, weiss ich nicht mehr. Es war sicherlich ein zärtliches Geraune ohne viel semantischen Gehalt.

Meine nächste Begegnung mit einem Asiaten war 1979 in Wien. Ich absolvierte ein dreimonatiges Auslandsemester, war aber nur selten an der Uni anzutreffen. In Tuj, den Thai, war ich verliebt. Heftigstens. Er war, wenn ich mich richtig erinnere, der Sohn eines Bangkoker Verkehrspolizisten; halb Thai, halb Chinese. Er war damals etwa zwanzig, ich vierundzwanzig, also wird er inzwischen auch schon bald vierzig sein. Ich stelle mir vor, dass er auch heute noch einen jungenhaften Körper hat. Seine Schwester war mit einem Wiener verheiratet und durfte nicht merken, wenn ich bei Tuj übernachtete. Er hatte neben mir noch andere Geliebte, was mich rasend eifersüchtig machte – etwas, was er nicht nachvollziehen konnte, denn er empfand echte Zuneigung zu mir und zeigte mir das auch. Wo und wie wir uns das erste Mal begegnet sind, weiss ich nicht mehr. Wahrscheinlich in einem der Lokale an der Linken Wienzeile oder in einer Diskothek. Er wollte, dass ich ihn mitnehme in die Schweiz, aber dazu hatte ich damals den Mut noch nicht, als Student verdiente ich kaum Geld und in der WG, in der ich damals wohnte, hatte es auch keinen Platz. Als ich in die Schweiz zurückfuhr, gab es am Wiener Westbahnhof eine rührende Abschiedsszene. Später habe ich ihn nie mehr gesehen, auch nie mehr etwas von ihm gehört. Allerdings war ich in Bern auch sofort mit einer neuen Liebesgeschichte beschäftigt oder vielmehr mit einer wieder aufgenommenen alten, einer der wichtigen in meinem Leben, aber das ist eine andere Geschichte. Wolfgang war Schweizer, allenfalls zur Hälfte Deutscher, aber ganz sicher kein Asiate. Etwa ein halbes Jahr später erhielt ich dann doch noch ein Zeichen von Tuj. Ein mir völlig unbekannter junger Thai besuchte mich nämlich, brachte mir Grüsse von Tuj und wollte mich ficken. Was er dann, ausgiebig und heftig, auch tat.

Etwa ein Jahr oder zwei Jahre später erfüllte ich mir meinen Traum von der Indienreise. (Ich muss doch noch einmal auf Wolfgang, den ich Wolf nannte, zurückkommen, denn er, der Abenteurer, war mir Vorbild und Motivator für diesen Trip. Ausserdem erlebte ich mit ihm schon ähnliche Gefühlslagen und Beziehungsspiele wie viel später mit Eko und Somchai.) Acht Monate war ich in der Türkei, dem Iran, Pakistan, Nepal und in Indien unterwegs. Es ist kaum zu glauben, aber in dieser ganzen Zeit hatte ich kein einziges Mal Sex mit einem Mann. Ich war in meiner unirdischen, abgespacten Phase. Dafür konsumierte ich unglaublich viele verschiedene Drogen.

Im Englischen gibt es den viel schöneren Ausdruck als «sich verlieben» – falling in love. Dabei stelle ich mir die Liebe, in die man sich fallen lässt, manchmal als ein tosendes Meer vor, manchmal als einen brodelnden Vulkan.

13

Beim freien Fall gerät nicht nur der Gleichgewichtssinn im Innenohr aus dem Takt. Die Angst, die bei einem Fall aus 50 oder mehr Metern Höhe auftritt, ist biologisch determiniert und unausweichlich bei allen Menschen sehr stark. Vernunft, etwa das Wissen, dass man schliesslich von einem Gummiseil gehalten wird, hilft da nicht viel. Die Adrenaline haben nichts mit der Vernunft zu tun. Andererseits ist auch Lust, Seligkeit gar, im Spiel. Wirft ein Elternteil seinen Sprössling in die Luft und fängt ihn mit den Armen auf, jauchzt das Kind vor Freude. Auch dafür sollen körpereigene Drogen verantwortlich sein.

Es gab und gibt immer wieder Zeiten in meinem Leben, in denen ich glaube, das Übermass an Lebensintensität nicht mehr zu ertragen, verrückt zu werden oder sonst einen veritablen Pflaumensturz zu produzieren (was ein Pflaumensturz genau ist, weiss ich auch nicht, aber das Wort illustriert ziemlich gut, wie man sich fühlt, wenn man einen hat oder sich ein solcher einem ereignet; vielleicht gerade deshalb, weil man nicht genau weiss, was das Wort bedeutet). Es gibt immer wieder Zeiten in meinem Leben, in denen ich versuche, mich tot zu stellen, die Gefühle in mir abzuwürgen, die Sehnsüchte zu verbannen, die Lebensgier zu löschen. Kleinlaut entschliesse ich mich dann jeweils zu einer mickrigen, farblosen, freudlosen Existenz. Ich nenne es für mich: ein normales Leben führen, ein kleines Leben führen. Dabei weiss ich nicht einmal, was ein «normales Leben» ist. Ich bringe es nicht fertig, das Leben in mir zu ersticken. Ich kann nur gegen mich selbst rebellieren, mir selbst Schmerzen zufügen, mich selbst fertigmachen.

Der Ursprung des Bungee-Springens ist im südwestlichen Pazifik zu suchen, auf einer Insel namens Pentecote, die zu den Vanuatu-Vulkaninseln gehört. Jedes Jahr im April oder Mai stürzen sich junge Männer von einem Gerüst aus Baumstämmen, das 25 bis 30 Meter hoch ist, in die Tiefe. Als Rettungsgurte dienen dehnbare Lianen, die an den Füssen der jungen Männer befestigt werden und im richtigen Moment den Aufprall auf der Erde verhindern sollen. Das grosse Ziel der Springer: Ihr Kopf soll den Boden exakt berühren oder ihm wenigstens auf wenige Zentimeter nahekommen. Trotz dieses extremen Anspruchs soll es auf Pentecote nur wenige tödliche Umfälle beim «Landtauchen» geben. Die Wissenschaft bezeichnet den Vorgang, dem sich die Jünglinge unterziehen, als Initiationsritus: Wer die Mutprobe bestanden hat, gilt als ganzer Mann. Die Legende erzählt allerdings, dass eine Frau die erste gewesen sein soll, die den Sprung in die Tiefe wagte. Auf der Flucht vor ihrem gewalttätigen Mann sei sie auf einen Baum geklettert. Als dieser sie auch dorthin verfolgte, stürzte sie sich hinab. Auch der Mann sprang, doch nur die Frau war mit einer Liane gesichert.

Meine Begegnungen mit Ostasiaten waren in den nächsten paar Jahren spärlich – ich traf einfach keine. Erst in meinen tristen Baslerjahren hatte ich wieder einige Begegnungen. Einen traf ich am Weihnachtstag im «Dupf», einer Bar am Kleinbasler Rheinufer. Er war ein Kambodschaner oder Laote und wollte einfach mit mir Sex. Ich verliebte mich natürlich in ihn, aber davon wollte er nichts wissen, er war, glaube ich, sogar verheiratet. Als er mir sagte, dass er schon über dreissig sei, älter, als ich es damals war, konnte ich es kaum glauben. Ich hatte ihn auf höchstens zwanzig geschätzt. Seine Haut war samten, sein Gesicht jugendlich, sein Körper geschmeidig.

Ich steh nicht auf kleine Jungs, aber jung müssen die Männer schon sein, jugendlich, jungenhaft, dass ich sie attraktiv finde. Mit etwa dreissig fand ich: So, jetzt ist das Liebesleben für dich gelaufen. Jetzt bist du denen, die dir den Kopf verdrehen, endgültig zu alt. Vergiss es. Südostasiaten kennenzulernen war für mich wie ein Ausweg aus diesem Dilemma, eine wundersame Errettung aus meinem Unglück. Sehr viele Südostasiaten sind ausgesprochen jungenhaft, auch dann noch, wenn sie etwas älter oder sogar ziemlich älter sind. In Zürich hatte ich ein- oder zweimal Begegnungen mit einem Thaiboy in einer Sauna an der Konradstrasse, die es inzwischen längst nicht mehr gibt – Sex gegen Geld. In diesen Jahren hatte ich fast nur Sex gegen Geld, meistens in Amsterdam, seltener in Zürich und erst dann vermehrt, als schwule Prostitution gleichsam nebenher legalisiert wurde. Ab Ende 1993 begann ich regelmässig Rung zu besuchen, einen thailändischen Callboy, der ganz in der Nähe mit einem schweizerischen Freund zusammenwohnte; dieser war natürlich viel jünger als ich. Auch in Rung war ich zeitweise verliebt, ich half ihm mit Geld aus, über das Mass, das ich ihm aus unserer «Geschäftsbeziehung» heraus schuldete, hinaus. Der Sex mit ihm war im Rückblick betrachtet schon sehr geschäftsmässig, half mir aber, meine Hemmungen abzulegen, die ich mir inzwischen zugelegt hatte und die mich manchmal sogar impotent gemacht hatten.

Der freie Fall ist ein Loslassen, ein Kontrollverlust. Geborenwerden, Gebären, Sterben, das ist bloss zu vermuten und leuchtet trotzdem unmittelbar ein, sind die gewaltigsten Erfahrungen des freien Falls. Wer schon halluzinogene Drogen konsumiert hat, kennt das beseligende oder beängstigende Gefühl des Kontrollverlusts und der Ichauflösung ebenfalls: Er kann seine Gedanken und Gefühle nicht mehr kontrollieren und selbst die Sinneswahrnehmungen entgleiten der Steuerung durch den Willen und die Gewohnheit. Auch wer sich verliebt, liefert sich in einem Mass an das Unbekannte aus, wie er es sonst empört als Zumutung von sich weisen würde. Geködert durch die Süsse des Gefühls, ist er bereit, sich auszuliefern und hinzugeben. Jedes starke Gefühl, das uns ergreift, ist wie ein Gott oder Dämon, von dem wir besessen werden: Der heilige oder unheilige Zorn überschwemmt uns wie das Flammenmeer vom roten Mars, der Hass kann bodenlos sein, die Liebe grenzenlos, das Entsetzen namenlos. Jede Entscheidung zum Neuen, noch Unbekannten ist eine Spielart des freien Falls.

Im Sommer 1994 erwartete mein Kumpel Pius, der Südostasienreisende mit ähnlichen Leidenschaften wie ich, Besuch. Auch ich lernte den 21-jährigen Panya aus Bangkok, der zum ersten Mal in Europa war, kennen. Im ersten Augenblick gefiel er mir nicht besonders, auch schien er mir sehr verschlossen und introvertiert. Ausserdem war er der Gast von Pius. Ich merkte allerdings bald, dass sich die beiden nicht gerade blendend verstanden. Pius, von dem man nicht gerade behaupten kann, dass er die Grosszügigkeit in Person ist, empfand den widerspenstigen, zugeknöpften und materiell stets anspruchsvolleren Jungen zunehmend als Last. An einem Wochenende, als Pius auf einer mehrtägigen Wanderung war – ohne Panya natürlich, ich habe noch keinen Thai getroffen, der das Wandern nicht als eine total absurde Beschäftigung empfunden hätte – rief mich Panya völlig überraschend an, wollte mich treffen. Und bei diesem Treffen verliebte ich mich Hals über Kopf in ihn, erlebte die wundersame Verwandlung eines Menschen zum Schönsten, Kostbarsten, Begehrenswertesten, Anbetungswürdigsten, was es gibt. Das ist Magie – das ist wirklich die Verwandlungskunst des Lebens. Und Panya schien sich, wenn auch sehr kurzfristig, in mich zu verlieben. Darum hatte ich gebeten, in einer Augustnacht vor zwei Jahren, als Tausende von Sternschnuppen am Himmel niedergegangen waren. Wir erlebten einen Sommertag am Katzensee, einen Abend und ein paar rauschhafte Nächte, die mich, nach langen liebesleeren Jahren, fast in den Wahnsinn trieben vor Glück. Ich konnte es einfach nicht fassen. Der Junge machte Sex mit mir, einfach, weil er Lust dazu hatte und es so wollte und ohne Geld dafür zu verlangen. Er schlief mit mir, eng umschlungen in meinem Bett, blieb die ganze Nacht. Wir schauten zusammen die Fussballspiele der Europameisterschaft, was ich sehr genoss, obwohl ich mich eigentlich überhaupt nicht für Fussball interessiere. Zwar wandte sich Panya bald schon von mir ab oder vielmehr neuen Partnern zu. Er war noch in der Phase des Ausprobierens. Aber ich hatte mit ihm etwas erlebt, was ich nicht mehr für möglich gehalten hatte. Ich war wohl sehr unglücklich für eine gewisse Zeit; dann kehrte ich zu meinen gewohnten Besuchen bei Rung ein bis zwei Mal pro Woche zurück – erst massierte er mich, dann holte er mir einen runter –, die mir aber zunehmend fad erschienen. Einmal war nicht Rung in der Wohnung, als ich zu einem der verabredeten Besuche kam, sondern Chess. Der Sex mit Chess war viel aufregender, er küsste und er blies und ich durfte seinen Schwanz blasen. Ihn besuchte ich ebenfalls mehrere Male in der folgenden Zeit.

Panya sehe ich übrigens ab und zu wieder, meistens im Sommer in der Tiefenbrunnen-Badi. Wir führen höfliche Gespräche, Panya spricht inzwischen fliessend deutsch, lebt in einer stabilen Beziehung, mal in der Schweiz, mal in Thailand, wo er als Reiseführer arbeitet, und ist ein wenig bieder und langweilig geworden. Attraktiv finde ich ihn schon noch, auch wenn er, für einen Thai, erstaunlich behaarte Beine hat. Und immer am CSD – dem schwulen Jahrestag – verkleidet er sich als Ladyboy und wird zu einer wunderschönen, geheimnisumwitterten Frau.

Ende Mai 1995, Rung war unerreichbar und ich hatte ein dringendes Bedürfnis, wagte ich mich zum ersten Mal seit langem in die lokale Stricherbar. Ich war sehr aufgeregt und hatte eben erst mein Bier bestellt, als ich von einem Jungen angesprochen wurde, der mir im ersten Moment noch nicht mal so sehr hübsch erschien, aber er sah irgendwie drollig und süss aus und hatte eine angenehme rauhe Stimme. «Ich heisse Eko, wie Echo, aber mit k», sagte er auf deutsch und fragte mich, ob ich mit ihm kommen wolle, und ich hatte dem Klang dieser Stimme definitiv nichts entgegenzusetzen. Der Sex mit ihm war so aufregend – er hatte einen kleinen knabenhaften Körper, sehr sinnliche Lippen, die glatteste Haut, die man sich vorstellen kann, und ein süsses kleines Schwänzchen, dass ich ihn fragte, ob ich demnächst eine Nacht mit ihm verbringen dürfe. Er sagte ja und wollte dafür 300 Franken. Wir verabredeten uns für den kommenden Freitag, gingen dann erst mal essen und verbrachten eine geile kuschelige Nacht. Ich war glücklich.

Ich wurde sein guter Kunde, und er besuchte mich viele Male, manchmal nur für eine, zwei Stunden, manchmal für die ganze Nacht. Einmal putzte er mir sogar das Badezimmer. Ich hatte kaum mehr mit jemand anderem Sex, manchmal noch mit Chess. Ende September zog ich aus meiner (teuren) Zweieinhalbzimmerwohnung mitten in der Stadt (im Kreis 5) in ein (billiges) Zimmer in einer Wohngemeinschaft auf dem Land. Ende Oktober musste Eko definitiv nach Frankfurt zurück.

«THE ONLY THING THAT LOOKS GOOD ON ME IS YOU»

Well, I don't look good in no Armani suits,
no Gucci shoes or designer boots.
I've tried the latest line from «A» to «Z»,
but there's just one thing that looks good on me.
The only thing I want, the only thing I need,
the only thing I choose
the only thing that looks good on me is you.
I'm not satisfied with Versace style,
put those patent leather pants in the circular file.
Sometimes I think I might be lookin' good,
but there's only one thing that fits like it should.
The only thing I want, the only thing I need,
the only thing I choose,
the only thing that looks good on me is you.
Ya, it's you, it could only be you, nobody else will ever do,
Ya, baby, it's you that I stick to, ya we stick like glue...

Brian Adams auf dem Album «18 til I Die» (1996)

Ich bin ein Alkoholiker, aber das ist nur ein Sekundärphänomen. Ich bin ein krasser Aussenseiter, ohne mir das gewählt zu haben. Oder vielleicht doch? Unwichtig. Irgendwie scheint dieses Schicksal zu mir zu passen. Es konnte nicht anders sein. Trotzdem ist mir klargeworden – obwohl ich das problemlos annehmen kann, das heisst ohne mich dagegen zu wehren –, dass ich damit im Grunde nicht fertig werden kann. «Es» trägt den Namen «schwul». Seit ich diese Bezeichnung auf mich zum ersten Mal angewandt habe, ist unwiderruflich etwas mit mir passiert – eben das, womit ich niemals fertig werden kann und eigentlich auch nicht fertig werden will. Es ist die Einsicht, ein ewiger Asylant, ein Fremder, einer von einem fremden Stern zu sein. Was mich allerhöchstens mit Stolz und Trauer erfüllen, aber nie zur Selbstverständlichkeit werden kann und auch nicht soll. Es ist sozusagen ein Lebensgefühl, nach dem man süchtig wird, im guten wie im schlechten Sinn.

Soeben war Eko bei mir und ich habe den Sex des Jahres erlebt. Ich beginne zu ahnen, was Sex für mich bedeuten könnte. Ich war danach wie besoffen, ich war auch schon leicht angetrunken vorher wie immer in diesen Tage oder vielmehr diesen Nächte. Ja, diese Nächte sind wirklich die «andere Wirklichkeit». Danach war ich tatsächlich besoffen. Und da dachte ich, da kannst du gleich noch was kiffen.

Und das habe ich jetzt auch getan, es riecht nach Cannabis, aber auch nach Ekos Parfum im Raum. Ich liebe Ekos Parfum. Früher habe ich Parfum jeglicher Provenienz nicht gemocht. Jetzt schon. Das charakterisiert ungefähr mein momentanes Leben. Wenn ich das geahnt hätte! Ich weiss nicht, ob ich mich gefreut hätte als Junge. Wahrscheinlich schon. Ich habe wohl schon immer gespürt, wie wichtig Sex für mich ist. Aber ich hatte zuviel Angst. Jetzt habe ich keine Angst mehr. Mit vierzig! Mit vierzig entdecke ich noch einmal die Wonnen des Sexus! Interessant.

Eko ist ein Engel, der sich mir in dem Mass verschenkt, wie ich es brauche. Mein Gott, ist er schön!

Ich habe mich immer geschämt, dass ich Jungen liebe, und deshalb konnte ich sie nicht lieben, konnte es ihnen nicht zeigen, dass ich sie liebe. Jetzt kann ich es, und es gefällt mir, es ihnen zu zeigen, und ich glaube, es gefällt ihnen auch. Meine Stärke ist jetzt die Stärke des Begehrens.

Eko ist ein Engel, und ich liebe ihn. Und Engel haben es an sich, dass sie entschwinden. Jetzt sitze ich wieder hier, allein mit meiner Zigarette, die die Gesundheit ernsthaft zerstört, wie das irische Gesundheitsamt weiss, denn die Zigaretten sind Überbleibsel meiner Ferien, und der schönste Rausch des Abends ist vorbei.

Abends erst beim Chinesen zu Fried noodles, dann im «Carrousel» ein paar Bier trinken, beobachten. Ein so genannter Engländer, der aber eher aus Osteuropa stammt und dem ich ganz und gar nicht traue, wird aufdringlich oder versucht einfach sein Glück, ich winke ab, aber offenbar etwas zögerlich, wir bekommen fast Streit, denken schliesslich beide vom anderen, was für ein Arschloch er sei. Später sehe ich Eko noch kurz, in Lackhosen und mit schwarzem Netzhemd, sehr sexy und ein wenig nuttig, er wartet auf seinen Boyfriend Balz. Ich gehe nach etwa zwei

Stunden, treffe draussen auf Rung, gehe mit ihm und lass mir eine Massage geben, ich habe ihn bestimmt einen Monat nicht gesehen, er ist schön und sympathisch und sorgenvoll wie immer.

Abends treff ich Eko, die Katze. Wunderbarer Sex. Ich könnte ihn auffressen. Aber: Er wird in nächster Zeit gar nicht mehr (oder überhaupt nicht mehr) nach Zürich kommen – wegen der Erinnerungen, sagt er, wegen seinem entschwundenen Freund, der eine Arbeitsstelle in Äthiopien angenommen hat, weil Eko traurig ist, entnehme ich den Aussagen des Schweigers. Also muss ich ihn in Frankfurt besuchen, wenn ich ihn in der nächsten Zeit sehen will. «Ich bin kein Kind», sagt er, als ich ihn zum Bahnhof begleiten will, er finde den Weg allein. Nein, er ist kein Kind, auch wenn er wie ein Junge aussieht. Er ist 25. Er ist eine Katze. Ich liebe ihn, aber er mich nicht. Noch nicht, vielleicht nie. Doch was solls: Er hat mir viel gegeben in diesem Jahr, und ich weiss, dass auch ich ihm viel geben kann, wenn er will.

Am Donnerstag ist ein furchtbar nervöser Tag. Am Mittag kaufe ich den «Spartacus», wegen eines Hotels in Frankfurt. Aber die beiden, die da angegeben sind, sind ausgebucht. Also muss ich am Nachmittag in eine Buchhandlung, kaufe mir einen Reiseführer – und nun gelingt es mir endlich, ein Hotel zu finden, das «Diana» im Westend.

Am Freitag wieder nervös. Endlich im Zug nach Frankfurt, einem hypermodernen ICE, verköstige ich mich mit Bier – gegen die Nervosität – und im Bordrestaurant mit einem Chefsalat. Der Zug hat in Mannheim 15 Minuten

Verspätung wegen eines Anschlusses. Ich werde fast wahnsinnig. Aber in Frankfurt am Bahnhof holt mich Eko tatsächlich ab.

Vorher, im Zug, die Szene mit der Frau aus Exjugoslawien, die mit ihrem Kind wieder nach Basel zurückspediert wird. Die Frau weint: Lassen Sie mich doch, in Freiburg wartet mein Mann. Der Beamte windet sich vor Verlegenheit: Das geht nicht, Sie haben keinen Passierschein. Europa 1995. Freier Personenverkehr, von wegen!

Mit dem Taxi fahren wir ins Hotel. Das Zimmer ist angenehm, gemütlich. Eko erzählt viel für seine Verhältnisse. Dass er Deutschland und insbesondere Frankfurt hasse. Dass er auf keinen Fall nach Indonesien zurückwolle. Am liebsten würde er in der Schweiz leben. Mit seiner Familie (ausser einer jüngeren Schwester) will er nichts mehr zu tun haben. In die Schweiz kann er nicht, jedenfalls momentan nicht, weil er kein Visum bekommt; das letzte Mal sei er an der Grenze zurückgewiesen worden und habe es dann ein zweites Mal versucht. Dieses Mal sei er durchgekommen, weil es keine Passkontrolle gegeben habe. Und wie solle es mit seinem Leben weitergehen, welche Zukunft habe er? Um anschaffen zu gehen, sei er schon bald zu alt, meint er. Er wohnt mit zwei Deutschen zusammen in einer Dreizimmerwohnung, eher geduldet.

Ich geniesse es sehr, mit ihm zusammenzusein. Ich darf ihn in den Armen halten – väterlich, wie ein Geliebter. Als wir am anderen Tag aufstehen, ist es schönes Wetter, kalt, aber ein schönes Licht. Wir verbringen den Tag zusammen – ich bin wie besoffen von seiner Gegenwart. Wir frühstücken in der Stadt, besuchen den Flohmarkt am Main, gehen ins Kino. Er ist wieder schweigsam, aber es stört mich nicht. Ich fühl mich wohl, auch wenn er schweigt und ich merke, dass auch ich schweigen soll.

Was ich befürchtet, was ich erhofft habe, ist eingetreten – ich habe mich verliebt. Heute im Büro euphorisch bis nervös, traurig bis übermütig, wie ein Teenager. Wechseljahre, zweiter Frühling? Nein, es ist einfach *normal*, was ich fühle. Die Arbeit betrachte ich als lästige oder willkommene Ablenkung. Was soll ich jetzt tun? Ich habe den Brief, den ich gestern Abend zu entwerfen versuchte, im Büro heute geschrieben, aber natürlich nicht abgeschickt. Ein Liebesbrief. Lächerlich? Nein, wieso auch. Ich bin ja nur fünfzehn Jahre älter als Eko und zwar nicht gerade eine Schönheit, aber ich habe doch Ausstrahlung, Wärme, Fürsorglichkeit! Sämtliche Ängste stülpen sich mir über. Sollte ich geduldig sein, offensiv? Was rät mir mein Herz? Nichts. Alles. Nein, so wie heute habe ich mich schon lange nicht gefühlt. Nichts ist normal, alles ist anders. Ich bin wieder, ich bin immer noch jung. Gibt es das? Ja, offenbar. Ich träume davon, mit Eko in den Weihnachtsferien eine Woche nach Barcelona zu fahren. Wie bring ich ihn dazu? Ist es möglich, dass er mich lieben könnte, leidenschaftlich, zärtlich, brüderlich, ist es möglich, dass ich ihm meine Liebe geben darf?

Heute am Mittag bei Chess in Rungs Wohnung (Rung war aber nicht da), sehr geiler Sex (ich war unruhig in der Nacht und früh wach, unerträgliche geile Sehnsucht): Ich liege auf ihm, küsse seinen Mund, und ohne den Schwanz zu reiben, spritzt mein Samen auf sein Bein. Ich müsse ja einen gewaltigen Druck gehabt haben, meint Chess.

Endlich habe ich Eko erwischt. Er klang aufgetaut, freundlich am Telefon. Er sagt, dass er sich über meinen Liebesbrief gefreut habe.

Zurück aus Frankfurt. Auf der Hinfahrt wars teilweise ganz interessant, im Speisewagen am Tisch mit drei deutschen Herren, wir diskutierten über Politik und den Lauf der Dinge. Der älteste, ein Dentist, war sehr rotgesichtig und angesäuselt, der Unternehmensberater ganz klug und erstaunlich differenziert, zugleich emotional. Er sagte unter anderem: Alle Menschen handeln aus egoistischen Motiven, selbst Mutter Theresa. Nun bin ich ja nicht gerade die Mutter Theresa, aber es passte als Motto doch ganz gut zu dem, was ich später erlebte. In Frankfurt erwartete mich Eko wieder am Bahnhof, und ich krieg ja mittlerweile fast schon einen Pflaumensturz, wenn ich ihn nur anschaue. Das ist natürlich äusserst beunruhigend. Wer kann denn mit dermassen intensiven Empfindungen was anfangen. Wir assen in einem chinesischen Restaurant unweit des Hauptbahnhofs, das heisst Eko ass, während ich mich mehr höflichkeitshalber an eine Meeresfrüchtesuppe hielt, ihn anschaute und einen Pflaumensturz nach dem andern hatte. So was habe ich ja seit der Pubertät nicht mehr erlebt. Wir sprachen über seine Zukunft, und ich bekräftigte, dass ich ihm helfen wolle. Im Hotel massierte mich Eko eine Ewigkeit lang, wie mir schien – ich lag auf dem Bauch und hatte einen Knoten im Magen vor schier nicht aushaltbarer schmerzlicher Geilheit. Endlich trieben wie es miteinander – in mir war eine solche Gier nach seinem Körper, jede Faser in meinem Leib schrie förmlich danach, sich mit ihm zu vereinen, unbefriedigbarer Durst. Ich kenne niemanden, der mich geiler machen könnte als Eko. Er ist der bei weitem erotischste Mensch in meinem Leben.

Schliesslich legten wir uns hin, aber weder er noch ich konnten wirklich schlafen. Es arbeitete in ihm und es arbeitete in mir. Eko machte den Fernseher an, mit leisem Ton. Ich spürte oder meinte zu spüren, dass er litt. Irgendeine Spannung, etwas Unausgesprochenes lag in der Luft. Doch wir redeten nicht. Ich liess davon ab, ihn verzweifelt zu umarmen. Es war schrecklich, ihm nicht helfen zu können. Mir selbst auch nicht helfen zu können. Gleichzeitig verfestigte sich in mir die Überzeugung, dass er mich nicht liebe, nie lieben werde, und das erfüllte mich erst mit Trauer und dann mit Wut. Schliesslich, gegen vier, merkte ich, dass er doch hatte einschlafen können, aber ich blieb weiterhin wach. Für ihn bin ich doch nur ein Freier, dachte ich, er nutzt mich nur aus, ich bin für ihn ein Mittel zum Zweck. Gefühl eines kaum ertragbaren Schmerzes. Ich hasste ihn. Ich hätte ihn umbringen, erwürgen können. Warum macht er mich so leiden? Mein Körper ein einziger Knoten, ich kann nicht mehr richtig atmen. Schliesslich versuche ich mich mit dem Gedanken zu trösten, eher halbherzig und aus Ermattung, dass ich ihn ja nicht brauche, dass es noch viele Strichjungen gibt auf dieser Welt. Dann döse ich immerhin für zwei, drei Stunden ein, bin aber bald wieder wach, geweckt durch einen heftigen Adrenalinstoss in meinem Blut. Ich halt es nicht mehr aus im Bett, gehe frühstücken, trotzig, allein, mit schwärzesten Gedanken – ich weiss, dass Eko schlafen will und sowieso nicht frühstücken mag; er frühstückt nie. Von Ei Brötchen Butter Wurst und Kaffee zurück, leg ich mich wieder ins Bett – Eko erwacht langsam. Ich liebkose seine wunderschöne Hand, ich weine lautlos vor Erschöpfung, Verzweiflung. Schliesslich nehme ich all meinen Mut zusammen, frage ihn, ob ich noch einmal zu ihm hinüberkommen dürfe, in seine Nähe hinein. Klar, sagt er cool, warum fragst du das? Ich muss das doch fragen, stammle ich verwirrt. Wieder diese verzweifelte Gier, mit der ich seine samtene Haut liebkose, seine süssen Lippen küsse.

Als wir aufstehen, ist Eko offenbar wohlgelaunt und mir geht es auch wieder besser. Auf der Strasse frage ich ihn, weil ich ihn eingeladen habe, zwischen Weihnachten und Neujahr mit mir wegzufahren, wohin er denn am liebsten möchte. Doch, weicht er aus, Barcelona sei schon okay. Und was er dafür verlange, druckse ich herum, dass ich ihn einlade, sei ja klar, aber...

Da wird er für einen Augenblick heftig, ist beleidigt, was mich beglückt. Natürlich nichts, sagt er, das sei Blödsinn, er betrachte mich doch jetzt nicht mehr als Kunde. Jetzt sei ich sein Boyfriend.

Das wollte ich hören – obwohl ich ihm ja immerhin Minuten vorher, als Geschenk dann eben – 300 Franken gegeben habe – Geschenk oder Liebeslohn, das ist alles sehr kompliziert. Es geht mir ja nicht ums Geld, ich seh auch ein, dass er es braucht, und 300 Franken wären für ein Zusammensein wie dieses, für ein solches Zusammensein mit einem professionellen Callboy meine ich, auch ausgesprochen wenig.

Eko sagt etwas später, dass er eigentlich gar nicht so scharf sei auf einen schönen Urlaub im Moment. Wichtiger sei ihm, wie gesagt, die Frage nach seiner Zukunft. Er möchte in der Schweiz an eine Hotelfachschule, das sei sein grösster Wunsch. Ich verspreche ihm, mich darum zu kümmern und zunächst mal Unterlagen zu besorgen. Ich stelle auch in Aussicht, ihn später bei der Ausbildung finanziell zu unterstützen. Ja, wieso nicht, ich will ihm helfen. Was habe ich zu gewinnen, was zu verlieren? Kompliziert.

Wir lassen uns durch die Stadt treiben, die vorweihnachtlich spinnt, es ist saukalt und wir sind etwas verloren im Menschengewühl und jetzt doch wieder sehr zusammen. Ich brauche deine Hilfe, sagt er sehr ernst, bitte enttäusche mich nicht, bevor wir uns trennen und ich wieder im Zug sitze und nur noch flenne, Bier trinke und flenne und noch ein Bier bestelle. Ich weiss, dass ich ihn liebe und dass das verrückt ist und mir nur Schmerzen bringt, aber vielleicht auch Momente des Glücks; ich bin verunsichert, aber auch froh, und ich fühle mich sehr lebendig. Wieso kann ich keine normale unkomplizierte Liebesgeschichte erleben? Aber das ist wohl so, definitiv, wenn man ein älterer Herr ist und junge Männer begehrt, die aus Thailand oder Indonesien kommen. Entscheidend aber ist: Ich mag ihn nicht bloss, ich bin ihm in Leidenschaft verbunden. Ich bin ihm verfallen, und das gefällt mir auch noch. Es gefällt mir und ängstigt mich, weil es so unvernünftig ist. Bin ich denn überhaupt noch der Sohn meiner vernünftigen Eltern? Die Vorstellung, etwas zu tun, was ich noch nie getan habe, auch mit 40 noch, behagt mir zusätzlich. Ich werde Eko helfen, ich werde mich auf ihn einlassen. Aus egoistischen Gründen, das ist mir durchaus bewusst. Ich habe mich bereits auf ihn eingelassen und damit auch eine Verantwortung für ihn übernommen. Ich will mich ins Chaos stürzen, ein sinnliches, sexuelles Chaos, ein Liebeschaos hoffentlich, und sollte es mich mein letztes Hemd kosten.

Das kann ich ohnehin nicht mitnehmen auf die letzte Reise.

Emotionale Stürme. Eko ist seit Dienstagabend hier, und ich fühle mich ziemlich schwankend zwischen Misstrauen und Vertrauen, Verzweiflung und Glück. Alles ist so neu, ich kann es schlecht einordnen. Am 26. kommt Eko um halb zwölf, mit viel Gepäck und völlig ausser Atem, durchfroren steht er im Schnee. Wir lieben uns, schlafen. Anderntags besprechen wir lange die Sache mit der Schule, gehen gegen Abend ins Kino, ein langfädiger James Bond. Später ist Eko, der die vergangene Nacht schlecht geschlafen hat, sehr müde und will früh zu Bett. Ich bin nicht müde, aufgewühlt, fühl mich abgelehnt. Auch Eko ist emotional verunsichert, weiss nicht, ob er sich auf mich verlassen kann, er weint sogar. Am Morgen wieder Sex. Zwischendurch sehr gute Momente, Vertrautheit, dann wieder Leere, Distanz. Ich bin so schrecklich verliebt in ihn. Am Nachmittag im Thermalbad Schinznach, wo es Eko offenbar gefällt. Anschliessend chinesisch essen. Eko wieder früh zu Bett. Kein Sex. Er schläft am nächsten Morgen aber trotzdem lange. Jetzt ist er allein in die Stadt gefahren, um Oky und andere indonesische Freunde zu treffen. Das Zimmer kommt mir leer vor ohne ihn.

Der letzte Tag eines in mehrfacher Hinsicht ungewöhnlichen, vielversprechenden Jahres. Es ist Nachmittag, Lazy Afternoon, Eko ist bei mir im Zimmer, und wir tun eigentlich nichts. Ein bisschen ungewohnt ist das schon, aber nicht schlecht, es ist, als würden wir schon lange zusammenleben. Gestern Abend hat Eko gekocht, sehr gut, eine indonesische Reistafel mit allem Drum und Dran, Pius war da und Sylvia hat auch mitgegessen, ein angenehmer Abend, ich fühle mich mit Eko in der WG akzeptiert, und ich fühle, dass Eko akzeptiert wird. Am Nachmittag waren wir einkaufen, vorher hatte Eko Briefe und Kassetten bei indonesischen Freunden vorbeigebracht. Am Abend des 29. waren wir wieder im Kino, «Species», ich war ziemlich sauer und etwas angesoffen, weiss Gott warum, nachher beim Chinesen beim Essen redeten wir ziemlich viel, das war ganz gut. Anschliessend sagte ich ihm, dass ich Sex haben möchte, und wenn ich so etwas signalisiere, ist das eigentlich auch nie ein Problem, er geht auf alles ein. Sofort geht er duschen, vor und nach dem Sex wird immer gleich geduscht. Er ist einfach sehr passiv, und ich weiss nie, ob ich ihn forcieren soll und darf oder ob er einfach seine Ruhe haben will oder sich langweilt. Er kann einfach so dasitzen, stundenlang, ohne etwas zu tun, ohne zu reden auch, das verunsichert mich ein wenig und ich habe dann Mühe, entspannt zu sein und einfach das zu tun, was ich tun möchte. Schliesslich ist er doch mein Gast, und ich möchte, dass er sich wohlfühlt.

Ich habe kaum je einen Jahreswechsel mit weniger feierlichen Gefühlen begangen. Es war wahrlich ein beschissener Silvester. Wir waren bei Severin. Erst der langweilige Nachmittag, dann die stumme Fahrt in der unsäglichen Forchbahn in die Stadt. Man kann sich etwa vorstellen, wie ich mich da fühlte. Und dann warten im «China-Garten», geschlagene 40 Minuten lang, bis die Prinzessin endlich die Güte hat aufzukreuzen. Bei Severin zu Hause ist Eko ganz begeistert von allem, was er sieht. Erste Anzeichen von Eifersucht. Ich seh doch, dass Eko auf R. steht. Und Eko auf S.? Will mein Freund mir meinen Geliebten abspenstig machen? S. ist gross und schlank, ich bin klein und eher vollschlank; und S. ist neun Jahre jünger als ich. Welche Chance habe ich da wohl? Aber Severin ist doch mein langjähriger, mein bester Freund, wie kann ich ihm da nicht vertrauen? Ausserdem steht er, als Maso, auf machomässige dominante Männer, und dass Eko ein machomässiger, dominanter Mann ist, kann man nun wirklich nicht behaupten. Nun, vielleicht ist er es doch, wenn nicht körperlich, dann psychisch, und Severin spürt das. Sowieso ist Eifersucht nie rational.

Wir sehen uns erst die «Bellezza»-Modenschau ab Video an, das gefällt Eko natürlich, der sich über alles für Mode, Markenartikel, Kosmetika und Shopping interessiert, sehr. (Ich interessiere mich nicht die Bohne dafür.) Während Severin und ich uns Walt Disneys «Aristocats» ansehen, blättert Eko ganz ungeniert in Severins Modezeitschriften und beachtet uns nicht mehr. Severin raucht Joints, ich trinke Bier und versuche mich so zu lockern, Eko, der weder trinkt noch raucht, ist enthaltsam. Mir ist gar nicht sauwohl, mir ist saukalt, innerlich. S. und Eko flirten, dass sich die Balken biegen, oder mein ich das bloss, ich komme mir ausgestossen vor, ausgeschlossen. Beschissen. Ich bin eifersüchtig: Um Mitternacht, beim Anstossen auf das neue Jahr, küssen sie sich natürlich zuerst. Wo bleibt mein neues Jahr mit Eko? Das Feuerwerk ist auch beschissen oder vielmehr bepisst: es regnet nach Mitternacht. Eko ist nun etwas zugänglicher. Wir schauen ein Video mit Ru Paul an, von dem Eko ganz begeistert ist. Um zwei fahren wir nach

Egg zurück, in der Bahn, schweigend. Ich sterbe innerlich, ich verglühe innerlich.

Zu Hause sage ich zu Eko: Ich bin wohl doch zu alt für dich. Ich liebe dich so, aber ich glaube, es ist zwecklos, dich zu lieben. Ich sage es so, wie ich es fühle, will damit einfach meinen Schmerz ausdrücken, aber er versteht es anders. Ich will nicht sagen: falsch. Er meint, ich wolle mich von ihm zurückziehen, mein Versprechen zurückziehen. Meine Eifersucht versteht er natürlich nicht – er hat sie aber gespürt. Er sagt fauchend: Wenn du denkst, dass ich dich mit deinem Freund betrügen will, werde ich es tun. Er zeigt mit dem Finger auf mich. Willst du das, he? Willst du das? Er ist wütend. Er sagt: Ich bin vielleicht eine Hure, aber ich habe auch ein Herz. Soll ich mich wie eine Hure verhalten? Na ja, so geht das hin und her, mit Beteuerungen und Entschuldigungen. Er meint, ich lasse ihn im Stich, ich meine, er liebt mich nicht. Das dauert. Schliesslich versöhnen wie uns irgendwie.

Ich weine, er tröstet mich, hält mich im Arm.

Ich liebe Eko, aber ich fühle mich so hilflos.

Tage, Nächte am Rande des Nervenzusammenbruchs. Heute ist Eko nach Frankfurt zurückgefahren; am 15.1. würde eigentlich seine Schule in Chur beginnen. Die Rechnung über 20'000 Franken für das erste Semester habe ich heute bereits bekommen. Abends bei Severin, weil ich dachte, Eko sei vielleicht noch bei ihm – sinnlose, rasende Eifersucht. Gestern in Chur, alles ist glatt gelaufen, Eko wurde sofort als Schüler akzeptiert; die Aufenthaltsbewilligung wird nun von der Schule beantragt. Am Abend Kino, anschliessend versöhnlich, friedlich, geil.

Ich bin wie besessen von Eko, noch immer, ich bin wirklich verrückt. Aber ich muss eine andere Basis, eine andere Einstellung zu dieser Beziehung finden. Sonst machen wir uns beide kaputt. Ich glaube, das ist wirklich die grösste Herausforderung meines bisherigen Lebens.

Ich muss lernen, ihn zu lieben – es ist ein Ziel, keine selbstverständliche Voraussetzung. Es ist eine Aufgabe, und eine Chance nicht nur für ihn, sondern auch für mich. Wenn ich es schaffe, dann erschaffe ich damit mich selbst – meine Würde. Ich weiss jetzt, dass das nicht leicht sein wird. Was ich für ihn tue, tue ich auch für mich. Wenn ich ihn verletze, dann mache ich auch mich kaputt – und ich war einige Male schon verdammt nahe dran. Aber ich verstehe auch, dass ich so reagiere, so reagieren muss. Es kann nicht leicht sein. Es muss weh tun, das ist natürlich und hat nichts mit Masochismus zu tun. Oder doch?

Ekos Anfang in der Schule verzögert sich nun auch noch durch Schwierigkeiten bürokratischer Natur, die durchaus vermeidbar gewesen wären. Auf jeden Fall hat er die Aufenthaltsbewilligung noch nicht bekommen, und am Montag würde das Semester in Chur beginnen. Abends bei Pius habe ich mich einmal mehr ausgeredet oder vielmehr ausgekotzt, Eko, Eko und nochmals Eko war das Thema, der arme Pius. Dabei ist mir immerhin klargeworden, dass ich Ansprüche an Eko haben und diese auch äussern darf. Ich will ihn regelmässig sehen und auch Sex haben mit ihm. Wenn er nächstes Wochenende die Bewilligung noch nicht hat, werde ich ihn eben noch einmal in Frankfurt besuchen.

Eko hat mir ein sehr elegantes Portemonnaie geschenkt. Jetzt ist er in Berlin, mit Armin, der fast 200'000 Mark im Spielcasino verloren hat und nun als Marktfahrer arbeitet – laut Eko. Die Sache mit den Papieren dauert.

Heute morgen, kurz vor dem Erwachen, träumte ich von Baphomet. Ich weiss nicht genau, was Baphomet bedeutet. Eine Art Synonym für den Teufel? Er ist kein Monster, aber auch nicht menschlich, sondern vor- oder unter- oder übermenschlich. Sein Anblick erschreckt mich auch nichtt. Er ist sehr gross, fett, irgendwie wachend, ein Erdenwesen, wurzelartig, uralt. An seinem winzigen, nicht erigierten Pimmel nuckelt ein Baby wie an der Mutterbrust. Das verwandelt sich allmählich in eine Schildkröte.

Eko ist hier, in der Schweiz, seit zwei Tagen. Er ist letzten Dienstag gekommen, mit dem Zug, 20.03 Uhr, obwohl er mir am Telefon gesagt hatte, er komme mit dem Zug um neun. Ich war schon um sieben am Bahnhof, aufgeregt wie ein Stall voller Hühner. Ich wartete, von einem Gefühl getrieben, am Bahnsteig um 20.03. Ein asiatisch aussehender junger hübscher Mann wartet ebenfalls, Ekos Kollege Robert, wie sich später herausstellt. Als Eko mit seinen fünf Koffern und Taschen erscheint und von Robert stürmisch begrüsst wird, schaue ich die beiden bloss verblüfft an. Eko ist sichtlich verlegen, schickt Robert bald weg und übergibt mir noch im Bahnhof wie zur Beschwichtigung das Geschenk, das er mir mitgebracht hat, einen «Esprit»-Ledergurt und ein Leder-Necessaire. Dann fahren wir mit dem Taxi sofort nach Egg, wo Eko unverzüglich beginnt, seine Sachen auf dem Boden auszubreiten und umzupacken. Er erzählt irgendeine Geschichte, dass Robert ihn im Zug angerufen habe etc., ich weiss aber, dass er flunkert, da ich ihn auch anzurufen versuchte, das Telefon aber gesperrt war. Ist mir jedoch egal, ich verstehe ihn und mache ihm keine Vorwürfe. Eko sagt, ich sei wirklich am wichtigsten für ihn. Er ist sichtlich unter Druck, gestresst, aufgeregt. Dann beginnt er sich plötzlich zu winden vor Schmerz: Magenkrämpfe, die ihm die Tränen in die Augen treiben. Ich bin hilflos, mache ihm Tee, aber er windet sich fast die ganze Nacht, seufzt und stöhnt. Gegen Morgen erst beruhigt er sich, hält mich umklammert, lässt sich von mir halten. Er ist in diesem Moment sehr verletzlich, zerbrechlich, ich ahne, dass sich hinter seiner coolen, schweigsamen Fassade eine ungeheure Empfindsamkeit verbirgt. In diesem Moment kommt er mir vor wie ein schutzbedürftiges Kind. Am Vormittag ein friedlicher Moment, Eko spielt sogar Klavier; dann, im Zug, kommen die Krämpfe wieder, ich spüre Ekos Angst vor dem Unbekannten, das da auf ihn zukommt. Er weiss nicht, ob er dem gewachsen ist. Mit seinen Taschen fahren wir nach Chur. Eine qualvolle Fahrt für beide. In Passugg wird Eko sofort in die Pflicht genommen; nachdem man ihm sein Zimmer gezeigt hat, das er mit einem Inder teilt, muss er unverzüglich in seine neue Klasse.

Ein schönes Wochenende mit Eko. So langsam entsteht eine Art Vertrautheit, Vertrauen zwischen uns.

Wieder ein Wochenende mit Eko. Ich entdecke, dass ich mit keinem der mir bekannten Konzepte an diese Beziehung heran, in diese Beziehung hinein kann. Ich muss mich einfach immer wieder ins kalte, warme und heisse Wasser fallen lassen – ein Abenteuer, eine Herausforderung stets aufs Neue. Ich bin daran, den Verstand zu verlieren – durchaus im positiven Sinn. Meine Versuche, die Situation (und Eko) zu kontrollieren (mit wechselnden Eltern- und Kindspielen zum Beispiel), verfangen nicht, laufen ins Leere. Es fällt mir auf, wie sehr sich meine zwei bisher wichtigsten Liebesbeziehungen – die mit Wolfgang vor vielen Jahren und die mit Eko jetzt – in dieser Hinsicht gleichen. Der springende Punkt dabei ist, dass die übliche Intellektebene, die ich so gut beherrsche, dabei praktisch keine Rolle spielt. Wahrscheinlich suche ich das, zieht mich genau das an – Terra incognita auch in mir selbst, lockendes, verheissungsvolles, angstauslösendes fremdes Land, Land meiner Sehnsucht. Eko ist mir dabei, möglicherweise, ohne dass er das weiss und sicher ohne dass er es will, ein wichtiger Lehrer. Eko ist mir zugleich das Fernste und das Nächste. Aus der Sicht von Eko kann es aber ebenfalls kein Zufall sein, ausgerechnet auf mich zu stossen unter diesen Milliarden von Menschen, über mehr als zehntausend Kilometer hinweg. Ich nehme also an, dass ich auch für ihn in irgendeiner Hinsicht Lehrer und Führer sein kann.

Heute waren wir mit Robert und seinem Schweizer Freund Martin im Alpamare. Sehr spannend, mit Martin über seinen «Eko» zu sprechen. Und: ich bin die Röhren runtergeflitzt, nicht nur einmal, sondern oft, was vielleicht keine grosse Sache für die Menschheit ist, aber einen ängstlichen Menschen doch einiges an Überwindung kostet. Ich überwand mich nicht nur, weil ich mich nicht blamieren wollte, sondern vor allem, weil ich dabei sein, das Erlebnis mit ihnen und vor allem mit Eko teilen wollte. Ich überwand mich aber auch, weil ich meine Angst fühlen und mich ihr stellen und nicht vor ihr davonlaufen wollte.

Und aus Neugierde: Weil ich wissen wollte, wie es ist. Es ist überwältigend. In einigen Röhren ist das Tempo atemberaubend. Eine gute Übung, um die Lust, die Angst am Kontrollverlust zu erfahren. Eine Art Vorstufe des Bungee-Jumping.

Fühle mich manchmal richtig glücklich. Einfach mit Eko zusammen zu sein, diesem zauberhaften, wunderschönen Wesen, ist «pure Pleasure». Er hat mich auserwählt – was für ein grosses Glück. Er ist genauso, wie er sein muss, diese Leidenschaft ist sehr still manchmal, sehr fein und zerbrechlich, aber auch sehr tief. Unser Zusammensein ist so selbstverständlich und friedlich, eine Wohltat für die Seele. Ich geniesse es doch, dass Eko nicht dauernd über irgendetwas diskutieren will, deshalb ist es auch so wenig anstrengend mit ihm. Ich brauche nicht ständig witzig, tiefsinnig oder ironisch zu sein, es spielt für Eko keine Rolle. Im Gegenteil, es ist ihm ganz recht, wenn ich nicht so viel quatsche. Manchmal kommt er mir vor wie ein Wesen aus einer anderen Sphäre, vielleicht ist er ein Alien oder ein Kobold oder so was. Nein, es stimmt absolut nicht, dass erfüllte Träume etwas Schreckliches sind. Die Realität ist sogar noch viel schöner als die Träume. Man ist nur etwas ungläubig, reibt sich die Augen.

Letzten Sonntag hatte ich eine ziemlich hässliche Auseinandersetzung mit meinem Bruder. Ich erzählte ihm von Eko, worauf er mich beleidigte und Eko diffamierte; kurz, er zog unsere Beziehung völlig in den Dreck. Da explodierte ich, nannte ihn ein Arschloch. Auf der anderen Seite merke ich gerade heute, dass er damit auch ein Spiegel meiner eigenen Ängste und Befürchtungen ist. Diese ziemlich grässliche Woche war Eko, der jetzt zwei Wochen Ferien hat, wieder einmal ganz und gar nicht erreichbar für mich, sein Telefon sei gesperrt, sagt er, sein blödes Handy, er hat zwar zweimal angerufen, und heute haben wir auch kurz telefoniert – erst war Andi am Telefon, sein indonesischer Kumpel, der mich fragt, ob Eko heute Nacht zu ihm nach Baden kommen dürfe. Ich verstand das erst gar nicht richtig. Dann Eko, der mir sagt, es gehe ihm nicht gut, weil es irgendwelche Schwierigkeiten mit seiner jüngeren Schwester gibt, die verschwunden (?) sei. Dann sagt er mir noch, dass er bei Severin angerufen habe (warum?), der mich heute ebenfalls angerufen hat – er sei gestresst und so und könne mich heute nicht treffen. Dann erzählt Eko noch etwas von einer Party morgen Abend, auf die er mit Martin und Robert gehen will, und er rufe mich morgen an, um drei oder fünf, was weiss ich. Ich hasse das, bin eifersüchtig und verunsichert.

Mit Eko eine Woche in Kreta. Nicht, dass ich meinem Bruder recht geben könnte oder gar wollte, es würde mir das Herz zermalmen; er hat nicht recht, seine Sicht der Dinge ist total falsch. Ich hatte diesen Traum in Agia Galini, dass Eko mich betrügt, mich ausnutzt, dass ich ihn aber trotzdem lieben muss. Ja, ich habe den Eindruck, dass er mich nicht liebt, dass er mich gar nicht lieben kann, was nicht seine Schuld ist, mich aber trotzdem fast umbringt. Und heute, nach unserer Ankunft in Zürich, hat er sich sofort verabschiedet, sagte, er wolle zu Robert, fragt mich, ob er da übernachten darf. Als ich zwei Stunden später bei

Robert anrufe, ist Eko nicht mehr da, und Robert verspricht sich – wenn Eko überhaupt noch kommt oder so.

In Kreta hatte ich ein paarmal das Gefühl, dass Eko mich gnadenlos über den Tisch zieht. Er benützt mich für seine egoistischen Pläne: ich kaufe Geschenke für seine Freunde, unterstütze seine Familie... Dauernd rief er von Kreta aus in Indonesien an, verbrauchte die Telefonkarten gleich massenhaft, auf meine Kosten natürlich, wegen seinem Vater, seiner Schwester, ich versteh überhaupt nicht, worum es geht. Tagsüber machen wir Ausflüge mit dem Motorrad oder dem Bus, abends gehen wir essen, ich trinke Retsina, er Cola, einmal machen wir bei einer Gruppenwanderung mit; Eko leidet fürchterlich, denn erstens ist er nur schlecht für die Wanderung ausgerüstet und zweitens hat er zum Wandern etwa eine ähnliche Einstellung wie die Thais – aber *er* hat die Teilnahme an diesem Anlass vorgeschlagen, nicht ich. Meistens ist Eko stumm, und ich fürchte, er fühlt sich nicht wohl, langweilt sich. Das Hotel ist zwar schön gelegen, das Meer fantastisch, der Ort angenehm, aber es ist halt nicht eben viel los, und ich weiss oft nicht, was ich ihm vorschlagen soll, was er gerne machen würde. Wenn er zwei, drei Nächte lang signalisiert, dass er keinen Sex mit mir haben will, werde ich nervös. Nur einmal erlebe ich ihn ganz gelöst: als wir an einem Abend zusammen Monopoly spielen. Da ist er wie ausgewechselt, wirklich ein völlig anderer Mensch, gelöst und ausgelassen.

Ich fühle mich so ähnlich wie im Januar. Ich warte auf einen Anruf von Eko, und er ruft natürlich nicht an. Ich schäme mich meiner Verzweiflung, meines Misstrauens, meiner Unfähigkeit, momentan einen anderen Lebenssinn zu finden als eben – Eko. Ich fühle mich wie zerrissen von Scham. Gläsern, durchschaubar. Aber ich kann meine Gefühle nicht kontrollieren. Ich sehe meine Erbärmlichkeit so klar wie nie. Wenn ich Eko verlieren würde, wüsste ich nicht mehr, wofür ich leben sollte. Ich weiss genau, dass ich diese Nacht erneut so zwischen zwei und vier erwachen werde, verzweifelt, mit einem Feuerball im Bauch, absolut wehrlos.

Es war zwar kein ganz spannungsfreies Wochenende mit Eko, aber immerhin war er da. Natürlich wirkte mein traumatisierter Zustand noch etwas nach. Er rief um 13 Uhr an und kündigte sich auf 20 Uhr an, war noch in Chur. Sagte er jedenfalls. Wir gingen dann gleich ins Kino («The Birdcage», ganz lustig, Eko war aber überhaupt nicht begeistert.) Er hat irgendwelche gesundheitlichen Probleme, sagt etwas von regelmässigen Kopfschmerzen um Mitternacht, dann seine Magenprobleme, Erkältungen etc.). Später erzählt er mir, dass Sany nächstens Geburtstag habe, und wieder etwa eine Stunde später, schon in der S-Bahn, fragt er mich unvermittelt, was ich Sany denn zum Geburtstag schenken wolle. Ich bin etwas irritiert: Warum denkst du, dass ich ihm etwas schenken werde? Er ist doch nicht mein, sondern dein Freund? Er ist auch dein Freund, behauptet Eko mit Nachdruck. Warum sagt er das? Ich bin verwirrt. Ist er immer noch eifersüchtig wegen dem einen Seitensprung im Januar, als er weg war, oder glaubt er, ich würde Sany, den Stricher aus Singapur, weiterhin sehen? Leider verpasse ich es, das gleich klarzustellen. Sage Eko dann später lediglich, dass er der einzige Mann für mich

sei, dass ich an keinem anderen Interesse hätte, was er ungerührt über sich ergehen lässt.

Auf dem Heimweg sage ich Eko, dass es jetzt ziemlich
genau ein Jahr her sei, seit wir uns das erste Mal begegnet
seien. Ich meine das ja nur positiv, aber er will das nicht
hören, fasst es beinahe schon als Beleidigung auf. Es sei ja
nicht wichtig, wie lange man sich schon kenne, und es
komme ihm so vor, als würde ich die Monate zählen. Ich
verstehe seine Reaktion nicht. Eko scheint wirklich sehr
misstrauisch zu sein. Ich hätte es nicht so gemeint, sage
ich, und wiederhole meine Liebesbeteuerungen. Später
dann doch noch Sex, aber auf meine Initiative. Heute ist er
wieder kratzbürstig, stumm, wirft das Geld, das ich ihm
gebe, genervt in seine Louis-Vuitton-Tasche. Vielleicht ein
weiterer Fauxpas ist, dass ich später meine Eltern treffe,
aber eine Begegnung zwischen ihnen und Eko zugegebenermassen zu verhindern suche. Das hat er vielleicht gemerkt, und es hat ihn vielleicht gekränkt, was weiss ich.
Aber wie soll ich meinen Eltern Eko und meine Beziehung
zu Eko erklären, wenn schon mein Bruder nichts begriffen
hat? Diese Auseinandersetzung ist mir einfach zu viel.

Eine Frage, die ich bisher völlig ausser Acht gelassen
habe: Wie reagiert der stolze Eko, wenn *er* Verlustängste
und Eifersuchtsgefühle hat?

Am Sonntag schläft Eko den ganzen Tag, er ist immer
noch oder schon wieder krank, erträgt das hiesige Klima
schlecht. Am Abend sind wir in der Stadt, treffen Ifan im
«Odeon», der hat Probleme mit seinem Schweizer Lover
oder Boyfriend, die beiden schnattern die ganze Zeit sehr
aufgeregt und kichern und erst allmählich merke ich, dass

Ifan zwischendurch auch weint. Wenn Indonesier kichern, bedeutet das nicht unbedingt, dass sie etwas lustig finden, sondern es ist ein Zeichen für Verlegenheit und Stress. Zu Hause sagt mir Eko in ziemlich aggressivem Tonfall, er hoffe, ich sei nicht wie die andern Schweizer. Die würden Ifan, ihn, Eko, und seinesgleichen wie Klopapier behandeln: sie benutzen und sie dann, ihrer überdrüssig geworden, wegwerfen (allerdings erfahre ich dann auch, dass sich der Konflikt wie in manchen anderen, vergleichbaren Fällen auch, an der materiellen Unersättlichkeit Ifans entzündet hat: Er wollte unbedingt einen 900-fränkigen LV-Rucksack haben, weil ihn alle anderen Kumpels auch haben usw., das ist eine Prestigeangelegenheit; jede Seite sieht das halt auf ihre Weise). Ich reagiere betroffen. «Du glaubst doch nicht wirklich, dass ich dich wie Klopapier behandle?», frage ich ihn. Sage, ich würde es ihm beweisen. «Das ist besser», antwortet er düster. «Reden kann jeder.»

Heute morgen erwachte ich mit einer Riesenwut im Bauch. Plötzlich bin ich sehr beleidigt über seine Unterstellungen und sage ihm das auch. Er brauche mich nicht mit anderen zu vergleichen, ich sei ein Individuum. Überdies hätte ich ihm ja wohl noch nie Anlass gegeben, sich wie Klopapier behandelt zu fühlen; im Gegenteil. Da wird er wieder heftig und macht böse Augen: Ich würde immer alles übertreiben, aufbauschen, ich sei kompliziert und heftig, er habe mir nur seine Meinung gesagt. Dann sagt er noch einmal, entnervt und auf Deutsch: Ich liebe dich, Christian. Aber er finde meine Reaktionen manchmal unreif, ja kindisch. Es sei mir ja auch unbenommen zu denken, dass er ein Flittchen sei wie die Thais, die im «Carrousel» herumhockten. Und überhaupt, er will nichts mehr davon hören. Na gut, legen wir diese Sache zu den Akten.

Eko wollte mit mir im Juni für zwei oder drei Wochen nach Djakarta und Bali reisen. Er war ganz begeistert, machte Pläne, bestellte Prospekte, verglich Flugpreise und Fluglinien im Internet. Ich wäre gern mit Eko in sein Heimatland geflogen, aber ich hatte finanzielle Bedenken, da der ganze Urlaub für beide doch 4000 bis 5000 Franken gekostet hätte, und ich so schon nicht weiss, wie ich das ganze Schulgeld für ihn zusammenbekommen soll. Ich muss langfristig denken, auch für ihn. Er war sehr enttäuscht, meinte dann später aber, er müsse unbedingt nach Indonesien, um Familienangelegenheiten zu klären, vor allem mit seiner jüngeren Schwester, die in finanziellen Schwierigkeiten stecke. Sie habe kein Geld, um die Miete für ihr Zimmer zu bezahlen. Sie sei von Vater und Bruder «verstossen» worden, erzählt Eko, weil sie ein uneheliches Kind habe; er, Eko, sei der einzige, der zu ihr halte. Ich erkläre mich bereit, ihr 500 Fr. zu schicken, ich verzichte auf meinen Urlaub und lass ihn allein fahren, das kostet dann immerhin nur die Hälfte. Was für eine Niederlage vor mir selbst! Was bin ich nur für ein Riesenidiot.

Jetzt ist Eko schon fast eine Woche in Indonesien. Der Luxusprinz wurde vom alten König grosszügig ausgestattet. Das letzte gemeinsame Wochenende verlief ausnahmsweise mal ohne Krach. Eko zeigte mir stolz wie ein Sohn seinem Vater das (gute) Zeugnis, schenkte mir eine «Esprit»-Uhr (ich weiss nicht, warum er mir immer Esprit-Sachen kauft). Eko war ja in der Vorwoche überall, in

Frankfurt, in Zürich, machte irgendwelche Deals mit LV-Taschen und so, von irgendwoher muss er das Geld für die Uhr ja haben, vielleicht machte er auch den Strich zwischendurch. Immerhin schläft Eko zwei Nächte hintereinander mit mir. Am Montag begleite ich ihn auf den Flughafen, zusammen mit Kaka und Coco. Eko küsst mich sogar zum Abschied in der Öffentlichkeit, was er sonst nie tut.

Die ganze Woche bin ich halb krank, erkältet, ein Souvenir von Eko. Kann kaum schlafen, weil ich dermassen von Hustenreiz geplagt werde. Erschöpft, ausgelaugt. Eko kostet mich zweifellos nicht nur Geld. Und diese Herausforderung geht weiter. Heute entdecke ich zufällig auf der Telefonrechnung, dass Eko im April zumindest einmal nach Äthiopien telefoniert hat. Das heisst, dass er immer noch Kontakt mit seinem (ehemaligen?) Boyfriend Balz hat. Davon war nun wirklich nie die Rede. Im Gegenteil. Eko hat vor meinen Augen demonstrativ ein Foto von ihm und Balz zerrissen und mir versichert, dass er mit Balz endgültig fertig sei. Ich bin sehr enttäuscht und wütend und muss aufpassen, dass ich nicht abstürze. Ich kann jetzt nichts tun. Vielleicht nützt er mich ja doch nur aus, um die Zeit zu überbrücken, bis Balz zurückkommt, und er dann gut dasteht mit einer Ausbildung, einer Grundlage, und mich wirft er weg – wie Klopapier.

Gestern Abend grandioser Absturz, heute mehr tot als lebendig und so verkatert, dass ich ganz zitterig bin. Ein paar Leute aus dem Geschäft waren da. Saufen am Feuer bis vier, irgendwann gibts ein Gewitter. Singen, tanzen, lachen, weinen. Aber tief innen bohrt der Schmerz.

Schrecklicher Arbeitstag, sehr heiss wie sonst nur im August. Atembeklemmt, deprimiert, panisch. Ich wäre gerne cool und gelassen, aber die Eko-Sache macht mich fertig. Wie im Januar ruft er nie an, was meine Paranoia noch verstärkt. Ich bin in einem ziemlich zentralen wunden Punkt getroffen. Meine Verlassenheit, Einsamkeit und das Gefühl des Entwertetwerdens – es ist eine tiefe alte Wunde.

Ein bisschen leichter heute Abend. Oky ruft mich an und gibt mir Ekos Nummer in Indonesien. Ich solle ihn anrufen, er habe mehrmals versucht, mich zu erreichen. Eko sei im Spital gewesen – eine Augenoperation. Ich rufe ihn gleich an, in Indonesien ist es nach Mitternacht. Eko scheint wirklich sehr froh, mich zu hören. Was er genau hat, weiss ich nicht, etwas am Augenlid, er sehe im Moment jedenfalls nicht gut, es habe schrecklich wehgetan. Jetzt geht es ihm offenbar besser. Eko sagt, er sei bei seiner Schwester und einem indonesischen Freund, er könne nicht viel unternehmen, liege mit einer Augenbinde bloss rum. Irgendwie spür ich, dass meine Zweifel nicht stimmen. Eko sagt wieder, dass er mich liebt. Ich glaube, wenn er Balz angerufen hat, dann kaum, um mich zu «betrügen».

Eko sagt mir, dass es ihm besser gehe – er wisse aber nicht, wann er zurückkomme. Kein Wort mehr vom 23., die alte Salami-Taktik. Er will meine Fax-Nummer vom Geschäft. Er müsse die Sache mit den Augen auskurieren, das sei in Indonesien viel billiger als in der Schweiz. Scheisse, hier hat er doch Krankenkasse. Er habe alles Geld – ausgerechnet 1500 Franken, den Betrag, den ich ihm mitgegeben habe – für die Operation ausgegeben; deshalb der

Umzug aus dem Haus seiner Schwester in das Haus von Sony. Was für Begründungen! Ich versteh überhaupt nichts – ist er so raffiniert oder so unbeholfen? Misstrauen. Eko sagt, dass er mich vermisst, und ich möchte ihm das gerne glauben.

Ich rufe die Nummer von Ekos angeblicher Schwester an, aber das ist gar nicht seine Schwester, sondern eine Landlady. Eko sei ausgezogen vor zwei Tagen, er schulde ihr noch Geld für Miete, Essen, einen Leihwagen, 850'000 Rupiah insgesamt (ca. 520 Franken). Sie habe seinen Pass zurückbehalten. Sie bestätigt die Operation und dass Eko allein im Zimmer gewohnt habe (ich vermute nämlich inzwischen, Eko habe sich mit Balz in Indonesien getroffen).

Ich hasse Eko Er betrügt mich. Auch auf der Mai-Rechnung sind mehrere Telefonate nach Äthiopien verzeichnet.

In der Nacht bete ich intensiv um einen Anruf von Eko. Tränen strömen mir literweise über das Gesicht. Und heute morgen im Geschäft ruft er tatsächlich an. Ich versuche zu rekonstruieren. Er sei in Jogjakarta. Dass er kichert, deutet auf Nervosität hin. Er rufe vom Postamt aus an. Natürlich ist er bestens informiert über meine Telefonaktionen in Indonesien und meine Kontaktversuche in der Schweiz. Warum ich Devi, seine Schwester (Schwester, von wegen!) gefragt hätte, ob das stimme mit der Augenoperation, und ob er mit einem Mann da gewesen sei. Er ist tatsächlich empört über mein Misstrauen. Da bringe ich meinerseits seine Anrufe nach Äthiopien ins Spiel. Ganz beleidigte Diva: Wenn das so sei und ich glaubte, er habe sich mit Balz in Indonesien getroffen, könne er ja gleich ganz dableiben. Ja, er komme nicht mehr in die Schweiz zurück. Ich Idiot falle auf diesen Trick auch noch rein und werde ganz hysterisch: Bitte komm zurück, ich werde dich immer lieben und solchen Scheiss. Er räumt dann immerhin ein, dass es ein Fehler gewesen sei, mit Balz zu telefonieren. Warum er es getan hat – davon kein Wort. Er bleibe noch bis Juli in Indonesien, das kann auch heissen, bis Ende Juli. Robert könne das ja schliesslich auch, Martin mache nicht so ein Theater. Mein Gott, was mich dieser Kerl schon angelogen hat! Er findet es nicht nötig, mir das Geringste zu erklären. Er sagt nur: Du kannst ja Balz anrufen, du hast ja seine Nummer (was nicht stimmt). Und er sagt überdies, ich könne ruhig mit seinen Kumpels rummachen, mit Sany, Kaka... Scheisskerl.

Heute kommt ein Fax von Eko aus Indonesien, auf dem er mir (ins Geschäft!) schreibt, dass er mich liebt. Allerdings ist der Fax auf den 23. datiert, wurde also vor unserem Telefonat verfasst. Zu Hause liegt eine Karte von ihm, auf der steht, dass er mich liebt.

Inzwischen ist alles wieder ganz anders. Was für ein Wechselbad! Am 28., Mittwoch, telefoniere ich seit langem wieder einmal mit Rung und mache ein Treffen mit ihm ab. Unterwegs treffe ich Coco und Leo, zwei indonesische Freunde von Eko. Coco sagt mir, dass er nächstens ebenfalls nach Indonesien fliege und vorhabe, dort Eko zu treffen – Ende Juli. Ich habe das Gefühl, dass er mich verarscht, gar auslacht. Bei Rung erzählt mir der sofort, dass er Eko gesehen habe: in Zürich, mit «veränderten Augen», vor Tagen schon. Ich will ihn sofort finden und zur Rede stellen. Ich platze beinahe vor Wut. Unterwegs trinke ich ein paar Biere, um mich zu beruhigen, was aber im Gegenteil eher bewirkt, dass ich noch wütender werde, lande schliesslich im Carrousel. Dort stürze ich mich auf Oky: Wo Eko sei. Er solle ihn sofort herholen. Der ist sauer: «Was gehen mich die Auseinandersetzungen von Eko an? Ich bin nicht die Mutter der indonesischen Boys hier.» Ich warte, trinke wieder Bier, bin schier ausser mir vor Wut. Plötzlich steht Eko vor mir, mit noch geschwollenen Augenlidern. Ich schnauze ihn an: «Komm sofort her und setz dich». Die nächsten drei Stunden spricht Eko auf mich ein, auf Englisch, wie ein Wasserfall – soviel hat er die ganze Zeit bisher zusammengerechnet nicht gesagt. Er sei auf mich sehr wütend gewesen, weil ich ihm misstraut hätte. Er habe es darauf abgesehen, dass ich ihn finde, er habe mich «überführen» wollen, wie ich zu Sany gehe. Mit Balz sei gar nichts, er habe nur den Kontakt mit ihm nicht ganz abbrechen wollen, und er kenne ja mein reizbares Temperament. Er habe mich nicht verletzen wollen. Er sagte noch vieles; aber weniger, was er sagte, als vielmehr, wie er es sagte, hatte Wirkung auf mich. Ich bin beeindruckt von der neuen Seite, die er mir zeigt. Die Augenoperation will, muss ich weitgehend aus dem Spiel lassen – zu verwirrend. Später gehe ich allein nach Egg mit der letzten Bahn. Anderntags bin ich natürlich erst um elf im Büro. Um fünf wieder mit R., er erzählt mir, es sei eine Schönheitsoperation gewesen. Ich sage nichts, denk mir aber meine Sache, will nur mit ihm Sex. Er ist sehr müde, hat nur eine Stunde geschlafen letzte Nacht. Ich sättige mich an ihm, mit wütender Geilheit. Anderntags nehme ich frei. Beginne wieder mit ihm zu streiten, sehr intensiv, wieder auf Englisch (sonst sprechen wir Deutsch zusammen). Wir sitzen uns beide auf dem Zweiersofa gegenüber, unsere Beine berühren sich, und Eko fixiert mich die ganze Zeit mit seinem intensiven Blick, während er mich sonst kaum anschaut und sich auch gestört fühlt, wenn ich ihn betrachte. Er sagt: «Wenn du mich jetzt fallen lässt, wirst du es ewig bereuen, bis zur Stunde deines Todes und darüber hinaus. Du wirst einsam sein. Niemals wirst du wieder jemanden finden. Ich werde nicht mehr mit dir reden, dich nicht einmal anschauen.» Es klingt wie eine Drohung, aber ich fühle mich im Innersten getroffen. Tränen strömen mir über das Gesicht. Eko hat zweifellos eine enorme Willenskraft, der ich wenig entgegenzusetzen habe.

Seither sind wir wieder zusammen.

Wieder mitten in diesem verfluchten Sommer, mitten in diesem verflixten Jahr. Eko ist noch immer da, mitten in diesem Zimmer, und ich trau ihm manchmal, fühl mich manchmal sehr glücklich mit ihm, und manchmal sage ich mir, dass ich sehr vorsichtig sein muss, und dann schalte ich den Kopf ein und bin wieder sehr unglücklich. So geht das hin und her, das ganze Jahr schon, und ich vergesse dabei ganz, was sonst noch schief- und gutläuft. Jedenfalls bin ich daran, mich zu verändern. Ich verliere meine Identität, meine Sicherheit. Ich komme mir vor wie ein Spieler, und wahrscheinlich bin ich das – ein schlechter Spieler allerdings. Ich habe noch nie um einen so hohen Einsatz gespielt, aber wahrscheinlich braucht das auch eine gewisse Noblesse, Vornehmheit, und genau das ist es, was mich meiner gewohnten Proleten-Identität entfremdet. Ich habe nie gelernt, Geld zu verschwenden, aus dem Fenster zu werfen. Ich werde also auch Ekos zweites Semester bezahlen.

Das, was ich früher mit Bedeutung belegte, erledige ich inzwischen gewissermassen en passant. Wichtig ist für mich das Geniessen. Und das schaff ich offensichtlich nicht, ohne immer wieder gehörig zu leiden. Im Ernst: Das hat etwas zu tun mit dem Tier, das ich bin. Ich entferne mich vom Menschen, der ich bin. Ich liebe das Göttliche in mir und das Tierische, aber das Menschliche, das mag ich immer weniger. Es ist so schäbig, es ist so schweizerisch, so verachtenswert. Als Tier bin ich ganz passabel.

Manchmal denk ich, dass Eko mich verhext hat, dass er irgendeinen Voodoo-Zauber über mich gelegt hat. Aber das könnte er nicht, wenn ich es im Innersten nicht so wollte. Ich frage mich noch immer, warum mir dieser Mensch so viel bedeutet, er mich so in den Himmel und in die Hölle katapultieren kann. Der Sex allein kann es ja wohl nicht sein. Manchmal spüre ich die Liebe direkt sprudeln, mitten aus meinem Herzen. Es ist unheimlich.

Natürlich fürchte ich mich vor Eko und dem, was er in mir auslöst. Fürchte mich vor der Betörung, dem Einnehmenden. So oft habe ich ihn nun schon berührt – und doch ist es immer wie das erste Mal. Er ist wirklich der «schönste» Mensch, den ich kenne. Er ist durchaus nicht der Einzige, der mich scharfmacht, und so geil wie in letzter Zeit war ich wohl noch nie in meinem Leben, aber er ist der Einzige, den ich will. Das macht mir Angst. Dass ich keine Chance habe, ausser alles auf eine Karte zu setzen. Das Leben verlangt viel von mir in diesem Zusammenhang: löse und binde. Ich sehe ihn, sehe ihn wieder nicht, ein einziges Hin und Her. Er kommt und geht, ist da und nicht da. Ein Spiegel. Ich will ihn, will mich von ihm befreien. Ich begehre ihn, fürchte ihn. Brauche meine Ruhe, sehne mich nach seiner Nähe. Verfolge ihn, stosse ihn weg. Oh nein, ich kann ihm nichts vorwerfen, nicht mal seine Lügen, sein Verstocktsein, seine Spiele. Er muss sich nicht entscheiden. Ich muss mich entscheiden, immer wieder.

In die Zukunft reisen heisst, mit Dingen konfrontiert zu werden, die man nie für möglich gehalten hat. Ich jedenfalls nicht, um schön bescheiden zu bleiben. Dadurch, dass ich mit einem Menschen befreundet bin, der fünfzehn Jahre jünger ist als ich, erleide und erlebe ich glücklich so etwas wie einen Entwicklungsschub. Eko gehört der Techno-Generation an – einer ganz anderen Generation als ich. Und in einem gewissen Sinn ist es ja schon so, dass die jungen Leute den älteren erfahrungsmässig weit voraus sind. Ich fühle mich Eko nicht unterlegen, aber ich empfinde ihn als Führer in ein mir in mehrfacher Hinsicht fremdes Land. Oder fremde Länder. Deshalb lasse ich mich gern von ihm an der Hand nehmen und mitnehmen. Er nimmt mich weit mehr in seine Richtung, als ich ihn in die meine nehme. Was habe ich ihm schon zu bieten, ausser meinem Geld? Mein Herz habe ich ihm zu bieten – und er nimmt es mit der grössten Selbstverständlichkeit an. Er akzeptiert einfach, dass ich ihn liebe, nimmt es hin, und er zeigt mir auch, dass er mich «liebt», allerdings nicht zu meinen, sondern zu seinen Bedingungen.

Es ist vorbei. Eko habe ich lange nicht gesehen. Und ob ich ihn je wieder sehen werde, ist egal. Ich erlebe die beschissensten Ferien, die ich je hatte. Eko war in Amsterdam, ohne mich, und lässt mich sozusagen andauernd hängen. Nun gut, wenn er mich nicht will, will er mich eben nicht. Ich habe mich in den letzten Tagen kaputtgemacht damit, auf ihn zu warten. Ich warte nicht mehr. Noch eine Stunde, dann gebe ich es auf.

Eko ist wieder zurück in der Schweiz, das heisst, er ist hier, das heisst, er ist bereits wieder in Chur, wo ich ihn morgen besuchen will. Kurz nach meinem letzten Eintrag, es war weit nach eins, ich lag bereits im Bett im dunklen Zimmer zu Kitaro-Musik und versuchte mich zu beruhigen, da klopfte es dann doch noch an die Tür. Und da war er, mein Schöner. Ich konnte es gar nicht glauben. Ich hatte die Hoffnung wirklich schon aufgegeben. Besoffen, wie ich war, mit meiner Pernod- und Zigarettenfahne, freute ich mich einfach nur über die Erscheinung. Meine Liebe zu Eko ist offenbar nicht so leicht umzubringen. Über die nachfolgenden Begebenheiten weiss ich nur noch bruchstückhaft Bescheid. Ich erinnere mich lediglich daran, dass ich ihm keine Szene machte. Wir redeten wohl ein bisschen, aber hatten keinen Streit. Im Gegenteil, ich machte ihm wahrscheinlich die schönsten Liebeserklärungen meines Lebens. Ich sass einfach da, schaute ihn an, strahlte ihn an, himmelte ihn an und sagte ihm, wie schön er für mich sei. If you could see yourself through my eyes… Nicht nur seinen Körper, sondern die ganze Person – auch dann, wenn er kein Engel, kein guter Mensch sei. Und wenn ich mich recht erinnere, konnte er das auch annehmen – so, wie er mich angeschaut hat. Daran erinnere ich mich schon noch.

Ich habe seinen wunderbare Körper berührt, geschmeckt. Wir haben uns vereinigt. Trotz potenzschwächendem Pernodkonsum und obwohl ich am Morgen bereits gewixt hatte, am Vorabend mit einem Thaiboy Sex hatte und am Vorvorabend mit Severin und am Montag

schon einmal mit einem Thaiboy, der mich sogar durchge-
fickt und dem ich das Arschloch geleckt hatte – und obwohl ich die ganze Zeit ungeheuer viel gesoffen hatte und
am Donnerstag, dem ersten August, war auch noch diese
Geschichte mit dem Haschkuchen in Zug gewesen, bei
Eddy und Magda, mit anschliessendem Mond- statt Son-
nenbad in unserem nächtlichen Garten. Ja, man erlebt
schon komische Dinge in diesem Jahr.

Liebe hat nichts mit Vernunft zu tun. Und ich war noch
nie so verliebt in Eko wie gerade heute. Ich habe ihn in
Chur besucht, bloss für zwei Stunden – ich bin verrückt
nach ihm, verzehre mich nach ihm. Und ich kann einfach
nichts dagegen tun. Er weiss das natürlich, und es macht
ihn wohl etwas ratlos. Ich begehre ihn so sehr! Meine ganze sexuelle Unersättlichkeit, meine Perversität – er hat mir
ein paar schmutzige Unterhosen dagelassen, und ich
schnuppere an seinen Bremsspuren und hole mir einen
runter dabei...
Es genügt nicht, mein Verhalten zu ändern. Ich muss
meine Einstellung ändern, ich muss Eko wieder erobern.
Und das geht nur, wenn ich selbst nicht kaputt gehe dabei.
Ich weiss nur nicht, wie man das macht. Es sind immer
dieselben Fragen. Die Lust an der Unterwerfung, die ich
Eko gegenüber empfinde, vermischt sich fatal mit meinem
Hang, darunter zu leiden, dass er diese Rolle ernst nimmt
und sie mir gegenüber spielt (wobei das wahrscheinlich
Gedanken sind, die er sich gar nicht macht) und vielleicht
dadurch das Gefühl hat, für mich begehrenswert zu bleiben, objet de désir (was ihm zu meinem Unglück auch gelingt). Gewiss, er ist mein Herr, ich bin sein Sklave, das hat

einen subtilen Reiz, aber auf die Dauer funktioniert eine Beziehung so nicht (warum eigentlich nicht?). Ich fühl mich wie ein Gefangener – nicht nur meiner Leidenschaften, sondern auch seiner Intrigen. Wie aber soll ich meine Einstellung ändern und wirklich frei werden von ihm, von meiner Sucht nach ihm, meiner Besessenheit von ihm? Ich will ihn ja wirklich nicht verlieren! Und wie kann ich ihm die Freiheit geben, die er braucht? Ich weiss es nicht. Wie kann ich die Macht, die er über mich hat, loslassen?

Andererseits ist natürlich auch er mir ausgeliefert.

Ich sehe heute meine Angst, Eko zu verlieren, vielmehr darin, dass ich mich wieder einmal auf der Verliererstrasse befinde. Es ist also nicht Ekos Problem oder vielmehr mein Problem mit Eko, sondern das Problem, das ich mit mir selber habe. Wenn ich keine Lebensfreude habe, dann bin ich auch nicht fähig zu lieben, dann bin ich nicht interessant, spannend für ihn, attraktiv für ihn. Wenn ich mich verloren habe, habe ich auch nichts zu bieten. Es ist eine Sache der Einstellung, nicht des Verhaltens, obwohl natürlich diese jenes beeinflusst. Ich frage mich, wie oft es Eko schon bereut hat, sich mit mir eingelassen zu haben. Das, was ich ihm von mir zeige, ist wirklich oft ziemlich «boring» und zuzeiten ganz schön nervtötend. Ich sollte verstehen, dass er ab und zu etwas Erholung von mir braucht. Und ich lass ihn nicht auf die Rave-Party gehen, sondern lad ihn ein zu diesem in seinen Augen langweiligen, verkrampften Fest mit lauter Leuten, die er nicht kennt und die ihn nicht interessieren. Mit lauter Schweizern, die er komisch findet und mittlerweile fast zu hassen beginnt. Da ist ihm diese charmante Hure Sany, die lachend ausruft:

«I'm a bitch, bitch, bitch, I'm a whore, whore, whore!» tausendmal lieber.

Der letzte Tag meiner sogenannten «Ferien» ist zu Ende. Erholt habe ich mich überhaupt nicht, Spass hatte ich selten, insgesamt war es ein grosser Stress. Am Freitag wieder am Rand des Wahnsinns, auf dem Spaziergang und später in der Stadt. Eko in Passugg nicht erreichbar, bloss sein Anrufbeantworter. Später Kino («I shot Andy Warhol»), Bier, im Bahnhof in der Hoffnung, dass E. kommt. Er kommt nicht. Aber dann, auf dem Weg ins «Carrousel», begegne ich ihm unverhofft, ich weiss nicht, ob er einen Freier hat. Falls es so ist, lässt er den jedenfalls sofort stehen und sagt: «Gehen wir nach Hause.» Er gesteht mir dann, dass er immer noch ab und zu im «Carrousel» «arbeite». Er entschuldigt sich. Ich sage, ich hätte das längst geahnt und könne es verstehen, er brauche seine Unabhängigkeit, auch finanziell, da ich seine teuren Extrawünsche ja unmöglich erfüllen könne. Es wird ein ganz gutes Gespräch – seit langem das erste Mal wieder so etwas wie Nähe, Wärme. Später wunderbarer Sex. Nein, er will mich nicht verlassen, braucht nur seine Unabhängigkeit, Freiheit. Auch am Sonntag spricht er wieder mit mir, über Indonesien, auch etwas über sich, seinen Vater, seine Vergangenheit. Er stammt aus einer wohlhabenden Familie – sein Vater ist Regierungsbeamter, seine Mutter schon lange gestorben. Als Kind und Jugendlicher war er ein guter Tennisspieler, ein vielversprechendes Talent, das sogar Jugendmeisterschaften gewonnen hat. Aber er ist ein Rebell – ein Prinz und Rebell, der gewohnt ist zu tun und zu erreichen, was er sich vorgenommen hat. Anspruchsvoll eben.

Samstagabend, 22.40 Uhr. Was hatten wir denn für ein Samstagabendprogramm? Kein Eko, dafür Somchai. Ich bekomme immer genau das, was ich will. Wo Eko mal wieder ist, wollen wir doch gar nicht so genau wissen. Besser ist es, eigene Wege zu gehen.

Irgendwann am Samstag hatte ich genug davon, auf Ekos Telefonat zu warten. Ich fuhr also in die Stadt und trank in den Schwulenlokalen Bier. Und im «Carrousel» hat mich dann eben Somchai angesprochen. Sex, wie ich ihn wollte. Somchai hat alles getan, professionell raffiniert, zärtliches Küssen, nette Worte. Nun gut, ich habe seine Telefonnummer.

Heute war der Tag, an dem ich endlich wieder so etwas wie Vernunft angenommen habe. Nun habe ich den Tschinn endgültig abgeschüttelt – er, Eko genannt, soll keine Macht mehr über mein Leben haben. Es ist bloss noch ein Echo, ein Nachhall seiner Macht da. Meine Schuld ist abgetragen. Ich bin wieder frei. Er ist vielleicht von selbst gegangen, vielleicht habe ich auch etwas nachgeholfen, so klar lässt sich das nicht entscheiden. Der Alptraum ist auf jeden Fall vorbei, und ein neuer kann beginnen. Jetzt gilt es, auch noch den letzten Rest von ihm aus meiner Seele zu reissen, wo er sich breitgemacht hat, und dann das Loch zu stopfen, das dadurch entstanden ist. Vorläufig fällt mir nicht viel anderes ein als zu saufen. Den ganzen Tag habe ich damit gerungen, sicher zu sein, dass ich ihn nicht mehr will – weil das eine Frage der Selbstachtung ist. Ich will ihn nicht mehr, ich habe genug von ihm, er hängt mir zum Hals heraus. Er soll gehen, er soll nicht mehr in mir existieren! Der Tropfen hat das Fass zum Überlaufen gebracht. Ich will nicht wieder und wieder dasselbe erleben...

Die ganze Woche damit verbracht, meine Gefühle für Eko in mir abzutöten. Wieder diese ungeheure Wut, diese Hass- und Rachegefühle. Allerdings habe ich dabei auch eine gewisse Befreiung empfunden und eine gewisse nervöse Stärke, ein Selbstgefühl. Angenehm wars nicht, aber ich habe mich innerlich von Eko gelöst. Meine Verliebtheit hat sich in der Hitze der Gefühle beinahe ganz aufgelöst. Am Mittwochabend war ich wieder bei Somchai, das hat mir wirklich gut getan. Natürlich, Somchai ist ein Stricher, aber auch ein äusserst freundliches, zärtliches, geiles, hemmungsloses Wesen, nicht so schön, nicht so kapriziös und prinzenhaft wie Eko, dafür einfacher, erdiger, aber auch offener, unkomplizierter, hemmungsloser. Er scheint mich zu mögen – natürlich mein Geld, aber auch meine Freundlichkeit. Nicht nur der Sex ist hemmungsloser, tabuloser, weniger verklemmt als mit R., er ist auch zärtlicher, affektiver.

Heute Abend lag eine Karte von Eko im Fach, er entschuldigt sich, war am Wochenende in Basel an einer Abschiedsparty mit Coco, er habe einen grossen, womöglich pinkfarbenen Amerikanerschlitten gefahren.

Nachdem ich die ganze Woche nichts anderes wollte, als Eko zu zerstören, finde ich gerade das jetzt schwierig – ihn zu verletzen, meine Loyalität zu brechen. Das, was mir jetzt am verlockendsten erscheint, nämlich die ganze Geschichte mit ihm definitiv hinter mir zu lassen, mich von ihm zu befreien, ist plötzlich wieder eine unendliche Last.

Ich habe letzte Nacht von Eko geträumt. Er war in diesem Traum ein Krüppel, ein Behinderter. Im Traum dachte ich: Ich kann ihn doch in diesem Zustand nicht verlassen, er braucht mich doch. Und das Schlimme ist, dass ich tatsächlich glaube, eine Verpflichtung ihm gegenüber zu haben, und dass er in einem gewissen Sinn tatsächlich behindert ist, dass er meiner bedarf und mich braucht. Jetzt, wo ich nicht mehr verliebt bin in ihn, denke ich, dass er mich vielleicht mehr braucht als ich ihn. Er weiss es vielleicht nicht, aber er braucht mich auch als Person, als Mensch, als Partner. Ich bin für ihn genauso ein Spiegel, wie er für mich ein Spiegel ist. Das heisst, ich kann ihn nicht einfach brutal und kommentarlos hinauswerfen, wie ich ursprünglich dachte. Was soll ich also tun, sagen, wenn er wieder einmal aus der Versenkung auftaucht? So wie bisher geht es auf keinen Fall weiter. Ich will diese Verliebtheit, diese Abhängigkeit nicht mehr. Ich will dieses Leiden an ihm nicht mehr, diese ausschliessliche Orientierung an ihm. Und ich will auch solche Erlebnisse geniessen wie jenes mit Somchai.

Anstatt Klärung weitere Verwirrung. Gestern wieder bei Somchai, den ich immer mehr mag und der mir viel gibt – aber ich liebe ihn nicht, obwohl ich ihn durchaus lieben könnte. Er ist liebenswert, sehr sogar. Aber ich liebe noch immer Eko. Habe ihn heute gesehen, versuchte ihm alles zu sagen, was ich sagen wollte. Er versteht überhaupt nichts davon, schaut mich nur mit verwirrten Augen gross an. Und ich verstehe ebenfalls überhaupt nicht, was er mir sagt und was er will. Undeutlich und leise murmelt er etwas in seinen nichtvorhandenen Bart, macht ein trotziges

Gesicht. Er sagt, es sei doch egal, wie oft wir uns jetzt sehen würden; dafür werde er sich um mich kümmern, wenn ich einmal alt sei. Ich bin nicht dein Vater, sage ich heftig, und ich will es auch nicht sein. Ich will dich als Partner, als Freund. Er wolle mich nur noch unter Woche und nicht mehr am Wochenende sehen, bis zu seinem Geburtstag. Natürlich weiss er von Somchai bereits, meint dazu nur, er habe einen Fehler gemacht oder die falsche Taktik angewendet. Es tue ihm leid. Soviel Hass. Anschliessend fahren wir stumm und feindselig mit der Forchbahn bis Egg, das heisst, diese Bahn fährt nur bis Scheuren. Schweigend auf der abfallenden Strasse zwischen Scheuren und Neuhaus in der Dunkelheit, ist die Aggression zwischen uns fast mit Händen zu greifen; Mordlust in der beginnenden Dämmerung. Und dann gehen wir zusammen ins Bett, haben Sex. Eiskalte Wohllust. Dann zieht er sich an, geht. Ich gebe ihm bewusst kein Geld, nicht mal für den Zug zurück nach Chur; das wird er mir später vorwerfen. Als er weg ist, ruft sein Freund Sony an. Eko sei misstrauisch mir gegenüber, wegen der Erfahrungen, die er mit seinem Freund Balz gemacht habe. Zwischen Eko und mir ist jedenfalls gar nichts geklärt. Wenn er jetzt mit mir spricht, kommt er mir vor wie ein Verrückter. Und ich bin nur noch müde. Er will mir Blumen aufs Grab legen – er will mich erschiessen. Wir sind wie zwei Skorpione, den erregten Giftstachel gegeneinander gereckt. Er zeigt mir eine Schussscheibe mit Einschlaglöchern, ein Hobby in Passugg. Nein, ich versteh ihn nicht, bin nicht mehr verliebt in ihn, tu auch nicht mehr so. Das Machtspiel hat sich verschoben. Aber ich liebe ihn, er trifft mich ins innerste Mark meiner Gefühle. Trotzdem – dieses Mal gebe ich nicht nach. Er soll zu mir kommen, auf mich zukommen, ich brauche ihn nicht. Ich liebe ihn – aber nicht mehr zu seinen, sondern zu meinen Bedingungen.

Mit Eko Schluss gemacht, das heisst, ich habe ihm klare Bedingungen gestellt, auf die er nicht eingehen wird. Er könnte, wenn er wollte, aber er versteht nicht oder will nicht verstehen. Sieht sich als armes Opfer. Sieht mich als Missbraucher. Letzten Dienstag hat er den Grossteil seiner Sachen geholt. Donnerstag wieder bei Somchai, ein Trost.

Abends bei Somchai – er ist sehr zärtlich und kuschelig, sympathisch. Nach dem Sex liegen wir eng umschlungen einfach auf dem Bett, sehr geborgen. Eko stand ja nach dem Abspritzen immer sehr schnell auf und verschwand im Badezimmer, um zu duschen. Nie wollte er sich von mir halten lassen, kaum je meine Zärtlichkeit. Somchai ist zumindest ein geduldiger Mensch. Dann gehen wir Pizza essen, ich bin aufgekratzt und gut gelaunt. Morgen will Somchai mit mir ins Kino. Schlechtes Gewissen wegen Eko – ja, warum? Ich verbaue ihm damit gewissermassen den Rückweg zu mir. Tue ich das? Ist das nicht wieder lediglich eine Idee von mir? Ich glaube, er meldet sich sowieso nicht mehr bei mir.

Natürlich mach ich mir auch ein wenig Sorgen wegen dem Geld. Ich verbrauche immer noch mehr, als ich einnehme.

Letzte Nacht habe ich davon geträumt, dass ich Eko suchte. In einem Hallenbad oder sowas. Wir hatten uns, küssten uns sogar, aber dann verlor ich ihn immer wieder, suchte ihn die ganze Zeit verzweifelt. Gewiss, ich kann ohne ihn leben. Aber ich vermisse ihn und denke, dass er es sich wohl kaum leisten wird, mich zu vermissen. Er wird sich bei mir nicht melden. Ich bin versucht, ihn doch wieder anzurufen – aber ich frage mich natürlich, was das bringen soll.

Ich habe Eko heute Abend angerufen. Es war wieder so eine Entscheidung: Ich will ihn noch immer – wenn er auch will. Das musste ich ihm zeigen. Schliesslich bin ich der König, ist er der Prinz. Hätte ich ihn nicht neulich gesucht im Traum, ich hätte es wohl gelassen. Eko war erstaunlich gesprächig am Telefon, wenn ich auch wieder nur die Hälfte von dem verstand, was er sagte. Aber ich spürte deutlich seine Erleichterung, mich zu hören. Nein, ich mache mir keine Illusionen mehr. Seine Vorstellung von Liebe und die meine wird wohl nie auf einen Nenner zu bringen sein. Trotzdem, ich fühl mich immer noch mit ihm verbunden.

Übers Wochenende mit Pius auf dem Titlis. Nun, Eko hat natürlich nicht angerufen. Dafür Somchai, gleich mehrmals. Dienstag ist er zurück aus Genf. Ich finde es sehr verlockend, mit ihm über Weihnachten durch Thailand zu reisen.

Heute Eko getroffen, und das war gar nicht gut. Oder doch? Mein Herz blutet. Eko beginnt im Mövenpick, kaum haben wir uns getroffen, gleich wieder vom Geld zu sprechen. Dass er bei Robert Schulden habe, noch vom Sommer her in Indonesien, und dass er bei Sony 800 Franken Schulden habe und dass er die von mir haben wolle, «sonst verschwende ich nur meine Zeit». Schliesslich sei ich verantwortlich für ihn. Geld Geld Geld. Natürlich bin ich für einen Moment schon fast wieder bereit nachzugeben, aber ich habe ein sehr schlechtes Gefühl dabei. Er weigert sich ausdrücklich, über etwas anderes als Geld überhaupt mit mir zu reden, er fordert nur und ist zu einem Kompromiss nicht ansatzweise bereit. Ich koste dich Geld, sagte er, wenn ich weiterhin dein Boyfriend sein soll. Ich bin nicht billig. Wer wüsste das besser als ich!

Schliesslich platzt mir der Kragen, und ich sage ihm, indem ich bewusst diese Gemeinheit platziere: Er könne es sich ja verdienen, das Geld, indem er Sex mit mir mache, dann hätte ich wenigstens auch etwas davon. Wahrscheinlich bestehe für ihn der Unterschied, eine Hure oder keine Hure zu sein, einzig darin, dass er im ersten Fall für das Geld, dass er bekomme, eine Gegenleistung erbringen müsse und im zweiten Fall nicht. Ich sage ihm damit natürlich auch, dass ich ihn für unfähig zu echter Zuneigung halte. Der Blick, mit dem er mich durchbohrt, bevor er wütend davonstapft, ist voller blankem purem Hass.

Sony ruft an. Erzählt, dass Eko die ganze Nacht geweint habe. Worüber wohl? Weil er sich gedemütigt fühlt? Über den Verlust seiner Macht über mich? Weil er nicht weiss, wie es mit ihm weitergehen soll? Keinesfalls hat er das klägliche Ende dieser sogenannten Liebesgeschichte bedauert. Er tut mir leid, einfach nur leid. Ich versuche Sony zu erklären, wie ich die ganze Sache sehe – vielleicht kann er übersetzen. Eko spricht wohl Deutsch, aber trotzdem eine ganz andere Sprache als ich. Niemals werden wir uns auch nur ansatzweise verstehen. Sony hört geduldig zu, bittet mich, Eko nicht fallenzulassen, Eko sei gut zu ihm gewesen.

Ich sage Sony, dass nicht ich Eko fallenlasse, sondern dass er mich von sich wegstosse. Er will ja nicht einmal mehr mit mir zusammensein. Ja, vielleicht kommt er mich mal besuchen, wenn ich im Altersheim bin.

Nein, solange Eko seine Anspruchshaltung nicht aufgibt, kann ich nichts für ihn tun. Er hat nicht das Recht darauf, dass ich ihn versorge. Das ist freiwillig. Ich bin nicht sein Daddy. Er wird also weiterhin eine Hure sein, auf die eine oder andere Weise. Das tut weh, denn ich weiss, es tut ihm nicht gut. Es verletzt seinen ausgeprägten Stolz.

Er wird mich verurteilen, wird vergessen, dass ich ihn wirklich geliebt habe. Ich kann es nicht verhindern. Für ihn werde ich immer der Täter sein, und er wird das Opfer bleiben, und wir werden beide weiterziehen, voneinander weit weg. So ist das Leben. Gemein und hässlich. Und wenn wir uns wieder begegnen, dann sicher nicht in diesem Leben – vielleicht in einem andern.

Wir haben unsere Lektion vom anderen gelernt. Und die war bitter.

Gestern Abend noch einmal mit Eko telefoniert. Aber eine Verständigung ist einfach nicht möglich. Eko stellt sich auf den Standpunkt, dass ich ihm das Geld, dass er diversen Leuten schuldet, meinerseits geradezu schulde, dass ich ihm dieses Geld also gewissermassen geben *muss* (vorher rief Robert an und sagte frech, Eko schulde ihm Geld und ich solle das gefälligst rausrücken). Ich begreife das einfach nicht. Eko redet wieder nur über Geld mit mir. Er sagt mir, und ich weiss nicht, ob das bewusster Zynismus ist: Ich liebe dich, aber ich liebe auch dein Geld. So, wie ich Eko kenne, wird er sich bestimmt einen Millionär angeln als nächstes, oder das wenigstens versuchen. Armer Eko, armer Millionär.

Heute im Geschäft Somchai erreicht, ihn dann im «Odeon» getroffen, später bei ihm am Hirschenplatz, dann noch im «Predigerhof». Was mach ich bloss. Somchai sagt, er habe 900 Franken «verloren» oder sie seien ihm abhanden gekommen oder sie seien von der Polizei beschlagnahmt worden, aus welchem Grund auch immer, irgendein Horrormärchen, nun könne er seine Miete nicht bezahlen, ob ich ihm helfen könne. Und wieder bin ich so vertrauensselig, weil ich ihn mag. Aus der einen Geschichte raus, in die nächste Geschichte rein. Und jetzt?

BOYS TOWN

Sonntag war ich den ganzen Tag nervös, da ich mich ja um sechs Uhr mit Somchai im «Odeon» verabredet hatte. Ich hatte Bedenken wegen der WG, wegen möglicher Begegnungen mit Eko, wegen allem. Natürlich freute ich mich auch, fühlte mich aber doch sehr verunsichert. Ja, und dann traf ich Somchai, und damit war alles wieder anders.

Somchai trank Weisswein, erst im Odeon, dann im «Predigerhof», und kam ins Reden. Wir haben sehr viel zusammen geredet, ich habe ihm die ganze Eko-Geschichte erzählt, und ich habe viel von ihm erfahren. Nein, er will gerade nicht mein Geld. Er will von mir als Mensch, als Partner respektiert werden. Er interessiert sich für mich. Er hat mir von seiner Situation erzählt, von der Kindheit, die er nicht hatte, von der Verantwortung, die er schon früh übernehmen musste. Er ist viel erwachsener als Eko. Er hat mir sein Herz geöffnet. Am Schluss war er etwas betrunken, aber das brauchte es wohl, damit er so reden konnte. Ja, ich vertraue ihm, und ich möchte ihm geben können, was er braucht, denn er gibt mir alles, was ich brauche. Er sagte auch: Überstürzen wir nichts. Komm erst mal nach Thailand, lass dir von mir meine Welt zeigen, fass Vertrauen zu mir. Ich glaube, mit ihm könnte alles anders werden. Nicht einfach, das nicht. Wir gingen dann noch essen, redeten und redeten, und dann war Somchai das erste Mal hier im Weidgut. Es war eine wunderbare Nacht, geil, aber vor allem auch sehr zärtlich, sehr geborgenheitsspendend.

Ihn stört meine Nähe nicht, er geniesst sie auch... wahrscheinlich.

Am Dienstag Abend: Ernüchterung. Zu denken, dass Somchai auch nur mein Geld will. Misstrauen. Treffe Somchai im «Predigerhof», Sex, er will Geld. Absolute Nichtverliebtheit. Am Mittwochabend das Telefon mit Eko, der erneute Schmerz, die Schuldgefühle auch. Obwohl mir Eko eigentlich keine Vorwürfe macht, das Ende akzeptiert. Vielleicht ist es wirklich besser, du versuchst es mit einem anderen, sagt er, zum Beispiel mit Somchai. Er sagt, er hätte doch gar keine andere Wahl gehabt, als sich auf mein Angebot einzulassen oder die Chance, die sich ihm durch mich bot, zu ergreifen. Ja, es stimme, sagt er, als ich in ihn dringe, nein, er habe mich nicht geliebt. Die Sachen, die von ihm noch bei mir seien, könne ich behalten. Er sei aber froh, wenn ich sie nicht einfach wegwerfe – ich könne sie ja verschenken.

Heute war ich wieder einmal am Rande eines Nervenzusammenbruchs. Trotzdem habe ich den Mut aufgebracht, den Flug nach Bangkok zu buchen. Ich fliege am 13. Dezember, ausgerechnet an einem Freitag dem dreizehnten. Wo ich doch so abergläubisch bin. Zu allem kam, gerade, als ich im Reisebüro daran war, meinen Flug zu buchen, im Radio die Nachricht von einem Flugzeugabsturz. Und dann fliege ich auch noch mit PIA, und ich weiss doch, mit welcher Gottergebenheit die Pakistani auch mit Verkehrsmitteln umgehen, die nicht den neusten Normen entsprechen. Nachmittags ruft Somchai an, wie fast jeden Tag, und wir verabreden uns im «Predigerhof», sitzen da von sechs bis neun, absolut friedlich und entspannt, wieder verliebe ich mich in ihn, Highlight, einfach schön, Glück. Kein Sex, aber ich will gar keinen Sex, wir sitzen da wie ein altes Liebespaar, Hand in Hand, und plaudern. Ich habe plötzlich keine Angst mehr, nach Thailand zu reisen, sondern freu mich einfach nur noch darauf, dass ich mit Somchai zusammensein werde – seine Familie zu treffen, ihn um mich zu haben. Er sagt, dass er sonst nicht so viel spreche und dass er noch nie mit einem Schweizer so habe sprechen können. Ich liebe Somchai, aber ich will ihn überhaupt nicht besitzen. Er kann tun, was er will, es stört mich nicht, denn er geniesst es, mit mir zusammenzusein. Ich liebe ihn auf eine ganz andere Art, als ich jemals jemanden geliebt habe. Er ist mir so nah, er ist mir so ähnlich. Eigentlich bin ich froh und auch ein wenig stolz auf mich, dass das Misstrauen keine Oberhand über mich hat gewinnen können. Ich geniesse dieses leichte Gefühl der Liebe und der Melancholie – aus dem Wissen heraus, dass man einen Menschen eigentlich gar nicht verlieren kann, weil man ihn nicht besitzen kann. Will. Muss. Er sagt, andere mögen seinen Charakter nicht. Er sei eigentlich ein Einzelgänger. Ich liebe seinen Charakter. Ja, er ist ein unmoralischer Mensch, aber er hat ein Herz wie eine Sonne. Ich bin auch ein unmoralischer Mensch, mein Herz ist jedoch eher wie der Mond. Vielleicht passen wir deshalb so gut zusammen.

Gestern, am 11.11., Geburtstag gefeiert mit Somchai. Fastnächtliches Trieben in den Gassen. Treffe Somchai um 18 Uhr im «Predigerhof», da wird gebechert zu deutscher Hopsa-Musik. Wir trinken Bier bis etwa neun, dann gehen wir heim zu ihm, machen Sex, lieben uns. Somchai ist müde von seinen Abstürzen in den vergangenen Tagen, er hat wie ich diesen Hang zum exzessiven Rausch, aber unsere Stimmung ist gut, das Zusammensein himmlisch. Dann wieder «Predigerhof», Essen im «Casanova», wieder «Predigerhof», trinken, um 12 Champagner, später Champagner im «Cinecittà». Wir sind beide verrückt und ausgelassen und betrunken. Anschliessend bei Somchai übernachtet (d.h. es war schon vier oder fünf, als wir ins Bett kamen). Heute verkatert, aber glücklich.

Rekapituliere ich nachträglich das vergangene Jahr, muss ich sagen, dass es äusserst lehrreich, sehr anstrengend, voller Intensität, voller Schmerz, aber auch voller Liebe war. Erstaunlich, sehr erstaunlich, wenn man die jahrelange Liebesleere bedenkt, die ich durchlitten habe, die Hoffnungslosigkeit auch. Es ist zwar alles ungewiss und voller Risiko, aber insgesamt doch besser als das, was ich in meinem Leben erlebt habe seit langem. Vielleicht deshalb, weil ich so viele neue Erfahrungen gemacht und mich dadurch auf das Realitätsprinzip zubewegt habe. Ich habe zwar gelitten wie ein Tier und bin dauernd mit meinen Grenzen konfrontiert worden, aber offensichtlich habe ich Mut, Lebensmut daraus geschöpft. Ich habe mich wieder verliebt, und es ist neu dieses Mal, anders, ich bin (noch?) nicht eifersüchtig, und ich habe durch Somchai den Mut gefunden, dass ich mir einen alten Traum erfüllen werde – Thailand. Ich brauche Somchai nicht zu idealisieren, er gehört mir nicht, aber seine Zuneigung, Freundlichkeit und das, was er mir gegeben hat, ist wirklich mehr, als ich mir je zu erhoffen wagte, noch vor gar nicht so langer Zeit. Somchai gibt mir Wärme, er macht mich glücklich. Er erlaubt mir, ihm meine Wärme zu geben. Das ist völlig unerwartet, und ich bin sehr dankbar dafür. Natürlich hat das Schicksal in mir die Voraussetzungen schaffen müssen, ihm zu begegnen – der Schmerz durch, der Verlust von Eko war folglich notwendig, unabdingbar. Allerdings weiss ich, dass es nur vorwärts gehen kann, und dass die Mutproben wohl eher noch härter werden in Zukunft.

Noch drei Wochen, dann fahre, fliege ich. Momentan keine Angst. Ein Zwischenzustand. Somchai ist weg, zurück nach Bangkok. Die letzten Tage mit Somchai waren etwas hektisch, Somchai hatte viel zu erledigen, wir haben uns nicht so oft gesehen, wie ich mir gewünscht hätte. Trotzdem ein gutes Gefühl.

Am Samstag habe ich tagsüber gearbeitet (putzen, einkaufen), dann ein Spaziergang im beginnenden Schnee, abends in der «Paragon»-Sauna, wo ich ein kurzes, sehr geiles Sex-Erlebnis mit einem kleinen Asiaten (halb indonesischer, halb thailändischer Abstammung) namens Effan habe – ich habe ihn allerdings verwechselt, gewiss, ich hatte ihn mal kurz mit Somchai zusammen im «Predigerhof» gesehen, aber gedacht, es sei sein Thaifreund Gai, erst später erinnere ich mich, dass es der Neuling war, dem Somchai mütterlich ein paar gute Tipps gab. Ich gebe ihm 100 Franken, heimlich, denn in der Sauna gibt es ein grosses Schild, auf dem steht, dass Prostitution hier nicht geduldet werde, obwohl die Sauna von Prostitution lebt.

Heute Geilheit auf den Kleinen, den ich am Samstag in der Sauna getroffen habe. Irgendwie Drang, den zu treffen. Ich hatte ihn ja verwechselt, mit dem Thaifreund von Somchai. Und genau dem bin ich heute im «Predigerhof» begegnet. Sein Spitzname ist Gai, was soviel wie Huhn bedeutet. Ein femininer, sehr zierlicher, fast magerer Junge. Ich getrau mich nicht, ihn anzusprechen, sondern smile ihn bloss an. Doch dann geh ich doch zu ihm hin, und wir trinken Bier und reden zusammen, und ich finde ihn ja so süss, und ich merke, dass auch er mich wiedersehen will. Diese Faszination! Er gibt mir seine Telefonnummer. Er fliegt am 9. oder 10. Dezember nach Thailand zurück. Er sagt, er wohne im gleichen Haus wie Somchai oder habe da gewohnt. Und ich möchte ihn so gern sehen, genauso, wie ich vorher den Kleinen aus der Sauna wiedersehen wollte. Das wirft wirklich alles, was ich über mich weiss, über den Haufen. Ich liebe Somchai, aber ich könnte auch Gai lieben und viele andere.

Das Wochenende war prallvoll. Am Freitagabend treffe ich Gai. Wir reden und trinken Bier. Dann gehen wir essen, ins Thai-Restaurant an der Zähringerstrasse. Anschliessend will Gai ins T&M, wo wir etwa eine Stunde blieben. Gai will dann mit mir ein Zimmer im Hotel «Goldenes Schwert» nehmen. Es ist das erste Mal, dass ich in Zürich in einem Hotel übernachte. Ich massiere den knabenhaften, fast mageren Körper des 23-jährigen Jungen – erst seinen Rücken, dann seine Brust. Er wird sehr erregt – ich auch. Er fragt mich, was ich wolle – ich sage, es sei mir egal, ich weiss, das ist keine Antwort, aber es *ist* mir egal, ich will ihn einfach «nur» spüren, ihm nahe sein. Ich überlasse also ihm die Entscheidung. Er fragt mich, ob ich ein Kondom dabeihätte, findet dann aber doch, dass es noch zu früh sei zum bumsen. Er holt erst mir und dann sich einen runter. Ich liebe ihn sehr. Er ist abwechselnd anhänglich und distanziert. Vorsichtig, scheu. Glaub ich jedenfalls.

Ich weiss nichts von anderen Menschen und nur wenig über mich. Alles ist ein grosses Geheimnis. Er will kein Geld von mir. Er ist kein Strichjunge – natürlich ist auch er ein Strichjunge, gezwungenermassen, aber wir haben uns auf einer anderen Basis kennengelernt. Im Zimmer hört man das Bumbum von unten, aus der Diskothek. Ich schlafe trotzdem fast ein, ich bin sehr müde und hatte den ganzen Tag furchtbare Schmerzen im Nacken und in den Schultern. Er aber sagt, er könne jetzt doch nicht schlafen, wegen dem Lärm, er gehe noch einmal rüber in die Diskothek, einen Whisky trinken, Rotwein, dann werde er bestimmt müde – ob ich auch mitkommen wolle? Nein, sage ich, ich wolle schlafen. Kaum ist er weg, bin ich natürlich hellwach. Der Lärm ist wirklich unerträglich, und ich habe keine Ohropax-Ohrenpfropfen dabei. Ich vermisse Gai bereits – vielleicht bin ich auch ein wenig enttäuscht, dass er weg ist. Ich beginne zu warten, und das Warten ist für mich immer noch unerträglich. Ich zappe mich gelangweilt durch das TV-Programm. Ich möchte etwas trinken. Von unten das unerträgliche Bumbum. Inzwischen ist es zwei Uhr dreissig. Ich zieh mich wieder an, geh aber nicht in die Diskothek – ich habe noch Geld für genau drei nicht allzu teure Glas Bier –, sondern vis à vis in eine Bar, die noch offen hat. Ich will Gai, der sicher Freunde trifft, nicht stören. Ganz zufrieden trinke ich mein Bier, schaue zu, wie der Regen auf das Pflaster tropft, bin plötzlich ganz ruhig – ein besonderer Moment, trotz allem. Es ist wärmer geworden, am Anfang des Abends hatte es noch geschneit. Dann liege ich wieder im Bett und lausche dem Bumbum und warte auf Gai, vermisse ihn, sehne mich nach ihm. Schliesslich, gegen fünf, die Diskothek hat längst dichtgemacht, aber ich liege immer noch wach und habe die Hoffnung, dass er überhaupt noch kommt, schon aufgegeben, erscheint Gai, etwas betrunken. Nun schlaf ich, zufrieden, dass Gai im Moment wieder hier ist, endlich doch noch ein. Mit Gai in der Nähe, mal in meinen Armen, dann wieder weit weg von mir. Ein einziges Halten und Loslassen, wie immer.

Anderntags sind wir ruhig, verkatert, müde, irgendwann trennen wir uns, und ich bin irgendwie traurig und glücklich.

Natürlich muss Gai verwirrt sein. Er sagte mir, er möge nur ältere Männer. Ich liebe ihn, fühle mich verliebt wie ein Teenager – ich liebe ihn, ich liebe Somchai, der einfach etwas weiter weg ist momentan, und Gai ist doch hier – ich kenne mich gar nicht so. Ich liebe sie beide, oder abwechslungsweise. Ich liebe Gai, liebe Somchai – das ist kein Spiel, da ist aber auch keine Sicherheit. Und ich muss mich damit abfinden, manchmal geliebt, sogar begehrt zu werden – ich empfinde mich als weniger hässlich als auch schon, aber ich kann es noch immer nicht glauben, obwohl ich es mir so sehr wünsche.

Dienstag mit Gai telefoniert und mich mit ihm für Mittwochabend verabredet. Am Mittwochmorgen mit Somchai telefoniert – ich bin augenblicklich wieder verliebt in ihn, seine Stimme, sein sonniges Wesen. Nachts immer heftig und angstvoll von Thailand geträumt. Reiseführer gekauft und zu lesen angefangen. Am Abend im «Predigerhof» warte ich lange, Gai kommt fast eine Stunde zu spät – aber das macht nichts. Ich erzähle ihm, dass ich mit Somchai telefoniert habe. Er fragt, ob ich ihm von uns erzählt hätte. Als ich das verneine, meint er, das sei besser so. Er möge Somchai und er wolle nicht, dass er verletzt werde. Sollten wir uns in Bangkok treffen, meint er, dann seien wir einfach Bekannte. Er akzeptiere, dass ich zu Somchai gehöre. Er erzählt mir von seiner Jugend in der Nähe des Mekong-Flusses, an der Grenze zu Laos. Er sei nur ein halber Thai mit vietnamesischen Wurzeln. Gai erzählt, dass er der zweite Sohn sei, der jüngere Bruder, und dass er früher gedacht habe, sein Vater möge ihn nicht. Er musste als Junge immer die Wasserbüffel hüten. Einmal, er war so neun, zehn, rissen einige der Tiere aus oder wurden gestohlen, und er musste den Zorn des Vaters über sich ergehen lassen. Sein Bruder und auch der Vater seien ebenfalls schwul. Nein, er habe keine glückliche Kindheit gehabt, aber er achte und liebe seine Eltern dennoch.

Wir trinken ein paar Bier, er erzählt und ist offen, ich glaube, ich bin halt schon auch eine Art Ersatzvater für ihn, und er liebt es, dass ich ihn liebe. Später machen wir auf seinen Vorschlag hin Sex in Somchais «altem» Apartment. Er geniesst den Sex mit mir, daran besteht kein Zweifel. Er fragt, was ich wolle, ich kann ihn ficken, aber er kann auch mich ficken, alles ist möglich. Dann gehen wir essen, wieder den Papaya-Salat, Ente und Reis. Auf seine unnachahmliche Art fragt er mich, ob ich ihm Geld gebe, um Geschenke zu kaufen – er fliegt am Montag. Als ich ihm 500 Franken gebe, freut er sich wie ein Kind. Bin erst um halb zwei zu Hause, wenig Schlaf. Er will mich am Samstag sehen, im «Predigerhof». Er komme vielleicht wieder zu spät, sagt er und lacht. Er komme aber sicher, er wisse ja, dass ich da sei.

Das letzte Wochenende vor dem Abflug. Heute rief Somchai an. Er klang etwas besorgt, fragte, ob ich ihn ein wenig vermisse, er hole mich am Flughafen ab in einer Woche, ja, sicher, er freue sich auf mich.

Nun bin ich schon über eine Woche in Thailand. Die Verunsicherung durch das Ungewohnte geht munter weiter. Somchai ist sehr süss und es ist einfach, mit ihm auszukommen (wenn man tut, was er will, was mir aber bei meiner passiven Natur ohnehin nicht schwerfällt). Wir hatten auch schon Auseinandersetzungen; dabei ging es immer um meine Anhänglichkeit, Abhängigkeit, Eifersucht und mein Auf-ihn-fixiert-Sein. Es wiederholen sich die altbekannten Muster der Verlustangst, und ich muss verdammt aufpassen, dass ich die alten Fehler nicht noch einmal mache. Viele Chancen, das ist mir bewusst, werde ich nicht mehr bekommen. Das Grundproblem ist wirklich mein Minderwertigkeitsgefühl und die daraus resultierende Schwäche, was natürlich dadurch, dass ich mit einem so schönen und starken Freund zusammen bin, enorm unter Druck gerät. Ich bekomme geradezu ein Schuldgefühl, entschuldige mich dauernd dafür, dass ich überhaupt da bin. Dabei gebe ich ihm ja auch sehr viel, nur schon materiell, aber auch meine Zuneigung, Loyalität, Ehrlichkeit. Ich muss mich unbedingt auf meinen Wert besinnen, auf meine Qualitäten. Es hat keinen Zweck, mich mit ihm oder sonst wem zu vergleichen.

Ich bin erneut so sehr verliebt, wie ich es in Eko war. Somchai ist umgänglich und schaut wirklich gut zu mir, aber das führt dazu, dass ich manchmal bin wie ein Kind –

und er ist in der Elternrolle (mehr Mutter als Vater): ein verrückte, verkehrte Welt. Das ist nicht gut.

Was soll ich über Thailand schreiben? Das Reiseerlebnis tritt hinter die Beziehungserfahrung zurück. Ohne Somchai wäre ich allerdings ganz schön aufgeschmissen – er rollt mir tausend goldene Teppiche aus. Das Land gefällt mir sehr, aber es ist manchmal auch schwierig einzutauchen. Ich verstehe den thailändischen Way of Life noch zu wenig; natürlich ist es unmöglich, den als Farang jemals ganz zu verstehen. Ich mache immer wieder die grundlegendsten verhaltensmässigen Fehler, die ich natürlich durch S. auch mitbekomme, da er mich – auf eine sehr faire, liebevolle Art – darauf aufmerksam macht.

Das Sommerklima hier ertrage ich erstaunlich gut.

Der Flug, um mit dem Anfang zu beginnen, war anstrengend, und ich war nervös und zeitweise sehr ängstlich. Immerhin, Severin begleitete mich auf den Flughafen, und ich beruhigte mich vor dem Abflug mit ein paar Bierchen. Das Flugzeug startete eine Stunde zu früh (!), und ich hatte einen relativ guten Platz in der Fensterreihe mit nur zwei Sitzen nebeneinander. Der Service von PIA war ruppig, die Stewardessen sprachen mit den ungläubigen Gästen aus dem Westen in einem Ton unverhohlener Verachtung, was aber zum Teil angesichts des Verhaltens einiger Flugpassagiere durchaus verständlich war. Natürlich konnte man an Bord keinen Alkohol kaufen, was aber verschiedene Touristen, vornehmlich eine Gruppe junger, unsympathischer Solothurner, nicht daran hinderte, sich regelrecht volllaufen zu lassen mit mitgebrachtem Whisky, Gin und Wodka – und sich dann total daneben zu benehmen. Auch ich hatte eine kleine Flasche Cognac dabei, benahm mich aber ansonsten manierlich. Über die Monitore gab es vor dem Start eine Sure aus dem Koran, später drei westliche Spielfilme, die ich aber alle schon gesehen hatte (darunter noch einmal den «Twister»). Meine Sitznachbarin war eine Bernerin, eine Späthippiefrau, die für drei Monate durch Südostasien reisen wollte. In Athen bereits Zwischenlandung, endlose Warterei. Die Nacht war kurz, kaum kam ich ins Dösen, wurde ich schon wieder in grobem Befehlston zum Essen geweckt. Flugangst hatte ich interessanterweise keine. Stunden später der Flug über die endlose Weite des ausgetrockneten Belutschistans, die ich vor vielen Jahren gewissermassen im Schneckentempo auf dem Boden durchquert hatte. In Karachi etwa eine Stunde Wartezeit im fast menschenleeren Flughafen. Der Restflug nach Bangkok schien mir dann relativ kurz, und ich wurde wieder sehr nervös. Erneut wurde es überraschend schnell dunkel: die Zeitverschiebung. Dann endlich der Anflug auf den Don Muang-Flughafen in Bangkok. Würde mich Somchai wirklich am Flughafen erwarten? Vor der Passkontrolle eine Stunde Schlange stehen. Tatsächlich, Somchai ist da. Als wir vor das Flughafengebäude treten, ist es zwar feucht und heiss, aber nicht unerträglich. Dann bin ich das erste Mal in Somchais Room in den Athens Apartements an der Petchburi Road, gebe ihm das Willkommensgeschenk, das ich mitgebracht habe, eine Tag Heuer-Uhr, allerdings eine der billigeren, aber sie ist jugendlich und sportlich und Somchai liebt sie. Der Blick von seinem Balkon aus auf die nächtliche Grossstadtkulisse – wie im Film. Ich fühl mich in diesem Raum sehr schnell heimisch. Am Abend gehen wir sogar noch aus, nach dem Essen erst in die Telephone-Bar, dann in die Disco «DJ-Station». Ich bin sehr euphorisch, tanze, durch die Zeitverschiebung bin ich überhaupt noch nicht müde. Wir bleiben drei oder vier Tage in Bangkok, Somchai zeigt mir zusammen mit seinem Freund Kei die Sehenswürdigkeiten der Stadt, die Wats, die Klongs... In der Nacht gehen wir immer aus, nach dem Essen und Kartenspielen, so um elf ziehen wir los und sind dann jeweils erst wieder um vier, fünf zu Hause. Somchai ist sehr zärtlich, liebevoll, er kümmert sich um mich, ist besorgt darum, dass es mir wohl ist, dafür zahle ich ihm die Dezembermiete, die Telefonrechnung, das Rückflugticket in die Schweiz, seinen ganzen Lebensunterhalt, das Bier und die vielen Wodka-Oranges in der Disco. Ich schenk ihm teure, kitschige und rasch alternde Gaultier-T-Shirts wie jenes, das aus einem Hauch von durchbrochenem Pink gewirkt ist, einen Macho mit Tiger zeigt und in dem Somchai zum Umwerfen sexy aussieht. Sein chinesisches Tierkreiszeichen sei der Tiger, sagt Somchai, also nenne ich ihn von jetzt an manchmal «Tigerboy». Er will, dass auch ich mir ein Gaultier-T-Shirt kaufe, allerdings keines mit einem Tiger. Er möchte, dass ich ein bisschen modisch daherkomme, es wäre auch sein Wunsch, dass ich in den Fitnessclub gehe und mir meinen Bauch wegtrainiere, er will sich ja nicht mit mir schämen. Wir sind fast andauernd mit vielen Leuten zusammen, meistens mit jungen Thais, fast alle mit Zürich-Erfahrung, aber auch mit Europäern, zum Teil solchen, die sich in Bangkok häuslich niedergelassen haben – zum Beispiel Somchais Nachbar, ein Engländer, der sich sein Geld mit dem Handel von Ecstasy, Koks und anderen Medikamenten verdient. Somchai kennt wirklich alle Welt, und ich bin die ganze Zeit über nie allein, aber ich gewöhne mich daran. Und ich treffe Pius, der sich auf der Rückreise von Vietnam befindet und etwas unglücklich wirkt. Aber vielleicht erscheint mir das nur so, weil ich wie die Made im Speck lebe und es mir einfach unvorstellbar erscheint, dass man als Alleinreisender glücklich sein kann.

Dann fahren wir – zusammen mit Kei – in einem Taxi nach Pattaya. Bangkok dehnt sich schier endlos aus, die modernen Glaspaläste schiessen wie Pilze aus dem Boden, dann folgen die verschiedenen Industrievorstädte, alle in den letzten fünf, sechs Jahren gebaut, die wichtigen Firmennamen der ganzen Welt sind vertreten – Boom-Town. Irgendwann wird das mörderisch schnell gefahrene Taxi im mörderisch dichten Verkehr auf der Autobahn von einem Polizeiauto angehalten, Somchai und Kei müssen aussteigen, die Hände hinter den Kopf legen und werden von Polizisten leibesvisitiert, während andere ihre Maschinenpistolen auf sie gerichtet haben. Wie in einem Krimi. Das geht unheimlich schnell. Sie suchen offenbar nach Drogen. Der Adrenalinspiegel steigt auch bei mir, den sie in Ruhe lassen, ins Unermessliche, doch nach ein paar wenigen Minuten ist der Spuk vorbei. Kei zittert aber noch Stunden später am ganzen Leib.

Pattaya ist ein Riesenbordell. Wir wohnen im Hotel «Ambiance» in «Boys Town», einer vollkommen irrealen Welt, der Schwulenmeile, sitzen und trinken und beobachten in einem der Strassenkaffees, im «Café Royale», wo eine gute Freundin von Somchai zu Pianomusik singt, oder in einem der Lokale mit gelangweilten Gogoboys, die, mit Nummern versehen, auf einer Bühne in der Mitte des Lokals an Stangen ein bisschen den Hintern bewegen und, nur mit einem knappen Slip bekleidet, ihre sonstigen Reize zeigen. Eigentlich habe ich mir das «Sündenbabel» Pattaya dramatischer vorgestellt. Es erscheint mir wie ein riesiges Disney-Land des käuflichen Sex, eine Kunstwelt ohne wirklichen sinnlichen Reiz. Wahrscheinlich wäre Las Vegas eine ähnliche Enttäuschung. Ich beobachte einen dicken alten Amerikaner, der jeden Abend mit einem anderen Jungen ins Café Royale kommt, diesem ein Essen und dann ein Bier spendiert und schliesslich mit ihm in sein Zimmer verschwindet, es ist immer der gleiche Vorgang, ein Ritual.

H. F., der Journalist, dessen Artikel ich aus der heimischen Tageszeitung kenne, der in Pattaya ein Haus gekauft hat und da mit seinem Freund zusammenlebt, lädt uns zum Apero ein. Auch Somchais «Cousin» Jacky ist mit seinem Lover Marcel in Pattaya. Einmal raste ich fast aus vor Eifersucht, als Somchai um fünf oder sechs in der früh noch allein in die Disco tanzen gehen will. Wie jeden Abend habe ich zuviel getrunken, Tränen fliessen und wir schreien uns an. Im Allgemeinen sind unsere Auseinandersetzungen aber gut.

Ich habe das Gefühl, dass ich Somchai vertrauen kann. Am Strand bloss rumhängen im Liegestuhl, man ist ja auch müde nach solchen Nächten, und alles wird einem gebracht für wenig Geld, Bier, Essen, Eis, man kann sich massieren oder die Fussnägel schneiden lassen. Kei trifft seine grosse Liebe von vor zwei Jahren, Luciano, einen gut aussehenden Italo-Brasilien-Schweizer, der Somchai ebenfalls «süss» findet. Eifersucht. Am 23. Dezember Rückfahrt mit Kei und Luciano im Taxi nach Bangkok, abends zusammen im «Telephone» und der «DJ-Station». Somchai sieht hinreissend aus in seinem hautengen Tiger-T-Shirt. Somchai will mich ficken und wird sauer wegen meinem Gestöhn, weil ich solchen «Lärm» mache. «Wir sind hier in Thailand und nicht in der Schweiz», zischt er mich an, «es brauchen nicht alle Nachbarn zu hören, was wir treiben».

An Heiligabend fliegen wir nach Phrae im Norden Thailands und fahren anschliessend mit dem Taxi etwa hundert Kilometer weit südlich bis Song Hong, Somchais Heimatdorf in der Nähe von Uttaradit, wo Somchais weitverzweigte Familie noch ziemlich urtümlich lebt. Wir werden vorerst im Haus der Grosseltern untergebracht, das neu und noch nicht ganz fertig ist und das von Hans, dem Ehemann von Somchais Tante Ploy, gebaut wurde. Hans, der eigentlich oder vormals ebenfalls schwul oder bisexuell war, ist in meinem Alter, ein sympathischer Brummbär, der seit einem schweren Motorradunfall in Thailand halbseitig gelähmt ist. Das halbfertige Häuschen, das Somchai für seine Eltern baut, befindet sich ganz in der Nähe. Es gibt jede Menge Tanten, Nichten, Neffen, unüberblickbar, aber alle sind sehr herzlich und «mögen» mich offenbar (das heisst, ich bin ihnen eigentlich egal, aber ich störe sie auch nicht, bin ich doch eine willkommene Abwechslung in ihrem Alltag). Am Abend «Weihnachtsfest» mit richtigem Tannenbaum und Schmuck und Geschenken – eine grosse Trinkerei. Reihum werden wir von den Nachbarinnen zum Essen und Mekong-Trinken eingeladen, es sind immer die lebhaften Frauen, die einladen und das Glas mit dem Mekong zeremoniell rundum reichen, während die Männer eher unscheinbar im Hintergrund bleiben. Die Frauen sind auch sehr trinkfest, muss ich sagen. Somchais Mutter allerdings hält sich zurück, und Somchais Vater trinkt, wegen seiner Krankheit, gar nicht (Somchais Heterobruder ist aber dem Alkohol ebenfalls sehr zugetan).

Der Rückflugtag. Da das Flugzeug mehrere Stunden Verspätung hat, habe ich Zeit zum Schreiben. Ich sitze im Bangkoker Flughafen und versuche nachzutragen. Fühle mich relativ beschissen, nicht nur wegen des Abschieds von Somchai, sondern weil ich regelrecht Thailand-Katerstimmung habe, gesundheitlich und nervlich angeschlagen und finanziell praktisch ausgebrannt bin – ich habe in diesen fünf Wochen über zehntausend Franken ausgegeben. Frage mich, was Somchai wirklich von mir will. Dass er mich nicht liebt, scheint mir klar – dass er mich mag und braucht auch. Ich verstehe das Spiel jetzt viel besser, habe sehr intensiv zu lernen gehabt in diesen Wochen, Grenzüberschreitungen zuhauf. Kein Wunder, fühle ich mich am Rande eines Nervenzusammenbruchs, dazu die ständige Sauferei, zu wenig Schlaf, die Hitze eben doch. Das pausenlose Zusammensein mit Somchai. Anstrengend, aber interessant. Macht süchtig.

Noch am erholsamsten waren die Rumhängtage in Song Hong, wo ich wirklich ganze Tage nichts gemacht habe – allein durfte ich ja nichts unternehmen, das wäre unschicklich gewesen und hätte bewiesen, dass Somchai ein schlechter Gastgeber ist, ausserdem fällt es in Thailand niemandem ein, einfach so zu spazieren oder rumzugehen. Ich lass Somchai von meinem Geld einen Schrank für seine Eltern und in sein einfaches Häuschen kaufen. Einmal machen wir einen Ausflug nach Sukothai, der ehemaligen Hauptstadt mit eindrücklichen Ruinen und Buddhas, ein ganzer Kleinlastwagen voller Leute – in Thailand macht man am liebsten alles rudelweise. Viele Familienfotos, Picknick in der Wiese, umgeben von hungrigen räudigen und felllosen Hunden. Am 29. zurück nach Phrae und Bangkok. In Bangkok wieder Ausflüge – nach Ayuthaya und zur Krokodilfarm. Am Sylvester nimmt Somchai Ecstasy, was dann doch zu einer insgesamt sehr schönen, intensiven und zärtlichen Begegnung führt. Leider verpassen wir den gemeinsamen Jahreswechsel im «Telephone» – Somchai muss unbedingt sein Gaultier-T-Shirt wechseln, weil vier andere Boys, darunter auch Jacky, das gleiche Modell tragen, und das geht natürlich gar nicht. Dafür fährt Somchai, wie gesagt auf Drogen, vielleicht hat er LSD erwischt, punkt Mitternacht am Buddha-Tempel vorbei. Da er sehr religiös ist wie alle Thais, grüsst er die Buddhastatuen mit zusammengelegten Händen – ich liebe diese Bewegung und wie er anschliessend die Haare zurückstreicht. Auch betet er rituell zu Buddha vor dem Schlafen, selbst wenn er noch so betrunken ist (was allerdings nie länger als ein paar Sekunden dauert – gemeint ist natürlich das Beten). Grenzerfahrungen auch im Sexbereich mit Poppers und Fisting. Somchai hat einen Stich ins Masochistische und bittet mich einmal, ihn ein wenig zu quälen, ihm meine ganze Hand in den Arsch zu stossen. Er hat einen ungeheuer aufnahmebereiten Arsch und möchte von riesengrossen Schwänzen gefickt werden. Er führt meinen Schwanz in seinen Arsch, zuletzt immer wieder ohne Kondom – safe sex ade. Am 4. Januar fliegen wir dann noch nach Phuket, wo wir Jacky und Marcel erneut treffen. Wir übernachten im «Seapaerl-Hotel», einem komfortablen 4-Sterne-Hotel an der Patong-Beach; Jacky und Somchai handeln den Preis auf die Hälfte herunter, oder wir, die beiden Schweizer, sollen das jedenfalls glauben. Natürlich geht hier das Party-Leben munter weiter, aber wir machen auch Ausflüge mit dem Auto und dem Schiff zu den PiPi-Inseln. Abends sind wir in der Freiluft-Gaybar mit Freiluft-Kabarett («Boat Bar») und in der Disco. Die Landschaft ist wunderschön, die Sonne ungeheuer intensiv, tagsüber ist es sehr heiss, aber die Nächte sind angenehm und bieten einen überwältigenden Sternenhimmel.

Zurück aus Thailand, seit erst zwei, drei Tagen: eine Anstrengung, dieser forcierte Kulissenwechsel, Seelenwechsel, aber ich liebe Anstrengungen inzwischen ja. Somchai liegt vielleicht mit einem anderen Falang im Bett, doch ist mir das egal. Seit ich wieder in der Schweiz bin, befinde ich mich in einem eigenartigen Zustand, vermisse Somchai auf einer egoistischen Ebene gar nicht, d.h. ich gönne ihm die Erholung von mir, unschmerzlich das Ganze, erschöpft, ich bin wohl noch gar nicht richtig zurück. Somchai wird es wie Kei halten, oder auch nicht, Kei, der sagte: My man is gone, my wife is coming, als er am Abend des Abschieds von Luciano den nächsten angelte und auf unnachahmliche Weise grinste.

Hier ist es kalt, der Alltag hat mich wieder eingeholt, zwar ist mein Buch mit den Aussenseiterbiographien endlich herausgekommen, aber sonst scheint mir das Leben, abgesehen von gelegentlichen Ausflügen ins Reich der Psychedelik, ganz ohne Substanzen, wohlgesprochen, ziemlich ereignislos, was einerseits ganz gut ist für den Moment – andererseits gelüstet es mich schon wieder nach neuen Abenteuern. Ich vermisse Somchai und fürchte mich davor, wie es sein wird, wenn er wieder hier ist – fürchte mich vor mir, weiss nicht, ob ich fähig bin, ihn immer wieder loszulassen, vor meiner Abhängigkeit, Eifersucht, vor der Ungewissheit – und auch vor seinem ungestümen Temperament, vor erneutem Misstrauen, erneutem Leiden... Heute mit der Fremdenpolizei telefoniert, die Bewilligung für das Visum sollte bereits unterwegs sein nach Bangkok, vielleicht ist Somchai schon früher wieder bei mir, als ich gedacht habe. Was ich mir natürlich sehr wünsche – aber wird er dann wirklich bei mir sein? Ich denke wieder an das nächtliche Telefonat, das ich in Bangkok unfreiwillig belauschte, als er einem anderen Mann – Stefano, seinem Italiener? Dem Franzosen? – sagte, dass er ihn liebe... Natürlich tat Somchai dies ab: Das sei nur so dahergeredet gewesen, sein «Beruf» erfordere dies... Nur, mir hat er noch nie gesagt, dass er mich liebt, er hat mir gesagt, dass er mich sehr mag, und das glaube ich ihm auch, aber ebenso sicher ist: Da gibt es noch andere Männer; ebenso sicher ist: Ich kann nicht seine sämtlichen Bedürfnisse, materielle, sexuelle, erfüllen. Das zu meinen wäre ausgesprochen dumm. Ich weiss im Grunde nichts, auch nach diesen vier Wochen, ausser dass ich nichts weiss. Er schien sich wohl zu fühlen mit mir, jedenfalls meistens, oder doch nicht sehr unwohl, und er hat mir in vielem gezeigt, dass er mich mag, dass ich sein Freund bin, aber eben: Nichts ist sicher, und er ist Thai, und Thais sind, soviel ist mir immerhin klargeworden, stets für Überraschungen gut.

Zudem war ich ihm, was ja auch in Ordnung ist, in vielerlei Hinsicht doch sehr nützlich. Wie würde er sich verhalten, wenn ich ihm nicht mehr nützlich sein könnte? Aber daran wollen wir lieber nicht denken. Es gehört zu unserer Beziehung, dass ich ihm etwas bieten kann, und es gehört dazu, dass es neben mir noch andere gibt – er bietet mir ja auch sehr viel, und gerade seine relative Offenheit, Ehrlichkeit spricht doch dafür, dass seine Haltung mir gegenüber nicht rein zweckbestimmt ist, und auch das, dass er sich leicht einen in vielerlei Hinsicht «wohlhabenderen» Freund hätte aussuchen können. Ausserdem ist er auch misstrauisch, verletzt. Ich kann nicht erwarten, nach allem, was er mir erzählt hat und so, wie die Dinge liegen, dass er alles auf meine Karte setzt. Er hat mich in Thailand auf die unterschiedlichste Art und Weise kennengelernt: liebevoll, nervös, verschlossen, offen, panisch, hilflos... Er hat mir mehr als einmal gesagt, dass er mich für schwach hält, für jemanden auch, der von seiner Warte aus keine Ahnung vom Leben habe, er hat mir aber auch gesagt, dass er mein freundliches, respektierendes, gutmütiges Wesen schätze. Er hat mich weinen sehen, lachen sehen, heftig werdend. Er kennt mich nun ziemlich gut, auch meine Schwächen; vor allem meine Schwächen. Aber er hat mich nie wirklich von sich weggestossen. Er hat mich manchmal auf Distanz geschickt, aber das musste er wohl bei meiner Anhänglichkeit. Und wenn er besoffen war, hat er manchmal so offen geredet, dass ich nicht glauben kann, dass er mich kühl berechnend einfach nur als Instrument benutzt. Überdies nehme ich an, dass seine Gefühle oft genauso diffus und widersprüchlich sind wie die meinen. Und in der Nacht, als er auf dem Trip war, wäre er wohl gar nicht imstande gewesen, mir ein Theater vorzuspielen. Da hat sich für mich gezeigt, dass er mich ganz offensichtlich mag, auf seine Somchai-Art, die meine Art nicht ist. Dass ich ihm guttue und dass er das Zusammensein mit mir zumindest nicht als ihn verletzend empfindet, sondern vielleicht sogar als heilsam. Auch wenn ich für ihn ganz sicher nicht die grosse leidenschaftliche Liebe bin, ergibt sich so gesehen für uns trotzdem die Perspektive einer längerfristigen gemeinsamen Geschichte. Irgendwie passen wir gar nicht schlecht zusammen. Somchai würde jetzt vielleicht sagen, wie er es oft getan hat, wenn ich vorsichtig «not bad» meinte: «Not bad? Very good, my dear!» Ja, vielleicht passen wir very good zusammen, trotz oder gerade wegen unserer Verschiedenheit. Ich hoffe es sehr. Ich habe zwar meine Zweifel, aber ich halte es nicht für unmöglich, in aller Bescheidenheit, mit aller Vorsicht. Es gibt einen schmalen, unauffälligen Weg im Dschungel, der uns verbindet. Es gibt eine Chance, und es gibt Mauern, diese Chance zu verbauen. Auch von seiner Seite gibt es Mauern, wie ich schrieb. Einmal, im Suff, hat er gesagt: Du bist der letzte Schweizer, dem ich vertraue, wenn du mich auch noch enttäuschst, «the Swiss are under my feet». Das war in «Charlies Bar» in Bangkok. Er will mich stark und attraktiv. Er will, dass ich was für mich tue. Er hat mich durchschaut…

Ich vermisse ganz eindeutig meinen Liebsten, mit jedem Tag mehr, und wenn es auch kein angstvolles und verzweifeltes Vermissen ist – ich sehne mich einfach sehr nach ihm, nach seiner physischen Nähe, nach seiner Berührung, aber auch danach, ihn einfach anzuschauen, mit meinen Augen die Schönheit seiner Erscheinung zu geniessen. Und ich sehne mich natürlich auch nach dem Sex mit ihm. Ich sehne mich nach seinen Lippen, seiner Haut, seinen Brustwarzen, seinem Schwanz, seinem Arsch. Nach seinem Geruch. Ich werde einfach ganz blöd ohne ihn. Ich langweile mich ohne ihn. Es fehlt ein Teil von mir ohne ihn. Das ist ein vergleichsweise schmerzloses Sehnen, verglichen mit vor einem Jahr, und da ist auch Vorfreude... Ich werde mich zunächst einmal einfach freuen, wenn er wieder in erreichbarer Nähe ist.

Die Zeit dreht sich weiter und weiter, dieses unbarmherzige Rad. Momentan wieder ziemlich crazy. Wenn es stimmt, dass alles, was einem begegnet, ein Spiegel ist, dann bin ich es, der tief innen die Hure, der Strichjunge, der Moneyboy ist. Ich habe diese Sehnsucht in mir, meinen Körper zu verkaufen, viel mehr als die Jungs, denen ich begegne. Gestern Abend war ich in der Sauna. Und alles wiederholte sich, und es war noch nicht einmal gut, aber es hat mich doch sehr verwirrt, mich mit meinem unstillbaren Hunger konfrontiert, meiner masslosen Sehnsucht, was weiss ich, mit meiner Unruhe, meinem Schmerz. Der Junge, Uriel, ein Filipino, war der einzige junge Asiate an diesem Abend in der Sauna. Ich habe ihn angeschaut, er hat zurückgeschaut, ich bin ihm gefolgt. «Money?», flüstert er mir in einer dunklen Ecke zu. Ich sage erst nein, frage dann: wieviel? Ich fühle mich dabei nicht gut. Es kotzt mich an. Er will 200, ich sage nein. Er geht runter auf 150, ich sage okay. Wir legen uns in eine Kabine und ich werde noch nicht einmal scharf, nicht in diesem Moment, erst später, als es schon zu spät ist. Wir knutschen ein bisschen rum, ich blas ihm einen, er kommt, wir reden ein bisschen, kuscheln, es hat natürlich schon seinen Reiz, auch so. Er ist nett, sicher, alle sind nett oder tun so, wir gehen nach einer Weile ins untere Stockwerk, zum Duschen, in die Sauna, wieder unter die Dusche, da ist er schon wieder scharf, will, dass ich ihm unter der Dusche und praktisch in aller

Öffentlichkeit noch einmal einen ablutsche, er ist wirklich geil, später geht er in den Dampfraum und kommt nach zehn Minuten oder so splitterfasernackt und mit hocherhobener Latte in den Raum, halb verlegen und sehr exhibitionistisch. Wir gehen und er bekommt seine 150, als wir uns verabschieden. Vorher sitzen wir an der Bar, trinken was, er berührt mich, hält meine Hand, sagt, dass er mich gerne wiedersehen würde, will meine Adresse, gibt mir seine Telefonnummer in Bern. Zum Verrücktwerden. Ich weiss, es geht im Grunde nicht um ihn, sondern um meine Sehn-Sucht. Natürlich würde ich mir wünschen, dass ich es bin, den er mag, begehrt. Ich weiss, das ist bloss eine Illusion. Aber sie ist verdammt stark. Und dann dieses Bedürfnis nach Romantik oder wie man es nennen will. Ich möchte, dass sie nicht nur mein Geld mögen, die Boys, sondern dass sie mich mögen. Ich ahne, dass Geld wirklich sexy macht, auf eine vertrackte Art; es ist nicht der allein entscheidende Faktor, aber es ist einer. Doch darum geht es nicht. Die Attraktivität, die ich haben kann, ist nicht die Attraktivität, die ich haben möchte. Ich will nicht Sugar-Daddy sein, ich möchte auf der anderen Seiten stehen, an der Stelle, auf die sich mein Begehren konzentriert. Alchemie des Unmöglichen, das Verschmelzen des Begehrenden mit dem Objekt der Begierde. Aber dafür ist es endgültig zu spät. Ich habe die Gelegenheit, eine Hure zu sein, endgültig verpasst. Warum nur bin ich damals, als ich jung war, nicht auf den Strich gegangen? Es wäre so leicht gewesen, und ich hätte so vieles lernen können für mein zukünftiges Leben, für mein jetziges Leben als Freier. Ich möchte immer noch verdammt scharf sein, sexy, möchte pausenlos rumficken; das heisst, ich möchte jung sein, verführerisch, möchte wie der sein, den ich begehre. Ein Hurenbengelchen, ein Teufelchen mit winzigen, kaum bemerkbaren, aber knallroten Hörnchen. Auf der anderen Seite habe ich dieses Bild der romantischen, perfekten, absoluten Liebe, das auch nicht unbedingt zu der doch eher pragmatisch-nüchternen Beziehung zwischen einem Sugar-Daddy und einem Tiger-Boy passt. Diese Romantik ist immer einseitig. Es macht mich noch wahnsinnig!

Und was hat das ganze mit meinen Gefühlen für Somchai zu tun? Es ist nicht so, dass ich Somchai dadurch weniger begehrenswert finde, weil mich, offenbar nicht einmal aus direkt oder vordergründig sexuellen Gründen, auch ein Uriel interessieren kann, menschlich oder wie auch immer – seien wir ehrlich, als potenzieller Liebespartner. Rein hypothetisch (das, was Somchai von mir verlangt, dass es nicht passieren darf. Es passiert auch nicht, aber das ist ein Willensentscheid). Natürlich habe ich dieses Interesse an Uriel rationalisiert: Ich will mich absichern, nicht alles auf eine Karte setzen, Somchai hat schliesslich auch seine anderen Partner, Liebespartner...
Ich meine, ich liebe Somchai. Und ich habe auch Angst vor meinen Gefühlen, Angst vor den Schmerzen, der Enttäuschung, davor, in den finanziellen Ruin zu geraten etc. Aber ich fürchte mich noch mehr vor der Leere, die sich einstellen würde, wenn ich diese Gefühle nicht hätte. Ich hänge an diesen Gefühlen wie ein Süchtiger am Stoff, wie ein Philosoph am Sinn. Es ist kindisch, eine Art kindlicher Allmachtstraum, dass ich sie alle lieben kann und dass alle mich lieben, im Grunde nur mich, weil ich der Beste bin. Das ist sie, die niederschmetternde Analyse auf der psycho-

logischen Ebene. Ich schaue tief in den Spiegel, der sich auf magische, fast perfekte Art mit Bildern, mit Erfahrungen füllt. Die vier Wochen mit Somchai in Thailand dienten auch der Überhöhung meines Selbstwertgefühls. Ich bin mit dem schönsten aller jungen Männer unterwegs, grossartig, toll, das heisst doch auch, dass ich ebenfalls grossartig und toll bin. Oder? Scheisse...

Aber warum sind es Südostasiaten? Einfach, weil sie unbehaart sind, knabenhaft, feingliedrig, verspielt? Vielleicht. Weil ich ein egomanischer Päderast bin?

Dazu kommt, dass mich andere junge Männer überhaupt nicht beachten – das habe ich ja lange genug erfahren können. Tatsache ist, dass das Geld deshalb eben doch eine Schlüsselrolle spielt. Natürlich ist alles nicht so eindeutig und einfach, weil junge Asiaten wirklich häufiger als ihre Pendants in anderen Kulturkreisen ältere Männer «attraktiv» zu finden scheinen (oder für sie das Alter weniger eine Rolle oder eine andere Rolle spielt), und weil das Geld immer eine Rolle, aber kaum je die einzige Rolle spielt. Asien, versuche ich vielleicht fälschlicherweise zu interpretieren, ist der Kulturkreis der Mehrdeutigkeit, man könnte auch sagen: der Verschwommenheit. Alles kann auch das Gegenteil bedeuten, ein Ja ist nie nur ein Ja, sondern kann auch Nein bedeuten, der Wahrheitsbegriff der Asiaten ist offenbar etwas anders als der unserige. Es geht nie nur um die Wahrheit auf der inhaltlichen Ebene, die gibt es, so vermute ich, für Asiaten in diesem (d.h. unserem) Sinn gar nicht, sondern es geht immer um Formen des Umgangs und darum, dass man das Gesicht nicht verliert. Tarnung als Schutz?

Also geht es Somchai nicht nur ums Geld; da müsste ich mich schon arg täuschen, gerade nach diesen vier Wochen mit ihm. Aber man weiss es eben nie genau, alles ist gehüllt in den Nebel des Unbestimmten, Unbestimmbaren, Zweideutigen, und das ist sogar ein Teil des Reizes. Wie soll ich das entschlüsseln, von meiner Seite aus, vom andern Ufer aus gewissermassen, wie soll ich verstehen? Ich komme mir vor wie ein Detektiv, der in eigener Sache ermitteln soll, was absolut keinen Erfolg verspricht, und der nicht einmal weiss, ob er das Opfer oder der Täter ist.

Gestern, in Bern mit der Schreibgruppe, hatte ich den ganzen Tag gegen den Drang angekämpft, diesen Uriel anzurufen – und heute ruft er mich an. Er habe einfach mit mir reden wollen. Ich verstehe nicht, was ihn an mir interessieren könnte, zumal ich ihm ja von Somchai erzählt habe, und ich verstehe auch nicht, was mich an ihm reizt, habe ich doch, zumindest sieht es so aus, den schönsten Freund, den man sich vorstellen kann. Ist es das Spiel mit dem Feuer, das mich reizt? Das Abenteuer, ohne das ich nicht mehr leben kann? Das unerträgliche Warten auf Somchai?

Ich habe vielleicht meinen Stänkertag heute oder erlebe eine unglaubliche Stunde der Wahrheit oder habe nur meinen Realitätssinn wiederentdeckt... Vielleicht stimmt es ja wirklich, dass ich vom Leben keine Ahnung habe, vom wahren, wie Somchai gesagt hat. Habe heute zweimal mit Somchai telefoniert, mit der Fremdenpolizei. Ich denke, dass die Visumsbewilligung bereits in Bangkok ist, ich denke, dass Somchai schon sehr bald hier sein kann. Allerdings scheint dieser momentan gar nicht so interessiert zu sein, schnell in die Schweiz zu kommen. Er ist nicht einmal bereit, selbst in die Botschaft zu telefonieren, will, dass ich das für ihn übernehme. Überhaupt, seine Telefonate, das stereotype Verhalten...

Ich sehe alles Negative, was gegen unsere Beziehung spricht. Bin ich doch bloss ein relativ unbedeutender Puzzleteil in seinem Spiel?

Natürlich sind das echte Bedenken – aber auch der Versuch, meine Eifersucht zu kaschieren. Meine Eifersucht? Meinen Hang zur Untreue! Ich bin doch nicht abgeneigt einer kleineren oder grösseren Geschichte mit Uriel, dem neuentdeckten Erzengel von den Philippinen. Auch wenn ich mir natürlich nüchtern-realistisch denke, dass der auch seine handfesten materiell-praktischen Interessen hat. Aber: Mit dem konsequenten Alles-oder-Nichts-Prinzip, das alles auf eine Karte setzt, bin ich schon einmal gehörig auf die Nase gefallen. Und irgendwie ist mir das auch egal. Nicht, weil ich kein Interesse mehr an Somchai hätte. Ich habe nur kein Interesse daran, dass er mir auf der Nase herumtanzt. Ich habe absolut kein Interesse an einer Wiederholung der Eko-Sache in irgendeiner Form. Er soll sich nur nicht zu sicher sein.

Ich weiss nicht, was Ursache, was Wirkung ist, was Spiegel und was Gespiegeltes. Heute morgen hat Somchai angerufen, nein, natürlich nicht, ich habe ihn angerufen, erst die Botschaft, dann ihn. Die Botschaft sagt, das Visum sei sicher nächstens da, Somchai solle doch morgen donnerstags anrufen. Na ja, ich sage das Somchai. Innerlich bin ich die ganze Zeit irgendwie wütend auf ihn. Warum kümmert er sich nicht selbst mehr um die Sache? Aber statt in dieser Richtung Interesse zu bekunden, will er Geld von mir, schwafelt etwas von der Stromrechnung und seinen Eltern, die ihn besuchen kommen wollten. Das koste, und ich solle was rüberschieben. So kann er auch sein, dieser Somchai mit den unschuldigen schwarzen Kulleraugen. Ich sage: Okay, ich schicke ihm die 800 Franken, bin zu perplex, die Gedanken kommen erst später. Ich habe ihm immerhin 30'000 Bath gegeben vor gut 14 Tagen. Was hat er mit diesem Geld gemacht? Er ist kalt, keine Nähe, auch wenn er am Ende wie immer ins Telefon küsst. Am Abend treff ich Marcel in der Pizzeria; was er mir sagt, ist in dieser Art völlig unerwartet, eine eiskalte Dusche. Ich solle möglichst rasch die Finger von Somchai lassen, der sei «im innersten Kern schlecht», verdorben durch das Geschäft. Überdies sei er ein Alkoholiker. Mich würde er ausschliesslich als Kunden betrachten, ich sei für ihn eine Zwischenlösung, bis er etwas Besseres gefunden habe. Er wolle mich ausmelken und liebe mich absolut nicht, das habe er Jacky gesagt. Somchai und dieser Italo-Stricher seien noch immer total ineinander verliebt. So geht das den ganzen Abend lang. Ich fühle mich pausenlos gewatscht.

Nur: Marcel ist auch ganz schön an der Kandarre seines Jacky – er hat schon 120'000 Franken in ihn «investiert», wie er sich ausdrückt, und ist sich seiner beileibe nicht so sicher, wie er tut. Und: Er stand ursprünglich mehr auf Somchai als auf Jacky. Zudem ist seine Haltung gegenüber einer Beziehung eine ziemlich andere als meine. Für ihn ist das so eine Art Geschäft, und er glaubt, er könne sich die «Treue» seines Lovers erkaufen. Er glaubt, er könne Jacky besitzen, und merkt nicht, dass der Thai am Ende immer schlauer ist als der Farang. Er ist der Ansicht, Somchai habe mir von Anfang an immer nur etwas vorgespielt, und das kann ich so einfach nicht glauben. Somchai ist selbstverständlich der geborene Schauspieler, aber das gehört zu seinem Naturell. Und natürlich wusste ich, dass da immer noch etwas mit anderen war. Im Gegensatz zu Marcel weiss ich, dass Somchai mir nie «gehören» wird. Es ist mir auch klar, dass Somchai ein problematischer, ein «schwieriger» Mensch ist, das sagt er ja selber, aber ich hielt ihn bis jetzt doch für authentisch auf seine Weise. Trotzdem fühl ich mich innerlich wie zerbrochen, wieder einmal zutiefst verletzt. Dass es so schnell so kommen würde, hätte ich wirklich nicht erwartet.

Im Moment wieder einmal ganz schön am Durchdrehen. Andererseits, und das stimmt mich optimistisch, merke ich, dass ich mich verändere. Ich werde vielleicht etwas freier. Ich glaube nicht, dass ich jemals wirklich bösartig werden kann – aber freier, das schon, und das heisst, freier, nein zu sagen. Immerhin konnte ich mich in den letzten Tagen zurückhalten, Somchai anzurufen und ihm eine Szene zu machen. Natürlich haben sich meine Gedanken in die Sache verbohrt, und ich habe wenig geschlafen, und ich habe viel gesoffen, aber ich habe auch normal und nicht unproduktiv gearbeitet, ich habe mich mit Menschen getroffen und mich nicht schlecht unterhalten dabei, ich habe mehrmals mit Uriel telefoniert. Ich werde ihn morgen treffen. Er könnte eines der geliebten Königskinder werden, in die ich meine Liebe verströmen möchte. Heute in der Stricherbar, thailändische Reminiszenz, Boys, die ich in den Athens App. getroffen habe, und Eko, der mich nicht einmal mit dem Arsch anschaut, aber ich spreche ihn trotzdem an und grüsse ihn wenigstens, was er unwillig und knapp erwidert. Ich hasse ihn nicht; er berührt mich schon noch, aber nicht mehr allzu schmerzhaft. Ich habe mich wirklich zum Gipfel meiner Grosszügigkeit aufgeschwungen oder eben zur Freiheit, mich selbst zu sein, zum Sohn der Sonne, um mit Rimbaud zu sprechen. Eko lebt seinen Überlebenskampf, Somchai lebt seinen Überlebenskampf, ich lebe meinen Überlebenskampf. Oh nein, ich brauche mich nicht zu rechtfertigen. Ich brauche mir nicht einmal zu sagen, dass ich die Verantwortung für mein Leben übernehmen muss, denn das versteht sich von selbst. Ich weiss, dass man dieser Verantwortung nicht entrinnen kann. Vielleicht tun mir meine Geliebten einen Gefallen damit, dass sie mich verlassen, belügen und betrügen, von dieser Warte aus gesehen.

Mit Uriel war es sehr schön, ich habe mich mit ihm wohlgefühlt, seelisch genährt. Er ist jetzt zwar nicht mitgekommen, aber wir waren immerhin etwa neun Stunden zusammen. Wir können gut und entspannt zusammen reden, und er will nicht mein Geld, scheint tatsächlich an mir interessiert. Ich habe manchmal unglaublich starke Wellen von Liebe für ihn gespürt, die mir die Tränen in die Augen trieben. Ich kann ihn halten, ihn berühren, er berührt und hält mich. Hand in Hand gingen wir durch die Stadt. Ich habe ihm zuliebe nicht geraucht, nicht getrunken, und es nicht vermisst. Er mag den Geruch nicht, ist überhaupt sehr geruchsempfindlich und reinlich.

Zuerst trinken wir Kaffee im «Grand Café», entspannt, mit viel Zeit, reden. Dann spazieren wir ein wenig dem See entlang, ich zeige ihm, wo ich arbeite. Einmal küsst er mich spontan auf die Wange, sagt, dass er mich mag. Er ist ruhig und doch sehr offen, ein lieber Mensch. Dann essen wir eine Pizza, er entschliesst sich von Augenblick zu Augenblick, noch länger mit mir zusammen zu sein. Wir gehen ins Kino, ich schlage «A Beautiful Thing» vor. Es ist der perfekte Film für diese Gelegenheit, alles stimmt, wir wachsen zusammen, er hält ungeniert meine Hand, lehnt seinen Kopf an meine Schulter. Dann trinken wir etwas im «Predigerhof», schlendern erneut durch die Stadt. Er müsse «bisle», sagt er plötzlich – er spricht tatsächlich ein unnachahmliches und sehr charmantes Schweizerdeutsch – und zieht mich in die Nobeltoilette des «Lions Club» in einem Zunfthaus am Limmatquai. In dieser ruhigen, gediegenen, sauberen Toilette ganz nach seinem Geschmack lässt er plötzlich die Hosen runter, zeigt mir seinen pfeilscharfen Schwanz. Wir machen erst vor dem Lavabo rum, mir ist ein bisschen heiss und mulmig zu Mut, und ich schlage deshalb vor, in die abschliessbare Toilette zu gehen. Es ist wahrscheinlich das erste Mal, dass da schwuler oder überhaupt Sex getrieben wurde. Man weiss allerdings nie. Ich blase ihm den strammen Schwanz. Ich kann es kaum glauben – das also ist Uriel aus Manila. Eine Asienreise mit anderen Verkehrsmitteln. Dann gehen wir noch ins T&M, sehen uns ein gar nicht so schlechtes Einmann-Kabarett an, ich halte ihn die ganze Zeit, kuschle mich an ihn, und er weist mich in keiner Weise zurück. Dann verabschieden wir uns – er besucht Filipino-Freunde in Höngg, wie er sagt.

Nein, ich bin nicht für ein ruhiges Leben geschaffen. Meine Neugier ist unersättlich, und sie ist der Kern meiner Intelligenz. Ich bin nicht besonders schlau, aber ich bin lernfähig, weil ich neugierig bin, wobei meine Neugierde keine Wissbegier ist, sondern eine Leidenschaft, die aus den Eingeweiden kommt. Sie muss teuer bezahlt werden, durch äusserste Rastlosigkeit und Ratlosigkeit. Allerdings ist diese Art von Intelligenz nicht gerade ein Garant für den Erfolg. Um Erfolg zu haben, muss man stur sein und an etwas glauben, vor allem aber muss man an sich glauben – und an den Erfolg. In einem gewissen Sinn muss man ein etwas einfach gestricktes Gemüt sein, wenn man vorwärts und aufwärts kommen will.

Ziemlich beschissener Tag. Verzweifelt. Im Geschäft erledige ich die Arbeit mit traumwandlerischer Sicherheit: Gespräche, Texte, Sitzungen... Wie durch eine Glaswand erlebe ich es, wie ein Schauspieler seine tausendmal gespielte Rolle erledige ich sie. Verkatert und gleichgültig im Innersten, getragen von Routine und den Begabungen, die ich habe und um die ich froh bin. Es ist auch nicht so, dass ich meine berufliche Situation momentan bedaure – ich schätze diesen Schonraum im Moment wirklich sehr und wüsste nicht, was ich tun würde, wenn ich auch noch auf diesem Gebiet zu lernen und sogenannte Herausforderungen zu meistern hätte.

Am Samstag treffe ich Uriel um ein Uhr im Bahnhof, wir trinken Kaffee im «Tabu», spazieren die Langstrasse entlang, Uriel entdeckt einen Laden mit Perücken und probiert unzählige an. Er ist Transvestit, Exihibitionist, Voyeur. An konventionellem Sex, vermute ich, hat er wenig Interesse. Etwa um fünf trennen wir uns, er will Freunde, Bekannte besuchen oder was auch immer, Geld verdienen vielleicht. Ich fahr nach Egg, schau ein bisschen fern. Um zehn treffen wir uns wieder im «Predigerhof», Uriel ist etwas verstimmt, weil ich ihn nicht gleich entdeckt habe in seiner Ecke, und genervt – ashamed sagt er, immer sagt er «I'm ashamed» –, weil er eindeutige Angebote bekommen hat. Dann T&M bis etwa zwei Uhr, heim nach Egg mit dem Taxi. Uriel ist müde, will nicht mal kuscheln mit mir, behält seine langen Unterhosen an. Ich fühle mich abgelehnt, zurückgewiesen. Am Morgen gewährt er mir dann doch noch meinen Sex. Er kommt immer wieder auf Eko, auf Somchai zu sprechen, auf Amsterdam, will Fotos sehen, ist ashamed wegen der WG-Mitbewohner, auch er betet ritualartig vor dem Einschlafen. Am Sonntag begleite ich ihn durch die Stadt, wir essen etwas, ich bin müde und verwirrt. Mein Zimmer findet er unordentlich, unsauber, er ist ein richtiger Reinlichkeitsfanatiker und hasst nichts so sehr wie schlechte Gerüche.

Die Liebe ist das wichtigste in meinem Leben. Nicht der Sex; der interessiert mich schon auch oder hat mich in seinen Klauen, und ich verwechsle das auch oft. Aber Sex allein interessiert mich wenig, ist häufig geqäultes Getriebensein, ein furchtbares Verhängnis, nicht im moralischen Sinn, eher wie ein körperlicher Schmerz, der beseitigt werden will.

Jedenfalls ist es nicht der Sex, der mich glücklich und zufrieden macht. Die Liebe ist das Zentralgefühl, das einzige Heilmittel für meine Krankheit. Ich kann das nicht trennen. Vielleicht waren genau jene die erfülltesten Moment in diesen Beziehungen, in denen ich mit ihnen zusammen war und den Sex gerade nicht brauchte, sondern das vertrauenvolle, auch zärtliche Zusammensein die Erfüllung brachte. Der perfekte Moment. Das totale Hierundjetzt. Wie konnte ich mich im Hinblick auf diese Momente jemals verunsichern lassen? Die Gedanken und Gefühle mögen hüben und drüben vorher und nachher andere Wege gegangen sein, aber diese Momente waren perfekt – da gibt es keine Selbsttäuschung, nicht mal mit Eko. Auch mit ihm gab es solche Momente, viele sogar, und mit Somchai und sogar mit Uriel, den ich kaum kenne. Aber ich habe dann eben jeweils zu klammern begonnen. Immer wieder, mit der Gesetzmässigkeit der Schwerkraft. Doch zu glauben, die Magie dieser Momente hätte deshalb nicht existiert, ist einfach falsch. Auch wenn es nicht möglich ist, diese Momente zu «erzeugen» oder sie zu halten, sind sie ebenso «real» wie die Momente der Verzweiflung – die vergehen ja auch, machen auch etwas anderem Platz.

Wir essen im «Casanova», später trinken wir etwas im «Predigerhof» und schliesslich gehen wir noch für eine knappe Stunde ins T&M. Den ganzen Abend ist er in der Öffentlichkeit sehr anhänglich, hält mich, umarmt mich etc., das wird ja wohl wieder umgehend nach Thailand rapportiert werden. Aber sobald wir im Bett liegen, markierte er wieder die absolut Unzugängliche. Kein Sex also, das wär ja unanständig, mit seinen langen Unterhosen und drei paar Socken liegt er im Bett, zeigt mir die kalte Schulter und zieht mir dauernd die Decke weg. Ich schliesse die ganze Nacht kaum ein Auge zu. Auch am Morgen weist er meine Annäherungsversuche ab, fragt mich scheinheilig, ob es mir gut gehe, was ich frustriert und heftig verneine. Ich würde so langsam das Gefühl bekommen, dass er mich gar nicht möge. Das findet er daneben, d.h. er sagt, ich mache ihm Stress, spielt die beleidigte Leberwurst. Er wäre wohl nicht extra nach Zürich gekommen, wo er doch sooo müde war, wenn er mich nicht mögen würde. Allerdings sagt er auch, dass er unbedingt mal wegkommen wollte und dass er dann am Morgen früh aufstehen müsse, weil er wegen einer Versicherungssache einen Rat einholen müsse. Alles sehr undurchsichtig. Ich bin überzeugt, dass er in die Sauna oder zu einem Freier will. Dass er den Strich macht.

Nun, er findet es auf jeden Fall unangebracht, wahrscheinlich auch, dass ich es mit ihm treiben möchte, sagt, ich solle mit dem Herzen und nicht mit dem Kopf oder dem Schwanz denken. Das sagt ausgerechnet er, das geile Miststück. Später im Bähnchen – wir sind tatsächlich um acht aufgestanden und um neun im Bähnchen – sagt er, als ich ihm über das Bein streiche, das mache ihn scharf. Er nimmt meine Hand und zeigt mir, wie scharf er ist. Scheisskerl. Wahrscheinlich würde er es ohne weiteres im Bähnchen mit mir treiben, wo möglichst alle zuschauen können. Und dann hat er selbstverständlich auch noch genug Zeit, sich von mir zu einem guten Frühstück ins «Mövenpick» einladen zu lassen (bei mir frühstücken wollte er ja auf keinen Fall). Ich habe genug von ihm. Das war doch bloss wieder so eine romantische Spinnerei von mir. Es ist Zeit, dass ich mal auf den Teppich komme.

Dieses Mal verstand ich Somchai am Telefon klar und deutlich. Mein Eindruck war, dass seine Freundlichkeit aufgesetzt klang, kalt. Er fragte mich, ob ich bei seiner Familie angerufen hätte. Als ich das bejahe, fragt er mich misstrauisch, mit wem ich denn was gesprochen hätte. Ich sagte, seine dreizehnjährige Nichte habe mir nur gesagt, er sei in Chiang Mai. Ja, er sei an einem Buddha-Fest gewesen. Seiner Familie gehe es gut, nur die Küche müsse umgebaut werden, er schwafelte etwas von Explosionsgefahr, ob ich ihm tausend Franken schicken könne – nur leihweise, er gebe sie mir zurück. Das hat er schon ein paarmal gesagt und mir noch nie etwas zurückgegeben, deshalb gehe ich gar nicht darauf ein. Das sei zuviel, sagte ich, ich könne ihm höchstens 500 schicken, ich müsse auch für mich schauen. Aber jetzt bin ich mir nicht einmal mehr sicher, ob ich ihm diese 500 schicken soll.

Nachdem er mich gestern heute partout nicht sehen wollte, will er mich jetzt doch sehen. Es wird wider Erwarten ein schöner Frühlingstag. Es geht mir wieder besser als in den vergrippten vergangenen Tagen. Ich will einfach weg, warte dann aber doch bis elf Uhr. Und da ruft Uriel an. Es gehe ihm nicht gut. Er war bei seiner groben Schwester. Fragt, was ich vorhabe. Wir können ja zusammen in Bern spazieren gehen, schlage ich vor. Dieses Mal ist er einverstanden, und ich fahre also nach Bern. Wir spazieren zum Rosengarten, Hand in Hand. Wir essen in der Pizzeria neben der Buchhandlung, wo ich meine Lehre gemacht habe, und er erzählt mir, dass er das Privathaus von S., dem zwar verheirateten, aber dennoch schwulen Inhaber der Buchhandlung, saubermache; da stinke es, sagt er. Er müsse auch die ungewaschenen Hemden des Chefs bügeln. Nimmt mich wunder, woher er den kennt. Er kenne auch einen bekannten Staatssekretär, der sei ebenfalls schwul. Dann zeigt er mir sein sehr ordentliches und etwas biederes Zuhause. Wir machen sogar zusammen

Sex. Ich weiss nicht, wieso er solche Angst vor mir hat. Wahrscheinlich hat ihn die Somchai-Ankündigung aufgeschreckt. Er sagt, er sei sehr traurig, wenn ich am nächsten Freitag mit Somchai herumvögle (na, so sagt er es nicht, aber so meint er es).

Der Sonntag ist anfangs schlimm. Ich warte auf Somchais Anruf oder dass ich ihn anrufen kann. Das geht lange nicht. Ich hacke Holz im Garten, einfach um etwas zu tun. Schliesslich, gegen fünf, erreiche ich ihn endlich, verabrede mich mit ihm im ««Predigerhof»». Er kommt mit Kei, verschwitzt, gestresst, eine halbe Stunde zu spät. Wir gehen in sein neues Appartement im selben Haus wie das «alte» am Hirschenplatz, endlich wieder einmal Sex, ich könnte ihn verspeisen mit Haut und Haar. Dann Essen im Thai-Restaurant, Saufen im «Predigerhof», im «Cinecittà». Eng umschlungenes Schlafen bei Somchai. Am Montagmorgen nicht zur Arbeit; stattdessen kaufe ich ihm «Tschuus» (Shoes) und wir trinken im «Odeon» Kaffee. Indirekte Bezahlung, denke ich – obwohl ich ihm das ja gar nicht schulde. Ich bin furchtbar verkatert. Kopfschmerzen. Aber egal. Ich bin froh, wieder mit Somchai zusammenzusein, auf die Art, die eben möglich ist. Ich liebe ihn, auch wenn ich ihn jetzt «nüchterner» sehe – aber für mich bleibt er der schönste Mensch der Welt, der liebenswerteste, den ich kenne. Ich kann es nicht ändern.

Immer noch ist alles ziemlich beschissen, so gesehen. Wie gesehen? Nicht aussen, sondern innen. Mir geht die Gelassenheit, die Fähigkeit, mich nicht zu schädigen, zu quälen und kaputtzumachen, immer noch ab. Die Konfrontation, in die mich all das stösst, was ich durch äussere Anstösse im Innern erlebe, bringt mich buchstäblich fast um. Das ist wirklich ein Leben im Grenzbereich. Ich leide an mir, an meiner eigenen Crazyness. Somchai sagt, er sei (für mich) gefährlich, und das stimmt insofern, dass ich ihn so sehr liebe. Kann kaum arbeiten, tagsüber, und nachts bricht es mir fast das Herz. Ich sehe Somchai fast jeden Tag, und ich kämpfe darum, ihm gerecht zu werden und mir gerecht zu werden und Uriel gerecht zu werden. Ich soll meine Naivität verlieren, aber nicht meine Liebesfähigkeit, meine Vertrauensfähigkeit. Somchai bedeutet mir so ungeheuer viel, er berührt mich tief unter der Haut, er geht mir unter die Haut, und das ist alles so schmerzhaft für mich. Ich versuchte ihm heute zu erzählen, was mit Uriel war; dass ich während seiner Abwesenheit kein «Engel» war. Da meinte er nur: «Don't tell about angels. That's human.» Er weiss, dass ich den Sex liebe; es störe ihn nicht, wenn ich mit anderen Sex mache. Er sagt, ich solle mich deswegen nicht schlecht fühlen – solange ich zu ihm halte, spiele das keine Rolle für ihn. Es scheint fast so, dass auch ich ein Rätsel für ihn bin. Immer wieder fragt er mich dasselbe: Was findest du an mir, warum liebst du mich so sehr?

Ich treffe einen Somchai, der nicht sehr gut gelaunt ist. Das habe aber nichts mit mir zu tun. Es läutet immer wieder die Türglocke, Somchai ist müde und genervt. Irgendwann ruft er wütend aus dem Fenster: «I'm working!» Er «arbeitet», wenn wir Sex machen? Also doch?

Am Montag hat Somchai natürlich wieder keine Zeit, die Nacht mit mir zu verbringen. Wir machen zwar Sex, das ist wunderbar, aber viel Zeit gibt er mir nicht. Am Mittwoch, also gestern, bin ich ziemlich sauer, da Somchai mich wieder nicht sehen will. Ich treff ihn dann doch, im «Predigerhof». Ich bin schweigsam, in Trinkerlaune. Er will wissen, was ich habe. Stefano ist auch wieder da, zurückgekehrt aus Thailand; deshalb. Es bestätigt sich, was ich gedacht hatte: Somchai war mit Stefano in Chiang Mai und auch in Hong Song. Irgendwie verstehen wir uns dann doch wieder. Heute wieder Somchai getroffen, ihm eine Musikanlage, einen «Baum» und Blumen gekauft. Wir arrangieren uns halt. Wunderbarer, durstiger Sex.

Am Sonntag treff ich Somchai, verspätet nach einer Forchbahnpanne, im «Predigerhof». Wir wollen nach Basel, zu seiner Tante. Leichte Melancholie den ganzen Tag. Basel ist nicht Thailand, auch wenn wir thailändisch essen. Somchai bekommt zahlreiche eifersüchtige Telefonate von seinem eigentlichen Lover, Stefano. Bei seiner Tante hält er mich dann doch, ist zärtlich, als wollte er ihr vorspielen, dass wir ein Paar seien. Im Zug ein paar Stunden später ist Somchai dann wieder abweisend, stumm, liest in einer Thai-Zeitschrift. Verabschiedet sich gleich im Bahnhof. Arbeit, wie er sagt. Er habe am Freitag- und Samstagabend gar nichts verdient. Ob ich ihn denn am Montag sehen könne, bevor er nach Genf fahre, wie er angekündigt hat. Please, sage ich. Er hastet davon, mit einer Fünfzigernote von mir für Drinks.

Er denkt wohl, ich hätte ihn nicht schon längst durchschaut. Jetzt geht es um meine Selbstachtung. Er sagt, ich sei sein bester Kunde (sagt er natürlich nicht so direkt). Dann soll er mich gefälligst als besten Kunden bedienen.

Der Kunde ist König, sagt man. Er hat einen König als Kunden. Ich liebe den Sex, den er mir bieten kann. Liebe? Pha! Scheisse. Gibt es nicht. Nicht zwischen ihm, dem Schönen, und mir, dem Alten. Nicht zwischen Sugardaddy und Tigerboy. Es gibt nur das Geschäft.

Mit Somchai ist es so, dass wir zu einer einigermassen realistischen Basis zurückgefunden haben. Somchai lebt mit Stefano zusammen, daran gibt es nichts zu rütteln. Den habe ich inzwischen auch ein wenig kennengelernt. Ich denke, deren Honeymoon ist inzwischen auch vorbei. Aber keine Hoffnung deshalb für einen Honeymoon für mich und Somchai. Der ist, wenn schon, auch vorbei.

Als ich Somchai im «Predigerhof» treffe, ist er still, scheint sauer. Ich weiss nicht, ob er eifersüchtig oder sowas ist, weil ich mich am Samstag in der Sauna mit Effan, dem süssen Thailänder-Indonesier, der mich letztes Jahr schon mal so scharf gemacht hat, eingelassen habe. Ich erzähls ihm ja immer, wenn so was mal passiert. Während er früher fand, das sei okay, ist er jetzt nicht mehr dieser Meinung. Schliesslich könne er mir geben, was ich brauche. Ich müsse es halt auch sagen. Ich sage ihm dann, dass ich mich in diesem Fall mit keinen Moneyboys mehr einlassen werde, solange er hier sei. Er ist erkältet, gestresst. Er sagt, er sei durch die Dreieckssituation viel nervöser als wir, Stefano und ich.

Heute kam ein Brief aus Bayern, von Max, dem ersten Liebhaber von Somchai, jenem, der wegen Banküberfällen im Knast sitzt und mit dem ich – mit Somchais Einwilligung – Kontakt aufgenommen habe. Hochinteressant.

Somchai kommt eine halbe Stunde zu spät, humpelnd, er hat sich den Fuss eingeklemmt. Dauernd hat er was; vor zwei Wochen erschien er mit blauem Auge und geschwollener Backe, eine Schlägerei, wie er sagt. Mit einem Tscheko-Boy, wie er erklärt. Ich denke eher, dass er sich mit Stefano gestritten hat.

Egal. Wir fahren nach einem Bier nach Egg, wo Somchai das, was wir am Samstag im Thai-Shop eingekauft haben, hervorragend kocht. Später kommt noch Pius. Gott sei Dank haben wir das Haus für uns, kein WG-Terror. Später legt sich Somchai für eine Runde aufs Kaisersofa, während ich mit Pius quatsche und abwasche. Als wir mit dem Essen anfangen, ruft Uriel an. Und auch Stefano ruft mehrmals an an diesem Abend, in dieser Nacht, will von Somchai versichert haben, dass er ihn liebt, ti amo ti amo. Dieser Italiener scheint ziemlich eifersüchtig zu sein. Auch ich bin manchmal eifersüchtig, während es Somchai wieder einmal pragmatisch zu nehmen scheint und das zur Schau stellt, was ich eine Unschuldsmiene nennen würde. Später schauen wir uns zusammen mit der Katze zweieinhalb Star-Wars-Folgen ab Video an, trinken Wein, kuscheln. Das dauert ewig. Sogar die Katze, die sich auf dem Einersofa zusammengerollt hat und uns scheele Blicke zuschickt, scheint an diesem Abend eifersüchtig zu sein. Schliesslich, um vier, beschliesst Somchai, dass wir nun endlich müde genug seien, um schlafen zu gehen. Vorher fragt er mich, ob ich müde bin, er sei es nicht – ich bin es zwar, aber ich geh doch nicht allein zu Bett, wenn ich seit Monaten das erste Mal mit Somchai eine Nacht verbringen kann. Deshalb sage ich energisch: «No, I'm not tired». Dann gibt es doch noch Sex. Ich bin geil wie eh und je auf den Kleinen. Schlafe eher schlecht, geniesse aber das Zusammensein mit Somchai schon und versuche nach der Maxime von Somchai und allen Thailändern zu verfahren: nämlich nicht zuviel zu denken.

Ich sehe Somchai fast jeden Tag, wenigstens für eine Stunde oder zwei. So auch gestern Abend. Jeweils um eins, zwei am Nachmittag versuche ich ihn vom Büro aus anzurufen. Manchmal schläft er dann noch oder das Telefon ist noch gesperrt. Da ich Sex mit ihm haben will, frage ich ihn, ob ich ihn «at your home» treffen könne. «I bring you flowers.» Eine Art Code. Okay, sagt er dann jeweils, cool und nebenbei. Ich kauf ihm also Blumen, wie ein altmodischer Verehrer fast, und das bin ich ja irgendwie auch. Als ich bei ihm eintreffe, hat er Besuch von zwei Thailänderinnen, einer echten und einer «umgebauten». Es hat inzwischen auch viele Transvestiten aus Thailand in Zürich, oftmals sehe ich sie, zum Beispiel in Begleitung von Sany, im Niederdorf flanieren. Somchai sieht hinreissend aus mit seiner neuen Frisur, ich weiss, es gibt wahrlich schönere als ihn, er ist etwas untersetzt, kurzbeinig und hat schon jetzt wegen seines Alkoholkonsums einen kleinen Bauchansatz, er hat oft eine unreine Haut und einen picklig vernarbten Rücken, trotzdem interessiert er mich mehr als alle anderen. Ich bin ihm zugeneigt, da kann man nichts machen, das ist Chemie. Wir machen Sex und trinken dann in der «Asia-Garden»-Bar noch etwas. Stefano ruft an oder Somchai ruft Stefano an. Stefano ist Somchai Liebhaber, eindeutig. «Ti amo», sagt Somchai am Telefon.

(Ich könnte Stefano töten.)

Er lebt, wohnt mit ihm zusammen. Stefano sei wie ich, sagt Somchai, fühle sich auch nie gut genug. Stefano sei eifersüchtig und hänge sehr an ihm. Sie sind schon zwei Jahre lang zusammen. Stefano war nach mir bei ihm in Thailand, im Februar und im März. Wir sehen und sprechen uns manchmal, auf französisch. So auch gestern, kurz. «Was macht die Liebe?», fragt er mit seiner kratzigen Stimme und lacht ein schmutziges Lachen. Von Stefano weiss ich nicht viel. Er ist ein Italiener oder halber Italiener, seine Mutter ist, glaub ich, Schweizerin oder war Kroatin und wurde durch Heirat Schweizerin. Er ist blond, hat etwa meine Grösse, sieht auch gar nicht wie ein Italiener aus, sondern eher wie ein Jugoslawe. Etwas vierschrötig, er ist keine Schönheit, aber noch jung, 28. Er sieht fies aus, wie ein Verrückter. Er sei eigentlich gar nicht sein Typ, sagt Somchai, er habe eigentlich lieber dunkle grossschwänzige Typen, und das sei ja weder bei mir noch bei Stefano der Fall (später erfahre ich allerdings, dass Stefano in der Tat ein aussergewöhnlich grosses Stück mit sich herumträgt, und da er einen Hang zur Brutalität hat, der auf verhängnisvolle Art mit Somchais Hang zum Masochismus korrespondiert, basiert Somchais Bindung an Stefano – wenn überhaupt – wohl primär auf sexueller Hörigkeit). Stefano interessiert sich für Politik, liest viel Zeitung und bewundert Che Guevara. Warum er auf den Strich geht, weiss ich nicht. Weil er Geld braucht, denke ich, und für andere Arbeit nichts taugt.

Manchmal beneide ich Stefano schon. Er ist Somchais Liebhaber, während mein Status ungeklärt ist. Manchmal sagt Somchai nach dem Sex: «This time you have to help me.» Ein Code. Dann bezahle ich ihm zwei- oder dreihundert Franken. Er hat dann immer gerade Pech gehabt, entweder hat ihm ein Freier den geschuldeten Liebeslohn nicht gegeben, oder er hat sonst nicht arbeiten wollen oder können. Er muss die Miete bezahlen oder das Telefon oder Schulden zurückzahlen. Es fällt mir manchmal schwer, an seine Erfolglosigkeit zu glauben. Andererseits hat Somchai wirklich den Hang, ein Pechvogel zu sein: Zuerst liess er sich das Gesicht verdreschen (tatsächlich von Stefano, doch das erfahre ich viel später), dann wurde er krank, dann hat er sich selbst den Fuss verletzt...

Dafür sagt mir Uriel, den ich nie sehe, dass er mich liebt. Wir haben wirklich ganz nette Telefonate zusammen. Aber auch wenn er in Zürich ist wie Dienstag/Mittwoch, kommt es nicht zu einem Treffen. Nun ja, er will ja immer noch nach Amsterdam mit mir, er hat zwar jetzt das Visum, aber das Ganze ist noch immer eine sehr vage Angelegenheit. Überdies kommt jetzt dann sein Freund aus Manila, da wird er kaum mit mir nach Amsterdam reisen wollen.

Gestern waren Somchai und Stefano bei mir, Somchai hat wieder sehr gut gekocht, später habe ich mit Stefano geredet, das heisst, Stefano hat geredet wie ein Wasserfall, völlig gespeedet, während Somchai im Fernsehzimmer auf dem Sofa lag und Videos schaute resp. pennte, froh, seine Ruhe zu haben; später haben wir noch alle drei thailändisches Rommee gespielt.

Was für eine Scheissidee, die beiden zusammen einzuladen. D.h. eingeladen habe Stefano ja eigentlich nicht ich, sondern es war Somchais Idee. Warum er uns zu dritt zusammenhaben will, weiss ich nicht; vielleicht will er, dass ich Stefano besser kennenlerne, dass wir uns mögen und verstehen, was aber unmöglich ist.

Solange wir noch zu zweit sind, reden wir gut und wieder fragt mich Somchai, warum ich ihn eigentlich so sehr liebe, wieder weiss ich keinen Grund oder tausend Gründe. Eine Art Zen-Koan. Ich sage, dass es Menschen gebe, die seien wie Hunde, und solche, die seien wie Katzen. Er sei eine Katze, und Katzen würden bloss das tun, was sie selber wirklich wollten. Er ist entzückt über den Vergleich, sagt, dass Stefano nicht begriffen habe, dass er ein freier Mensch sei. Niemand möge Stefano, sagt Somchai, vor allem keiner seiner Thai-Freunde, ausser vielleicht Tom. Ich nehme an, er meint damit auch, dass die Leute aus seinem Dorf Stefano nicht sonderlich mögen; das kann ich mir jetzt vorstellen. Es fehlt Stefano tatsächlich an Einfühlungsvermögen, Taktgefühl, er ist zu laut und zu rücksichtslos, das mögen Thais nicht. Mich hingegen, sagt Somchai, möge seine Mutter; sie habe Angst, dass er, Somchai, mich verlasse.

Als die beiden gestern bei mir waren, war an Intimität, Entspanntheit und Nähe nicht zu denken. Natürlich war auch von meiner Seite eine Spur Eifersucht im Spiel, aber noch viel mehr von der Seite Stefanos, der Sticheleien und Provokationen nicht lassen konnte. Stefano ist ein echter Macker, ein Macho. Er betrachtet mich als Konkurrenten oder verhält sich jedenfalls so, als würde er mich als Konkurrenten betrachten, ihm geht es immer darum, wer der bessere, intelligentere Kerl von uns beiden ist – mir ist das egal. Er versucht, mir seine Überlegenheit zu demonstrieren, mich lächerlich zu machen. Er sieht mich als Alt-Hippie, als alternder Kiffer. Es ist peinlich. Er sieht nicht, dass ich mit ihm weder konkurrieren will noch kann, weil das absurd wäre. Wir sind nicht vergleichbar. Na ja, vielleicht provoziert gerade das ihn auch. Das hat mich aber weniger gestört als die Art, wie er Somchai behandelt. Er versucht ihn zu dominieren wie ein echter Macho seine Frau, er behandelt ihn wie ein Macker sein Mädchen, von oben herab, und das Schlimme ist, dass Somchai das wenigstens zum Teil mit sich machen lässt. Das zu sehen hat mir wehgetan. Einerseits weist Stefano ihn zurecht, wenn er sich beim Spiel übervorteilt fühlt oder den Eindruck hat, zu seinen Ungunsten sei ein Fehler passiert, andererseits macht er ihn an, kneift ihn in die Wangen, nennt ihn «Cicciolino» oder «Pattatino». Er hat eine Menge Wut in sich. Er hat das Gefühl, die Welt zu verstehen und erklären zu können, aber er sieht sich einseitig als Opfer. Er lebt in einem Underdog-Gefühl, das mit einem Grössenwahn gepaart ist. Ach, ich kenn das ja gut genug, aber er stellt sich nicht in Frage, stellt keine Fragen an sich, und das scheint mir kindisch und unreif.

Er ist 28 und offenbar schon seit 12 Jahren irgendwie auf Achse, keine Ahnung, wovon er die ganze Zeit gelebt hat, als Kleinkrimineller, Drogendealer, Stricher, was weiss ich. Er war offenbar ein sexuell ausgebeutetes Kind. Ausbildung und Abschluss hat er nicht, deshalb glaubt er auch, nie wieder eine reale Chance auf dem Arbeitsmarkt zu haben, und damit hat er vielleicht nicht mal unrecht. Er lebte ein paar Jahre vor allem in Bulgarien und der Tschechei, spricht neben Italienisch sehr gut Französisch, Englisch, offenbar kann er auch Bulgarisch und sogar Russisch; er spreche fünf Sprachen, sagt Somchai. Dumm ist er offenbar nicht; jeden Tag liest er die Zeitung – vornehmlich «La Reppublica». Somchai, der keinerlei kriminelle Neigungen hat, sagt, er schaue bei einem Menschen nicht darauf, was er mache, sondern wichtig sei das Innere, das Herz. Wie das Herz von Stefano aussieht, möchte ich gar nicht so genau wissen. Ich vermute, dass es schwarz ist – rabenschwarz.

Am Montag war Somchai verschwunden, auch den ganzen Tag telefonisch nicht erreichbar. Ich war entsprechend verzweifelt, hatte Angst, Somchai könnte etwas passiert sein. Ich stellte mir sogar vor, Stefano könnte ihn umgebracht und im Keller verscharrt haben. Hysterisch, paranoid. Unter der Nummer von Somchai Handy meldete sich Stefano: Er habe Somchai seit dem Vorabend, wo sie sich offenbar gestritten hatten, nicht mehr gesehen. Später, in der Nacht, ruft er sogar bei mir an, sichtlich beunruhigt: Somchai sei noch immer verschwunden. Am Dienstag erweist sich, dass alles in Ordnung ist; Somchai ist wieder aufgetaucht, sagt, er sei bei Thai-Freunden gewesen, habe mal seine Ruhe gebraucht, habe die ganze Nacht Karten gespielt. Er ist froh, dass ich nicht wütend über ihn bin, sondern mir Sorgen um ihn gemacht habe. Er möge es, wenn ich mir Sorgen um ihn mache. Ich treffe Somchai, für Sex und zum Biertrinken. Über den Sonntag reden wir nicht oder erst an einem der folgenden Abende, wo ich ihm vorsichtig meine Einschätzung von Stefano gebe. Er wisse das, sagt Somchai, Stefano sei «immer so», er ist es sich also gewohnt. Stefano sei sehr eifersüchtig und besitzergreifend, bestätigt er. Aufbrausend und cholerisch sei er auch. Und mit Drogen umgehen könne er überhaupt nicht. Unter Drogen werde er unberechenbar. Aber er könne ihn nicht im Stich lassen, sagt Somchai, Stefano habe so viel für ihn getan. Ganz offensichtlich nimmt er sich seine Freiheit, zu tun und zu lassen, was er will, aber dennoch. Was dann bei Stefano zu entsprechenden Reaktionen führt und bei Somchai zu einem vermöbelten Gesicht.

Jetzt ist Somchai nach Thailand zurückgeflogen – für eine Woche, sagt er, um Papiere für seine Heirat zu besorgen. Ich habe ihn gestern gesehen, um drei, im «Predigerhof». Er war die letzte Nacht in Bern, hat 800 Franken verdient. Er war müde und ein bisschen aufgeregt. Als ich ihn frage, ob wir uns bei ihm zu Hause verabschieden können, sagt er erst, ich könne schon zu ihm nach Hause kommen, aber da sei Stefano, ausserdem sei er zu müde für Sex. Ich darf ihn dann nochmals für eine Viertelstunde im Asia Graden sehen, als er mit Stefano aufkreuzt, um sich von Tom zu verabschieden. Natürlich, Stefano darf ihn zum Flughafen begleiten. Ich bin wütend und traurig und schon etwas angesoffen, versuche aber, ein kühles Herz zu bewahren. Als sie gehen müssen, sage ich: «This time *you* invite me for the beer.» Was er natürlich macht, wobei er mich allerdings mit einem leicht fragenden Blick bedenkt.
Immer warte ich auf ihn oder muss ihm Lebewohl sagen, nie bin ich gesättigt von seiner Gegenwart.

Kaum war Somchai weg, wurde ich krank. Am Freitag im Geschäft taten mir sämtliche Glieder weh, und als ich am Nachmittag frühzeitig nach Hause kam, hatte ich hohes Fieber. Dazu kamen Halsschmerzen, Kopfschmerzen, unendliche Müdigkeit. Mit Hilfe von Antibiotika komme ich wieder einigermassen auf die Beine. Ein richtiger Zusammenbruch.

Der Freitag nach Vollmond war ein Katastrophentag. Ich fühlte mich tagsüber seltsam, ständig nah an einer Panikattacke, besonders in geschlossenen Räumen, im Tram, ich fühlte mich körperlich krank und seelisch wund, mein Herz tat weh und mir war schwindlig, der Magen schmerzte und der Kopf. Ansonsten war alles in Ordnung, aber ich spürte, dass nichts in Ordnung war. Mit Somchai hatte ich mich wieder einmal «leidlich arrangiert», glaubte zurechtzukommen mit dem, was zwischen uns war. Trotz der übermächtigen Liebesgefühle für ihn oder dem, was ich dafür halte. Gewiss, Somchai liebt es, dass ich ihn liebe. Es ist für ihn ein unglaubliches Ereignis. Neulich hat er mir gesagt, ja, es werde ihm manchmal schon zuviel, mich jeden Tag zu treffen, aber wenn er dann jeweils meine Augen sehe… Er sieht die grenzenlose, absolute Liebe zu ihm in meinen Augen, und wer würde es nicht geniessen, so geliebt zu werden – vor allem, wenn man vom Leben zerzaust wurde wie Somchai und eigentlich noch ein Kind ist, alt und jung zugleich, schön und hässlich, gut und schlecht. Denn das hatte sich schon verändert in der letzten Zeit zwischen uns: Ich nehme ihn jetzt mehr in der Sohn- und mich in der Mutterrolle wahr. Nachdem ich ihn ja am Anfang immer als den Stärkeren, Führenden, Dominanten empfand. Vielleicht hat mein «Versagen», wie ich es gleich beschreiben will, ja auch damit zu tun…

Also, der Freitag nach Vollmond. Das Desaster. Am Nachmittag fuhr ich panisch und beengt mit dem Tram nach Wollishofen, wo der Grafiker, mit dem ich jetzt zusammenarbeite, sein Atelier hat. Erst kamen wir ganz gut zurecht, aber dann suchten wir sicher eine Stunde lang irgendwelche Agenturfotos, die wie vom Erdboden verschwunden waren. Wir glaubten schon an Magie. Schliesslich fanden sie sich dann doch noch an einem ganz banalen Ort, aber es machte sich schon zu diesem Zeitpunkt ein Gefühl der Irrationalität in mir breit.

Anschliessend treffe ich Somchai im «Predigerhof», ich habe seine Papiere, die er in Thailand für seine Hochzeit besorgt hat, bei mir, er musste sie auf dem thailändischen Konsulat übersetzen lassen und hat sie mir dann anvertraut. Später, nachdem wir zusammen im thailändischen Restaurant gegessen haben, will ich sie ihm zurückgeben, aber er sagt, besser, du behältst sie, du kannst sie mir morgen geben.

Ich treffe Severin und wir reden lange und ich trinke mehr, nach dem Bier mit Somchai Champagner und Rotwein mit Severin. Ich vergesse die Zeit und schliesslich ist es zu spät für die letzte S-Bahn. Ich fahre dennoch mit dem Tram in die Stadt, habe vor, den Nachtbus zu nehmen. Ich weiss nicht, was mich dann dazu treibt, ins «Carrousel» zu gehen; die Sehnsucht nach Somchai, den ich wieder einmal in einem anderen Kontext erleben möchte, vielleicht habe ich sogar die Hoffnung, dass er mich bei sich übernachten lässt, obwohl ich doch weiss, da ist Stefano… Aber eben, ich bin so irrational in dieser Nacht, so verrückt und besoffen, dass die Dinge wahrscheinlich schon da meiner Kontrolle entglitten sind. Im «Carrousel» ist Somchai nicht; es hat sowieso nur noch wenige Leute da. Trotzdem setze ich mich auf meinem Barhocker fest, und etwas in mir beschliesst, weiterzutrinken – bis am Morgen früh, wenn es sein muss. Es gibt solche Nächte. Ich komme mit einem Mann ins Gespräch, keinem Boy, einem etwa gleichaltrigen

Mann, in der Stricherbar, es ist beinahe absurd. Er heisst Heiner und ist wohl auch etwas besoffen, nehm ich an. Worüber wir gesprochen haben, weiss ich nicht mehr, erinnere mich aber schon daran, dass wir geflirtet und sogar ein bisschen herumgeschmust haben. Kurz bevor das Lokal schliesst, das muss also um vier gewesen sein, geht er, und das ist der Zeitpunkt für die letzten in der Bar verbliebenen Strichjungen, sich wie die Aasgeier auf mich zu stürzen. Sie finden in mir ein relativ wehrloses Opfer, denn nun habe ich wirklich reichlich Öl am Hut. Sany, ein Brasilianer, ein Osteuropäer. Doch, ich versuche mich zu wehren, ich sage, ich könne nicht mit ihnen kommen, das sei unmöglich, das sei schlecht, ich sei der Freund von Somchai usw. Das ist natürlich nicht mehr als das Gebrabbel eines Besoffenen. Und ich habe auch den Rucksack nicht vergessen mit seinem wichtigen Inhalt. Aber der Rucksack ist weg, die Dokumente, die Somchai mir anvertraut hat, sind weg.

Da drehe ich durch. Ich erinnere mich nicht, ob ich schon in der Bar zu heulen begonnen habe oder erst in Sanys Wohnung mit den drei Boys. Ganze Sturzbäche laufen mir übers Gesicht. Was dann geschah, weiss ich nicht mehr so genau. Sex mit dem Brasilianer, obwohl ich das eigentlich gar nicht wollte. Es muss peinlich gewesen sein; sicherlich verlangte ich danach, seinen Arsch zu lecken. Irgendwann bin ich wohl eingeschlafen oder wurde bewusstlos, irgendwann erwache ich wieder. Kopfweh, Kater, Benommenheit; ich fühle mich wie in der Hölle. Ich habe ein schrecklich schlechtes Gewissen und will nur noch raus, den Rucksack suchen. Aber da merke ich, dass mir auch noch der goldene Buddha aus Thailand abhanden gekommen ist in dieser Nacht, der an einem Kettchen an meinem Hals hing. Irgendjemand hat ihn mir gestohlen, einer der Boys nehme ich an, wahrscheinlich der Brasilianer, als ich die frage, wissen sie natürlich von nichts. Wieder breche ich zusammen, bin nur noch das heulende Elend, Hilferuf an Severin ins Telefon. Ich fühle mich wirklich ganz am Ende, ganz unten, gedemütigt, zerstört. Zum ersten Mal in meinem Leben habe ich ernsthaft den Wunsch, mich auszulöschen, dieses elende Versagerleben hinter mir zu lassen.

Severin kümmert sich um mich wie eine Mutter, tröstet mich, telefoniert in der Gegend herum. Aber der Rucksack findet sich nirgendwo. Ich klappere alle Stationen der gestrigen Nacht ab – nichts. Beim Tramdepot – nichts. Wie soll ich das bloss Somchai beibringen, ich ringe verzweifelt die Hände, ich werde ihn verlieren, denke ich. Immer wieder erwarte ich, dass ich alles verlieren werde, alles verlieren muss. Das ist wie ein eingebauter Mechanismus in mir. Ich habe es nicht anders verdient, sagt dieser Mechanismus zu mir, und ich habe es deshalb nicht anders verdient, weil ich nichts wert bin.

Schliesslich um vier rufe ich Somchai an, ich wolle bei ihm zu Hause vorbeikommen. Severin begleitet mich. Natürlich gibt er sich geschockt über den Verlust, aber er nimmt das Ganze doch relativ gelassen, macht mir keine Vorwürfe. Auch am Sonntag und Montag treffe ich Somchai. Beide Male kommt er über eine Stunde zu spät zum verabredeten Termin im «Predigerhof», ich warte und bin natürlich nervös und bestelle zu viel Bier, gebe nutzlos Geld aus, habe keinen Spass dabei, nur Stress. Ich kann das Warten in den Bars nicht mehr ertragen. Wozu das alles? Nur, damit Somchai dann kommt und wir kaum Zeit haben, einige private Worte zu wechseln, weil da noch so viele andere Leute sind. Ich bin es so leid. Und immer schleicht Stefano herum, und immer habe ich das Gefühl, allenfalls der zweite in der Reihe zu sein, der «beste Kunde» eben. Am Dienstag lässt Somchai mich erst eine Stunde warten im «Predigerhof», wenig später verlässt er mich wieder, weil er einen Kunden hat, vor meinen Augen, dann geht er mit dem weg und sagt, ich könne ja warten, das sei in einer halben Stunde erledigt, also warte ich, trinke weiter Bier, höre dem besoffenen Gebrabbel der «Predigerhof»-Klientel zu, dann kommt Somchai tatsächlich zurück, wir sitzen und trinken dann weiter bis zehn, dann wird Stefano, der immer anruft, ungeduldig, und Somchai geht und ich gehe auch, krank und besoffen, fünf Stunden sass ich vor der Bar. Peter, der Kellner, hat mir aus Mitleid und weil ich ein so netter und ruhiger Kunde sei, ein Bier spendiert. Auch die übrige «Predigerhof»-Crew kenn ich inzwischen ein wenig. Sie verstehen mich nicht. Sie verstehen Somchai nicht. Sind höchst irritiert über dieses «Dreieck», das keines ist. Stefano ist verhasst, hat im «Predigerhof» Lokalverbot. «You are crazy», sagt der Barbesitzer zu Somchai und meint damit seine Beziehung zu Stefano. Ich bin völlig durchgeknallt, am Ende meiner Nerven. Kann nicht schlafen, esse kaum und wenn, dann bloss irgendwelchen Junkfood. Dafür trinke ich umso mehr Bier – ist ja auch Nahrung. Aus meinem schlechten Gewissen heraus überhäufe ich Somchai mit Liebesschwüren und mache ihm unrealistische Versprechungen. Ich würde dafür sorgen, dass er heiraten könne, sage ich zum Beispiel, und wenn ich ein

120

ganzes Jahr nur Brot essen könne. Er hört es mit Genugtuung, lächelt bloss.

So kann es nicht weitergehen. Wieder fühle ich mich ganz krank. Gestern hatte ich Magenprobleme, Durchfall, später wieder Halsschmerzen, fühlte mich erneut fiebrig. Auch heute bin ich nicht gerade in Topform. Ich spüre, dass mir diese Beziehung mit Somchai nicht guttut, auf jeden Fall nicht in dieser Art. Sie macht mich fertig, sie ruiniert mich, sie bringt mich um. Ich verstehe jetzt, was Somchai gemeint hat, als er sagte, er könne gefährlich sein. Er ist für mich gefährlich, weil ich ihn so sehr will und weil er mich nicht will, nicht wollen kann. Er kann den Versuchungen, die aus diesem Missverhältnis entstehen, nicht widerstehen. Gewiss, er sagt, er möchte, dass es in unserem Verhältnis eine Ausgeglichenheit gebe, eine Balance. Aber das ist bei der gegenwärtigen Lage der Dinge einfach nicht möglich. Und zwar deshalb, weil ich bei der gegenwärtigen Lage der Dinge nicht imstande bin, Nein zu sagen, mich von ihm abzugrenzen. Vielleicht wäre es wirklich das Beste, ich würde Schluss mit ihm machen. Meine Rettungsmöglichkeit. Mein Körper hat mich jetzt oft genug gewarnt, das Schicksal und der Blick auf mein Bankkonto.

Somchai sitzt tief drin in mir. Jede Nacht träume ich von ihm: wilde, erotische, sexuelle Träume. Ich küsse ihn heftig die ganze Nacht im Traum, dringe in ihn ein durch seine köstliche goldene Pforte. Letzte Nacht träumte ich, ich hätte zusammen mit Somchai meine Eltern besucht. Er hat sich auf Anhieb gut mit ihnen verstanden, vor allem mit meinem Vater, dem er erst die Hand auf den Oberschenkel gelegt und den er dann verführt hat. Mein Vater zeigte mir anschliessend sein imposantes Glied, das ich in Wirklichkeit nie gesehen habe, obwohl ich in gewisser Weise aus ihm komme.

Ich bin wie besessen von Somchai, erotisch, sexuell, aber auch von ihm als Person, von seinem Wesen. Ich weiss jetzt, wieso ich ihn liebe: weil er nicht nur ausserhalb von mir existiert, sondern tief in mir drin steckt. Ich liebe in ihm etwas in mir, das der Liebe sehr bedarf: ein zerzaustes, ungebärdiges, wildes, sogenannt «verdorbenes» unangepasstes Kind. Dieses Kind in mir wurde nie geliebt, auch nicht von mir, und nur deshalb kann es jetzt so masslose Ansprüche stellen, kann es alles von mir verlangen und muss alles von mir verlangen, denn es muss immer wieder bestätigt sehen, dass es wirklich geliebt wird. Das ist der Punkt, wo sich Inneres und Äusseres tatsächlich auf fatale Weise spiegeln, identisch sind: denn Somchai ist auch dieses masslose Kind, das diese ständigen Bestätigungen braucht, geliebt zu werden.

Als ich am Mittwochabend nach Hause nach Egg komme, liegt da eine Benachrichtigung des Fundbüros der SBB, man habe meine Agenda gefunden. Am Donnerstagmorgen kann ich meine Agenda, mein Adressbuch und sämtliche von Somchais Papieren von dort abholen. Der Rucksack wurde also tatsächlich gestohlen, aber vom Inhalt fehlt bloss der ausgefüllte Lottozettel. Ich hoffe bloss, dass ich nicht ausgerechnet an diesem Wochenende einen grossen Gewinn gehabt hätte. Nein, so weit geht meine Grosszügigkeit nicht, dass ich diesen dem Dieb gönnen würde.

Am Samstag gehe ich gegen Mittag an die Höschgasse, wo mir Andreas die Schlüssel und die neue Wohnung übergibt, was mich vorübergehend euphorisch stimmt. Später sehe ich noch kurz Severin, bevor ich mich um fünf mit Somchai im «Predigerhof» treffe. Wir trinken Bier. Somchai hat noch immer nichts von seiner «Gattin» gehört; mittlerweile schätzt er selbst die Chance auf eine schnelle Heirat als sehr klein ein, und es ist wahrscheinlich, dass er die Schweiz in ca. einer Woche verlassen muss. Ausserdem erzählt mir Somchai von Balz, dem Exfreund von Eko, der auch *sein* Exfreund ist. Der lebt immer noch in Afrika, ist jetzt bloss zwei Wochen auf Urlaub in Zürich. Somchai findet diesen Balz attraktiv; er erzählt mir das ganz offen. Die anderen Thaiboys hätten ihn gestern, als er mit ihm zusammen war, um den gut aussehenden Mann benieden. Er erzählt auch freimütig, dass sie geknutscht und sich geküsst hätten. Wahrscheinlich – sicher – haben sie es auch zusammen getrieben. Eifersucht von meiner Seite, Hass wie schon einmal vor rund einem Jahr, damals wegen Eko, auf diesen Kerl, den ich direkt gar nicht kenne. Somchai sagt, dieser Balz sei aber nur am Sex mit ihm interessiert, an seinem Körper; ausserdem rede er dauernd von Eko. Ich sei ihm viel wichtiger, sagt Somchai.

Ich will ihm dann unbedingt meine neue Wohnung zeigen. Dort erleben wir einen sehr schönen, vertrauten, intimen Moment, sitzen am Küchentisch und reden und trinken die Flasche Wein, die Andreas mir zur Begrüssung dagelassen hat. Somchai gefällt die Wohnung, sie gefällt ihm sogar sehr. Er solle herkommen, wann immer er wolle, sage ich ihm, mein Heim sei auch sein Heim, und er könne sich auch tagsüber da ausruhen oder etwas kochen. Ich gebe ihm einen Satz Schlüssel. «Du hast wirklich Vertrauen zu mir», sagt Somchai. Ja, das stimmt, aber das Vertrauen ist nicht eine passive Erwartung, es soll aktiv etwas bewirken, erzeugen. Ich vertraue ihm, weil ich es so will, weil er wissen soll, dass ich ihn vertrauenwürdig finde. Er möchte schon gerne bei mir einziehen, sagt Somchai, aber er müsse auch irgendwo arbeiten. Das Zimmer am Hirschenplatz will er auf jeden Fall abgeben resp. an einen Nachmieter weitergeben. Stefano, sagt Somchai, muss sich um sich selbst kümmern – schliesslich ist er ein Mann. Nachher weihen wir mein, unser neues Bett ein und widmen eine Stunde der Lust. Somchai sagt, er wolle am Montag mit mir zusammen im Sex-Shop einkaufen gehen: einen Dildo und Poppers, offenbar will er etwas Abwechslung in unser Sexleben bringen. Er sei ein bisschen ein Sadist, sagt Somchai. Das hat er mir schon in Bangkok gesagt und gezeigt – allerdings ist er eher ein Masochist.

Gestern, am Montag, trafen wir uns wiederum im «Predigerhof», gingen dann in den Sexshop und später zu Somchai in sein Zimmer. Ich erwartete gar keinen Sex, doch Somchai will den Dildo ausprobieren. Ich bin nicht geil, bekomme keine Erektion; ich sage Somchai, er solle sich dadurch nicht irritieren lassen, nicht auf mich schauen, sondern es einfach für sich geniessen. Von den Poppers hebe ich bloss im Kopf ab, aber ich geniesse Somchais Körper und seine Erregung auch ohne Erektion. Er hat mir so oft Lust verschafft, dass ich fast froh bin, dass es einmal um ihn und nicht um mich geht. Ich brauche für solche Dinge, für solche neuen Erfahrungen eben immer ein bisschen Zeit. Dazu kommt: Sexuell gesehen sind unsere Wünsche eben nicht unbedingt kongruent, er liebt es eher hart und rauh, während ich doch der zärtliche, leidenschaftlich-sanfte Typ bin. Die seelische Stimmigkeit ist häufig, nicht immer, Voraussetzung, dass ich Sex geniessen kann. Oder besser könnte man es vielleicht so sagen: meine Sexualität ist eher psychischer als physischer Natur. Trotzdem bin ich durchaus offen für Experimente, die in eine andere Richtung gehen, vor allem mit Somchai, weil ich irgendwo in mir tatsächlich ein unbegrenztes Vertrauen zu ihm habe.

Er aber ist irritiert durch diese Situation, hat irgendwie ein schlechtes Gewissen oder das Gefühl, es mit seiner Offenheit zu weit getrieben zu haben. Er, der Strichjunge, lässt sich von mir, dem Freier, Befriedigung verschaffen: Das ist beinahe schon eine Rollenumkehr. Ich versuche ihm auszureden, dass er sich Vorwürfe macht oder sich verurteilt.

Somchai beschäftigt der Unterschied meiner Beziehung zu ihm und zu Eko. An Eko, sage ich, sei ich nie richtig herangekommen; mit ihm hätte ich mich nie unterhalten können. Es habe keinen Austausch gegeben – ich hätte mich am heissen Eis seines Wesens verbrannt. «Was habt ihr denn zusammen gemacht?», will Somchai wissen. «Wir sind ins Kino gegangen», sage ich und zucke hilflos die Schultern, und im Nachhinein scheint es mir tatsächlich so: Wir sassen nebeneinander und nicht miteinander, wir starrten beide parallel auf eine Leinwand. Eko schaute mich nicht an, ausser wenn er wütend war.

Somchai hingegen nimmt meine Augen ab und zu wahr und liest an ihnen alles ab, was es zu wissen gibt, Eifersucht, Wut, Zärtlichkeit, Liebe, und manchmal interessiert er sich sogar für mich. Mit Somchai ist nicht immer, aber immer wieder ein Austausch möglich. Immer wieder erlebe ich den echten, authentischen Somchai und nicht – eben nicht – den Schauspieler. Das ist der Unterschied und nicht unbedingt die Frage des Geldes. Auch Eko fragte Daddy nur nach Geld, wenn er es nötig hatte, wenn er es brauchte, und zwar unbedingt, selbst wenn es für Dinge war, die ich für absolut überflüssig hielt; er hielt sie eben nicht für überflüssig, die Louis-Vuitton-Taschen, die Klamotten von Versace oder Armani, die Pflegelinie von «la prairie». So einfach ist das.

Somchai hat genug davon, nur als Körper, als Sexobjekt begehrt zu werden. Es quält und verletzt ihn, wenn man ihn nicht respektiert. Er ist im Grunde kein guter Strichjunge, weil er immer wieder Gefühle für seine «Freier» entwickelt und auch Spass an der Sache haben kann. Wahrscheinlich meint er dies, wenn er sagt, dass er Eko bewundere: um seine «Professionalität», die ihm, crazy Somchai, abgehe. Somchai wird verletzt, weil er offen ist – das Absurde ist, dass ihm gerade seine Qualitäten im Weg stehen und ihm Schmerzen bereiten.

Immer wieder beobachte ich Freier, die auf Somchai scharf sind, die hinter ihm her sind. Einer folgt ihm auf die Toilette, erzählt mir Somchai, zeigt ihm den Schwanz. Somchai zeigt ihm seine Verachtung dadurch, dass er von ihm 400 Franken verlangt.

Natürlich möchte er, wie alle Thais, nicht sein Gesicht verlieren. Auf die «Lady», die ihm die Heirat versprochen hat, ist er vor allem deshalb so wütend, weil er sich von ihr blossgestellt fühlt vor all jenen, mit denen er über die Heirat gesprochen hat (deshalb auch seine grosse Diskretion in dieser Sache – er hat ihr eigentlich von Anfang an nicht wirklich getraut).

Am Samstagabend verabschieden wir uns von den Weidgutleuten mit einer Grillparty, Sylvia und ich, und ich bin an diesem Abend erstaunlich offen und gut gelaunt. Ich ziehe sogar an einem Joint. Somchai hat mir bestätigt, dass er tatsächlich kommen wolle um zwei, und ich fahre mit der letzten Bahn für einmal in der umgekehrten Richtung, von Egg in die Stadt. Nach einem Bier im «Predigerhof» gehe ich zu Fuss an die Höschgasse, und erstaunlich wenig später, sogar vor zwei, kommt der Tiger. Er ist betrunken, aber das stört mich nicht, ich bin ja auch nicht ganz nüchtern. Wir sitzen dann noch herum, am Küchentisch, bis es tagt, Somchai meist auf meinem Schoss. Wir sind beide aufgewühlt, und ich fühle mich ihm sehr nah. Worüber wir alles gesprochen haben, weiss ich nicht mehr so genau. Somchai hat geweint. Er fühlt sich verzweifelt, weil er keine Zukunft vor sich sieht, aber auch, weil er sich für einen schlechten Menschen hält und befürchtet, ein Alkoholiker zu sein. Er glaubt, er sei mein Vertrauen nicht wert und tue mir nicht gut, bereite mir nur Schwierigkeiten und Kummer. Dass ich ihm den Schlüssel zu meiner Wohnung gegeben habe, hat ihn offenbar sehr beeindruckt. Wieder will er wissen, warum ich ihn liebe. Ich versuche ihn zu trösten, irgendwann landen wir doch noch im Bett und machen wohl auch noch ein bisschen herum, aber wichtiger ist mir, dass er sich nachher an mich schmiegt, an mich klammert, dass ich ihn halten darf die ganze Zeit. Wieder habe ich dieses ungeheuer intensive, aufwühlende, kaum zu ertragende Liebesgefühl für ihn in mir, das fast ist wie ein körperlicher Schmerz und von dem ich überzeugt bin, dass er es physisch spüren muss. Dieses Gefühl ist wie eine nährende Substanz, nicht nur für ihn, den Empfänger, sondern auch für mich, den Empfindenen. Nur wenige Stunden später klingelt der Wecker – Somchais Flug geht ja um 13.30 Uhr – und Somchai ist erst eine ganze Weile gar nicht aus dem Bett zu bringen, aber dann, nachdem er sich unter die Dusche gestellt hat, ist er gelassen und heiter wie immer.

Danach begleite ich ihn noch zum Hirschenplatz, wo er sein Handgepäck holen und sich von Stefano verabschieden will. Den sehe ich dann am Nachmittag, lasse mich sogar zu einem Bier von ihm einladen. Er hält wieder seine wirren Politreden, aber er erscheint mir nun ziemlich harmlos. Er möchte nach Thailand auswandern; er sehe aber ein, dass Somchai in der Schweiz bleiben wolle. Somchai könne ruhig zu mir kommen. Und eigentlich wolle er gar nicht immer nur nach Thailand, sondern auch andere Länder sehen. Irgendwie werde ich aber auch dieses Mal nicht schlau aus ihm. Später, beim Gespräch mit Roberts Martin, sagt mir dieser, Stefano sei ein ganz übler Kerl, der mit allem Möglichen handle (Diebesgut, Drogen) und Geld zu Wucherzinsen verleihe, ausserdem sei er schon seit Jahren illegal in der Schweiz und werde von der Polizei gesucht. Das kann ich aber nicht so recht glauben; Stefano hält sich völlig ungeniert an von der Polizei oft kontrollierten Plätzen der Stadt auf, zum Beispiel im Shopville, und erzählte mir, er sei gleich an diesem Nachmittag wieder kontrolliert worden. Nun ja, Stefano ist sicher nicht ganz «sauber». Auf jeden Fall kann auch Martin nicht begreifen, weshalb Somchai nach wie vor mit «diesem Typen» zusammensei, der charakterlich unangenehm und nicht mal gutaussehend sei. Martin erwartet morgen seinen Freund, der fünf Monate in Indonesien weilte. Er ist ein wenig in Sorge, Robert könnte durch das gut funktionierende Informationssystem etwas von seinen zwischenzeitlichen Eskapaden erfahren haben.

HERZRASEN

Inzwischen sind gut und gern vier Wochen vergangen, seit Somchai das Land verlassen hat. Ich war sehr beschäftigt und rannte mit der Zunge am Boden dem nach, was getan werden musste und wovon ich überzeugt war, dass es getan werden muss: Ich zog an die Höschgasse um, hatte viel zu tun im Geschäft... Aber davon will ich ja nicht schreiben. Das sogenannte Liebesleben. Die ersten zwei Wochen hielt ich mich zurück, war froh, wenigstens am Abend meine Ruhe zu haben, war auch zu erschöpft, um auszugehen. Aber dann, am Freitag vor zwei Wochen, stach mich der Hafer dann doch. Ich gehe ins «Carrousel» und nehme den 19-jährigen Brasilianer Fernando mit mir nach Hause. Er hat ein süsses Gesicht und ist vom Bauchnabel abwärts erstaunlich behaart, was mich aber unerwarteterweise sehr erregt. Und am Sonntag besuche ich die Paragon-Sauna, das Wetter ist nicht eben sommerlich, die Sauna voll und voll von Asiaten. Natürlich viele der bekannten Gesichter, aber auch neue der «Sommerkollektion». Das Geschäft ist an diesem Sonntagnachmittag voll im Gang. Auch Stefano ist da, zusammen – offenbar zusammen – mit einem sehr braunen, zierlichen und wunderschönen Thai, Jayjay, wie ich später erfahre, aus Phuket. Stefano fordert mich auf, mich zu ihnen zu setzen, preist mir den Jungen in den höchsten Tönen, will, dass ich mit ihm in einer Kabine verschwinde. So ist er jetzt also unter die Zuhälter gegangen. Ich will erst nicht, mir passt das nicht, diese Vermittlerei, auch dass es ausgerechnet Stefano ist, der vermittelt (er beteuert natürlich, er werde Somchai schon nichts sagen, aber darum geht es gar nicht), aber der Junge beeindruckt mich eben schon. Wir reden, und ich finde ihn sehr nett, sehr respektvoll. Auch er bemüht sich um mich, aber diskreter. Er könne mit Asiaten und mit jüngeren Männern nichts anfangen, sexuell, ich sei gerade richtig für ihn. Stefano sei ganz verrückt nach ihm – und so, wie er sich benimmt, besteht daran kein Zweifel –, aber eben, der sei nicht interessant für ihn, weil zu jung. Schliesslich frage ich ihn doch, ob er mit mir ins obere Stockwerk komme. Da bin ich erst ein wenig irritiert – ich mag im Grunde die Sauna nicht als Ort zum ficken, ist mir zu wenig privat, auch passt mir die ganze «Vorgeschichte» nicht – und es braucht, obwohl der Junge makellos ist, eine ganze Weile, bis ich in Fahrt komme. Vielleicht, weil er zu schön ist. Er dagegen ist hemmungslos, zärtlich und sehr erregt, sodass auch ich den Kopf ausschalten und mich dem Moment hingeben kann. Später zieht Stefano das Geld von mir ein, und der Junge erzählt mir, dass der 50% «Vermittlerprovision» für sich behalte. Wozu? Er macht nichts und kassiert.

Das nächste Wochenende packt mich die Unruhe, das süchtige Getriebensein natürlich erneut. So viele Boys, die direkt aus meinen erotischsten Träumen stammen könnten, jederzeit greifbar... Ich weiss, ich bin ein Süchtiger. Ich kann es nicht lassen. Am Samstagabend gehe ich erneut ins «Carrousel», in der Hoffnung, Jayjay da anzutreffen, der ja nur noch kurze Zeit in der Schweiz weilt, und ich habe Glück. Er sitzt da, und ich brauche keine zwei Minuten an der Bar zu warten, diskret folgt er mir, und wir fahren zusammen an die Höschgasse. Dieses Mal geniesse ich es noch mehr mit ihm als beim letzten Mal, und auch er scheint mich zu mögen und den Sex, die Zärtlichkeit mit mir zu geniessen. Er erzählt mir ein bisschen von sich: er sei schon 28 (was mich erstaunt, sieht er doch eher wie achtzehn oder sechzehn aus), er lebe am Patong-Strand in Phuket. Er arbeitet da in einer Bar. Er sei das zweite Mal in der Schweiz; das erste Mal sei er aber nur zwei Wochen hier gewesen. Er habe einen Freund in Wollishofen, den er aber nicht liebe. Seine Familie (d.h. seine Mutter, der Vater ist erst kürzlich gestorben) lebe auf einem Bauerndorf ganz im Süden auf dem Festland, zu dem eine Strasse führe, die noch nicht einmal asphaltiert sei. Er ist eines von sieben oder acht Geschwistern. Bevor er geht, tauschen wir wieder Adressen; ich ahne aber, dass er auch dieses Mal nicht anrufen wird.

Gestern Abend war ich erneut in der Stricherbar. Somchai habe ich indessen nicht vergessen, ich habe ihm mehrmals telefoniert, schlug mich mit Amtsschimmel und Bürokratie herum, um von der Fremdenpolizei die Einladeerlaubnis zu bekommen, was immer schwieriger und schikanöser wird, habe Somchai auch Geld geschickt. Aber eben, Somchai ist jetzt weg. Im «Carrousel» treffe ich keinen Jayjay, dafür aber eine Menge Jungs und fast keine Freier. Entsprechend ist die Stimmung, es ist kaum möglich, einfach zu sitzen und zu schauen, alle wollen sie ein Geschäft machen mit mir. Ein Junge aus Malaysia pickelt an mir herum, er ist ja ganz hübsch und nett, aber ich sage ihm, dass ich nicht will, zumindest heute nicht. Auch sonst hat es eine Menge Jungs, die mir gefallen, auch neue Gesichter, aber ich will Jayjay oder keinen, auch aus finanziellen Gründen (ich weiss ja, dass ich in den nächsten Tagen sowieso wieder herkommen will, um zu schauen, ob ich Jayjay treffe), aber ich muss mich schwer zusammennehmen.

Schliesslich reiss ich mich los, aber vor der Bar lauf ich Stefano in die Fänge, der mir wieder einen Jungen vermitteln will, dieses Mal einen süssen Indonesier. Auf den Indonesier hätte ich schon Lust, aber nicht darauf, ihn von Stefano vermittelt zu bekommen. Also gehe ich weg. Aber Stefano folgt mir und will ein Bier mit mir trinken. Natürlich labert er mir wieder die Hucke voll, und es ist mir im Grunde zuwider, mit ihm zusammenzusein, aber ich bin auch neugierig. Was Stefano mir sagt, ist im Grunde Folgendes. Somchai liebe ihn – ich wisse doch, dass Somchai ihn liebe? – und das sei deshalb, weil er, der Italiener Stefano, ein so fantastischer Liebhaber sei, ein Latin Lover eben. Die Thais seien deshalb verrückt nach ihm, alle ohne Ausnahme. Diese Boys seien wie Frauen, man müsse wissen, wie man sie befriedige. Wenn man sie gut befriedige, müsse man mit der Zeit auch nicht mehr zahlen. Sie würden einem direkt aus der Hand fressen. Für diese Jungen spiele das Alter des Liebhabers keine Rolle, sondern nur die Frage, ob er ein guter Liebhaber sei. Und ein guter Liebhaber sei einer, der nicht an sich und die eigene Befriedigung denke, sondern an die des Jungen. Dadurch käme es mit der Zeit zu einer Rollenumkehr. Ein Freier sei einer, den man bediene. Der Liebhaber dagegen weiss, wie er den Jungen Wonne und Entzücken verschafft. Er wisse das, und deshalb liebe ihn Somchai immer noch, obwohl er ihm materiell und auch sonst nicht von grossem Nutzen sein könne. Ich sei ein schlechter Liebhaber – nicht weil ich zu alt sei oder nicht gut aussehe, sondern weil ich zu egoistisch sei. Man müsse den Jungen etwas bieten, auch im Bett. Man müsse sie verwöhnen, dann werde man die Wonnen vielfach zurückerhalten. Ob ich wissen wolle, weshalb Eko mich verlassen habe? Weil ich ein schlechter Liebhaber sei. Weil ich nicht gut im Bett sei. Das habe der ihm gesagt (das traue ich Eko sogar zu. Ich sehe sogar sein Gesicht, während er das sagt; die verächtlich heruntergezogenen Mundwinkel. Aber eines ist ganz sicher: Deshalb hat er mich nicht verlassen. Und es stimmt ja auch nicht ganz, dass *er mich* verlassen hat.) Er wolle mir zeigen, was ein guter Liebhaber sei, er erteile mir gerne einmal eine Lektion. Ich müsse aufpassen, dass mir mit Somchai nicht dasselbe passiere wie mit Eko. Somchai sei zwar sehr diskret und erzähle ihm nie etwas davon, was wir zusammen im Bett machten und wie es sei. Aber auch Somchai sei wie eine anspruchsvolle Frau, und wenn ich es im Bett nicht bringe, dann werde er mich früher oder später verlassen. Natürlich sei ich auch sonst nützlich für Somchai, aber diese Nützlichkeit sei gewissermassen austauschbar und auf Dauer nicht ausreichend. Ob ich zum Beispiel Somchais sensible Stellen kennen würde? Er zeigt sie mir: Da und da und da.

Natürlich weiss ich, dass Stefano es liebt, mich herunterzumachen und sich selbst als den grossen Zampanoo darzustellen, ich zweifle auch daran, ob seine Sichtweise sehr realistisch oder nur schon ehrlich ist. Er ist ein Schlitzohr und vielleicht wirklich ein recht übler Typ. Trotzdem macht mich das, was er sagt, unsicher: Vielleicht bin ich sexuell manchmal wirklich zu gierig, zu sehr auf meine Befriedigung bedacht?

Allerdings glaube ich nicht, dass Somchai seine Freunde aufgrund ihrer sexuellen Leistungsfähigkeit bewertet. Sex habe für ihn einen untergeordneten Stellenwert, sagt Somchai; das müsse ich begreifen bei seinem Beruf.

Stefano findet es auch total falsch, dass ich Somchai meine «Seitensprünge» beichte – selbst wenn er das verlangt habe. Somchai rege sich darüber jedes Mal total auf. Thais seien vor allem auf Diskretion bedacht und wollten ihr Gesicht nicht verlieren. Wenn ich diskret sei, sei es überhaupt nicht nötig, Somchai etwas zu sagen. Es ginge ja nicht um Eifersucht, sondern um sein Ansehen vor den Kollegen. Wenn ich mit anderen gehe, dann stehe er als einer da, der nicht gut genug sei oder so. Damit mag er recht haben, und von daher gesehen ist mein Hang zur permanenten Offenheit vielleicht wirklich fatal. Natürlich fragte auch Jayjay mich, ob ich einen Boyfriend habe, und natürlich wollte er wissen, welchen denn, und natürlich habe ich es ihm gesagt. Jayjay wusste natürlich, dass Stefano Somchais Liebhaber ist – er war etwas erstaunt, als ich ihm von Somchai erzählte, und fragte mich, ob ich denn Somchai mit dem Italiener teilen würde –, also verletzt Stefano selbst das Gesetz der Diskretion laufend. Oder vielleicht weiss er auch nicht, wie viel die Thais wissen und wie gut ihr Informationssystem funktioniert. Von daher ist es ja nahezu unmöglich, in dieser Szene etwas geheimzuhalten. Und ich hatte doch wirklich den Eindruck, dass für Somchai Offenheit und Ehrlichkeit wichtig sind für das Vertrauen. Vielleicht kenne ich Somchai auf andere Weise, als Stefano ihn kennt und sehen will?

Jayjay habe ich inzwischen noch zweimal gesehen. Jetzt ist er weg; gestern musste er nach Thailand zurückfliegen.

Ich habe Jayjay am Wochenende gesehen, am Samstagabend nach dem Besuch beim Bruder. Wieder hatte ich Glück. Ich war erst für ein halbes Bier im «Carrousel», da kam er zurück zur Arbeit vom Essen. Wieder verabreden wir uns und verlassen das Lokal so diskret, dass kaum jemand etwas mitbekommen kann. Überhaupt ist Jayjay in der Öffentlichkeit, im Tram und auf der Strasse, sehr scheu. Doch sobald wir zu zweit sind (oder auch in einem schwulen Rahmen) ist er sehr zärtlich, zugänglich und affektiv. Erstaunt stelle ich fest, dass er mich wirklich zu mögen scheint. Ich glaube sogar, dass er, wenn die Situation eine andere wäre und ich nicht schon einen hätte, mein Boyfriend sein könnte. Er ist ein bisschen eifersüchtig auf Somchai und ein bisschen traurig deswegen. Ich denke, dass der, der diesen jungen Mann zum Freund und Geliebten haben kann, sehr grosses Glück hat. Jayjay ist nicht nur wunderschön, sondern auch sehr sympathisch, sehr berührend. Es ist unmöglich, ihn nicht zu mögen, ja zu lieben. Aber für mich steht die Tatsache, dass ich zu Somchai gehöre, ausser Frage. Gewiss, Jayjay sagt, wenn Somchai zwei Freunde habe, könne ich ja auch zwei haben. Aber er weiss natürlich ebenfalls, dass das nicht geht. Denn sein Boyfriend zu sein, würde für mich ja auch bedeuten: ihn einzuladen, mich um ihn zu kümmern, ihn zu versorgen.

Jayjay bleibt lange in dieser Samstagnacht. Immer wieder will er noch eine Runde schmusen, küssen. Erst etwa um halb zwei bittet er mich, ein Taxi zu bestellen. Ich sage, dass ich ihn unbedingt noch einmal sehen will, bevor er am Donnerstag fliegt, und wir verabreden uns auf Mittwochabend.

Aber vorher taucht wie angekündigt Somchais Onkel Pom auf und zieht bei mir ein. Am Montagabend treff ich ihn, fast eine Stunde zu spät, vor dem Opernhaus. Hans und Ploy haben ihn mit dem Auto hergebracht und sich im Stadtverkehr während der Rushhour verfahren. Pom ist sehr nett und stört überhaupt nicht, im Gegenteil: Manchmal bekocht er mich sogar und putzt mir die Küche und kauft ein (auf seine Anweisung hin, wie Somchai am Telefon betont). Ich sehe ihn relativ selten oder gar nicht, denn manchmal übernachtet er anderswo oder ich bin am Abend weg. Wenn ich ihn sehe, dann so zwischen sechs und acht oder halb neun, denn dann geht Pom zur Arbeit oder in den Ausgang oder beides. Ja, auch Pom schafft an, obwohl er – mit 33 – nicht mehr der Jüngste und auch nicht der Schönste ist, aber er hat zweifellos Charme und Ausstrahlung, und das hilft ihm hoffentlich. Wenn wir uns treffen, ist es angenehm, wir trinken ein Bier oder ein Glas Wein und reden. Pom will in Zürich Geld verdienen und vielleicht einen neuen Freund finden und auch Sanuk, seinen Spass, haben. Anschaffen findet er zwar nicht lustig, er würde jeden anderen Job lieber machen, aber er nimmt es eben mangels anderer Möglichkeiten in Kauf. Pom mag Stefano offenbar nicht, deshalb zieht er es vor, bei mir zu wohnen. Pom hat einen Freund oder Exfreund in Basel, schon seit fünf Jahren, der ihn die ganze Zeit unterstützt hat, aber mit dem scheint es nicht mehr so recht zu klappen. Pom sagt zwar, dass er ihn immer noch liebe und dass er auch glaube, von ihm immer noch geliebt zu werden. Er habe auch die letzten Tage bei ihm gewohnt und mit ihm geschlafen. Aber dieser Freund habe kein Geld mehr oder wolle oder könne ihm kein Geld mehr geben. Er liebe ihn trotzdem, es sei ja nicht wegen des Geldes. Aber er müsse natürlich schon Geld haben. Er will später in seinem Dorf ein Café oder einen Laden eröffnen. Der Grund, auf dem das Haus von Hans steht und in dem seine Eltern wohnen, gehört offenbar ihm, Pom.

Er erzählt mir seine Lebensgeschichte, die ähnlich ist wie die Lebensgeschichte von Somchai, nur dass er schon etwas älter, nämlich 20, war, als er als ahnungsloses unschuldiges Landei ins Sündenbabel Bangkok kam. Auch er arbeitete zuerst als Anstreicher und verdiente ca. 60 oder 80 Bath pro Tag, wovon er sich kaum genug zu essen kaufen konnte. Einmal malte er in einer Bar mit Gogo-Boys und wurde von der Besitzerin gefragt, ob er nicht auch als Gogo-Boy arbeiten wolle. Von dieser Vorstellung war er anfangs geschockt; halbnackt vor Fremden zu tanzen, schien ihm absurd, aber das Geld lockte, und so sagte er zu. Bald schon hatte er seinen ersten Farang; anschaulich schildert er sein Erstaunen über die Grösse und Bärenhaftigkeit der Westler und auch, dass er ein wenig Angst hatte vor den grossen Schwänzen anfangs; die legte sich aber bald. Dann lernte er Hans kennen, seinen jetzigen Schwager, der fünf Jahre lang sein Freund und Geliebter war. Natürlich war es nicht einfach für ihn, als Hans ankündigte, er wolle Ploy, seine Schwester, heiraten. Ploy, sagt er, hat nie als Prostituierte gearbeitet.

Das Wochenende war wieder einmal gar nicht erholsam, aber spannend. Am Freitagabend war Geburtstagsparty bei André für Severin. Das Essen war ausgezeichnet, der Wein floss reichlich, und schliesslich kam Robinette an die Höschgasse, um weiterzusaufen, zu kiffen, zu reden und anschliessend zu knutschen. Das heisst: Robinette hat bei mir im Bett übernachtet, wir haben auch geschmust, waren aber zu besoffen und zu müde, um wirklich Sex zu machen. Am Samstagmorgen bin ich schwer verkatert, aber dauernd tauchen Leute auf: Pom erst, dann Severin, schliesslich ruft auch Hans noch an und will mit Ploy vorbeikommen. Am Nachmittag fahren wir zu viert – Hans, Ploy, Pom und ich – auf den Pfannenstiehl, anschliessend auf den Rummelplatz, schliesslich kommen Hans und Ploy auch noch an die Höschgasse; Pom hat sich vorher verabschiedet. Als die beiden um neun Uhr gehen, bin ich fix und fertig und kann mich nur noch vor die Glotze schmeissen. Pom feiert in dieser Nacht Geburtstagsparty auf Thai-Art, mit viel Whisky und Ecstasy, er ruft am Sonntag gegen Mittag an und sagt, er sei immer noch zu, aber er komme jetzt heim, um sich auszuschlafen. Da der Nachbar oben ziemlich laut Musik hört, biete ich ihm an, in meinem Bett zu schlafen. Da fragt er mich, ob ich mich zu ihm legen wolle. Ich glaube, ich hör nicht recht. Ich weiss nicht, wie er das meint. Ausserdem ist er wirklich keine überwältigende Schönheit, aber ich finde ihn trotzdem irgendwie anziehend. Und als ich unter der Dusche stehe, bin ich plötzlich ausserordentlich erregt, obwohl ich am Morgen schon gewixt habe. Also leg ich mich zu ihm und warte erst mal ab. Er kuschelt sich an mich, und die Dinge nehmen ihren Lauf. Wir küssen uns sehr lange und sehr intensiv, erforschen unsere Körper behutsam und ohne Eile und mit grossem sinnlichem Genuss. Das ist eine sehr intensive Erfahrung, gerade weil sie so überraschend und ungeplant kommt. Ein schlechtes Gewissen Somchai gegenüber habe ich danach schon ein bisschen. Schliesslich ist Pom sein

Onkel, und da sind Komplikationen mehr als wahrscheinlich, wenn er erfährt, was passiert ist. Ich glaube allerdings nicht, dass er es je erfahren wird.

Vorletzten Freitagabend war Severin bei mir zu Besuch – er kam erst spät, um halb zehn, und dann sassen wir zusammen, redeten, tranken, hörten Musik... Um etwa halb drei läutete es an der Haustür. Pom mit einem anderen, mir bisher unbekannten Thai. Pom sieht schlecht aus, er zittert, leidet unter Schüttelfrost, fühlt sich ganz heiss an. Er sei krank, sagt er, er habe fürchterliche Kopfschmerzen. Ich stecke ihn sofort in mein Bett, während der andere Thai im Zimmer übernachten kann, das am anderen Tag von Sylvia belegt werden soll. Am Samstagmorgen ist Pom kaum ansprechbar. Immer wieder wankt er auf Klo, wo er sich erbricht. Er schaut mich an, als würde er mich nicht erkennen, ist geistig verwirrt. Alles, was er zu sich nehmen kann, ist ein wenig Wasser. Ich bin beunruhigt, frage mich, was er wohl hat. Vielleicht eine Droge, die er nicht vertragen hat? Sylvia zieht ein, alles ist hektisch. Trotzdem geh ich am Nachmittag an die verregnete Gay-Parade und später in der Nacht ans anschliessende Fest in die Gessnerallee. Am Abend scheint es Pom etwas besser zu gehen, aber wirklich nur ein klein wenig besser. Ich bringe ihm Medikamente gegen die Kopfschmerzen, kann sonst aber nicht viel für ihn tun – er will bloss seine Ruhe haben. Er tut mir wirklich leid, und ich empfinde starke Zuneigung für ihn. Wieder schlafe ich im gleichen Bett neben ihm. Am Sonntag dasselbe. Am Nachmittag ist mir langweilig, und da das Wetter immer noch schlecht und kühl ist, geh ich in die Sauna, wo ich mit einem Jungen aus Lombok ficke. Als ich zurückkomme, ist Pom weg. Ich rufe ihn auf seinem Handy an und er sagt, er werde von Hans, seinem Schwager, abgeholt, nach Basel. Doch, es gehe ihm etwas besser.

Als ich ihn in der nächsten Woche anrufen und fragen will, wie es ihm geht, ist sein Mobiltelefon abgestellt. Endlich erreiche ich Hans: Pom sei im Spital, er habe eine Hirnhautentzündung. Dieser Gedanke war mir irgendwie auch schon durch den Kopf gegangen, und ich hatte einen Riesenschreck, doch Hans sagte mir, es sei keine ansteckende Form, sondern verursacht durch irgendeine Eitergeschichte in der Nase, die operiert werden müsse. Später erfahre ich dann auch noch, dass seine in Bangkok abgeschlossene Versicherung die Kosten für den Spitalaufenthalt nicht übernehmen will. Pom muss das Spital deshalb vorzeitig verlassen; die verlangten eine Kaution von 50'000 Franken, die er natürlich nicht stellen kann. Auch so sitzt er jetzt auf einer Rechnung von über 15'000 Franken, von der er nicht weiss, wie er sie bezahlen soll. Natürlich haftet sein Exfreund, der ihn eingeladen hat; aber das Ganze ist natürlich eine ungeheure zusätzliche Belastung für Pom. Gestern hat er mich angerufen – er vermisse mich sehr, sagt er. Manchmal denke ich, er ist der Einzige, der mich uneigennützig mag. Gestern habe ich auch Somchai angerufen, in Song Hong. Er schien meinen Anruf sehr erwartet zu haben und sich ein wenig zu sorgen, ich könnte ihn vergessen. Aber das ist keineswegs der Fall. Nur – alles ist so kompliziert.

Zu alledem habe ich mich auch noch mit Gai getroffen, der die Nacht von Samstag auf Sonntag bei mir verbracht hat. Eigentlich wollte er gar nicht die ganze Nacht bleiben, aber dann liess er sich doch ganz gern von mir verwöhnen und sich auch noch bezahlen. Ich hatte ihn angerufen, auf gut Glück, unter der Nummer des «Golden Triangle»-Puffs. Wir verabredeten uns um acht Uhr im «Predigerhof», natürlich kam er erst nach neun, aber das wusste ich ja. Dann, bei mir zu Hause, reden wir erst. Gai ist müde – die Nacht vorher hat er nicht geschlafen, war am Morgen im Oxa. Später machen wir Sex: er will ein Porno-Video sehen, ist rammlig wie ein Karnickel, kommt zweimal hintereinander. Ich schlafe danach kurz ein, aber dann weckt mich Gai wieder, der nicht schlafen kann; er will Wein trinken, fernsehen, ich muss ihm Eier braten etc., schliesslich tagt es bereits, als wir endlich einschlafen.

Am Montag ruft Stefano an, er ziehe aus dem Zimmer am Hirschenplatz aus. Ich solle Somchais Sachen holen, was ich am Dienstag dann auch tue: Pflanzen, den CD-Player, den ich ihm gekauft hatte, Kleider. Die Wohnung füllt sich und füllt sich. Stefano fragt in seinem gewohnt aggressiven Tonfall: «Jetzt bist du glücklich, he, dass Somchai bei Dir wohnt?» Nein, er gehe nicht mehr nach Thailand. Was soll ich dort? fragt er. Er wolle sein Leben ändern, aufhören mit der «Arbeit» (Prostitution), das laufe nicht mehr. Er müsse für sich selber schauen. Redet etwas von einem Geschäft, dass er in Djakarta eröffnen wolle. Er lebt jetzt offenbar mit einem Indonesier zusammen, der mithilft, Somchais Sachen herunterzutragen. Er werde Somchai wahrscheinlich in Zukunft nicht mehr so oft sehen können, meint er, das werde Somchai wohl gar nicht gefallen, was ich meine. Ja, ich denke, dass wird Somchai gar nicht gefallen, dass Stefano mit einem anderen zusammenspannt, zumal noch mit einem Indonesier, obwohl sich Somchai nie nationalistisch oder gar rassistisch geäussert hat. Aber es ist sattsam bekannt, dass sich die Indonesier und die Thais gegenseitig nicht sehr mögen. Nun, mir kann es ja recht sein, vielleicht muss ich Somchai dann nicht mehr mit Stefano teilen; ich bin mir aber sehr bewusst, dass ich ihn auch in Zukunft werde mit anderen teilen müssen. Er wird seine Freiheit immer haben wollen, und wenn er auch mit mir zusammenlebt, heisst das nicht, dass ich ihn deshalb häufiger sehen werde als vorher.

Es wird ähnlich sein wie bei Pom. Er wird manchmal gar nicht kommen und manchmal um zwei oder um vier in der früh, wir werden leben wie ein Paar, das in unterschiedlichen Schichten arbeitet. Deshalb auch mein Bedürfnis, mir meine Freiheit und Unabhängigkeit zu bewahren.

Ich kann meinen Ängsten nicht ausweichen, weil sie so sehr mit meinen Sehnsüchten verknüpft sind. Am Ende dieser Ferien bin ich in einem höchst eigenartigen, desolaten Zustand: halb wahnsinnig, stets am Rande einer Panikattacke, krank und schwach fühle ich mich. Und in ein, zwei Tagen ist Somchai wieder hier: Auch davor fürchte ich mich. Soeben ist Niko (oder Jeffery) weggegangen, nachdem er einmal mehr – zum letzten Mal, das ist sicher – hier übernachtet hat: wütend, dass ich ihm kein Geld fürs weitere Überleben ausleihen wollte – ausleihen! Das ist jeweils die letzte Masche, mit der sie es versuchen. Dabei hat alles so schön, so vielversprechend angefangen in diesen Ferien. Ich wollte mich doch bloss amüsieren, ausgehen, das Leben geniessen. Das klappte am Anfang auch recht gut. Niko, den Indonesier aus Lombok und Bali, treffe ich im «Cinecittà», zum zweiten Mal, nachdem ich vor einiger Zeit mal in der Sauna was mit ihm hatte. Er kommt dann zu mir an die Höschgasse, das erste Mal und dann immer wieder: Er ruft vorher an oder kommt einfach vorbei, so gegen Mitternacht oder später, oder wir treffen uns im «T&M» oder im «Cinecittà». Er schläft jeweils sehr lange, wir haben auch Sex, ich gebe ihm – aufgrund seiner wechselnden Begründungen, die mir oft fadenscheinig erscheinen, aber ich kümmere mich nicht darum – auch immer wieder Geld. Ich liebe ihn, verwöhne ihn – Sugar Daddy einmal mehr. Ich finde Niko, obwohl er nicht unbedingt schön zu nennen ist, sehr, sehr sexy: er hat einen kleinen kompakten Körper, eine wunderbare Haut, sehr sinnliche Lippen, einen schönen Schwanz, einen Prachtsarsch, eine köstliche Höhle, die meine Zunge gar gern zu erforschen und verwöhnen liebt. Sehr bald gibt es dann aber die ersten Probleme. Niko ist sehr eifersüchtig auf Somchai, von dem ich ihm gleich am Anfang erzählt habe. Er will mein Boyfriend sein. Es entsteht eine Bindung zwischen uns. Ich verliebe mich ein wenig in ihn. Ich habe seiner ungeheuren Zielstrebigkeit und Willenskraft wenig entgegenzusetzen. Einmal gehen wir zusammen an eine Technoparty, in die «Katakomben». Natürlich werden wir auch dabei zusammen gesehen, von Freunden von Somchai, von Tom und anderen Thais – es kann keinen Zweifel geben, dass diese Affäre Somchai bekannt ist oder bekannt sein wird, und ich habe natürlich auch in dieser Hinsicht Verlustängste und ein schlechtes Gewissen. Denn irgendeinmal wird mir sonnenklar, dass Niko keine Alternative ist zu Somchai. Und irgendeinmal wird auch für Niko klar, dass ich Somchai um seinetwillen nicht verlassen werde.

Das war dann gewissermassen der Kipppunkt, an dem die Sache belastend zu werden begann. Ich bekam sogar etwas Angst vor der unterschwelligen Aggressivität Nikos. Nicht weil ich dachte, er könnte mich schlagen oder umbringen, sondern eher, er könnte versuchen, Somchai zu schaden oder mir – mittels schwarzer Magie! Echt paranoid. Natürlich fühlt er sich jetzt erst recht von mir im Stich gelassen. Aber ich denke, dieser Schnitt ist unumgänglich, um einen wirklichen Schlussstrich unter diese Affäre zu ziehen. Natürlich glaube ich ihm, dass er Schwierigkeiten hat, dass er verzweifelt ist – aber ich kann ihm nicht helfen, nicht, ohne dass das zum Verrat an Somchai führen würde und zu meinem Ruin. Und eben: ich bin ihm ja nicht verpflichtet, ich bin nicht, wie er selbst anklagend sagt, sein Boyfriend. Mein Fehler ist, war, dass ich mich so in diese immer bedrohlicher werdende Sache eingelassen habe, dass ich mich nicht rechtzeitig abgrenzen konnte von ihm, dass ich ihm damit vielleicht eben doch falsche Hoffnungen gemacht habe.

An der Technoparty habe ich mich zum ersten Mal allzu heftig aus dem Fenster gelehnt, zu sehr meine Grenzen überschritten, und daran leide ich jetzt, dafür bezahle ich jetzt mit dem Zustand, in den ich geraten bin. In dieser Nacht habe ich buchstäblich bis zum Umfallen getanzt. Nein, ich hatte kein Ecstasy genommen (jedenfalls nicht wissentlich), nur Bier und zwei Züge aus einem Joint. Aber ich war trotzdem sehr berauscht, sehr high. Wollte mich wohl noch einmal wie zwanzig fühlen. Im Raum war es wahnsinnig heiss, stickig, feucht. Irgendwann gegen Morgen hatte ich einen Kreislaufkollaps. Nach einem mächtigen Flash wie auf einem Trip wollte ich aufstehen und an die frische Luft gehen, und dann sah ich mich wie in Zeitlupe zu Boden gehen – alles wurde ganz leicht und anders und ich befand mich wie in einem Traum an einem ganz andern Ort, bis mich ein Schwall kalten Wassers wieder in die Katakomben-Realität zurückholte. Ganz verwundert stellte ich fest, dass ich am Boden lag. Der linke Arm schmerzte. Ich hatte mich zwar relativ bald wieder einigermassen im Griff, aber ich hätte auch sterben können – das scheint mir gar nicht so abwegig. Danach fühlte ich mich tagelang wie halb tot, aber schon am Sonntagabend (die Tanznacht war von Freitag auf Samstag) wollte ich wieder ins Cinecitta und natürlich Niko wieder treffen, ich wollte einfach weitermachen, als wenn nichts gewesen wäre: mit der Affäre, mit dem lustigen Leben. Die nächste Woche war Niko, der jede Nacht zu mir kam, krank, Grippe mit Schnupfen und Husten, und er warnte mich, dass ich mich anstecken könne. Ein, zwei Tage später war es dann so weit, ich hatte Halsweh. Ich nahms anfangs auf die leichte Schulter, und am Samstag war schliesslich Streetparade. Die wollte ich auf keinen Fall verpassen: mit oder ohne Niko. Ich war dann so für drei, vier Stunden mit dabei, ohne Niko, aber dann fühlte ich mich so schlecht und schwach, dass ich den Abend zu Hause verbringen musste. Niko meldete sich erst am Montag wieder, und ich fühlte mich ausserstande, zur Arbeit zu gehen: zu schwindlig, zu schwach, zu panisch auch, überhaupt das Haus zu verlassen. Natürlich, ich hatte ein wenig Fieber, aber die «Krankheit» war vor allem psychischer Natur.

Am Sonntag wollte ich auf die Werdinsel, ging auch, denn es war heiss, aber ich fühlte mich komisch im Kopf, hatte diese Watte, fühlte mich schwach. Die ganze Woche konnte ich nicht arbeiten, verkroch mich beim schönsten heissesten Sommerwetter in der Wohnung wie ein krankes Tier. Und da kam mir eben die Idee mit der schwarzen Magie und dass Niko vielleicht nicht ungefährlich sei. Er hat ein intensives Gefühl in sich, das auch seine dunklen Seiten hat. Irgendwann, nach dem grusslosen Abschied vom Dienstag, als ich ihm kein Geld «leihen» wollte, ruft er an und entschuldigt sich. Er ruft auch später, am Freitag, nochmals an. Aber es gelingt mir, bei meinem Nein zu bleiben.

Somchai wollte am Samstag kommen, rief dann aber an und sagte, er komme erst am Dienstag, was mir Erholungszeit gibt, die ich dringend brauche. Das Wochenende ist eine weitere Zeit des Leidens. Am Montag fühle ich mich kein bisschen besser, es ist tierisch heiss, aber jetzt habe ich das Gefühl, dass ich zur Arbeit *muss*. Am Nachmittag lass ich mir vom Hausarzt Beruhigungsmittel verschreiben. Der Montag ist schlimm, der Dienstag ist schlimm, ich bin nervös und habe Angst vor der Wiederbegegnung mit Somchai. Ich treff ihn am Mittag, im «Asia Garden», um ihm den Schlüssel zur Wohnung zu geben. Wir treffen uns am Abend im «Predigerhof», Somchai trinkt Champagner, da er ja schliesslich Geburtstag hat. Dann will er wieder fort, mit Bobby, einem Thaifreund, der für ein Jahr auf La Reunion lebte (um französisch zu lernen, wie er sagt, und er kann tatsächlich nicht ganz akzentfrei «Bonjour» und «ça va» sagen, aber damit hat es sich) und den er, als einer seiner zwei besten Freunde, seit einem Jahr nicht gesehen habe (später sagt er mir allerdings, er habe nicht viele Freunde, Tom und noch jemanden, Bobby sei wie Kei, ein Baby. Wenn er besoffen sei, dann gehe er auch mal umsonst mit einem «Kunden» ins Bett oder für 200 die Nacht, das findet er total unprofessionell und es mache das Geschäft kaputt). Er treffe mich um neun, wiederum im «Predigerhof». Da trinken wir weiter und fahren dann getrennt an die Höschgasse. Immerhin, er übernachtet bei mir, ich darf ihm wieder einmal sein köstliches Arschloch lecken, und er versucht, mich zu ficken, was wiederum nur mühsam geht, ich bin einfach zu eng gebaut da unten für seinen Schwanz oder zu verkrampft, was weiss ich. In dieser Nacht schlief ich natürlich wenig, und so war auch der Mittwoch ein Tag des Leidens. Die Wiederbegegnung mit Somchai verlief nicht schlecht, recht offen, wir haben geredet, und er weiss vieles, aber nicht alles von mir, und ich habe ihm vieles, aber nicht alles erzählt. Offenbar hat Somchai seine Heiratspläne aufgegeben. Er ist wie immer, nie weiss ich, woran ich mit ihm bin und worauf ich zählen kann, er macht Pläne und wechselt sie wie die Hemden, was ich möchte und wie ich mich dabei fühle, berücksichtigt er dabei selten oder nie. Aber an diesem Abend nehme ich das alles einfach hin. Am Mittwoch bin ich tagsüber im Büro so müde, dass es mir egal ist, als ich Somchai am Abend im «Asia Garden» mit Stefano treffe und er mit Stefano die nächsten zwei Nächte im Hotel verbringen will. Stefano lebt jetzt in Genf, wies scheint. Somchai bringt mir als Geschenk einen Reiskocher, einen Mörser und sein altes Handy in die Bar. Er hat das (neuere) von Stefano geerbt, der sich ein superneues gekauft hat. Offenbar gehen Stefanos Geschäfte (welche Geschäfte?) nicht schlecht: er habe bereits 20'000 Franken beisammen, verrät er mir, und er interessiere sich jetzt nicht mehr für Politik, sondern nur noch fürs Geschäft. Dann gehen sie wieder, die zwei, zum Essen, und ich denke, sollen sie doch, bestelle noch einmal ein Bier bei Tom und unterhalte mich mit einem Stammkunden, den ich da schon oft gesehen habe und der sicher auch schon mit Somchai im Bett war. Mit Bier, Wein und Xanax schlaf ich, nachdem ich die ganze Ware besoffen auf dem Velo durch die halbe Stadt gekarrt habe, herrlich durch – ich bin ein gigantischer Suchthaufen geworden, ein noch gigantischerer, und rauche mittlerweile zwei Pakete Zigaretten pro Tag. Am Donnerstag geht es mir ein wenig besser, ich habe geschlafen und es hat kräftig abgekühlt. Abends treff ich wieder Somchai im «Predigerhof», er kommt mit der üblichen halbstündlichen Verspätung. Er habe eine Verabredung, sagt er, es ist aber «bloss» René, dem er eine Stange «Winston» aus Bangkok mitgebracht hat. Ich sage ihm, dass ich Freitagnacht, meinetwegen nach seiner Arbeit oder nach meinem Spielabend, den ich aber auch «vergessen» könne, etwas mit ihm unternehmen wolle. Er sagt noch nicht nein, aber das heisst nicht, dass er dann wirklich für mich da ist. Er sagt aber, ich wisse ja, dass er nicht so viel Zeit für mich habe: Er müsse arbeiten. Und er fahre am Samstag nach Genf, um da zu arbeiten. Ja, er muss arbeiten und er muss zur Verfügung stehen, wenn sein Herr und Meister ihn ruft. Ich sage ihm, dass ich nicht will, dass es wieder wird wie beim letzten Mal, als er da war. Ich sehe ja ein, dass ich ihn mit andern teilen muss – aber ich habe es satt, stets der zweite in der Reihe zu sein.

Gestern Abend Somchai getroffen und ihm meine Gefühle zu erklären versucht. Er hört zu, ich weiss aber nicht,
ob er mich verstanden hat. Er weiss nicht, wo das Problem
liegt, weil er keines mit der Situation hat. Natürlich, er
liebt Stefano; aber er liebe mich auch, irgendwie, und
zwar nicht als «Sugar Daddy». Er könne es sich selbst nicht
erklären, aber ich sei ihm wichtig, dauernd müsse er an
mich denken; und es sei ihm auch wichtig, was ich über
ihn denke, von ihm halte. Er sei unglücklich, beunruhigt,
wenn es zwischen uns Unstimmigkeiten gebe oder ich unzufrieden sei, und er wolle mich nicht verlieren. Also werde ich ihn wiederum nicht los, obwohl sich an der Situation nichts geändert hat. Ich mache ihm Vorschläge: dass
wir uns für eine Weile nicht sehen sollten oder dass wir
keinen Sex mehr haben sollten zusammen (inkonsequen-
terweise will ich später, nach dem Essen, doch Sex haben
mit ihm, was denn auch geschieht: ich bin verrückt, süchtig nach ihm).

Somchai sagt in anderem Zusammenhang auf dem Balkon (ach ja, als ich ihn nach seinem Eindruck von einer
Lady frage, die nun doch wieder als potenzielle Heirats-
kandidatin aufgetaucht ist), dass er die Thais (die in der
Schweiz, nicht die in Thailand) auch nicht verstehe. Die
seien – wie sagt er? Wie Luft? Nein, wie Flugzeuge. Irgendwie undurchschaubar, nicht fassbar, unberechenbar?
Ich hab nicht so recht verstanden, wie er das meint). Wenn
er von seinem «Business» erzählt und seinen «Berufskolle-
gen», dann regt ihn vor alles eines auf: dass es Boys gibt,
die ohne ein Ziel und ohne eine Perspektive anschaffen gehen, nur, um das Geld gleich wieder auszugeben, für Kon-
sumgüter oder auch – im Falle vieler osteuropäischer Pro-

stituierter – für Frauen. So existiert inzwischen im «Carrousel» offenbar ein regelrechtes «Schattengeschäft», hat es auch Frauen, die da anschaffen. So geht das also: Die Boys verdienen ihr Geld mit einem Mann, nur, um es dann gleich wieder für eine weibliche Prostituierte auszugeben (andererseits gibt es aber auch den Fall – siehe Stefano –, dass der sich prostituierende Junge oder Mann sein Geld für einen anderen sich prostituierenden Jungen ausgibt). Auf jeden Fall drohen sich die Grenzen zwischen Gefühl und Geschäft in diesem Metier offenbar dauernd zu verwischen.

Gestern Abend Somchai im «Predigerhof» getroffen. Mir gings den ganzen Tag über mies (Schwindel, Schwäche, Hitze, Schweissausbrüche, Herzrasen etc.). Am Nachmittag Brief an Mani, einen inhaftierten Bankräuber und ehemaligen Lover vom Somchai, dem ich schreibe, dass ich nun doch nicht nach Bayern kommen und ihn im Knast besuchen kann. Zuerst wollen wir die Geburtstagsgeschenke für Somchai kaufen: Der Pullover, den er sich ausgesucht hat, passt, die Schuhe sind ihm allerdings zu eng. Dann trinken wir je zwei Bier im «Predigerhof», ganz friedlich, versöhnt wieder, um anschliessend an die Höschgasse zu fahren, wo Somchai ein weiteres Mal für mich kocht. Wir kommen noch einmal auf die Vorfälle vom Montag und Freitag zu sprechen. Ich frage ihn, da ich mich nicht mehr genau erinnere, was denn am Freitag überhaupt war; ich weiss noch, dass er sehr wütend war, aber ich weiss nicht mehr warum. Am Freitag in der Nacht habe er nicht unmittelbar neben mir gehen wollen, weil ich so besoffen gewesen sei und so geschwankt hätte. Im Nachhinein finde er das lustig; aber da habe er sich geschämt. Er habe mir deshalb den Vorschlag gemacht, getrennt an die Höschgasse zu fahren. Dann hätte ich begonnen, ein Theater aufzuführen, gebettelt, mit mir an die Höschgasse komme. Und ich hätte ihm Geld angeboten dafür, 500 Franken, und das in voller Lautstärke und in aller Öffentlichkeit. Es habe ihn wütend gemacht, dass ich ihn wie einen Money-Boy behandelt hätte. Und er habe auch Angst gehabt wegen der Polizei. Kurz, es sei für ihn eine absolut unmögliche Situation gewesen. Er bekräftigt noch einmal, dass er mich weder als Freier noch als Daddy sehe – er brauche keinen Daddy, wolle selbständig sein. Er wolle mich als Freund. Wie ich überhaupt darauf komme, sein «Daddy» zu sein? Es sei ja möglich, dass er mich manchmal vor seinen Freunden so genannt habe und dass die anderen Thai-Boys schon mal fragen würden: Wo ist dein Daddy? Ich bin sehr beschämt über diese Aufklärung meines Verhaltens vom Freitag, als ich das erfahre: Ich entschuldige mich bei Somchai, und er findet, es sei auch angebracht, dass ich mich entschuldige. Ich hätte ihn wirklich respektlos behandelt. Umso erstaunter sei er gewesen, als er zwei drei Tage später von mir gehört habe, er würde *mich* respektlos behandeln. Er habe auch einen Moment Lust gehabt, auf meinen Vorschlag, uns (vorübergehend) zu trennen, einzugehen. Was ich dann getan hätte? (Ich antworte: Ich hätte es akzeptiert.) Aber dann habe er doch erst mit mir reden wollen. Er verzeihe mir, sagt er, niemand sei perfekt, ich sei es nicht, er sei es nicht. Und er sehe ja, dass ich unter der Situation manchmal leiden würde.

Während ich in der Küche abwasche, Wäsche aufhänge und dusche, liegt er auf meinem Bett, sehr erschöpft, der Fernseher läuft. Als ich mich zu ihm lege, sagt er, er möge heute keinen Sex, er sei zu müde. Das ist schon okay, sage ich, ich sei auch müde und möge auch nicht. Wir liegen dann so ein bisschen rum und halten uns und streicheln uns, und dann, als er aufsteht, um duschen zu gehn, merke ich, dass er erregt ist: er geht um das Bett herum, aber statt das Zimmer zu verlassen und zu duschen, steht er vor mich hin und bietet meinem Mund seinen erregten Schwanz, und so kommt es denn wie es kommen muss.

Etwa um zehn, halb elf, nachdem er wirklich geduscht hat, geht er noch einmal weg, sagt aber, er komme in der Nacht zurück, und das tut er zu meiner Überraschung denn auch – er kommt um etwa halb drei. Aber ich schlafe auch in dieser Nacht schlecht, wache immer wieder auf, bemühe mich, nicht auf ihn zu warten. Ich träume viel, immer von Somchai, von diesem Haltenwollen und Loslassen und dieser immensen Anziehung, die er auf mich ausübt.

Er ruft zweimal pro Tag aus Genf an, er versucht, mich verletzendes Verhalten zu vermeiden. Am Sonntag ist er, für mich etwas überraschend, schon wieder aus Genf zurück – ein wenig unzufrieden darüber, wie es dort gelaufen ist. Er sagt es so, dass es «geschäftlich» schlecht gelaufen sei. Er sagt auch, dass Stefano geschäftlich sehr «busy» sei – er müsse nächstens nach Deutschland, um irgendwelche Textilien zu kaufen, genau habe ich das nicht verstanden, Somchai sagt, er wisse auch nicht genau, worum es gehe, oder will es mir nicht sagen. Somchai sagt, er könne wahrscheinlich Stefano in nächster Zeit auch nicht mehr so oft sehen – aber wichtig sei ja doch, dass man sich im Herzen trage. Offenbar hat Stefano Somchai gleich am Anfang

4000 oder 5000 Franken geschenkt – 4000 hat er sofort auf sein thailändisches Konto überwiesen und mit dem Rest die Videokamera gekauft.

Somchai erzählt, dass er in Genf mit einem Mann, einem Deutschen, über Religion diskutiert habe. Der habe ihn gefragt, ob er Buddhist sei. Ja, habe er geantwortet, er sei Buddhist. Aber dieser Buddha, habe der andere eingewendet, sei doch schon lange tot. Er habe ihn gefragt, wo denn dieser Buddha jetzt sei. Somchais Gegenfrage: Wo denn Jesus jetzt wohl sei, nach zweitausend Jahren? Aber der andere sei ja auch kein Christ gewesen. Somchai zieht ein verächtliches Gesicht: Wo soll denn der Buddha wohl sein wenn nicht hier, im Herzen oder im Kopf oder wo auch immer. Somchai sagt erregt: Menschen, die keine Religion haben, sind kriminell.

Ich treffe Somchai am Sonntag – meine Eltern hatten mich in Zürich besucht – daheim an der Höschgasse. Er ist etwas aufgeregt – es geht jetzt doch wieder um die Heirat, und nun doch wieder mit der Frau, die ihn vor ein paar Monaten versetzt hat. Es wird hin und her telefoniert, ich muss dem Freund der Frau sagen, dass das okay sei mit den 30'000 Franken, dass ich die Frau vorher aber sehen wolle. Sie hat einen Freund, einen Software-Spezialisten für Banken, der offenbar recht gut verdient. Der wusste noch gar nichts von den Heiratsplänen seiner Freundin. Ich sage Somchai aber, dass ich ihm bei dieser Sache nur in begrenztem Ausmass helfen könne. Finanziell. Später, nachdem wir uns sexuell vergnügt haben – auf Somchais Initiative, wohlverstanden, nicht auf meine – muss ich mit in die Stadt, um diese Frau zu treffen. Ich traue der ganzen Sache nicht so recht, das alles scheint mir ein wenig verdächtig. Somchai müsse – oder ich müsse für Somchai, denn es ist ganz klar, dass Somchai den Eindruck vermittelt, fast würde ich sagen: vorspielt, dass ich sein Boyfriend sei und damit gewissermassen sein Bürge – zuerst eine Wohnung oder ein Appartement finden, das aber auf den Namen der Frau – denn sie ist ja die Niedergelassene – gemietet werden soll. Offenbar ist es so, dass er zunächst mal einen Fixbetrag – zum Beispiel 5000 Franken – bezahlt und dann monatliche Raten von je 1000. Und dazu noch die Wohnung, Hochzeitsgeschenke etc. Ich frage mich, wovon er das alles bezahlen will. Ich sage ihm, dass ich keine 5000 Franken habe, dass ich ihn allenfalls mit einem monatlichen Betrag von 1000 Franken unterstützen könne. Nach etwa einer Stunde gehe ich, weil ich am andern Tag nicht wieder so müde und verkatert sein will. Ich gebe Somchai 200 Franken, weil er doch mit der Frau rumziehen und trinken muss. Er entschuldigt sich, sagt, es sei ihm nicht recht usw., aber ich kann das nicht mehr so ganz ernst nehmen. Somchai sagt, er komme später an die Höschgasse, um zu schlafen – das tut er dann allerdings nicht.

Ingrid, meine Chefin, sagt im Geschäft, es sei jemand für mich am Telefon – eine Dame mit einem tschechischen Akzent. Als ich das Gespräch annehme, ist es Somchai. Seit langem zum ersten Mal breche ich in spontanes Gelächter aus.

Ich muss ihn unterstützen? Er verdient ja viel mehr, ist geschäftlich viel erfolgreicher als ich. Fragt sich nur, warum er seine Taktik geändert hat. Früher verschwieg er mir seine Finanzlage ja immer, machte auf «Es ist wieder nichts gelaufen», damit er mir Geld aus der Tasche locken konnte. Jetzt erzählt er mir von seinen Erfolgen (bittet mich allerdings dennoch immer wieder um Geld). Um mich zu beeindrucken? Das ist ihm wirklich gelungen. Ich verstehe immer weniger, was da vor sich geht. Somchai sitzt am Tisch, telefoniert mit Basel und Bangkok (auf meine Rechnung, wie sich versteht), blättert in der Zeitung, denn er sucht eine Zweizimmerwohnung im Kreis 1 oder 5, die er a) braucht wegen der Heirat und in der er b) mit Tom zusammenleben will und wo er c) «arbeiten» kann (er sagt, dadurch, dass er keine feste Bleibe habe, sei ihm so manches Geschäft entgangen). Er ist also doch ein äusserst erfolgreicher Callboy, was mich trotz der von ihm gelegten falschen Fährte eigentlich nicht verwundern sollte: denn er ist gut im Bett, er ist verdammt gut, er ist der beste, das sollte ich doch eigentlich wissen. Aber dass er so viel verdienen kann? Ich muss mein Bild von ihm wirklich revidieren und auch die Dynamik oder die Bedeutung unserer Beziehung anders sehen. Somchai als «Pate», als Clanoberhaupt, als selbstbewusste erwachsene Persönlichkeit, die keine Mamma braucht... Aber was interessiert ihn denn an mir? Das Geld kann es angesichts dieser Sachlage ja wohl kaum sein, denn dafür gibt es bei mir wirklich nichts zu holen (wirklich nichts? Das stimmt nicht, ich habe viel für ihn getan, materiell und immateriell. Ich bin quasi das Spesenkonto seiner «Bank» und ausserdem sein Sekretär und seine «rechte Hand»). Und ich weiss, dass es ihn wirklich beleidigt, wenn ich ihn als Money-Boy sehe, das macht ihn wirklich böse, auch wenn er ja tatsächlich nach wie vor für mich nicht unbeträchtliche Geldbeträge (insgesamt gesehen, denn viele relativ bescheidene Beträge, die man kaum abschlagen kann, summieren sich auch) von mir einfordert und bekommt, aber er sieht das wohl tatsächlich als «Ehre» an für mich. Wenn er so selbstbewusst ist und so sehr von seinem Wert überzeugt (er ist natürlich auch verzagt manchmal und auf einer anderen Ebene und zweifelt an seinem Selbstwert), dann ist die Tatsache, dass er mit mir zusammen ist, auf diese Weise tatsächlich ein Beweis dafür, dass ihm etwas an mir liegt. Ich glaube, er möchte unbedingt, dass ich ihn wirklich liebe, ich glaube, das ist ihm sehr wichtig, das heisst, dass er immer wieder daran zweifelt, dass ich diese Liebe und diesen Respekt tatsächlich für ihn empfinde, und das nicht einmal zu Unrecht, weil ich ihn tatsächlich manchmal aus tiefstem Herzen liebe und respektiere und dann wieder aus Angst mich an ihn klammere, aus Sucht, aus Sexsucht, an meiner Mutterrolle, die mir auch (vermeintliche) Macht gibt, klebe, ihn wie einen Money-Boy betrachte und behandle und nicht als eigenständige, erwachsene, mir ebenbürtige Persönlichkeit; und weil ich ihn manchmal auch dafür hasse, dass ich ihm so viel Macht über mich gebe, dass ich so von ihm abhängig bin, dass in dieser Beziehung immer das geschieht, was er will. Es kränkt mich, dass in dieser Beziehung der 23-jährige Schnösel der absolute Boss ist, der Herr, und ich sein Sklave bin (was mich auf einer anderen Ebene natürlich auch wieder sehr erregt...). Darin sind wir beide verhängt, in dieses kranke Rollenspiel, aber vielleicht leidet auch er manchmal darunter und will mir zeigen, dass er eine eigenständige erwachsene Person ist und dass er mich auch als eigenständige erwachsene Person sehen möchte –

deshalb seine Offenheit, die mit seiner Erwartungshaltung eigentlich in krassem Widerspruch steht.

Die zwei, Somchai und seine energische, etwas beängstigende «Gattin», sind leicht betrunken, als sie in die «Asia Garden-Bar» kommen. Somchai ist sehr anhänglich, hält meine Hand in der Bar, lehnt seinen Kopf an meine Schulter, redet von unserer Beziehung. Seine «Gattin» soll wissen, dass er einen loyalen Protektor hat. Dann will die Tante weiterziehen, weitertrinken, sie will ins «Carrousel», aber Somchai sagt, gehen wir lieber in den «Predigerhof», Chris will nicht ins «Carrousel» – womit er ja nicht unrecht hat. Wir wollen doch eine Konfrontation mit Nico tunlichst vermeiden. Wir spazieren also über die Quaibrücke, Somchai in der Mitte, und er hat sich bei mir und bei seiner «Gattin» eingehängt. Ich muss schon sagen, wir sind ein reizendes Trio. Auch im ««Predigerhof»» ist Somchai zärtlich und anhänglich, hält meine Hand, küsst mich; wenn er nüchtern ist, ist er cool, aber wenn er getrunken hat…

Allerdings legt er seine Hand auch aufs nackte Bein seiner energischen Begleiterin (von der ich mir gar nicht sicher bin, was sie von mir hält und vor allem: was sie Somchais Meinung nach von mir halten soll), und ich spüre, dass zwischen den beiden eine gewisse Erotik schwingt (Somchai hatte mir das ja schon das letzte Mal einmal en passant angedeutet). Vielleicht muss ich mein Bild von Somchai auch in dieser Hinsicht korrigieren. (Max hatte mir einmal geschrieben, Somchai sei die schwulste Person, die ihm jemals untergekommen sei. Aber ich denke, dass Max unseren Somchai vielleicht doch nicht so gut kennt, oder dass sich Somchai in der Zwischenzeit einfach sehr verändert hat. Er sagt ja selbst, er habe sich in seinen früheren Beziehungen tatsächlich immer untergeordnet, aber damals, mit 16, 17, sei er eben wirklich noch ein Junge gewesen. Er erzählt von Richard; da habe er immer genau gemacht, was der wollte. Aber der sei geizig gewesen, habe für sich Hugo-Boss-Klamotten gekauft und ihn bei H+M eingekleidet. Ausserdem habe er ihn einmal für einen Monat wegen eines Vietnamesen sitzen lassen, sei dann aber reumütig zurückgekehrt. Habe nicht akzeptieren wollen, dass Somchai arbeiten müsse als Callboy. Als es gegen elf geht, sage ich, dass ich nach Hause gehen müsse. Die zwei ziehen von dannen oder vielmehr in Richtung «Carrousel», und ich trolle mich Richtung HB, um mein Tram zu erwischen. Somchai sagt, er wisse es noch nicht, aber er werde wahrscheinlich wieder bei Tom übernachten. Ich bin sicher, dass er diese Nacht nicht kommt – und natürlich kommt er ausgerechnet in dieser Nacht dann doch, ich weiss nicht mehr wann, kocht sich erst etwas in der Küche und kriecht dann, nach Alkohol und kaltem Zigarettenrauch riechend, zu mir ins Bett. Ich hätte es wissen müssen: Somchai tut immer genau das, was ich nicht erwarte, und er tut es dann, wenn ich es nicht erwarte, und er tut das, was er will. Und wenn er etwas tut, das ich gern möchte und wonach ich Sehnsucht habe – er ist ja pragmatisch und weiss, dass er mir hin und wieder entgegenkommen muss, wenn er mich nicht verlieren will –, dann tut er es so und auf eine Art, dass es wieder auf seine Initiative hin geschieht.

Als ich am Mittwoch nach Hause komme um halb sechs, liegt Somchai in meinem Bett und schaut Volleyball auf dem Sportkanal. Ich bin den ganzen Abend glücklich, dass er da ist. Er sei ein wenig erkältet, erzählt er, und müde. Vorher hat er mit Sylvia Champagner getrunken; Sylvia hat Geburtstag und ihn eingeladen. Inzwischen ist sie ganz begeistert von Somchai: also ist es ihm gelungen, auch sie mit seinem Charme zu bezaubern. Ich dusche und leg mich dann zu ihm ins Bett; ich habe noch etwas Zeit, bis ich zu meinem Business-Lunch mit dem Grafiker gehen muss. Wir machen Sex, wir kuscheln, und ich fühle mich für einen Moment sehr glücklich, auch später, als wir in der Küche zusammensitzen und Somchai erzählt, was er gestern alles erlebt hat. Wieder habe ich das Gefühl, dass er mich halt doch mag, dass er mich vielleicht sogar liebt, ohne es zu wissen. Seine Art, auf mich zuzugehen, mit mir umzugehen, seine Unbefangenheit und Offenheit legen das einfach nahe. Die Art, wie er mich berührt, ohne Vorbehalte, ohne Einschränkungen, die Art, wie wir Sex haben miteinander: das ist nicht mehr der Sex zwischen Freier und Callboy. Er «bedient», befriedigt mich nicht mehr, sondern wir haben beide Lust aneinander. Ich geniesse es viel viel mehr auf diese Art – es ist geradezu unglaublich, wie sehr ich den Sex mit ihm geniesse, wie sehr mein Körper und meine Seele ihn empfangen will. Leider muss ich dann gehen – der Abend mit dem Grafiker im mexikanischen Restaurant dauert lang, zu lang, aber das Essen und der Wein munden und der Grafiker bezahlt.

Max, der Knacki, hat geschrieben: einen lieben, freundlichen Brief. Er ist mir nicht böse, weil ich ihn versetzt habe. Er schreibt unter anderem (ich hatte ihm geschrieben, dass ich von Somchai Distanz gewinnen müsse, weil «sein Herz einem anderen gehöre»): *Soll ich Dir schreiben, dass ich so etwas erwartet habe? Gut, nicht so schnell. Aber ich glaube schon, dass ich Somchai recht gut kenne. Und ich kenne Pom, seinen Onkel, obwohl er fast schon eine Tante ist. Somchai ist stark von seinem Onkel geprägt, der diese Art zu überleben schon jahrelang praktiziert.*

Und glaube ja nicht, dass er dieses Spiel nur mit dir macht. Ich erzähle dir jetzt mal eine Geschichte. Sie spielt im Suriwong-Hotel in Bangkok. Ein Farang wacht nachts auf, sieht, dass sein Thai-Freund neben ihm tief schläft und geht runter in den Coffee-Shop, weil er Hunger hat. Unten trifft der Farang einen Freund aus Deutschland, und gemeinsam trinken sie etwas, laden ein paar Thais mit an den Tisch ein. Es ist Spass ohne grosse Absicht. Man lacht, scherzt, und plötzlich taucht der Thai-Freund auf. Er ist wachgeworden, sucht natürlich den Farang, dem er immer unterstellt «fremdzugehen», obwohl der noch nie so treu war in einer anderen Beziehung. Arrogant setzt sich der Thai an den Nebentisch, mustert und giftelt rüber. Nach ein paar Minuten steht er auf, schiebt dem Farang die Rechnung rüber, schnappt sich den Schlüssel und geht oben aufs Zimmer. Fünf Minuten später kommt er mit seinem Rucksack runter, schmeisst seinem Freund den Schlüssel auf den Tisch und macht das typische Thai-Zeichen für «tschüss».

Aber auf die arrogante, böse Art.

Der Farang, der überhaupt nicht weiss, worum es geht, läuft ihm hinterher, es kommt zum kurzen Streit, der Farang knallt dem Freund eine, der lächelt, dreht sich um und verschwindet.

Verstört geht der Farang wieder ins Hotel, hinauf in sein Zimmer, denn er weiss immer noch nicht, was überhaupt los war. Das Zimmer ist leer. Der Thai hat alles von sich mitge-

nommen. Der Farang heult Rotz und Wasser. Für ihn ist nämlich eine Welt zusammengebrochen.

Am nächsten Tag läuft der Farang wie ein manisch-depressiver Roboter durch Bangkok, sucht seinen Thai. Abends findet er durch Zufall im Hotelzimmer einen Abschiedsbrief des Freundes. Natürlich fragt er sich ungläubig, wie der Thai den mehrseitigen Brief denn am letzten Abend in den maximal zehn Minuten geschrieben haben will, die er beim «Packen» oben war.

Abends trifft er dann bei Harris, einer Gay-Disco, den Onkel des Freundes. Der erklärt ihm, dass sein Neffe schon seit Monaten plant und weiss, dass er in die Schweiz gehen will. Und dann wird dem Farang bewusst, dass sein Thai schon die ganze Zeit fremdgegangen ist. Nur er, der Idiot, der monatelang nichts tat, dann doch einmal schwach wurde und das aus Fairness seinem Freund beichtete, welcher ihm dann seinerseits eine Riesenszene machte, er war der, den man seit Monaten «löffelte».

«Das musst du verstehen, er ist ein Thai!» sagte ihm der Onkel. Der Farang traf seinen Freund dann abends noch einmal, auch dort in der Disco, drückte ihm 15 Satang, zirka 10 Pfennig für «schlechte Zeiten», in die Hand und ging. Der Farang konnte wochenlang nicht kapieren, was passiert war. Schliesslich hatte der Thai alle Freiheiten gehabt. Es war eine – zumindest glaubte das der Farang – sehr offene, freie Beziehung. Drei Monate litt der Farang, benutzte Thais und war doch immer auf der Suche nach seinem – dem einen, einzigen – Thai, den er in Basel wusste. Selbst Thai-Bekannte sahen, dass der Farang drei Monate litt.

Tja, und nach drei Monaten, nach Visa-Ablauf, stand er plötzlich wieder vor dem leidenden Farang, schaute ihn mit seinen grossen Kulleraugen an, und da wusste der Farang, dass er die Schuld auf sich nehmen würde, die zur Trennung geführt hatte. Und von diesem Augenblick an verstand er, dass bei einem Thai niemand immer die Number One war. Der Farang ist die «Bank»! Er investiert materielle Lebensqualität und bekommt dafür Jugend, Schönheit und das Gefühl, geliebt zu werden.

Und dann redet der Farang stundenlang mit seinem wiederaufgetauchten Freund, und der Thai erzählt seinem Farang eine solch rührende Geschichte, dass der fortan Thailand das «Land der Märchenerzähler» nennt. Da treffen einfach zwei Welten aufeinander, zwei Kulturen, die so unterschiedlich sind, dass man den anderen nie versteht. Da kann man sich noch so bemühen. Irgendwann akzeptiert der Farang dann die Art, «à la Thai» zu leben. Und er liebt seinen Freund wirklich, auch wenn er es ihm selten sagt, weil sein Leben ein ganz anderes ist als das von dem Thai. Aber er lernt jeden Tag etwas mehr. Und weil er fair ist und ehrlich, gibt es kein böses Wort über den Thai, obwohl der ihm schon manchmal das Messer tief ins Herz stiess! Und wenn sie nicht gestorben sind, dann leben sie noch heute...

Chris, auch wenn es sich hart anhört, aber der Farang kann immer nur der Verlierer sein. Und andererseits versuche ich immer, die Thais zu verstehen.

Was haben sie wirklich?

Eigentlich nur ihre Jugend, ihre Schönheit und ihre unkomplizierte Art. Aber Schönheit und Jugend vergehen. Und deswegen muss ein Thai – so glaube ich – sehen, dass er spätestens mit 25 seine Schäfchen im Trockenen hat.

Somchai liebt dich mit Sicherheit, Richard auch, und ich stehe irgendwo auch noch auf seiner Liste. Aber es ist eine andere, für uns Farangs unvorstellbare Art zu lieben.

Dass du natürlich auch wie ein manisch-depressiver Roboter jetzt herumläufst, kann ich verstehen. Das sind einfach Stiche, die nicht sein müssen. Aber vielleicht ist es ganz gut, wenn du in Ruhe deine Beziehung zu dem kleinen Märchenprinzen überdenkst. Denn nicht alles, was glänzt, ist Gold. Und dennoch ist es die liebste Matz, die man kennt und schätzt.

Auf jeden Fall wünsche ich dir jetzt erst einmal ne riesige Menge Kraft. Und blase dem kleinen Kerl schon mal richtig die Meinung. Lass dir auf keinen Fall die Schuld in die Schuhe schieben, darin sind die Thais «Weltmeister»!

P.S. Natürlich hat der Märchenprinz ne eigene Variante des Märchens. Ich hoffe wenigstens, dass sie ebenso einigermassen fair erzählt wird und wurde. Aber ich habe es dir schon mal geschrieben: Somchai ist eine ehrliche Haut!

Am Abend ruft er aus Genf an: Ich solle ihm Geld schicken, 300 Franken, falls das Geschäft doch nicht laufe, für seine Spesen, Hotel und Bahnbillett. Er bittet mich nicht darum, sondern trägt es mir auf – es ist eine Selbstverständlichkeit für ihn. Und ich solle herausfinden und in der Gebrauchsanweisung nachlesen, wie der Camcorder funktioniere; damit ich es ihm dann erklären könne, er sei nicht gut in diesen Sachen. Und ich Trottel sage zu allem ja.

Am Montag ist in Zürich Knabenschiessen, und deshalb hat die Bank schon zu, als ich ihm das Geld überweisen will. Als ich ihm das abends am Telefon berichte, bedenkt er mich mit leisem Tadel: aber dass ich das Geld dann ja am Dienstagmorgen in der früh gleich einzahle. Kein Wort des Danks. Nein, es sei nichts los in Genf, er habe gar nichts verdient.

Besser wäre es, wenn ich Somchai mit Souveränität und Gelassenheit gegenübertreten könnte. Allerdings habe ich mir das nun schon so oft vorgebetet, dass ich nicht so recht an einen Erfolg glauben kann. Denn diese Souveränität, Gelassenheit und Unabhängigkeit müsste echt sein, sie vorzuspielen, bringt gar nichts. Dazu würde zum Beispiel gehören, dass ich nicht dauernd mit dieser fast manischen Fixiertheit an Somchai denken müsste. Ich habe kürzlich auf einem Spaziergang beobachtet, wie lange es mir gelingt, nicht an Somchai zu denken. Ich muss sagen, der Erfolg war mässig, obwohl der Ausgang des Experimentes bei dieser Ausgangslage natürlich klar ist. Trotzdem: ich denke unentwegt an ihn, kann ihn nicht loslassen, geh damit meinen Freunden, die das nicht mehr hören können, tierisch auf den Geist. Also doch: Beziehungsabbruch als rettende Notlösung? Ich denke ja und sage nein, genauso wie ich nein denke und ja sage, wenn Somchai wieder einmal Geld oder sonst etwas von mir will, mit einer Selbstverständlichkeit und Arroganz, die atemberaubend ist. Er tut, was er will, das ist immer so, in dieser «Beziehung» bestimmt immer nur er, was geschieht: wann wir uns sehen, und wie lange, und was wir dann tun...

Als ich ihn frage, wann er denn jetzt zurückkomme, sagt er nur: bald. Das heisst: es kann ein paar Tage, es kann eine Woche dauern.

Von den zwei Tagen, von denen er vor zwei Tagen sprach, ist nicht mehr die Rede. Salamitaktik. Er sagt am

Telefon: Träum was Schönes. Träum die Lottozahlen! Er findet das wahnsinnig lustig, und ich finde es wahnsinnig romantisch, weil es doch wieder einmal sehr schön zeigt, worum es bei unserer «Liebe» geht. Doch was sind schon die läppischen Dreihundert, die ich ihm geschickt habe, was sind all die anderen kleinen Geldbeträge – Somchai rechnet in Zehntausenden, man muss schliesslich sehen, wo man bleibt.

Ich träume von einer Art Künstlerkolonie hoch oben auf einem Berg oder Felsen über dem Meer, die ich wie das Paradies empfinde: lauter kreative, interessante, liebevolle Menschen, die mich, auch wenn ich sie zum ersten Mal sehe, wie einen guten alten Freund behandelten, Frauen wie Männer, mit einer Wärme und (auch erotischen) Zärtlichkeit, die mich umhauen. Die herumstehenden Kunstwerke (Plastiken, Gemälde etc.) beeindrucken mich ebenfalls sehr und wecken beinahe religiöse Gefühle in mir. Doch dann werde ich aufgefordert, in einem Stück mitzuspielen, das gerade eben aufgeführt werden soll. Ich soll die Rolle des Teufels spielen, für die der Schauspieler ausgefallen ist. Ich denke, dass es sich um eine Improvisation handelt, und der Regisseur beruhigt mich: Das sei eine ganz kleine, stumme Rolle. Die andern Schauspieler sind allerdings beunruhigt und können nicht verstehen, dass der Regisseur jemanden mit der Rolle betraut, der das Stück überhaupt nicht kennt – diese Unruhe überträgt sich auf mich, als ich erfahre, dass es sich um ein ganz normales Sprechstück handelt, eine ernste Sache.

In einer anderen Traumsequenz muss ich an einem der Kunstwerke mehrmals eine schwierige «Kletterübung» über dem Abgrund ausführen. Aber irgendwann erkläre ich bestimmt, ich hätte genug von diesem steten Heraufbeschwören von Gefahr.

Dann bin ich in Thailand. Somchai und ich liegen nackt und nur mit einem Tuch bedeckt in aller Öffentlichkeit auf dem Boden, sagen wir mal in einem Bahnhof, Fuss gegen Fuss. Somchai beginnt, mit seinen Füssen meinen Penis zu reiben. Ich werde scharf, und das macht auch ihn geil, unsere erigierten Penisse sind nun unter dem weggerutschten Tuch deutlich zu sehen. Plötzlich steht ein Beamter über uns und sagt etwas mir Unverständliches in der fremden Sprache. Es ist mir sehr peinlich, und Somchai schimpft mit mir: Was mir eigentlich einfalle, ihn in aller Öffentlichkeit scharf zu machen, wir seien hier in Thailand und ich hätte mich an die Landessitte zu halten.

Am Donnerstagabend ist Somchai endlich zurück aus Genf. Ich bin sauer auf ihn, wieder einmal, innerlich, und er merkt das natürlich, weil es auch leicht zu merken ist. Als ich am Nachmittag anrufe, sagt er, er sei im Zug und wir könnten uns bei Tom treffen, um sechs. Wir gehen dann aber bald heim, sitzen zuerst in der Küche und reden. Ich werfe Somchai seine Unverbindlichkeit vor, seine Unzuverlässigkeit, wie ich es empfinde. Es mache mir nichts aus, wenn er zwei Tage oder eine Woche weg sei, aber ich wüsste einfach gern, woran ich bin. Er könne das eben nicht zum Voraus sagen, sagt er, wegen seinem Job einerseits, weil er ein Thai sei, andererseits, und weil er ein Tiger sei – «always hunting». Richard habe auch immer wissen wollen, woran er mit ihm, Somchai, sei. Schweizer. Gut, sage ich, ich bin eben ein Schweizer und brauche ein

gewisses Mass an Verbindlichkeit, diese ständige Ungewissheit – kommst du, kommst du nicht, vor allem auch in
der Nacht, die macht mich ganz krank. Aber ich merke,
dass wir auf dieser Ebene keine Verständigung finden oder
vielmehr, dass Somchai immer wie eine Katze bleiben
wird, die kommt und geht, wie sie will.

Ich bin gereizt an diesem Abend. Somchai will kochen,
ich möchte endlich wieder einmal mit ihm ficken, und
zwar gleich. Wir trinken zu viel Wein. Sylvia kommt und
will abwaschen, ich sage ihr, sie könne das ja auch später
tun, will mit Somchai, der kocht, allein sein. Ich bin gereizt
und nervös, sehr nervös. Wenn sie störe, soll ich es sagen,
meint Sylvia verletzt. Sie ist sauer, ich bin sauer. Wütend
gehe ich unter die Dusche. Nach dem Essen machen wir
Sex, d.h. Somchai lässt mich an sich abreagieren; er sei
nicht scharf, er sei zu betrunken. Der hatte wahrscheinlich
genug Sex die letzten Tage: Stefano und die Freier. Er habe
1000 Franken nach Bangkok schicken können – wieso hat
er dann meine 300 gebraucht? Ach ja, die Spesen. Dafür
durfte Stefano 300 auf das Konto von Somchais Vater ein-
zahlen, für die Behandlung im Spital. Auch das hat Kalkül;
er gilt damit gewissermassen einmal mehr als der offizielle
Schwiegersohn.

Somchai sagt, er wisse schon, woran ich leide: dass ich
das Gefühl hätte, ich sei der letzte in der Reihe für ihn.
Aber er kann es auch nicht ändern. Es stimme nicht, ich sei
einer seiner drei einzigen Schweizer Freunde, die er von
sich aus anrufe, neben René und dem Typ, wie heisst er
gleich, in Oerlikon (mit denen er natürlich, glaube das,
wer will, ein rein platonisches Verhältnis hat). Auch diese
Unsicherheit: Einmal sagt er, dass er mich liebt, dann wie-

der, dass ich einer seiner besten Freunde sei. Somchai weiss, dass es mich stresst, dass er so wenig Zeit für mich hat. Ich sage, dass ich morgen freinehmen will im Geschäft, um wenigstens einmal tagsüber mit ihm zusammen zu sein.

Um halb zwölf will Somchai gehen; arbeiten, wie er sagt, aber ich weiss, dass er um diese Zeit nicht mehr arbeiten, sondern sich mit irgendwelchen andern Leuten treffen wird, die er kennt, mit Balz vielleicht, der auch wieder im Land ist, oder mit Tom, um in den Ausgang zu gehen. Mich fragt er nicht, ob ich mitkommen will; es ist klar, dass ihn das nerven würde – obwohl ich, wie gesagt, anderntags nicht arbeite. Natürlich bittet er mich um Geld für die «Spesen»; ich geb ihm 100 Franken.

Somchai liegt zusammengerollt auf dem Bett wie eine Katze und schläft. Und in diesem Moment, während ich ihn anschaue, empfinde ich völlig überraschend ein solch überströmendes Liebesgefühl zu ihm in mir, dass all die negativen Gefühle der letzten Stunden und Tage wie weggespült werden dadurch. Es ist wirklich frappierend. Wieder einmal habe ich den Eindruck, ihm – wenigstens auf einer bestimmten Ebene – überhaupt nicht gerecht zu werden mit solchen Gedanken, wie ich sie hier so oft formuliere.

Gegen zwölf verlässt er wieder das Haus. Und da ich jetzt viel entspannter bin, ist es mir wirklich egal, ob er diese Nacht nach Hause kommt. Und siehe da, dieses Mal kommt er wirklich. Es ist typisch: Wie wenn er telepathisch spüren würde, ob ich ihn erwarte oder nicht. Wenn ich es tue, kommt er nicht; wenn nicht, besteht eine Chance, dass er kommt.

Am Samstag verbringen wir den ganzen Tag zusammen in der Wohnung. Es ist neblig, trüb. Das ist himmlisch; ich erlaube mir einen Anflug von Glück, obwohl ich weiss, dass das gefährlich ist. Natürlich schlafen wir lange; dann machen wir Sex. Dann liegen wir wieder ein bisschen im Bett, schauen fern; kochen und essen; spielen Karten. Es ist fast wie in den «alten Zeiten» damals in Thailand. Es spielt keine Rolle, dass wir nicht wie geplant ins Kino können, weil die interessanten Filme schon begonnen haben oder zu lange dauern.

Somchai sagt am Abend noch einmal, dass er vielleicht sogar früher nach Thailand zurückreise und dann sicher nicht vor April, vielleicht zusammen mit seiner «Schwester», in die Schweiz zurückkehre. Ich frage ihn, ob ich ihn dann im Winter wieder besuchen könne, vielleicht nur für zwei Wochen, da mein Geld kaum für länger reiche. Ich müsse ja noch meine Steuern bezahlen. Er sagt: «Na ja, wenn ich Zeit habe, aber vielleicht bin ich dann auch busy», er besuche ja dann vielleicht die Handelsschule.

Nach diesem Wochenende ist wieder alles ganz anders. Ich hätte es wissen müssen. Die von mir erwähnte Distanzierung hat nicht stattgefunden. Im Gegenteil, ganz im Gegenteil. Somchai hat seine Pläne erneut umgestellt und will nun doch wieder heiraten: Genau heute will er mit seiner Holden ins Stadthaus, um die Hochzeit anzumelden. Und er lebt, wenn er in Zürich ist, wirklich bei mir, mit mir zusammen. Die ganze letzte Woche, von Sonntag bis Donnerstag, war Somchai in Genf, worüber ich nicht unfroh war: muss ich mich doch manchmal von dem kleinen Kerl auch erholen resp. mein eigenes Leben nach meinem Rhythmus leben können. Er ruft mich aber brav immer mal wieder an. Sagt, dass er in Genf sei, sei auch darin begründet, dass er mir nicht dauernd auf der Tasche liegen wolle. Stefano sehe er ohnehin nur etwa während zwei Stunden pro Tag. Am Mittwoch sagt Somchai am Telefon, dass er am Freitag zurück in Zürich sei. Am Donnerstagabend, ich bin bereits im Bett, ruft er an, er sei jetzt im Zug von Genf und erreiche Zürich um 23.30 Uhr; vielleicht komme er später, um bei mir zu übernachten, wahrscheinlich übernachte er aber bei Tom (später stellt sich heraus, dass das nicht stimmt; Somchai sagt selbst, dass er schon früher in Zürich war und von Tom aus telefonierte – er habe mich überraschen wollen, was ihm denn auch gelingt). Aufgrund dieser Aussage erwarte ich Somchai eigentlich keineswegs; ich bin deshalb überrascht und anfänglich sogar etwas ungehalten, als Somchai, kaum bin ich eingeschlafen, noch vor halb zwölf bei mir auftaucht – ich denke an den nächsten Tag und dass ich wahrscheinlich einmal mehr auf dem Zahnfleisch gehend im Büro auftauchen werde. Aber dann freu ich mich auch, dass er da ist, weil ich einfach nicht anders kann, als immer wieder erneut von ihm berührt zu werden und bezaubert zu sein. Wir sitzen in der Küche, trinken natürlich noch ein Glas Wein, und wahrscheinlich hat Somchai auch noch Hunger und kocht sich etwas, Glasnudelsuppe oder so. Somchai scheint aber auch sehr müde zu sein, denn wir gehen dann doch relativ früh, für seine Begriffe, so um ein Uhr, schlafen; trotzdem beschliesse ich spontan, am nächsten Tag im Büro freizunehmen, denn ich will mir die unerwartete

Chance, einen «lazy day» mit «crazy Somchai» zusammen-zusein, nicht nehmen lassen.

Anderntags schlafen wir bis gegen ein, zwei Uhr am Nachmittag; irgendwann zwischendurch treiben wir es miteinander, denn meine erotischen Gefühle für, mein erotischer Hunger nach Somchais wunderbar kompaktem Körper sind womöglich noch grösser geworden. Später dann sind «Geschäfte» angesagt: Ich soll endlich den Mietanteil für Somchais Apartment in Bangkok auf das Konto seiner «Schwester» überweisen; ich soll eine Art Abonnement auf meinen Namen für Somchais Handy beantragen (muss laut Auskunft der Telecom im Bahnhof per Post geschehen); Somchai findet endlich die Schuhe, die ich ihm zum Geburtstag versprochen habe, über die er sich wirklich sehr freut, es sind eigentlich Damenschuhe, aber wirklich sehr elegant und gut zu ihm passend – Herrenschuhe findet Somchai kaum für seine Grösse 38. Dann treffen wir mal wieder die «Gattin» im «Asia-Garden»: ich muss ihr subito 500 Franken geben, denn am Montag wollen sie tatsächlich aufs Amt im Stadthaus gehen. Ich gebe ihm das Geld nur mit den grössten Bedenken, weil ich finanziell wirklich «am Anschlag» bin – aber schliesslich denk ich dann doch, ich will ihm nicht vor dem Glück stehn. Obwohl: Ich weiss nicht, wie Somchai das alles finanzieren, organisieren will. Nur schon eine Wohnung zu finden ist nicht einfach, und die ist für das Unternehmen fundamental. Aber eben: Wenn ich mit ihm gehen will, muss ich die Sache auch zu meinem Unternehmen machen, und kann nur hoffen, dass sich auch andere mitbeteiligen – insofern kann ich ganz froh sein, dass es Stefano und eventuelle andere Sponsoren gibt (z.B. den Herrn aus Bergen). Wir kaufen dann ein im Asien-Shop, Somchai kocht einmal mehr phantastisch (roten Curry in Kokosmilch mit Schweinefleisch und Gemüse; Sardinen in scharfer Sauce mit Gemüse), wir essen und trinken Weisswein und spielen danach ein wenig Karten – wieder einmal ist es sehr nah und vertraut zwischen uns. Dann müssen wir los; erneut in die «Asia-Garden-Bar», wo der Schweizer Freund der Thai-Schweizerin, der junge Software-Fachmann, mich «begutachten» soll, als «Garant» und «Bürge» gewissermassen von Somchai. Über Geld reden wir Gott sei Dank nicht; er fragt mich aber schon aus, ist ein typischer Schweizer (obwohl er einen eher slawischen Namen trägt) und ziemlich seriös, aber nicht unsympathisch, obwohl ich auf Dauer wohl nicht viel mit ihm anfangen könnte. Er wird im Glauben gelassen, dass ich die ganzen dreissigtausend für Somchai bezahlen kann; ich habe aber Somchai ganz deutlich klar gemacht, dass ich ihm auch die fünftausend nicht geben kann, da ich sie schlicht und einfach nicht besitze, ausserdem meine Steuern noch bezahlen muss. Wir sitzen also rum und trinken Weisswein und machen Smalltalk, Somchai spielt die liebevolle Freundin und hält mir die Hand. Später noch in einer anderen Bar, dann soufliert mir Somchai, ich solle mich unter einem Vorwand verabschieden – es gefällt ihm da nicht. Wieder bei Tom, genehmigen wir uns zusammen mit dem inzwischen betrunkenen Lukas, der bestimmt auch schon mit Somchai gebumst hat, ein letztes Bier, bevor ich nach Hause fahre und die beiden oder drei anderen weiterziehen, um weiterzufeiern und weiterzutanzen. Ich werde wiederum, fast liebevoll zwar, von Somchai praktisch weggeschickt; es ist mir aber auch recht, weil ich schon genug getrunken habe und ich müde bin und mir die ewige Feierei auch zum Hals heraus hängt. Ich bin auch nicht mehr eifersüchtig, wenigstens nicht im Moment; ich bin eigentlich nicht einmal mehr in Somchai verliebt, auf jeden Fall nicht mehr so wie früher. Aber ich liebe ihn schon, und ich glaube, wenn ich ihm seine Freiheit lasse, liebt er mich auch. Er liebt mich sogar noch mehr, denn nun ist er es, der auf mich zukommen kann.

Somchai kommt auch in dieser Nacht irgendwann nach Hause und kriecht zu mir ins Bett. Natürlich schlafen wir auch am Samstag wieder lang, natürlich bringt mich mein brennendes Verlangen auch jetzt wieder dazu, ihn zu verführen. Ich schlecke seinen ganzen Oberkörper ab, lecke ihm die Achselhöhlen, er sagt zwar, er müsse duschen, sei nicht ganz frisch, aber ich sag ihm, das mache nichts – ich will nicht, dass er duscht oder sich wäscht, ich liebe seinen bettwarmen Morgengeruch, er macht mich wahnsinnig. Sogar wenn er aus dem Mund riecht und nach Schweiss in den Höhlen des Körpers, dann törnt mich das an: denn es riecht aus *seinem* Mund so, und es ist *sein* Duft, den er verströmt. Ich glaube, ich bin ein ausgesprochener Nasenmensch; aber ich nehme die meisten Gerüche nicht als unangenehm, sondern häufig auch noch dann, wenn andere bereits von Gestank reden würden, als stimulierend oder zumindest interessant wahr. Ich nehme seine Nippel, seine Brüste ganz in meinen Mund, ich leg mich auf ihn und spritze, ohne jede manuelle Reizung, während mein Glied gegen die samtene Innenhaut seiner Oberschenkel pocht (ich kann das nicht schreiben, ohne wieder ganz scharf zu werden). Ich leck ihm die Handflächen, ich schlucke seinen steifen, grossen Penis, so tief ich kann. Ich schleck ihm die Füsse ab, sauge an seinen Zehen, während er mit seinem anderen Fuss meinen zuckenden Penis massiert, der schon wieder explodieren will. Er legt sich auf die Seite und lässt sich von mir ficken; diese Stellung ist gut, weil sie meinen Penis in seiner Höhle presst und quetscht. Am liebsten aber erforsch ich seine Höhle (und er hat das köstlichste Loch, das mir je begegnet ist und je begegnen wird), indem ich meine Zunge tief in sie versenke, ihn gewissermassen mit der Zunge ficke, ihm die Rosette mit meinem speicheltriefenden feuchten Mund küsse. Da vergehe ich vor Lust, und auch ihm gefällt das so gut, dass er sich auf mein Gesicht setzt, auf meinem Gesicht reitet, die Arschbacken auseinander zieht, um meiner Zunge den optimalen Zugang zu ermöglichen, und sich dabei einen runterholt. Gerne schaut er dabei auch auf mich runter, wie ich da unter ihm liege und er auf mir hockt, er seine Macht und ich meine Ohnmacht geniessend. Oh, da könnt ich vergehen, und ohne dass ich etwas dagegen tun könnte, spritzt mir erneut der Samen weg.

Ich weiss, dass ich eine geile Sau bin; und oftmals überfällt mich die Geilheit – sehr häufig die Geilheit auf den Kleinen, aber er können auch andere sein, Niko zum Beispiel, der auch einen ausgesprochen reizvollen Arsch hat, es ist die Geilheit an sich – wie ein rotes Gewitter im Nervensystem. Um zwei oder drei Uhr will Somchai in die Stadt, um sich mit René zu treffen, also habe ich etwas Zeit, die Küche zu putzen, einzukaufen etc. Etwa um fünf oder sechs ruft er an, er komme jetzt, mit dem Taxi, weil das Vierzehnertram mit einem Dreizehner zusammengestossen sei (doch doch, er entschuldigt sich für Extraausgaben; er gibt sich sogar Mühe, mir zuliebe manchmal Geld zu sparen, was allerhand ist für einen Thai). Er kommt zusammen mit Tom und einer grossen Tüte stinkiger Esswaren, wie sie die Thais und nur die Thais lieben und nicht die Touristen, die die «gepflegte» Thai-Küche mögen: getrockneten Fisch, irgendwelche Meeresfrüchtepasten, Krebse ... (für mich, ehrlich gesagt, das reinste Brechmittel. Und das stinkt, wenns gekocht und gebraten wird). Aber eben, das ist «original Thai», ihr Lieblingsessen, und endlich können sie mal wieder nach Herzenslust ihren Papayasalat essen. Für mich gibts was Milderes, Bekömmlicheres: eine Gemüseomelette und anderes Gemüse mit Hackfleisch, dazu natürlich den obligaten Reis, alles nicht zu scharf aus Rücksicht auf den Farang. Die beiden kochen und plappern, nie wird mir langweilig, wenn ich ihnen zuhöre und kein Wort versteh. Ich stelle mit Erstaunen fest, dass Tom mich wirklich zu mögen scheint. Meine Laune wird immer besser, ich fühl mich wohl und wieder einmal in die glückliche Zeit in Thailand zurückversetzt. Irgendwann einmal überfällt mich die Gewissheit, dass Somchai mich tatsächlich mag und liebt auf seine Art, auch wenn ich das nicht verstehen und kaum glauben kann; es ist einfach so, und ich weiss es in diesem Moment einfach, weil alle Zweifel plötzlich verschwunden sind. Nicht die Zweifel, dass diese Beziehung mich vielleicht (auf verschiedener Ebene, auf materieller, gesundheitlicher Ebene) mehr kostet, als ich mir leisten kann, nicht die Zweifel, dass Somchai ein Schlitzohr und ein Mischler und auf seine katzenartige Art die Unberechenbarkeit in Person ist, sondern einfach so: diese Katze mag dich, sie liebt dich, sie benutzt dich vielleicht auch als Dosenöffner und Spesenkonto, aber die Zuneigung ist echt, die Bindung vorhanden. Diese Erkenntnis ist seltsam, weil sie bedingt, dass ich es zulasse, von ihm geliebt zu werden, was wesentlich schwieriger, weil ungewohnter ist, als selber zu lieben. Es löst denn auch nicht nur Euphorie aus, dieses Erkennen, sondern ebenso Panik und Angst. Denn manchmal ist es auch so, dass er meine Nähe sucht und ich meine Ruhe haben möchte, nicht nur, aber auch, weil ich Angst vor der Nähe habe oder vielleicht eben eher vor dem Geliebtwerden. Denn wenn er mich liebt, ist diese Beziehung gleich viel verbindlicher – ich muss dann wirklich ganz zu ihm stehen, «in guten wie in schlechten Tagen». Und mir nicht die Option offen halten, mich «aus Enttäuschung und weil er mich ja sowieso nicht liebt», durch die Hintertür davonzuschleichen. Nein, das bin ich nicht gewohnt.

Es ist also ein Abend, den ich sehr geniesse, auch dann noch oder gerade dann, als die beiden, auch wieder eher spät, losgezogen sind. Wieder kommt Somchai zu mir ins Bett gekrochen, etwa um sieben; er riecht nach Stinkfisch, er hat noch etwas gekocht wie meistens, bevor er ins Bett kommt, natürlich lässt er dann alles stehen und liegen, weil er sicher nicht mehr ganz nüchtern ist, aber es macht alles nichts: Ich werde morgen das Geschirr forträumen und schliess ihn in meine Arme, auch wenn er nach Stinkfisch und kaltem Zigarettenrauch und Alkohol riecht; er schämt sich dann aber doch, steht noch einmal auf und geht die Zähne putzen; er habe, sagt er, extra auf das erste Tram gewartet, um das Geld fürs Taxi zu sparen.

Am Sonntag steh ich um zehn Uhr auf: Schreibgruppe in Bern. Als ich um halb acht zurück bin, sitzt Somchai auf dem Bett, der TV läuft und er spielt mit sich selbst Karten. Wir spielen dann zusammen Karten, eine ganze Weile, kochen Nudelsuppe, es wird neun, zehn, elf. Somchai will nicht in die Stadt gehen, er sei lazy, sagt er, es stinkt ihm, ausserdem habe er Durchfall vom «stinky fish», ich denke, er möchte lieber mit mir zusammensein und Karten spielen, aber natürlich noch nicht zu Bett gehen, doch ich muss um elf ins Bett, ich bin todmüde. Unsere Lebensrhythmen sind halt wirklich verschieden, aber ich spüre auch, dass er manchmal unter seiner Heimatlosigkeit leidet und unter dem Zwang, dieses Leben zu führen und nachts dieser ungewissen «Arbeit» nachzugehen. Schliesslich, gegen elf, geht er dann doch. Und wieder legt er sich irgendwann in der Nacht neben mich ins Bett. Sein süsser Wuschelkopf, wenn er schläft!

Er ist einfach unglaublich, denke ich manchmal, und staune wirklich darüber, dass Gott einen Menschen wie Somchai geschaffen hat. Ich finde ihn wirklich ein Phänomen; es ist vor allem seine besonders originelle Einzigartigkeit, die ihn für mich so unwiderstehlich, die mich so wehrlos macht – das, und dass er so verdammt süss ist natürlich auch. Ich bin einfach immer wieder fasziniert von ihm. Diese Mischung aus Schlitzohrigkeit und Unschuld, Raffinesse und Unbeholfenheit, wildem Kind und berechnendem Business-Boy, Intelligenz und Verträumtheit, Männlichem und Weiblichem… So ist auch seine Schönheit nicht von der makellosen Art, sondern so, dass sie einem wirklich schwach macht, weil es gerade die sogenannten «Makel» sind, die man am wenigsten missen möchte an ihm. So kommt es, dass ich ihn rundherum gern habe, sein Wesen und seinen Körper. Natürlich ist er auch ein sehr sinnliches Wesen, dieser Somchai. Nicht so oft hat ein Mensch mich so sehr erotisiert und erregt wie Somchai; er regt meine Libido an, so dass ich dauernd eine Erektion bekomme wie in der Pubertät; kaum habe ich, könnte ich schon wieder. Einfach weil ich seine Haut spüre, seinen kompakten Körper; einfach weil ich ihn anschaue; weil ich an ihn denke.

Gestern sollte ich Somchai bei Tom treffen. Da sitzt aber die «Gattin», deren Namen ich einfach nicht behalten kann; sie ist wütend auf Somchai. Er habe sie sitzenlassen; sie habe auf ihn gewartet, um gemeinsam ins Stadthaus zu gehen; sie habe sich sämtliche Papiere besorgt (sie zeigt sie mir); sie habe ihn immer wieder anzurufen versucht, aber nie erreicht (ich weiss warum; Somchais Value-Card war aufgebraucht: Er bittet mich, nachdem ich ihn über meine Nummer zu Hause erreiche, ihm eine neue zu bringen; er sagt mir auch, sie wolle die 4500 sofort, was ihm aber gefährlich scheint: Er will sie ihr erst nach der Trauung geben). Auf jeden Fall scheint sie echt verärgert zu sein: Was solle sie jetzt ihrem Freund erzählen? Ich weiss es auch nicht, denn ich habe nicht vor, mich in die Sache gross einzumischen. Sie lädt mich zu einem Bier ein und dann noch zu einem, sagt mir noch, dass ihr Freund mich gemocht habe, dann kommt Somchai mit seiner Unschuldsmiene: er habe immer noch Durchfall, vom Papayasalat, nein, vom «stinky fish» (das ist sein Ausdruck, nicht meiner). Die beiden beginnen ein Palaver, und kurze Zeit später scheinen sie wieder ein Herz und eine Seele zu sein. Die Frau will mich unbedingt zum Essen einladen, also muss ich Huhn an rotem Curry essen, als einziger an der Bar, was mir ein wenig peinlich ist; ich finde es gar nicht mal so schlecht, obwohl Tom sagt, dass das Essen scheusslich sei (der Koch ist ein Malaysier, der zwar einmal für acht Monate oder so in Thailand gearbeitet oder kochen gelernt habe, aber um richtig thailändisch zu kochen, müsse man, um mit Tom und Somchai zu reden, und diese Arroganz und Verächtlichkeit, mit der sie das sagen, ist himmlisch, ein Leben lang lernen). Ach, diese Thais, ich finde sie einfach immer wieder umwerfend, anstrengend zwar, eine echte Herausforderung, aber umwerfend. Man kann ihnen einfach nicht böse sein, und ich muss schon sagen, wenn es sie nicht gäbe, müsste man sie erfinden, denn sonst würde der Welt etwas fehlen, und zwar etwas Entscheidendes; ich weiss zwar nicht genau was, denn eben, so ganz verstehen kann der Farang sie nicht, aber dass es so ist, da bin ich mir sicher. Und gerade der Schweiz oder den Schweizern tut ein Schuss Thai-Mentalität nicht nur gut, sondern ist geradezu ein Heilmittel, und deshalb müsste man jedem und jeder, der dazu beiträgt, einem Thai in unserem Land vorübergehendes oder ständiges Bleiberecht zu verschaffen, eigentlich einen eidgenössischen vaterländischen Verdienstorden verleihen, wenn es denn so etwas gäbe, oder zumindest einen währschaften staatlichen Zustupf an die nicht unerheblichen Spesen. Ich glaube, ich muss das nicht begründen, spricht diese Geschichte hier doch für sich selbst.

Die beiden kommen schliesslich zum Schluss, dass es das Einfachste wäre, statt in der Schweiz in Thailand zu heiraten. Das ist vielleicht gar keine schlechte Idee. Die beiden sind auf jeden Fall auf der Hut, in Verhandlungs- oder Business-Laune, trotz Gelächter und Geplapper, soviel weiss ich inzwischen; das merke ich auch daran, dass sie nicht oder nicht viel trinken, obwohl ihnen von einem Besoffenen dauernd Whisky-Cola spendiert wird und sie sonst beide recht gern was hinter die Binde kippen. Schliesslich begleite ich sie auch noch auf einen Sprung in den «Predigerhof», wo sie wieder Mineralwasser bestellen. Dann verabschiede ich mich von den beiden, weil ich nach Hause will.

Ich bin dann so geil, dass ich mir gleich einen runterholen muss, damit ich einschlafen kann. Um halb vier erwache ich wie immer, um zu pissen. Durch den Spalt unter der Stubentür sehe ich Licht, aber ich kann Somchais Schuhe nicht sehen, also denke ich, es ist Sylvia. Wieder denk ich, dass Somchai sowieso nicht kommt. Aber es ist tatsächlich Somchai, wie er mir später erzählt, ganz ruhig sass es also in der Stube. Er habe Sylvia geweckt, sagt er, er habe die Türglocke mit dem Lichtschalter verwechselt. Irgendwann kommt er zu mir ins Bett gekrochen, verrichtet sein Gebet, schmiegt sich an mich, liebkost mich. Das sind so Momente, wo ich sicher bin, dass er mich wirklich gern hat und wo ich mich in dieser Sicherheit geborgen fühle wie in einem warmen Bad, und wo ich meine Zuneigung und Liebe für ihn ganz natürlich fliessen lassen kann. Das sind Momente, wo es absolut keine Rolle mehr spielt, ob er Thai ist und ich Schweizer oder ob ich 42 und er 23 ist und ob er den Strich macht und ich meinen Bürojob. Wir sind uns nicht fremd, wir sind beide gleich und wir sind vereint, für diesen Moment. Seine Berührung erregt mich, und allmählich wird aus der Berührung Sex. Wieder dieses unendliche Begehren, diese wohltuende Wollust, diese Unangestrengtheit an seinem Körper, diese Geborgenheit, dieses Aufgehobensein: sein Schwanz in meinem Mund und mein Schwanz in seinem Mund. So ficken wir uns gegenseitig, sachte und langsam.

Heute will er wieder nach Genf gehen.

Ich gehe zu Tom in die Bar, um ein Feierabendbier zu trinken. Nein, ohne Somchai; Somchai ist in Genf. Auch Lukas sitzt da, der einunddreissigjährige Jurist (den ich aber viel älter geschätzt hätte), der auf Scheidungssachen spezialisiert ist. Als ich Tom frage, wie es ihm geht, sagt er, es gehe ihm schlecht; er habe ein «broken heart». Seine Beziehung sei in Brüche gegangen; nach sechs Jahren brauchte es dazu bloss eine halbe Stunde. Ich höre dann ziemlich lange Lukas zu, der mich zu mögen scheint. Sein Freund ist Brasilianer; der lebt während der Woche in Genf, Lukas sieht ihn bloss am Sonntag. Um ihm den Aufenthalt zu ermöglichen, hat er geheiratet. Er hatte Glück: die beiden fanden ein Lesbenpärchen, um übers Kreuz zu heiraten. Eine Heirat gegen Geld findet Lukas nicht gut. Sein Freund sei sehr eifersüchtig, sagt Lukas, aber er lasse sich nichts verbieten; schliesslich wisse er ja auch nicht, was der andere während der Woche in Genf treibe. Er erzählt mir noch vieles mehr, aus seiner Kindheit, seiner Jugend, von seinen Eltern – für seinen Vater schwärmt er geradezu: Dieser sei sein bester Freund, habe sein Schwulsein sofort akzeptiert. Sein Freund, der junge Brasilianer, sei regelrecht auf den Vater abgefahren. Als ich gehe, um halb zehn und nach doch etlichen Bierchen, ist er sichtlich enttäuscht.

Um sieben, halb acht versuche ich Somchai am Sonntag anzurufen; er nimmt ab, ist aber sehr förmlich – ich merke, dass er sich verstellt. Er tut so, als wäre ich nur ein flüchtiger Bekannter von ihm, redet dauernd von Pan, so dass man meinen könnte, ich sei der Boyfriend von Pan. Als ich ihn frage, wo er sei, sagt er nur: «I'm with my friend.» Ich nehme natürlich an, dass es der Norweger ist; dass der nicht schwul sei und nichts von Somchai wolle, glaube ich schon lange nicht mehr. Gleichzeitig entschuldigt sich Somchai indirekt am Telefon für dieses Spiel, indem er zweimal besorgt fragt: «Are you okay?», denn er bemerkt meine Irritation natürlich schon. Ich bin irritiert, und als Somchai eingehängt hat, packt mich ein Anflug der alten Verzweiflung, aber ich will ihr keinen Raum geben. Allerdings steigt meine Irritation noch, als Stefano um zehn oder halb elf anruft; ob Somchai bei mir sei? Er habe seit zwei Tagen nichts von ihm gehört. Nein, der sei nicht bei mir, ich hätte ihn seit Dienstag nicht mehr gesehen; ich denke, sage ich, er sei mit dem Norweger zusammen. Nein, sagt Somchai heute, in einem neuen Winterpullover, den er von dem Norweger geschenkt bekommen hat und der ihm gut steht, nein, der Norweger sei nur am Freitag da gewesen. Mit wem war er dann aber, wenn das stimmt, sonst zusammen? Wer war der Freund, den er erwähnte? Ein guter Stammkunde, ein alter oder neuer Lover? Wenn Somchai am Samstag/Sonntag wieder in Genf war, warum ruft Stefano mich dann an und fragt nach Somchai? Nein, ich denke nicht, dass er in Genf war am Wochenende. Entweder war er mit dem Norweger zusammen oder einem anderen «Freund». Das ist wirklich alles sehr verwirrend, und wenn ich diese Dinge zu ernst nehmen würde, dann müsste ich wirklich durchdrehen. Somchais Haltung mir gegenüber scheint sich allerdings nicht verändert zu haben. Nun, wir werden sehen. Vom Norweger scheint er für seine Zukunft jedenfalls nicht mehr allzu viel zu erwarten; der wolle zwar immer noch eine Eigentumswohnung in Bangkok kaufen, aber keine Zweigniederlassung seiner Textilfabrik in Thailand gründen.

Ich kann nicht behaupten, dass ich jetzt mehr wüsste als vorher; im Gegenteil. Am späten Nachmittag, als ich Somchai anrufe, weil ich mich, immerhin ist es eine Woche her seit dem letzten Mal, mit ihm verabreden will, sitzt er bei Tom in der Bar; ich treffe ihn da um halb sechs. Vorher bin ich wieder sehr aufgeregt, bekomme mal wieder fast eine Panikattacke. Ich frage mich, warum ich mich inzwischen vor Somchai fast fürchte, und stelle fest, dass es mir im Grunde besser geht, wenn er weg ist. Das sagt er übrigens so ähnlich später auch: Er würde mir nur Kummer und Ungelegenheiten machen, ausserdem sei es nicht nice, dass er immer Geld von mir verlange. Er ist aber auch da voller Widersprüche, wie wir sehen werden. Er ist schon ein bisschen betrunken, wie mir scheint, denn er ist anhänglich, will Händchen halten, küsst mich. Pan ist da und ein paar andere Thais, unter anderem der, den ich bei unserem ersten Treffen zwischen Somchai und mir offenbar haben wollte, aber dann nahm eben Somchai die Sache in die Hand. Solche Dinge vergisst Somchai nie; das hat er mir nun schon oft erzählt. Dabei gefällt mir dieser Junge viel weniger gut als Somchai. Schliesslich taucht auch noch die «Gattin» wieder auf, später deren Freund, der mit mir wieder über die Heirat diskutieren will – weil der neue Plan nun darin besteht, dass die beiden in Thailand heiraten.

Die «Gattin» hat ihrem Freund zwar erzählt, Somchai habe bereits eine Wohnung für sie gefunden. Ich sage ihm, dass das nicht stimmt. Ja, sagt er, er finde es auch einfacher, wenn die beiden in Thailand heiraten. Dazu brauche die Frau aber, ich weiss nicht wieso, die Bestätigung, dass sie einen Job habe. Die könne er ihr allenfalls besorgen, irgendeinen Alibijob in einer Bar oder in einem Bordell oder so etwas, ein Dokument, das er selber am PC aufsetze, das werde ja wohl in Thailand nicht so genau geprüft. Ich nehme an, dass er davon ausgeht, dass ich die gesamten Kosten übernehme. Er ist mir freundlich gesinnt, scheint mir zu vertrauen. Auch er kennt die Mentalität der Thais, sagt, wir beide müssten wohl die Sache in die Hand nehmen, sonst würde nie etwas daraus. Er kenne es auch, dieses Hin und Her. Später, als er gegangen ist, sagt mir die Gattin zu meiner Überraschung, sie glaube, zwischen ihr und ihrem Freund sei es aus. Geschichten, Geschichten.

Und was erzählt Somchai? Viel, da er getrunken hat. Zuerst will er, dass ich eine Flasche Champagner bestelle. Begründung: Tom habe morgen Geburtstag; der habe es aber niemandem erzählt und wolle auch nicht, dass es jedermann wisse (ich bin gespannt, ob der wirklich Geburtstag hat). Max hat schon recht, wenn er Thailand das Land der Märchenerzähler nennt. Oh ja, Somchai ist ein fantastischer Märchenerzähler; er ist aber «ehrlich», denn er meint immer, was er sagt. Etwas überspitzt gesagt: Er – und andere – glauben selbst an die Märchen, die sie erzählen. Die zweite Flasche geht übrigens auf Kosten der Dame, während die dritte von Beni, dem Spaghetti-Factory-Kellner, einem Berner, der behauptet, an der Börse Gewinne zu machen (und erzählt, er habe über 100'000 Franken für und durch einen Thai-Freund verloren), spendiert wird.

Somchai entschuldigt sich dafür, dass er eine Woche weg war, und auch dafür, dass er am Telefon manchmal so seltsam gewesen sei. Er lässt durchblicken, dass er eine Menge Kohle gemacht habe, erwähnt einen Betrag zwischen 15'000 und 20'000, den er nach Thailand schicken konnte. Er behauptet aber weiterhin, dass nicht der Norweger die Quelle des Wohlstands sei (er sagt weiterhin, er habe diesen nur am Freitag gesehen, und der sei eher an seiner Schwester als an ihm interessiert); wer aber war dann der «Freund» vom Sonntag? Darüber sagt er natürlich nichts. Er versichert mir, dass ich sehr wichtig für ihn sei; ich dürfe nicht glauben, für ihn der Letzte in der Reihe zu sein. Ich sei für ihn das Zentrum, versteigt er sich gar zu behaupten, und ich glaube, er glaubt das in diesem Moment auch selbst. Er sei ernsthaft – sincerely – an mir interessiert, an mir und nicht an meinem Geld, auch wenn er wisse, dass das schwer sei zu glauben, so, wie wir uns kennengelernt hätten. Er wolle mich nicht als Freier, er wolle unabhängig und frei sein, er wolle seinen Weg selber machen. Er sei daran, davon wegzukommen, ein Money-Boy zu sein. Er hat das Gefühl, ich sei ein «guter Mensch»; sich selbst schätzt er als nicht so gut ein. Er fühle sich schlecht, mich immer um Geld fragen zu müssen. Er fühle sich wie ein Hund, der komme, um zu fressen, und dann wieder gehe. Er wisse, dass ich das Geld einteile, dass ich immer nur soviel im Portemonnaie hätte, wie ich auch ausgeben könne; ich sei eben ein Schweizer. Ich spüre in diesem Statement auch eine leichte Kritik, aber darauf gehe ich nicht ein. Ich sage nur, es sei tatsächlich richtig, dass ich nicht mehr ausgeben könne, als ich einnähme, und dass es für mich nicht in Frage komme, Schulden zu machen; aber sowas begreift ein Thai nie. Nun, er hat also Kohle gemacht und will nun ernsthaft ein neues Leben beginnen. Schluss mit der Herumhurerei. Er hat jetzt beschlossen, dass er wie Eko eine Hotelfachschule besuchen will, und bittet mich, ihm die entsprechenden Unterlagen zu besorgen. Nein, er wolle die Schule selbst bezahlen, er habe jetzt genug Geld auf der Seite. Vorher aber wolle er in Thailand das Toffl, einen Englisch-Abschluss, machen. Und die Auto-Fahrprüfung. Schon Anfang November fährt er zurück nach Thailand, irgendwann einmal erfolgt dann die Heirat, und frühestens in einem halben Jahr erst wird er wieder in die Schweiz zurückkehren; mich in Thailand sehen, dazu hat er auch keine Zeit, wahrscheinlich. Was schliesse ich daraus? Dass unsere real existierende Beziehung spätestens ab Anfang November zu Ende sein muss; dass er einen Kapitalbedarf von mindestens 100'000 Franken (zusätzlich) haben wird in den nächsten Jahren; dass er folglich einen Gönner haben muss; dass vielleicht alles wieder anders kommt. Als er mit der Gattin abzieht, sagt er: Ich komme dann zu dir nach Hause. Gib mir 100 Franken, ich gebe sie dir dann zurück. Ich schlafe schlecht, träume von Somchai, träume, dass er bei mir ist. Aber er kommt natürlich nicht.

«Es ist nicht leicht, Flexibilität zu lernen», diese schöne Überschrift habe ich heute in der Zeitung gelesen. Ich weiss nicht, welchem Zusammenhang sie in der Zeitung galt, aber ich fand sie doch sehr zutreffend für meine persönliche Situation. Flexibilität zu lernen gehört nämlich zu meinen momentanen Aufgaben; und dass das nicht leicht ist, habe ich in letzter Zeit schmerzhaft und hautnah erfahren.

Was ich sonst noch zu lernen habe, wenn wir einmal annehmen wollen, dass ich mit Somchai etwas zu lernen habe und dass Somchai mir etwas beibringen kann, natürlich ohne Absicht, sondern weil er so ist, wie er ist, und das weder ändern will noch kann, was ich also sonst noch lernen kann im Zusammenleben mit Somchai, neben der Flexibilität, ist die für das Leben unabdingbare Notwendigkeit, mich selbst zu lieben und zu respektieren. Ohne diese Selbstliebe kann ich vielleicht überleben (aber nicht einmal das ist sicher), bestimmt jedoch nicht gut leben. Und da ich auch ohne die Liebe nicht leben kann, lernt mich das Zusammensein mit Somchai, dass es dieses Gleichgewicht braucht, die beiden Flügel: den der Liebe und den der Freiheit, «the wing of love and the wing of freedom». Und um dieses Gleichgewicht zu halten, braucht es dann eben Flexibilität. Wenn man den Partner als den anderen akzeptiert, der er ist und den man nie wirklich verstehen kann, dann wird er zum Menschen voller Überraschungen, und um diese nicht nur zu ertragen, sondern manchmal auch zu geniessen, braucht es wiederum Flexibilität. Es braucht aber auch Flexibilität, dem anderen gegenüber sich selbst zu bleiben: ein Stück weit unberechenbar. Es braucht Flexibilität, sich immer wieder einzulassen, loszulassen, auf ungewohnte Situationen einzustellen. Mit Somchai zusammen zu sein, ist eine wunderbare Gelegenheit, diese Flexibilität zu üben: er ist wahrhaftig ein «anderer» Mensch, unbegreiflich und wunderbar, fremd, eben weil er ein anderer ist, ein Junge aus einem anderen Land und einer anderen Zeit, und dann aber auch wieder nah, ein Bruder, ein Zwilling des Herzens. Sich auf dieses Paradox einzulassen, braucht Flexibilität.

Die Begegnung mit Somchai kann mir aber auch helfen, mich mit einem Teil von mir selbst zu versöhnen, der Somchai zu gleichen scheint und von dem ich glaube, das ich ihn in Somchai gespiegelt sehe. Der, der hier schreibt, ist der andere Teil, der gebändigte, zivilisierte, sozialisierte, intellektuelle, schweizerische: «The friend with the glasses», wie Somchais thailändische Kumpels mich manchmal, halb scherzhaft, auch nennen. Der andere Teil von mir ist das wilde, ungezähmte Kind, der Steinzeit- oder Urmensch in mir, der Wolf in mir, jenes Wesen in mir, das ich früher in jener Erinnerung oder Fantasie beschrieben habe, der braune Knabe, ist der Thailänder in mir, der Fremde, der Ausserirdische, ist der Callboy und Strichjunge in mir, ist der Asoziale und Kriminelle in mir, ist der Ekstatiker und Verrückte in mir, ist der grosszügige Verschwender in mir, ist der «Lost Planet» in mir, ist das ewige Kind und das alte Tier in mir, ist die Sehnsucht und der Schmerz und die Leidenschaft und die Liebe und der Hass in mir. Der schreibend sich annähernde, zivilisierte Chris ist von diesem Kind, diesem Tier fasziniert, hat aber auch Angst vor ihm und sorgt sich um es. Wenn es den beiden Teilen gelänge, als gleichberechtigte Partner zusammenzuspannen, könnte daraus eine grosse Stärke entstehen.

Nach der Sauna geh ich in den «Predigerhof» auf ein Bier und komme zum ersten Mal mit Beni ins Gespräch, dem noch jungen Berner Oberländer, den ich zwar schon unzählige Male gesehen und flüchtig gegrüsst, mit dem ich aber noch nie geredet habe. Nun, dieses Mal frage ich ihn, ob ich mich zu ihm setzen dürfe, und schon bald unterhalten wir uns, als ob wir die besten Freunde wären. Er erzählt mir von seinem neuen Job in einem Restaurant, das demnächst eröffnet wird – es ist ein amerikanisches Restaurant mit amerikanischer Küche, aber nicht Fast Food, und soll eine Art Erlebnisgastronomie bieten. Dann lenke ich das Gespräch auf jenes Thema, das mich wirklich interessiert: Thailand. Ich will mit ihm Erfahrungen austauschen; generell läuft das Gespräch darauf heraus, dass er in etwa die gleichen Erfahrungen gemacht hat mit Thaiboys wie ich, was das Geld und die Treue und die Unberechenbarkeit und Unwiderstehlichkeit und Unverstehbarkeit dieser holden Geschöpfe betrifft – obwohl Beni viel jünger ist als ich und Thailand und Thaiboys schon viel länger kennt. Vor zehn Jahren sei er das erste Mal nach Südostasien gereist, damals noch mit seinem Schweizer Freund, für drei Monate, und obwohl sie auch Malaysia, Singapur und Hongkong besucht hatten, ist Thailand der Magnet, der ihn von da an unwiderstehlich immer wieder anzieht. Er reise pro Jahr mindestens zweimal nach Thailand. Er mache es dann immer so, dass er eine Woche in Pattaya oder Phuket verbringe, um einen Boy kennenzulernen, und dann lasse er sich von dem in dessen Dorf zu dessen Familie «entführen», denn die meisten der Boys kämen ja vom Lande; auf diese Weise habe er die unwahrscheinlichsten Seiten des Landes und ihrer Bewohner kennengelernt. Er hat den Vorteil, dass er ziemlich gut Thai versteht und auch spricht, für einen Europäer. Er hat seine Connections, zum Beispiel in Bangkok, wo er immer im «Suriwong»-Hotel absteigt oder im «Malaysia», wo er Leute kennt, einen stummen Thai zum Beispiel, der ihm die neusten Lokale zeigt oder die hübschesten Boys vermittelt, oder emigrierte Schweizer. Auf diese Weise hat er beispielsweise Schwulenlokale in Bangkok kennengelernt, die sonst kein Farang betritt. Er kennt aber auch das Leiden an der Liebe zu einem Thai, das offenbar untrennbar mit zur Leidenschaft für einen Menschen dieses Landes gehört. Gerade eben hat er mit seinem Freund schlussgemacht oder ist vielmehr von diesem wegen eines anderen Lovers sitzengelassen worden. Auch Beni hat für seine Thais schon viel Geld liegengelassen – es ist einfach normal, muss ich einsehen, dass das so läuft. Sein Ex-Freund, ebenfalls ein gay Gai, wie Beni erzählt, hat einen Zwillingsbruder, und das ist wirklich eine Story. Die beiden würden sich wie ein Ei dem anderen gleichen. Der Zwillingsbruder sei vielleicht eine Spur stämmiger, fülliger, weniger zierlich. Er behaupte aber von sich, nicht schwul zu sein. Das Verrückte aber sei, dass er, Beni, mit diesem Zwillingsbruder häufigeren und besseren Sex gehabt habe als mit seinem eigentlichen Boyfriend. Der sei auch freundlicher, anhänglicher, loyaler gewesen. Ansonsten aber habe er, wie gesagt, seinem Bruder zum Verwechseln ähnlich gesehen, ausser, dass dieser eine Tätowierung auf der Brust gehabt habe. Sie hätten manchmal zu dritt im gleichen Bett gepennt, und während sich sein Freund von ihm weggedreht habe, habe ihn der Zwillingsbruder umarmt. Ihm, Beni, sei es recht gewesen, mit dem Bruder zu schlafen sei gewesen wie mit Gai zu schlafen, ausser, dass der «Hetero» vielleicht eine Spur passiver gewesen sei, sprich: sich habe bedienen lassen. Auch am Strand habe sich der Boyfriend sofort verabschiedet, um sich mit Freunden zu treffen, während der offiziell heterosexuelle Zwillingsbruder mit Beni dem Strand entlang spazierte. Das ist thai-style, die Welt der Geschichten und Widersprüche. Nach dem dritten Bier verabschiede ich mich; ich habe Hunger und will heim, während Beni weiterziehen will, ins «Carrousel» zuerst, wo er auch einmal gearbeitet hat, und dann ins «Cinecitta», schliesslich ist Sonntagabend. Von Somchai sagt er übrigens, dass dieser als einer der cleversten Thais in Zürich gelte, neben Tom und noch einem anderen; sein Verständnis unserer Kultur und sein «Erwachsensein» seien nur mit der eines Thai zu vergleichen, der schon seit Jahren in der Schweiz gelebt habe und beträchtlich älter als Somchai sei.

Ich glaube, in der Hölle ist es wie in einem Altersheim oder einem Gefängnis, man wartet ständig darauf, dass etwas passiert, man wartet auf die nächste Mahlzeit oder darauf, dass man endlich ins Bett darf, oder auf die Freiheit, oder eben auf den Geliebten, der nie kommt, auf das Glück, auf Gott; auf den Tod. Warten auf Godot. Mein Herz, so kommt es mir vor, hüpft mir munter im Leib herum, es schmerzt, stottert, setzt aus, und manchmal glaube ich, dass es mir zum Mund herausspringen will. Und nachts habe ich Alpträume und lebe stets mit dem Gefühl, dass ich nächstens sterben könnte. Ich bin mir meiner Fragilität als einer Conditio humana so bewusst wie noch nie. Das ist so seit jener Nacht im August. Natürlich rede ich mir ein, dass alles nur Einbildung ist resp. eine psychosomatische Erscheinungsform als Folge dessen, was ich erlebt habe und erlebe, und ich schäme mich, schon wieder zum Arzt zu gehen, aber es hat auch sein Gutes: Es zwingt mich, für mich zu schauen und mich nicht mit Nebensächlichkeiten abzugeben, es zwingt mich auch, zugleich klarer und präziser, aber auch flexibler zu sein. Ich muss das tun, was mir im Moment für richtig erscheint.

Und ich habe wieder einmal das Gefühl, Somchai in vielem, was ich hier über ihn schreibe, unrecht zu tun, ihn gänzlich misszuverstehen damit. Aber das, was ich hier schreibe, erhebt ja nicht den Anspruch, eine objektive Darstellung von Somchai zu sein; es ist vielmehr ein Zerrbild im Spiegel meiner Seele. Ich kann ihn doch gar nicht objektiv wahrnehmen; ich kann ihm folglich nicht gerecht werden.

Er sagt mir, ich müsse ihm vertrauen, dass er immer wieder zurückkomme, erst wenn ich dieses Vertrauen hätte, könne ich ihn auch immer wieder loslassen, und nur dann sei eine Beziehung zwischen uns möglich, denn er wolle frei sein und dann zu mir kommen, wenn er es wolle, und nicht, weil er das Gefühl habe, dass er es müsse. Er sagt es natürlich nicht genau so, aber dem Sinn nach wird es ungefähr so stimmen.

Wir schlafen lange, bis in den Nachmittag hinein, dann kocht uns Somchai Bambussprossen in Kokosmilch mit rotem Curry und Speck. Es reicht uns erst auf den 6-Uhr-Zug – in Lugano sind wir erst etwa um neun. Unser Hotel ist nicht schlecht, was die Lage und die Aussicht im fünften Stock angeht, aber für das, was es bietet, eher teuer. Wir sind natürlich die Exoten in diesem eher gutbürgerlichen Hotel mit Altersheimpublikum: die, die immer am längsten schlafen, die, die das Frühstück verpassen und in der Nacht am spätesten heimkommen. Wir gehen dann noch essen (schlecht, mit unfreundlichem Personal; Somchais «Calzzone» ist lediglich mit Schinken und Mozzarella gefüllt, das, was zu meinen Nudeln serviert wird und auf der Karte als «Wildhasenragout» angepriesen wurde, ist eine undefinierbare Sauce mit ein wenig Hackfleisch), ins Kasino, wo wir sechzig Franken verspielen und Somchai gefragt wird, ob er überhaupt schon zwanzig sei, und dann ist schon ein Uhr und in einem Provinzkaff wie Lugano sowieso alles dicht. Aber mir soll es recht sein: ich will einfach mit Somchai zusammensein und bin sogar froh, dass es kein Nachtleben gibt. Somchai ist erstaunlich, er trinkt fast gar nichts und ist trotzdem zufrieden und friedlich, auch ich trinke folglich wenig und rauche auch nur drei, vier Zigaretten am Tag. Ich bin immer noch ein wenig geschafft, aber ich geniesse die Gegenwart von Somchai sehr, die mich sättigt und wärmt und mir sehr gut tut. Ich fühl mich ihm dann so unwahrscheinlich nah, vertraut. Es ist kein Misston zwischen uns, ich fühle mich von ihm total angenommen und ich kann ihn total annehmen, nichts stört mich an ihm, alles gefällt mir an ihm, es ist einfach unglaublich und deshalb so verwirrend, weil ich dann natürlich sofort wieder die Gefahr besteht, dass ich mich an ihn klammere, ihn heiraten möchte. Ich betrachte ihn und bin am ganzen Körper elektrisiert, erotisiert. Ich stehe in seiner Nähe, in seiner Aura, irgendwo im Freien, und bekomm eine Erektion. Eigenartig, mit Somchai kann ich mir am ehesten vorstellen, wie es wäre, wenn ich mit einer Frau zusammen wäre, in die ich unsterblich verliebt bin und die ich heiraten möchte. Zwischen Somchai und mir gibt es keine Konkurrenz, keine Rivalitäten und keine «zwischenmännliche» Aggression...

Natürlich ist auch Somchai müde nach der durchgemachten Nacht – wir schlafen lange, zehn, elf Stunden, essen dann auf der Piazza grande in der herbstlichen Sonne

Frühstück (ich eine Omelette, Somchai einen sogenannten «Mittelmeersalat», von dem er mehr als enttäuscht ist), fahren auf den Monte San Salvatore (wo wir aber auch nicht mehr tun können, als die Rundsicht zu erahnen, die im Dunst versinkt, und etwas zu trinken; Somchai isst ein Eis, das ihm noch Stunden später «im Hals steckt», wie er sagt). Wieder unten am See, spazieren wir von Paradiso in die Altstadt von Lugano zurück und machen «Window-Shopping». Ich schreibe das alles nur auf, weil es illustriert, wie unspektakulär unser Wochenende eigentlich war und wie unkompliziert Somchai sich in dieser Situation zeigte; der Ausflug war sicher nicht à la Thai und für einen Dreiunundzwanzigjährigen sicher eher «grossväterlich»; gewiss, Somchai hat damit eher mir als sich einen Gefallen getan, vielleicht hat er sich ein wenig erholen können, das schon, aber er hat mir damit doch auch seine Zuneigung gezeigt. Sodann spielen wir auf unserem Hotelbalkon Karten, bis es kühl wird und bevor wir, wieder eher schlecht, etwas essen, noch einmal kurz im Kasino vorbeischauen, danach auf ein einziges Bier gehen und dann wieder Karten spielen im Hotelzimmer, bis um drei in der früh. Gestern dann wollen wir vor der Rückreise noch shoppen gehen, Somchai hat am Vortag eine Reisetasche von «Moschino» gesehen, die ihm sehr gefiel (natürlich ein Modell für die Dame), aber als er dann den Preis sieht, sagt er selbst, dass das zu teuer für eine Reisetasche sei, und ist offensichtlich gar nicht enttäuscht. Im Zug zurück spielen wir wieder Karten, um Münzen, und Somchai freut sich wie ein Kind, wenn er gewinnt. Zum Abschluss trinken wir bei Tom noch ein Bier, bevor ich nach Hause gehe und

Somchai zu seiner Verabredung mit einem Stammfreier verschwindet.

Gestern beim Psychiater über die Notwendigkeit gesprochen, meine Angst nicht mehr als Gegner zu sehen, sondern sie als Lebensenergie zu begreifen, auf dass ich sie «reiten kann wie den Tiger». Er sagt, er hätte mich kurz nach der letzten Stunde, als ich vom Wolf in mir gesprochen hatte, weggehen sehen und wäre beeindruckt gewesen von der verhaltenen Energie in meinem Körperausdruck. Indem ich meine Angst abzuwehren versuche, verstärke ich sie nur. Wie einer, der mit angezogener Handbremse Gas gibt, fühl ich mich denn manchmal auch. «The Power of the Tower» les ich auf einem Plakat, nachdem ich die Stunde verlassen habe: wahrscheinlich der Name einer Popgruppe.

Wenn Somchai in Zürich ist, ist meine Gelassenheit eindeutig weniger gross als wenn er ausser Reichweite in Genf oder gar Thailand ist. Gestern Abend, als er sich mit Jacky und Marcel treffen will, um seine Telefonschulden zu begleichen, sagt er absurderweise, es sei ihm wichtig, pünktlich zu sein; er versteigt sich sogar zur Behauptung, ein pünktlicher Mensch zu sein: Bestätigung heischend schaut er mich an. Na ja, manchmal, sage ich; da ist er fast ein wenig beleidigt.

Manchmal kennt Somchai sich mit sich selbst nicht mehr aus. Ja, Somchai und sein Wahrheitsbegriff. Wenn er mir sagt, er zahle mir Geld zurück, dass er bei mir «ausgeliehen» hat, hat er das im Moment vielleicht tatsächlich vor; ein paarmal erinnert er sich mit einem schlechten Gewissen noch daran; dann hat er es vergessen. Im Grunde weiss er ja, dass ich weiss, dass er es mir nicht zurückgibt, und dass ich ihm das Geld «geschenkt» habe. Es macht sich für ihn eben besser, wenn er es bloss «ausgeliehen» hat. Er nimmt sich vieles vor, dass er dann wieder vergisst; und wenn er Pläne hat, kommt ihm häufig etwas dazwischen. Gestern Mittag am Telefon sagt er mir, wir würden uns dann am Abend an der Höschgasse treffen. Als ich da ankomme, ist der Vogel natürlich ausgeflogen; ich habe es geahnt. Dummerweise bin ich da schon wieder etwas gestresst, auf dem «Nie ist er da, nie sehe ich ihn»-Trip, wo er doch in einer Woche schon zurückfliegt nach Bangkok. Ich rufe ihn an; er habe nur rasch den Aku für sein Handy holen wollen, sagt er. Er komme gleich. I'm coming after. Das ist aber genau die Situation, die ich hasse: zu warten, auf ihn zu warten. After, das kann in einer Stunde oder in fünf Stunden sein. Gegen acht rufe ich ihn wieder an und sag ihm, dass ich ihn in der Stadt treffen wolle – zu Hause ist mir definitiv nicht mehr wohl. Kommt der Prophet nicht zum Berg, dann muss eben der Berg zum Propheten oder wie es heisst. «Okay, treffen wir uns in Tom's place», sagt Somchai. Da sitzt er denn auch auf seinem Stammplatz (Somchai nennt die Bar «mein Büro»), wo er telefoniert und irgendetwas organisiert, zum Beispiel den Flug für den Norweger am 6. November über Colombo nach Bangkok. Ich hätte wohl noch lange ausharren können zu Hause, denn Somchai wartet auf Pan, der ihm irgendwelche Flugunterlagen bringen soll. Somchai ist zärtlich, er hält meine Hand, er hat auch ein schlechtes Gewissen wie so oft, fragt, ob ich ihm böse sei, will wissen, ob ich okay bin, sagt, es tue ihm leid, dass er immer so beschäftigt sei und so wenig Zeit für mich habe. Wir trinken Bier und Somchai plappert meistens mit Tom und später mit Pan, während er meine Hand hält, was ein Zeichen dafür ist, dass er etwas betrunken ist. Er sagt, dass er morgen nach Basel fahren wolle, zu seiner Tante und deren Mann. Er müsse auch noch ein Geschenk für seinen Vater kaufen, am besten eine Uhr von Seiko. Mir wolle er auch ein Geschenk geben, nein, er habe mir schon ein Geschenk gekauft. Er sagt auch, er wolle morgen einen Flug für mich heraussuchen, woran ich ebenfalls zweifle; immerhin scheint er inzwischen sogar zu wollen, dass ich ihn in Thailand besuche. Er steckt mir seinen Brillantring an den Finger; ich solle ihn mit nach Hause nehmen, es sei zu gefährlich, wenn er ihn mit sich herumtrage. Er sagt auch, er habe jetzt genug gearbeitet, d.h. er habe genug Kapital für seine nächste Zukunft, was er jetzt verdiene, sei quasi für ihn oder für den kurzfristigen Konsum. Ich entnehme seinen Worten, dass er nicht mehr nach Genf gehen will, allenfalls noch nach St. Gallen, um Marcels und Jackys neues Striplokal zu begutachten, aber von da wolle er um zehn wieder zurück in Zürich sein. Er wolle jetzt wirklich eine Ausbildung machen, sagt Somchai, sein Bruder und seine Schwester hätten ihn ja bereits «überholt», das ist für ihn auch eine Frage der «Ehre». Von Stefano sagt Somchai, dass dieser in Paris sei, er habe da einen «richtigen» Job. Dann sagt er mir auch noch, dass ich ihn mit 18 hätte kennenlernen sollen; ich verstand nicht genau wieso. Weil er damals noch loyaler oder anhänglicher oder romantischer oder was auch immer gewesen sei, ich habs wirklich nicht richtig verstanden, aber er beharrte ziemlich hartnäckig darauf. Um halb elf will ich gehen, während Somchai natürlich noch bleibt. Ich bin wiederum sein Spesenkonto: Ich gebe ihm hundert Franken, aber er sagt, das sei nicht genug, wenn er morgen nach Basel wolle. Also gebe ich ihm noch einmal fünfzig. Er sagt, er komme in der Nacht nach Hause, um drei, aber das tut er natürlich nicht. Ja, Somchai und die Wahrheit, Somchai und seine Versprechungen! Ich schlafe wieder einmal schlecht, bin erneut verwirrt und verunsichert, schwanke einmal mehr zwischen Vertrauen und Misstrauen, weiss nicht, was ich von ihm halten soll.

Als ich gestern um halb fünf mit Somchai telefoniere, sagt er, er sei noch in Zürich. Er gehe aber schon noch nach Basel, schliesslich habe er das so abgemacht. Dann sehe ich dich morgen? frage ich. Nein, sagt er, ich sehe dich später, zu Hause. Und bei «Fly away» sei er auch nicht gewesen, um wegen eines Fluges für mich zu schauen, doch, er sei da gewesen, aber habe nur von aussen das Schaufenster angekuckt, schliesslich wisse er nicht, mit welcher Airline ich fliegen wolle. Somchai erzählt und ich versteh wieder einmal nichts. Wenn er nicht in Basel ist, aber noch heute nach Basel will, wie kann er mich dann später noch sehen? Nun gut, denke ich. Zwei Stunden später will ich auf ein Feierabendbier zu Tom, bin aber nicht allzu überrascht, als ich da den Kleinen hinter der Theke stehen seh. Warum hat er mir nichts davon gesagt, dass er gar nicht nach Basel will? Ich weiss je länger je weniger, ob ich ihm etwas glauben soll. Er sagt natürlich, er habe es sich eben erst anders überlegt. Fragt wieder, ob ich böse sei, ich sei so ernst. Ich gehe aber nicht darauf ein; er weiss genau, warum. Gewiss, er ist lieb und nett, wie immer, wenn wir zusammen sind. Und er verspricht mir mal wieder das Blaue vom Himmel herab: Dass er das Wochenende mit mir verbringe, schliesslich sei es unser letztes, dass er dann mit mir ins Kino komme und am Samstag für mich koche. Er wolle, wenn er das nächste Mal in der Schweiz sei, nicht mehr arbeiten und mehr Zeit für mich haben. Lauter solches Zeug. Ich sitz dann mit ihm von halb sieben bis halb elf in der Bar, wir trinken wieder einmal zuviel Bier, aber es ist halt schon nicht das Wahre. Dann muss ich wirklich gehen – ich habe noch nichts gegessen. Somchai sagt, dass er sicher diese Nacht zu mir nach Hause käme. Was er dann natürlich wieder nicht tut. Wie schon letzte Nacht. Da sass er offenbar mit seinen Thaifreunden zusammen, zuerst im «Cinecittà», wo er Papaya-Salat ass und eine Cola trank, die jemand ohne sein Wissen mit einer Ecstasy-Pille aufgepeppt habe, und später habe er bei Tom zu Hause übernachtet. Geschichten, Geschichten.

Ja, ich muss dringend mit ihm reden. Als ich gestern Mittag um eins mit ihm telefoniere, entschuldigt er sich zwar, dass er letzte Nacht nicht gekommen sei. Er müsse jetzt wirklich nach Basel, sehe mich dann aber später, zu Hause. Maybe, sage ich, und bin auch sonst eher sarkastisch und kurzangebunden. Warum tut er das? Warum spielt er diese Spielchen? Das nützt ihm doch nichts. Er kann doch mein Vertrauen nur verlieren, wenn er mir dauernd irgendwelche Geschichten erzählt, die nicht stimmen, wenn ich mich überhaupt nicht auf ihn verlassen kann etc., das müsste er doch eigentlich auch wissen mit, und so gut sollte er die Farangs kennen. Nun, vielleicht ist es ihm ja einfach egal – er hat ja jetzt genügend Schäfchen im Trockenen. In der Nacht habe ich einen bezeichnenden Traum: meine Brille hat einen milchig-trüben Belag, den ich verzweifelt wegzuputzen und sogar wegzukratzen versuche, aber sobald ich meine, es geschafft zu haben und die Brille aufsetze, ist der Belag wieder da. Ich blicke einfach nicht durch, und dieser Zustand der Orientierungslosigkeit ist nicht zu ertragen. Es braucht keine Kapitulation oder Haltung der Schwäche zu sein, wenn ich jetzt die Beziehung mit Somchai abbreche oder wenigstens unterbreche und ihm zumindest klar durchgebe, was ich nicht ertragen und deshalb nicht immer wieder erleben will.

Mittag: Ich bin sehr erregt, habe soeben mit Somchai telefoniert. Er sei in Genf, sagt er. Hätte ich mir denken können. Es macht mir ja nichts aus, dass er Genf ist, aber es macht mir was aus, dass er auch nie mit mir zusammen ist, wenn er in Zürich ist. Es bricht aus mir heraus, der ganze Frust. Ich sage ihm, dass ich wohl besser nicht nach Bangkok käme. Warum, fragt er. Weil ich Angst hätte, dass es dort sein werde wie hier, dass er nie für mich Zeit haben werde, dass er mich warten lasse, mich versetze und belüge, ich sage ihm einfach alles, was ich mir vorgenommen habe. Ob ich denke, dass er in Bangkok gleich sei wie hier, sagt er, er verspreche mir, dass er dort mit mir zusammen sein werde, denn dort sei ja nichts los, es ist fast rührend. Er entschuldigt sich auch sofort für sein Verhalten. Ob ich ihm denn nicht glaube, fragt er. Wie könne ich ihm denn noch irgendetwas glauben, wo er mich schon so oft angelogen habe. Ich erzähle ihm auch den Traum mit der Brille. Er scheint betroffen, sagt aber zweimal, dass er es gut findet, dass ich mich geäussert hätte, das sei besser, als wenn ich immer still sei, und damit hat er recht. Er sagt, er komme morgen zurück, treffe mich nach der Arbeit. Mal sehen. Ich weiss selbst nicht mehr, was ich will. Wir reden auch über Geld – er habe ja dieses Mal nicht so viel von mir verlangt, sagt er etwas unsicher. Ich sage ihm, er solle einmal zusammenzählen, was ich ihm alles gegeben hätte dieses Jahr, auch als er in Thailand gewesen sei, das sei für ihn vielleicht nicht viel, aber für mich sei es viel: ich hätte alles mit ihm geteilt, was ich eingenommen hätte. Aber jetzt müsse ich auch mal an mich denken. Ich wisse ja, dass er sich nie ändern werde, und für mich gebe es nur zwei Möglichkeiten; es zu akzeptieren oder es bleiben zu lassen. Und da stelle sich für mich eben die Frage, ob ich das weiterhin aushalten könne. Ich glaube schon, dass er versteht, was ich meine, und er sagt noch einmal, dass ihm leid tue, was er getan habe. Aber damit ist es für mich eben nicht getan. Auf jeden Fall bin ich fast froh, dass er bald wegfährt, auch wenn ich weiss, dass ich ihn dann auch vermissen werde. Die Aussicht, nach Thailand zu fahren, weckt ohnehin keine Freude in mir, im Gegenteil.

Natürlich ruft der Kleine gestern Abend noch einmal an. Er hat seine liebste Stimme, die einen zum Schmelzen bringt. Fragt, ob ich immer noch enttäuscht sei. Versichert noch einmal, dass er morgen, also heute, wirklich nach Zürich zurückkomme, um mich nach der Arbeit zu treffen. Es ist wirklich schwierig, ihm böse zu sein. Ich bin ihm ja auch nicht böse. Er hat so viel Charme; da fällt es ihm nicht schwer, mich wieder «einzuwickeln». Aber ich werde vorsichtig sein.

Als ich ihn am Freitagnachmittag anrufe, sagt er, er sitze im Zug, der um 18.23 in Zürich ankomme; er treffe mich dann zu Hause. Ich beschliesse aber, ihn vom Zug abzuholen. Da verpasse ich ihn aber; als ich ihn anrufe, sitzt er bereits im Tram an die Höschgasse (sagt er jedenfalls). Aber egal.

Als ich nach Hause komme, ist er jedenfalls da. Wir sitzen in der Küche, versuchen, uns auszusprechen: Somchai versteht nicht, warum ich plötzlich «Probleme mache», früher hätte ich das nicht getan. Er hat sich auch mit seiner Tante besprochen, die beiden haben herumgerätselt, was der Farang denn nun wieder hat. Schliesslich kommen sie zum Schluss: Es sei darum, weil Somchai jetzt dann wegfahre. Und das ist nicht einmal so falsch: weil es für mich den Druck erhöht, zu einer Entscheidung zu kommen, ob ich noch an eine Zukunft dieser Beziehung glaube und weiterhin in sie zu investieren will. Dadurch, dass sich Somchai mir in der verbleibenden Zeit entzieht, beeinflusst er diese Entscheidung in eine Richtung, die mich traurig macht. Natürlich ist er der Ansicht, dass er sich mir gegenüber loyal genug verhalte und von daher keine Notwendigkeit bestehe, unsere gemeinsame Zukunft gefährdet zu sehen. Es ist ihm ganz wohl so, wie es zwischen uns läuft; er leidet nicht, wenn wir getrennt sind, er ist auch ganz gern mit mir zusammen, wenn ich nicht gerade «Probleme mache», aber er ist genauso gern mit anderen zusammen, nicht mit seinen Kunden, aber mit seinen Thaifreunden, mit René, mit Stefano natürlich, mit ich weiss nicht wem. Mir kreidet er den Satz an, er solle mal zusammenzählen, was ich ihm alles schon gegeben hätte. Das macht ihn sehr wütend; er sei enttäuscht, sagt er, und zahlt mir damit meine Enttäuschung heim. Ich solle ja nie mehr zählen, sonst solle ich ihn besser vergessen, droht er. Er sieht aber ein, dass seine «Unzuverlässigkeit» ein Problem für mich darstelle und entschuldigt sich dafür. Während Somchai duscht, lege ich mich ins Bett. Das ist eben auch so etwas. Ich will, brauche den Sex mit Somchai, während dieser Punkt für Somchai zumindest zweitrangig ist. Das lässt sich nicht leugnen: Sex ist Somchais Beruf, im Moment. Er sagt später, er habe, als er das letzte Mal in Thailand gewesen sei, während der ganzen zwei Monate kein einziges Mal Sex mit einem Partner gehabt. Lieber schaue er Pornos, da habe er mehr Freiheit für seine Fantasie, wenn er scharf sei. Also tut Somchai, wenn er Sex mit mir macht oder ich Sex von ihm will, mir etwas zuliebe, bleibt das eine Dienstleistung, und es ist schwierig für ihn, das vom Geld zu entkoppeln, selbst mit einem Freund. Also gut, er gibt mir meinen dringend benötigten Sex, und meistens törnt es ihn ja auch an, wenn wir es zusammen treiben. Ich bin ausserordentlich scharf, wieder ziehen wir u.a. diese leicht sadomasochistische Nummer «sein Arsch auf meinem Gesicht» durch, die mir den Samen wegfliegen lässt, ohne dass ich mein Glied wichsen muss, während Somchai dazu seinen Samen auf meinen Bauch regnen lässt.

Nach zwei Bieren fragt Somchai, ob ich nicht nach Hause wolle. Nein, sage ich, es sei Samstagabend und da würde ich auch gern ab und zu in den Ausgang gehen wollen. Das kann mir Somchai nicht gut verwehren, obwohl ich merke, dass es ihm gar nicht passt, weil es mit irgendeinem seiner Pläne kollidiert. Ob ich vielleicht dann später auch noch ins T&M ginge, will er wissen. Vielleicht, sage ich. Um das zu verhindern, bleibt er mit mir im «Predigerhof», bis dieser schliesst, bestellt immer noch ein Bier; als ich einmal einen Zahlungsversuch unternehmen will, fragt er mich doch tatsächlich, ob ich eigentlich nicht mit ihm zusammensein wolle. Dann sagt er, er müsse jetzt noch arbeiten gehen, ins T&M. Na ja. Morgen werde er mit mir zusammen ins «Cinecittà» gehen, ganz sicher. Ich habe dann ohnehin keine Lust mehr, noch irgendwo hinzugehen, denn anderntags muss ich auf Mittag für die Schreibgruppenmänner aus Bern kochen. Er komme dann nach Hause, verspricht Somchai.

Ja. Und dann ist Sonntag, kein Somchai. Erst abends um fünf ruft er an. Er sei in Baden, sei um acht bei mir. Um halb zehn ist er immer noch nicht da, sein Telefon gesperrt. Bin wieder mal ganz schön am Durchdrehen. Etwa um halb elf ruft er an: Wir treffen uns um zwölf, nein um elf im «Cinecittà». So ist es denn auch, die ganze Thaifamilie ist da, Tom, Piu, auch Gai; einer, ein geiles Tier in schwarzen Lederhosen; jeden einzelnen von ihnen könnte ich auffressen. Somchai erzählt wieder Geschichten; nein, es gehe ihm nicht so gut, ausserdem sei er erkältet. Er habe bei einem Kunden in Baden übernachtet; dieser habe ihm 500 versprochen, aber nur 150 gegeben, und er habe ihn nicht mehr gehen lassen wollen – Geschichten. Ich tanze nicht, dieses Mal, dazu bin ich viel zu müde, zu wenig entspannt, zu wenig in Festlaune. Ich beobachte die Sexyboys, z.B. den kleinen Thai mit den Lederhosen, wie er tanzt, halte Somchai an der Hand; trinke Bier. Gai grinst mich nur verlegen an. Nach drei Uhr will auch Somchai nach Hause. Da ist natürlich noch längst nicht Feierabend: Somchai will was essen, wir reden auch noch einmal, Somchai scheint wirklich irgendwie verletzt. Später liegen wir im Bett, ich umarme ihn und küsse ihn lange und intensiv auf den Mund. Er bemerkt meine Erektion, presst, während er mich weiterküsst, seinen Arsch an mein Glied. Meine Schwanzspitze pocht an seine Pforte, und während wir weiterküssen, feuchtet mein Samen sein Arschloch ein.

Am Montag, ich gehe nicht arbeiten, schlafen wir wieder bis zwei Uhr nachmittags. Während wir frühstücken, verlangt Somchai Geld von mir, schliesslich habe er die letzten drei Tage (wegen mir) nicht arbeiten können (was ja offensichtlich so nicht stimmt). Er will 1000 Franken. Das, sage ich, sei mir zu viel, ich könne einfach nicht, ich müsse noch meine Steuern zahlen etc. und sei sowieso praktisch blank (was auch stimmt). Er verstehe jetzt vielleicht, wieso ich vielleicht nicht nach Thailand kommen könne. Gut, sagt er, 800 Franken reichen mir auch, für den Englischkurs... Ich werde dir dann aber zunächst mal kein Geld mehr schicken können in Thailand, sage ich. Ich bin ein wenig verstimmt. Er auch. Unangenehm, dieses Thema, für beide.

Heute ist Somchais letzter Tag in Zürich, Somchais letzte Nacht. Wenn ich ihn überhaupt noch sehe (und das werde ich schon, er will ja noch Geld), dann nur noch kurz. Irgendwie kommt mir das wie ein Ende vor, manchmal. Oder ist es einfach nur die dringend benötigte Atempause?

Jetzt ist Somchai weg. Auch die letzten Stunden verliefen nicht unbedingt entspannt. Gestern Nachmittag, als ich Somchai anrufe, sagt er, er fahre jetzt nach Bern, um sich von Stefano zu verabschieden. Wieder brech ich fast zusammen, habe Angst, dass ich ihn dann zum Abschied gar nicht mehr sehe. Ich verbringe einen unglücklichen Abend zu Hause, wieder einmal, einmal mehr, ein letztes Mal – vergeblich, wie ich fürchte – auf meinen Liebsten wartend. Als ich um halb zwölf wieder anrufe, sagt er, er sei bereits wieder in Zürich, ja, natürlich, er komme. Er hat ja noch seine Sachen bei mir, zwar schon fast gepackt, aber immerhin. Er kann nicht begreifen, wieso ich glaube, er würde nicht kommen. Tatsächlich, eine halbe Stunde später ist er da. Wieder Auseinandersetzungen. Ich weiss schon gar nicht mehr, worum es genau ging. Somchai hat das Gefühl, dass er mir sowieso nicht das geben könne, was ich wolle, er hat aber auch Angst, dass ich mir einen anderen Boy suche, denn nein, er könne sich nicht ändern. Dieses Mal sei es ganz anders als vor einem Jahr, er begreife nicht, warum ich dieses Mal so viele Probleme machte. Ja, welche Probleme denn? Nein, nicht ich machte ihm Probleme, sondern ich hätte Probleme, weil er mir Probleme mache, sagt Somchai. So geht das hin und her. Schliesslich finden wir dann doch noch zwar nicht zu einer gegenseitigen Verständigung, aber immerhin zu einer friedlichen Stimmung zurück. Ich sage, natürlich könne es nicht sein wie beim letzten Mal – seither hätten wir uns beide verändert. Ich kann jetzt, nach einem Jahr Bekanntschaft mit Somchai, nicht mehr einfach alles hinnehmen von ihm. Er sei ein Money-Boy, sagt Somchai, und werde es bleiben, nein, für sich selbst sei er natürlich keiner und auch für mich nicht, aber er brauche das Geld nun mal, wenn er seine Pläne verwirklichen wolle, da könne ich ihn nicht ändern, das sei nun mal so. Er müsse aber auch akzeptieren, dass ich ihn attraktiv fände und deshalb Sex mit ihm haben wolle, auch das bleibt sich seit dem Ausgangspunkt, an dem wir uns kennengelernt haben, gleich. Fragt sich nur, ob wir akzeptieren können, dass trotzdem Liebe möglich ist. Als Somchai schlafen will, sage ich ihm, dass ich Liebe mit ihm machen möchte. Ich trinke seinen Samen, wieder vergesse ich den safer Sex ganz. Reibe meinen Stamm an seinem Bein, bis es mir kommt. Heute morgen sind wir wieder ein Herz und eine Seele, ich kauf ihm zwei Fixleintücher (eine Erfindung, die in Thailand noch nicht den Durchbruch geschafft hat) und zwei Flaschen Nivea-Körpermilch. Ich geb ihm die 800 Franken, um die er mich gebeten hat. Wir fahren mit dem Taxi nach Kloten, händchenhaltend im Fonds. That's it. Jetzt ist er schon in der Luft, und morgen früh in Bangkok. Wie wird die Geschichte weitergehen?

KLEINER GRENZVERKEHR

Bereits am Samstag holt mich meine Sexsucht erneut ein, und ich sitze wieder einmal am Tresen der Stricherbar, looking for Niko, der mich unerklärlicherweise immer noch anzieht. Doch vorerst setzt sich da ein junger Deutscher aus Stuttgart neben mich, der jedes Wochenende in Zürich sein Arbeitslosengeld aufbessert und mit mir quatschen will. Wenig später erscheint Niko, in einem fast bayrisch anmutenden St.-Nikolaus- oder Schmutzli-Mantel, der ihm viel zu gross ist. Darunter trägt er ein ärmelloses D+G-T-Shirt, das viel von seinem muskulösen Bizeps zeigt. Er hat sich die Haare rötlich gefärbt und gestutzt, er sieht auf seine jungenhafte Art sehr macho, verwegen und gefährlich aus. Ich finde ihn sehr erotisch, will unbedingt mit ihm ins Bett. Er scheint sich zu freuen, mich zu sehen; ich zahl ihm ein Essen im «Chopstick», er ist freundlich und gesprächig. An der Höschgasse zieht er sich aus bis auf die Unterhose. Ich ziehe mich ebenfalls aus, was ihn zum schockierten Ausruf veranlasst: «Du bist ja nackt!» Wir machen dann Sex; ich bin sehr geil auf ihn, er ist aber auch sehr erregt. Er macht wie verrückt an meinem Schwanz herum, aber als ich komme, fragt er mich vorwurfsvoll, warum ich so schnell gekommen sei. So ein Luder!

Kaum ist er weg, entdecke ich, dass meine EC-Karte verschwunden ist. Ich kann natürlich nicht mit 100-prozentiger Sicherheit sagen, dass Niko oder Jeffery sie geklaut hat. Ich sperre die Karte natürlich sofort, weiss aber noch nicht, ob mein Konto geplündert wurde. Ich frage mich natürlich, was Niko denn davon hätte, mir die EC-Karte zu greifen. Das wäre doch ein zu grosses Risiko für ihn, selbst wenn er zufälligerweise damals im August meinen Pincode mitbekommen hätte, was ich aber kaum glauben kann. Was ist, wenn ich zur Polizei gehe? Nun gut, vielleicht taucht er in Genf unter. Aber vielleicht war ers ja doch nicht. Gestern angerufen hat er auf jeden Fall nicht...

Offenbar war ers doch nicht. Ich weiss es einfach nicht. Auf jeden Fall ist nichts passiert, es wurde kein Geld von meinem Konto abgehoben. Ich muss jetzt einfach eine neue Karte beantragen. Und am Abend ruft Niko-Jeffery an und sagt, dass er mich sehen will. Das heisst, er will Geld verdienen. Nein, sage ich, wir können uns am Mittwoch sehen: Ich leiste ihn mir gewissermassen zu meinem Geburtstag. Okay, ich sehe ihn um sieben im «Predigerhof». Er erscheint wieder in seinem langen Nikolausmantel. Viel reden mag er nicht, als ich ihn, wie es meine Art ist, ein wenig auszufragen versuche. Allerdings sind meine Versuche dieses Mal etwas lahm. Er hasst die Thais, das ist schon mal sicher. Wieso? Ja, wieso. Einfach so. Vielleicht, weil sie Konkurrenz bedeuten. Niko ist ein bisschen eine bäurische Natur, vielleicht nicht sehr hell, und mit ihm zusammen vermisse ich schmerzlich Somchai. (Natürlich ist das Bäurische an Niko auch gerade das Reizvolle.)   Wir gehen ins «Chop-Stick» essen, also dahin, wo ich schon mit Eko immer ging – das ist Indo-Territorium. (Das «Cinecittà» ist Thai-Territorium, deshalb geht Niko da nicht gern hin.) Ich esse nicht, lade aber Niko ein und schau ihm beim Essen zu, während ich ein Bier trinke (Niko trinkt natürlich, als Indo und Moslem, kein Bier; er raucht auch nicht oder fast gar nicht, denn er ist nicht so konsequent wie Eko oder gar Uriel und macht schon mal eine Ausnahme, zum Beispiel wenn er tanzen geht: Dann raucht und trinkt er und schmeisst Ecstasy.) Er nimmt mich mit in ein kleines Zimmer, das er mit einem Freund teilt, einem jungen Schweizer, mit dem er aber nichts hat, wie Niko sich beeilt zu versichern, weil der entweder einen Schweizer Freund habe oder einen Thaifreund oder mit Asiaten nichts anfangen könne, ich weiss nicht mehr. Ich glaube ihm kein Wort: Auch Niko ist ein Märchenerzähler, nur kein sehr guter. Natürlich zieht Niko sich dann sofort aus und sorgt für meine Befriedigung, aber irgendwie hat das ganze keinen besonderen Reiz dieses Mal, und als ich gekommen bin, fragt Niko wieder: «Why you come so fast?» Dabei bringt er mich ja dazu, so schnell zu kommen. Ein Mann der Widersprüchlichkeit.

Brief von Max.
«Hallo, lieber Chris, du fragst, wie ich nach Thailand gekommen bin. Wie ich Somchai kennengelernt habe? Was wir alles zusammen erlebt haben? Und wie mich Thailand geprägt hat?

Nun, heute ist Freitag, also habe ich bis Sonntag Abend Zeit. Ich werde mich jetzt einfach mal hinsetzen, etwas in meinem trüben Hinterstübchen suchen und hoffen, dass es da noch ein paar Erinnerungen gibt, die ich wiederfinde und bereit bin rauszurücken. Denn schliesslich muss ich hier auch die unsäglich undemokratisch wirkende Briefzensur mit einplanen. Ich hoffe, du verstehst in diesem Punkt meine Zurückhaltung. Und weil ich natürlich nicht drei Tage durch-

schreibe, weil mein Körper schliesslich auch sein Recht verlangt (Schlaf, ansonsten gibts ja hier nichts), wird es vielleicht ein paar Löcher in der Geschichte geben.

Meine erste Reise nach Thailand habe ich im «Airport-Roulette» gewonnen. Das ist ein von mir erfundenes Spiel. Doch ich beginne ein wenig früher, um dir die Zusammenhänge aufzuzeigen.

Alles begann damit, dass ich mich nach 16 Jahren von meinem Lebensgefährten trennte. Ich hatte ihn mit 12 Jahren kennengelernt, er war damals 29 und machte sein Praktikum in dem Heim, in dem ich lebte. Meine alte Dame starb, als ich sechs Jahre alt war. Mein Vater kam damit nicht klar, sah in mir immer eine extreme Ähnlichkeit mit seiner verstorbenen Frau. Wir waren also 16 Jahre zusammen. Zum Schluss arbeiteten wir beide bei einer deutschsprachigen Zeitung in Spanien. Er im Layout, ich in der Redaktion.

Und irgendwann merkt man nach all den Jahren, dass man die meiste Zeit aneinander vorbeigelebt hat. Wir hatten da unten ein tolles, gemütliches Zuhause, hatten unsere Jobs, unsere Freunde – und uns doch nichts mehr zu sagen. Von einem Tag auf den anderen ging ich einfach weg, liess alles zurück. Ich mache mir nichts aus materiellen Dingen, Besitztümern. Ich war schon immer der Ansicht, dass es das beste ist, Ballast im geeigneten Moment über Bord zu werfen.

Monate vorher hatte ich «Naked Lunch» gelesen, das chaotische Buch eines Amerikaners, der in den 60er-Jahren zeitweise in Tanger lebte. Deshalb fuhr ich da hin; war ja nicht weit von Spanien.

Genau mein Land, dachte ich damals, flog «Stand-by», landete in Tanger, kam in den Ramadan und machte mich auf die Suche nach den Spurern von William S. Burroughs, dem Autor. Doch in Tanger macht man keinen Schritt ohne die aufdringlichen Dealer, die dir das vermeintliche Glück auf Erden in Form von Drogen verkaufen wollen. Ich war zwar schon ein «schlimmer Finger», aber von Drogen liess ich schon immer die Finger, vielleicht, weil meine alte Dame aufgrund ihrer Krankheit morphinsüchtig gewesen war. Ich habe von Kindsbeinen an gesehen, was Morphin aus Menschen machen kann. Also erklärte ich dem ersten marokkanischen Dealer noch höflich und zurückhaltend, wie es nun mal meine klösterliche Erziehung gebietet, dass er sich schleunigst mit seinem Dope verpissen soll. Der erste Marokkaner schluckte es, verpisste sich, der zweite auch, der dritte und der vierte, der fünfte und der sechste. In Marokko scheint es nur Dealer zu geben...

Es gab auch keine gescheite Kneipe, es war, wie gesagt, Ramadan, und alle paar Minuten ein neuer Dealer. Irgendwann nachts um zwei Uhr machte mich der letzte an. Auch ihm erklärte ich höflichst, dass er sich seine Drogen in den Arsch schieben könne. Verwundert fragte er mich nachts um zwei Uhr am Kai von Tanger, was ich denn in seinem Land suchte, wenn keine Drogen.

Genau diese Frage beantwortete ich mir in Sekundenschnelle. Ich fuhr ins Hotel, packte meine Sachen, liess mich zum geschlossenen Flughafen fahren. Alles war zu. Nur ein schlafender Polizist döste in der offenen Halle. Ich setzte mich, holte eine Flasche Chivas aus der Tasche und ertränkte mit dem Whisky meinen Kummer über die beendete Beziehung, über Marokko und alles andere. Irgendwann wurde der Bulle wach, fragte, was ich wolle, und ich fragte ihn, wann und wohin die nächste Maschine fliege. Verdutzt schaute er mich an, meinte: am Morgen, nach Paris. Dann tranken wir gemeinsam die Flasche leer. Er organisierte noch eine Falsche Raki, wir redeten über Dealer und Tanger, er gab mir recht, konnte mich sogar verstehen, und lud mich dann zu sich ein, weil er meinte, dass Marokko auch andere Seiten und schönere Erlebnisse anzubieten hätte. Doch ich war kuriert, setzte mich in die Maschine nach Paris und überlegte mir an Bord, dass ich an den ersten Ort auf der Abflugtafel fliegen würde, wenn ich in Paris ankam. Das nenne ich seither «Airport-Roulette», eine während langer Jahre von mir praktizierte Taktik, um neue Länder und Menschen kennenzulernen.

Die erste Maschine flog nach Thailand. Ausgerechnet Thailand! Ich hasste dieses Land, wollte früher nie dorthin, weil es da laut Presse von Sextouristen und Pädophilen nur so wimmelt. Jahrelang hatte ich mich dagegen gesträubt, in dieses Land zu fliegen. Alle meine Freunde besuchten Thailand, nur Max nicht.

Dann landete ich am Dong Muang, nahm das erste Mal den asiatischen Geruch wahr. Man muss ein Land riechen können. Und am Flughafen von Bangkok roch es damals geil nach Gewürzen, Kerosin und Schweiss. Ich checkte ins Ambassador ein, zog mich um, schlenderte durch die vollen Strassen, roch die Garküchen, die Menschen, und spürte das erste Mal seit langer Zeit eine innere Ruhe. An diesem Tag wusste ich, dass ich Thailand nicht so schnell wieder verlassen wollte.

Du siehst also, manchmal hat man sogar Glück im Spiel...

Du fragst, was ich in Thailand gefunden habe? Mich! Ich betrachtete nämlich seit meiner Kindheit immer ein anderes Ich als mein eigenes und kapierte nicht, dass das mir bekannte Ich meinem Lebensgefährten gehörte. Ich erkannte plötzlich, dass der mir in all den Jahren überhaupt keine Chance gegeben hatte, mich selbst zu entwickeln. Ich war nur ein lächerliches Abziehbild seiner Person. Mit achtundzwanzig erkannte ich plötzlich, dass unsere Beziehung nichts anderes als ein langjähriger, gut durchdachter Missbrauch meiner Persönlichkeit gewesen war. Das heisst nicht, dass ich ihn nicht geliebt hätte. Er hat mir viel beigebracht. Ohne ihn hätte ich nie den Mut gehabt, den Kriegsdienst zu verweigern, hätte mich nie für die deutsche Vergangenheit, für Politik und das Zeitgeschehen interessiert. Aber er liess mir kaum Luft zum Atmen.

Seit der Trennung, seit Thailand definiere ich mich anders. Und ich habe mir das Privileg der Jugend wieder angeeignet. Ich bin erneut auf der Suche. Nicht nur nach mir. Auch nach einem Gott, und es spielt keine Rolle, welchen Namen er trägt. Ich wurde zwar christlich erzogen, verlor aber schon mit sechs Jahren meinen Gott, weil man in Deutschland und eigentlich in der ganzen christlichen Welt den Glauben an der Kirche festmacht. Und genau diese Kirchenvertreter missbrauchten mich mit knapp sieben nicht nur geistig, sondern über Jahre hinweg auch sexuell. Aber dieses Schicksal teile ich ja in Deutschland mit Tausenden von Jugendlichen und Kindern, die in Heimen aufwuchsen. Danach kräht kein Hahn.

Ich merke schon, dieser Brief geht ziemlich tief, und was damals geschah, tut heute noch weh. Aber du hast mich ja gefragt, was mich so herumtrieb, was mich prägte etc.

Ein wichtiges Teilstück meiner Thailanderfahrung ist, dass ich mich dem Buddhismus seit Jahren in kleinen Schritten nähere. Aber darüber schreiben kann ich nicht, weil jeder etwas anderes mit dieser Lehre verbindet. Ich habe mit dem Buddhismus eine absolut tolerante, gewaltfreie «Religion» entdeckt, in der ich mich wiederfinden kann. Ich habe durch ihn ein gewisses Mass an innerer Ruhe gefunden, auch wenn die hier ständig auf die Probe gestellt wird. Natürlich raste ich hin und wieder noch aus. Schliesslich lässt man ja draussen auch keine Volldeppen an sich ran, sondern trifft schon eine gewisse Auslese.

Ich zum Beispiel entscheide in Sekundenschnelle beim ersten Blickkontakt, ob jemand einer ist, mit dem ich auskommen kann. Der erste spontane Blickkontakt ist ausschlaggebend. Und nur selten revidiere ich eine einmal getroffene Entscheidung. Augen müssen leben, müssen eine Aussage machen können. Tja, und hier drinnen muss ich halt mit Leuten reden, mit denen ich nicht einmal im gleichen Restaurant, geschweige denn am gleichen Tisch essen würde. Hier drinnen habe ich mir das typisch thailändische Lächeln angewöhnt. Dieses ist ja so vielseitig. Es kann Freude, Verlegenheit oder Verachtung gleichzeitig ausdrücken. Ein Staatsdiener in der Untersuchungshaft in Nürnberg hat mir einmal gesagt: «Wissen Sie eigentlich, Herr X., dass ihr permanentes Lächeln uns wehtut?!» Tja, und genau das soll es auch. Einem Feind, den man auslacht, nimmt man seinen Schrecken!

Diese Art zu lächeln habe ich in Thailand gelernt. Wie oft war ich innerlich am Explodieren, doch habe ich ihnen mein Lächeln geschenkt, und selbst Thais haben mich dann verwundert angeschaut und nach dem Verebben der ersten Wut gesagt, dass ich in ihrem Land viel gelernt hätte.

Heute ist schon wieder Samstag, der 8.11. Es ist genau 12.22 Uhr nachmittags, und ich habe mit meinem Nachbarn gekocht. Da ich mich seit Jahren vegetarisch ernähre, es zumindest versuche, sind mir hier enge Grenzen gesetzt. Deutsche, die sich vegetarisch ernähren wollen, können es nicht. Mohammedaner hingegen, zum Beispiel solche türkischer Herkunft mit einer Botschaft hinter sich, bekommen ihre Sonderkost. Klar, mit den Türken dürfen wir es uns ja nicht verderben, denn schliesslich hofieren wir sie, weil sie uns ein ganzes Kriegswaffenarsenal abkaufen, damit sie den Völkermord an den Kurden vorwärts treiben können. So investiere ich den grössten Teil meines «Zwangsarbeitergehalts» in Lebensmittel, denn wenn ich mir so anschaue, was es in Niederbayern zu essen gibt, dann wundert es mich doch schon, dass die keine kleinen Kinder mit Senf verspeisen.

Zurück zu Thailand. Natürlich war Somchai nicht mein erster Thai, natürlich auch nicht der erste in meinem Bett. Das wäre ja auch traurig. Ich hatte vorher schon eine monatelange Beziehung mit einem thailändischen Jugendmeister im Muan Thai, das ist so etwas Ähnliches wie das europäische Kickboxen. Nur dass die Thais im Vollkontakt kämpfen, der Sport härter ist. Ich liebe Boxen. Mein alter Herr hatte früher in der SS geboxt, doch das ist wieder ein anderes Thema. Er war hochdekorierter Offizier, ohne Reue bis zu seinem Tod.

Mit Piak, dem Thaiboxer, war es schon recht lustig. Aber es hatte nicht die gleiche Tiefe wie mit Somchai. In der Zeit mit Piak habe ich natürlich auch noch jeden Tage eine oder zwei flotte «Shorttimes» gemacht. Schliesslich laufen in Thailand zig hübsche Kerlchen rum. Das wäre so, als würde man in einem Restaurant mit den besten Speisen sitzen und nicht bestellen. Mit Piak war die Absprache okay. Danach war ich dann sehr intensiv mit Nuj zusammen, einem Travestiekünstler auf Phuket. *Travestie ist mein nächstes Laster. Und wenn Nuj mit Sinatras «It's my way» auftrat, sich ganz am Schluss dann auf der Bühne abschminkte, war das schon ein tolles Erlebnis. Nuj war auch der erste Mensch, den ich kannte, der HIV-positiv war. Er hat es mir nicht gesagt. Wir haben gelebt, geliebt, es war eine tolle Zeit. Dann brach Aids aus, und man konnte fast täglich seinen Untergang beobachten. Wir blieben natürlich zusammen. Nur ganz am Schluss wollte er nach Hause, um zu sterben. Eigenartigerweise hatte Nuj keine Angst vor Aids und vor dem Sterben. Er ging, wie ich ihn kennengelernt hatte, mit einem wunderbaren sanften Lächeln im Gesicht. Das war auch das erste Mal, dass ich mich mit Aids auseinandersetzen musste. Stopp, eigentlich eine Lüge. Ich hatte schon Anfang der Achtziger, als Aids als «Schwulenkrebs» international auf den Ketzer- und Hetzermarkt geworfen wurde, über Aids nachgedacht.*

Sexualität ist etwas ganz Intimes, und dazu gehört der Körperkontakt. Wenn ich aber «safe» liebe, dann kann ich genauso gut in eine Plastiktüte wichsen. Sorry für diese verbale Entgleisung, aber Sexualität ist etwas Animalisches, etwas, wo Geruchssinn, Schweiss, Speichel und Sperma dazugehören. Will ich «safe» lieben, dann darf ich mit all diesen Dingen nicht in Kontakt kommen, und dann definiere ich es auch nicht mehr als Sexualität.

Mittlerweile sind natürlich viele Freunde an Aids gestorben. Aber die wenigsten haben es bereut, ihre Sexualität ausgelebt zu haben. Aids ist Fakt in meinem Leben. Ich verdränge es nicht, aber ich habe keine Angst davor. Safer Sex ist für mich unvorstellbar. Aids zu bekommen ist natürlich eine andere Geschichte, es weiterzugeben nochmals eine andere. HIV-

Tests alle sechs Monate sind Pflicht, weil ich niemanden infizieren möchte.

Anders war es bei Somchai. Ich bin tatsächlich nicht fremdgegangen. Meine Freunde, die mich von früher kannten, fragten mich, ob ich verrückt geworden sei. Ein Jahr mit Somchai und keine «Shorttime». Dann war er mal in Bangkok, er studierte an der AUA-Uni (Asian Universities Alliance), und ich machte ne Shorttime und erzählte es ihm. Oh, my god, hat der ein Theater gemacht. Heute weiss ich, dass schon die ganze Zeit Richard zwischen ihm und mir stand. Aber aufgemantelt hat sich der kleine Kerl wie eine Diva.

Und wer hatte das Schuldgefühl wieder einmal gepachtet? Der dumme Farang Max.

Doch später dazu mehr …

Gestern ist endlich meine Kette mit dem kleinen Buddha-anhänger vom Juwelier zurückgekommen. Somchai hat sie mir vor Jahren in Pattaya gekauft. Nachdem alle Thais die Farang immer nerven mit «I like dong» (Gold) habe ich den Spiess einfach umgedreht. Irgendwann war es dem kleinen Kerl wohl zuviel, und er ist abends um die Häuser und hat zwei Goldketten mit dem Emerald-Buddha gekauft. Nach sechs oder sieben Jahren ist dann ein Glied gerissen, und wenn man hier drinnen etwas zu erledigen hat, dann dauert dies alles etwas länger. Aber seit gestern habe ich sie wieder. Sie erinnert mich an Somchai, an Bangkok und Pattaya, an so vieles, dass der ideelle Wert riesig ist. Ich weiss gar nicht, ob Somchai seine Kette noch hat. Sie war ihm öfters kaputt gegangen, und er lief ständig zum Juwelier in Pattaya, um sie reparieren zu lassen. Vielleicht landete sie auch im «Prown Shop» – eine thailändische soziale Einrichtung. Man bringt in «raining times», also in schlechten Zeiten, was dorthin und holt es sich später wieder. Ein funktionierendes Glied im thailändischen «Schneeballsystem».

Normalerweise trage ich keinerlei Schmuck, eigentlich nicht einmal eine Uhr. Aber hier drinnen sind Sachen wichtig, damit man wenigstens eine Identität hat. Zeit ist unwichtig, aber dass ich meinen Ohrring bewusst rechts trage, um den ganzen Heten hier zu trotzen, versteht sich von selbst. Und die Kette von Somchai erinnert mich an bessere, wildere, wenn auch nicht ganz unproblematische Zeiten.

Du fragst, was ich die ganze Zeit in Thailand getan habe. Vor Somchai bin ich tagelang mit dem Jeep oder Crossmotorbike durch Thailand gefahren. Als Begleiter habe ich in den Bars immer irgendwelche Kids aufgetrieben, die irgendwo im Norden oder Süden wohnten und die mal wieder zu ihren Familien wollten. Mit denen bin ich da tagelang hingefahren. Das war eine sehr lustige, wilde Zeit. Dadurch habe ich Orte gesehen, von denen ich mir vorher nie sicher war, ob es sowas überhaupt auf dieser Welt gibt. Und ich habe verdammt viel gelernt von den Menschen. Meist blieb ich immer drei Monate, dann folgte das «Hörst-du-mein-heimliches-Rufen» einer deutschen Bank. Kundendienst ist schliesslich alles, oder! Aber eigentlich sollte ich ja meine Taten bereuen, schliesslich bin ich in der Resophase, was immer dieses unanständige Wort auch bedeuten mag.

Ich stelle gerade fest, dass ich für Somchai eigentlich einen eigenen, eigenständigen Brief brauche. Somchai kann ich nicht auf einer oder zwei Seiten beschreiben. Deswegen musst du dich mit Infos über Somchai, unser Kennenlernen, unser Zusammenleben etc. noch ein bisschen gedulden. Aber ich *habe jetzt gerade Korrektur gelesen und bin echt richtigge-hend platt, also leer.*

Gestern zeigten sie auf Bayern 3 übrigens «Hitlerjunge Sa-lomon», einen tollen Film über den Ausverkauf der Seele. Ein jüdischer Junge gibt sich im Dritten Reich als deutschstäm-miger Waisenjunge aus, um zu überleben. Und im Laufe der Zeit erkennt er, dass er seine Seele nicht ohne Opfer verkau-fen kann.

Somchai ist also in Bangkok. Und Du fliegst wieder im Januar runter. Grüss die kleine Matz von mir. Ich erwarte nun also seine Briefe in Deutsch. Ich weiss ja, dass er sie auch auf Deutsch schreiben kann. Aber er ist genauso wie sein On-kel Pom. Der kann auch perfekt Deutsch, hat schliesslich jah-relang in der Schweiz gelernt, doch traut er sich einfach nicht. Tja, aber wenn Somchai nun ganz in der Schweiz le-ben will, dann muss er sich anstrengen. Ausserdem kann er es recht gut, habe ich von Gert, einem Freund aus Mann-heim, gehört. Somchai schämt sich einfach nur.»

Niko ruft Sonntagnacht an, um ein Uhr dreissig. Ich höre das Telefon nicht, schlafe selig mit Ohropax in den Ohren. Sylvia erwacht, nimmt ab. Natürlich ist sie sauer, dass sie geweckt wurde, fragt ihn, ob er wisse, wie spät es sei. Es sei aber wichtig, sagt Niko, wahrscheinlich ist er im «Carrousel», auf jeden Fall ist Lärm, Gelächter im Hinter-grund zu hören, Sylvia hat den Eindruck, Niko sei etwas betrunken und ihr gegenüber respektlos. Ich glaube das nicht unbedingt; Niko trinkt nicht oder jedenfalls nicht viel. Ausserdem ist er wohl eher verlegen gewesen als re-spektlos. Sie sagt ihm jedenfalls, dass sie nicht daran den-ke, mich zu wecken, und hängt auf. Mir ist das eigentlich recht, denn ich halte es nach wie vor für möglich, dass Niko gefährlich werden kann, wenn er mir zu nahe auf die Pelle rückt. Er möchte etwas von mir; er möchte mich ausnehmen, er möchte vielleicht auch Macht ausüben über mich, vielleicht verbirgt sich dahinter ja sogar der Wunsch, geliebt zu werden, aber ich habe wirklich keine Lust, mich auf so was einzulassen. Ich geniesse es richtig, meine Ruhe zu haben momentan, nicht mehr ganz so auf Messers Schneide zu leben. Ich fühle mich im Moment nicht verliebt; das ist gut.

Immer noch in einem Erschöpfungszustand. Alles tut mir weh. Dies ist ein verflixtes Jahr. Nun, die Story geht vorübergehend ein klein wenig ruhiger weiter. Am Freitagabend entschliesse ich mich trotz Erschöpfung, gegen neun noch in die Stadt zu gehen. Ich steure das «Carrousel» an, trinke ein Bier. Ich kenne Sany, Phiu und Nico, der aber mit einem anderen zusammensitzt. Er kommt nach einer Weile zu mir. Ist etwas vorwurfsvoll, «weil ich sein Telefon nie abgenommen habe.» Ich hätte geschlafen, sage ich ihm, er solle mir eben vor elf in der Nacht anrufen. Er habe mir aber etwas Wichtiges sagen wollen. Was denn? Er druckst herum. Er habe dann noch weitere Male versucht, mich zu erreichen, aber ich wüsste nicht, wann. Er habe sich nicht mehr getraut anzurufen, nach dem Zusammenschiss von Sylvia. Dabei sei es ihm so schlecht gegangen. Später, nachdem er in Okys Zimmer meine Lust gestillt hat, setzt er erneut zu Erklärungen an: Er sei aus dem Zimmer am Hirschenplatz geschmissen worden, wo er mit einem Freund gelebt habe, weil dessen Freund gekommen sei. Er hat offenbar Liebeskummer. Dieser (oder ein anderer

Freund) habe ihn, besoffen und verladen, am letzten Freitag beleidigt, schlecht behandelt. Er, Niko, habe vier Tage lang nichts gegessen und nicht geschlafen. Er glaube nicht mehr daran, eine Zukunft zu haben. Manchmal würde er am liebsten sterben. Es sei furchtbar: die Heimatlosigkeit, nirgendwo zu Hause zu sein, die Enttäuschungen, Erniedrigungen. Ich glaube, ich versteh nur die Hälfte, und ich weiss nicht, wie ich ihn trösten soll, aber er tut mir leid. Ich halte ihn, sage ihm, dass ich ihn schätze und mag. Bald will er wieder gehen, er will möglichst viel «arbeiten», um es «dem zu zeigen» – wahrscheinlich meint er seinen Freund.

Gestern Niko getroffen, im «Predigerhof». Er erzählt, er habe eine Schlägerei gehabt mit seinem Freund, in der Diskothek, als sie beide besoffen gewesen seien vom Gin. Nein, das sei nicht jener junge Freund gewesen, mit dem er zusammenlebt am Hirschenplatz. Der andere sei ausgeflippt – er, Niko, könne sich auch in besoffenem Zustand zusammennehmen. Er wolle mit diesem nun nichts mehr zu tun haben. Er wolle unbedingt einen Boyfriend – aber es sei halt schwierig, eine gute Person zu finden. Niko möchte immer noch, dass ich sein Boyfriend bin – d.h. er sucht jemanden, der zuverlässig und nett ist und sich um ihn kümmert. Das ist verständlich. Doch ich kann es einfach nicht – ich habe die Kraft nicht dazu, und ich habe das Geld nicht dazu, und da ist immer noch Somchai. Ich mag Niko und es tut mir leid, ihn in diesem Zustand zu sehen. Aber es geht einfach nicht. Nicht jetzt. Wir haben uns zum falschen Zeitpunkt getroffen.

Ich lade ihn immerhin zum Nachtessen ins Thai-Restaurant ein. Auch Niko ist für mich schwer verständlich, schwer deutbar. Nachher gehen wir zu ihm in Okys Zimmer. Niko möchte unbedingt ein Zimmer mieten, muss ein Zimmer mieten, er ist verzweifelt über seinen Scheissjob, der ihn immer mit «schlechten Leuten» zusammenbringe und ihn selbst schlecht mache. Er zeigt mir die Spuren des Kampfes an seinem Körper: Kratzspuren von Fingernägeln, aber es sieht nicht allzu schlimm aus. Ich glaube, seine Wunden sind eher seelischer Natur. Er wünscht sich, dass ich ihm etwas gebe, ohne dass er etwas dafür geben muss. Er schlägt mir vor, ich könne ihm ja eine gewisse Summe geben, für das Zimmer, dann müsse ich nicht jedes Mal zahlen für den Sex. Er will eine geschäftliche Beziehung mit mir, er möchte keine geschäftliche Beziehung mit mir, aber er möchte Geld, er braucht Geld, er braucht einen Protektor, einen Boyfriend, der ich ihm nicht sein kann und will. Wir versuchen dann doch noch, Sex zu machen, aber das funktioniert natürlich so nicht, ich bin verkrampft und er auch, es ist eine Farce. Wir sind beide mit anderem beschäftigt als mit Sex. Es ist irgendwie traurig. Ich fühl mich ohnmächtig, frustriert, hilflos, beschämt. Wir brechen die Übung ab. Ich weiss, er möchte einen Liebesbeweis, einen Vertrauensbeweis. Aber ich kann ihm nicht vertrauen – gebranntes Kind scheut das Feuer. Die Zeit der Naivität ist vorbei. Vor einem Jahr in Thailand, das war das Paradies. Jetzt ist Ernüchterung.

Ich habe eine Idee für ein neues Buch: Die Biografie des Bankiers Jürg Heer zu schreiben. Der wird ja nächstens in die Schweiz zurückgeschafft, nachdem er nach fünfjähriger Flucht in Thailand festgenommen wurde. Eine schillernde und zuletzt tragische Figur: erschütternd das Bild des gebrochenen Mannes in Fussfesseln vor dem Bangkoker Knast. Ein Mann, der sein Leben, den Luxus, das Abenteuer, die thailändischen Boys genossen, aber auch seinen Preis dafür gezahlt hat. Ein Krimineller grossen Stils auch, ein Flüchtling sodann, ein Exilierter. Vielleicht gelingt es, mit Heer, wenn der Wirbel sich ein wenig gelegt hat, in Kontakt zu kommen, brieflich, oder ihn zu besuchen: er wäre sicher ein interessanter Gesprächspartner. Auch mit H.F. in Pattaya müsste ich sprechen: er hat viel über Heer recherchiert und geschrieben, und ich kenne ihn, wenn auch nicht sehr gut.

H.F. schreibt heute im Tages-Anzeiger: «*Als ich um 21.55 Uhr Ortszeit am Swissair-Schalter auf dem Don-Muang-Flughafen in Bangkok am Einchecken war, drängte sich ein Polizist vor und legte provisorische Reisedokumente für einen Passagier vor. Das Bild zeigt einen sehr fahlen Jürg Heer. Eine Dame des Bodenpersonals hielt aber mich für den ehemaligen Direktor der Zürcher Bank Rothschild und bot mir freundlicherweise einen Rollstuhl an. Den erhielt – nach einer kleineren Konfusion – dann doch der richtige Mann.*

Ein blaues Hemd, schlotternde braune Hosen: Jürg Heer sieht immer noch jämmerlich aus, gezeichnet von seinem rund zweimonatigen Aufenthalt in thailändischen Gefängnissen. Die zwei lokalen Polizeibeamten karren ihn weg, er muss nicht durch den regulären Zoll. Er wird ins Büro der Immigrationspolizei verbracht, wo ihn der Generalkonsul der Schweizer Botschaft in Bangkok, Hans Hauser, besucht. Der Group Captain der thailändischen Air-Force, der Arzt Sutuspun Kajornboon, untersucht Heer ein letztes Mal und erklärt ihn für reisefähig. Er übergibt ihm Medikamente für den Flug; Heer leidet an Durchfall, einem tiefen Blutdruck und einer Infektion. Noch immer kann er fast nichts essen, Coca Cola wird die Hauptnahrung während des elfstündigen Flugs in die regnerische Heimat sein.

Heer sagt, was augenscheinlich ist: «Meine Gesundheit ist ruiniert, sehen Sie mich an.» Er konnte wochenlang keine feste Nahrung zu sich nehmen. Erstmals bestätigt er auch, dass er sich aus gesundheitlichen Gründen nicht mehr länger gegen seine Abschiebung in die Schweiz gewehrt habe. «Ich habe vorher nicht gewusst, dass es in den thailändischen Gefängnissen so grauenhaft ist.» Im ersten Gefängnis waren die Bedingungen noch relativ anständig. Doch vor fünf Wochen wurde er ins berüchtigte Klong-Prem-Untersuchungsgefängnis überführt. Zuerst war er im Block 1 untergebracht, wo es die prominenten thailändischen Gefangenen besser haben als die andern. Als er sich weigerte, 10'000 Bath Schmiergeld hinzulegen, kam er in den berüchtigten Block 6. «Dort war es oberlausig, wahnsinnig dreckig und staubig», erzählt Heer. Geld, um Essen zu kaufen, hatte er nicht. Die normale Gefängniskost war knapp und für ihn ungeniessbar. Schliesslich war er so geschwächt, dass er in die Spitalabteilung verlegt wurde.

Hat er überhaupt noch Geld von seiner Beute? Heers Antwort: «Dass ich 50 Millionen Franken versteckt haben soll, ist dummes Zeug. Ich bin nach Strich und Faden beschissen worden. Dafür habe ich Beweise.» Wie aber hat er denn, wenn er von seinen Helfern tatsächlich bis aufs Hemd ausgezogen worden ist, den teuren BMW seines thailändischen Freundes finanziert? Solche Luxusautos sind in Thailand nämlich etwa zweimal so teuer wie in der Schweiz. «Ich habe immer wieder Geld bekommen», antwortet Heer lapidar. Mehr will er nicht sagen. Vielleicht hat er ja sein Wissen über Gaunereien von Drittpersonen «verkaufen» können.

Im weiteren Verlauf des Gesprächs mit dem TA erklärt Heer: «Meine Hauptmission ist die: Ich will die Gauner vor Gericht bringen. Ich kann Bezirksanwalt Daniel Twelin sagen, durch wen er an das Geld kommt.» Heer geniesst offensichtlich das (wiedererwachte) Interesse an seiner Person; er wird immer lebhafter. Die Frage, ob er in Zürich Haftunfähigkeit geltend machen werde, verneint er in Bangkok: «Ich bin nicht haftunfähig, aber ich muss in ein Gefängnisspital. Mein Körper muss gründlich untersucht werden.»

Heer wird im Rollstuhl als erster Passagier zum Flugzeug gefahren. Zwei Beamte der Kantonspolizei Zürich, die in der Nacht zum Freitag nach Thailand geflogen sind, begleiten ihn zu seinem Sitzplatz, Raucherabteil, 36A, ein Fensterplatz. Die Beamten nehmen rechts neben ihm auf dem Dreiersitz Platz, der eine verstaut zwei Pakete mit Orchideen, die er als Mitbringsel erstanden hat. Der Film, der während des Flugs an Bord von SR-183 gezeigt wird, ist eine Komödie mit Walter Mathau und Jack Lemmon.

Seine Flucht sei ein Fehler gewesen, sagt Heer am Schluss des Gesprächs. «Ich würde ihn nicht nochmals machen.»

Und was macht mein anderer Knacki? Max schrieb wieder einen langen Brief:

«Hallo, lieber Chris, toll, dein langer Brief. Ich habe beinahe Tränen gelacht! Besonders über die Geschichte mit dem Wandern und den Thais. Schliesslich weiss man/frau ja, dass die Thais nun wirklich selbst fünf Meter mit dem Tuk-Tuk zurücklegen. Und da war Somchai keine Ausnahme. Aber wenn man ihnen mal erklärt, dass der «liebe Gott» sich schon etwas dabei gedacht hat, als er den Menschen Füsse zum Lau-

fen gab, dann kann man selbst einen «hundsfaulen» Thai davon überzeugen. (...)

Hast du als Kid Herrmann Hesse gelesen? Toll! Es gibt in meinen Augen keinen besseren Autor. Ich bin der absolute Hermann-Hesse-Freak. Ich glaube, es gibt nichts von ihm, was ich noch nicht gelesen habe. Selbst die Bücher, die er anfangs seiner Schreibkarriere unter Pseudonym schrieb. Draussen hatte ich mit der Hermann-Hesse-Stiftung in Calw bei Stuttgart Kontakt. Mir gefällt Hesse, mir gefällt seine latente Homosexualität, die er nie ausleben durfte. Seine Wortgewaltigkeit im «Glasperlenspiel» oder in «Narziss und Goldmund». Da wartest du auf jeder Seite, dass etwas passiert – so prickelt die Stimmung, dann ist das Buch zu Ende, nichts wirklich Erotisches geschah, und doch ist man danach unendlich reich. Reich an Gefühlen, an Stimmungen. Aber vielleicht bilde ich mir das auch nur ein?

Siehste, meine Lesewut resultiert daraus, dass mein erster Lebensgefährte ein Bücherwurm war. Als er bei uns im Heim sein Praktikum während seines Sozialpädagogikstudiums machte, wir uns kennenlernten, lieben lernten, da drückte er mir auch viel von Hermann Hesse in meine kleinen Patschhändchen. Und die Bücher in meinen Händen, das waren wirkliche Schätze. Auch später war mein erster Weg nach einem Umzug oder so immer gleich die Suche nach einer Bibliothek, nach Buchläden etc. Unsere gemeinsamen Wohnungen oder Häuser waren immer bis unter die Decken mit Büchern vollgestopft. In der Untersuchungshaft, die zwei Jahre dauerte, war ich für die Bücherei im Knast zuständig. Elftausend Bücher, und ich muss gestehen, die Gefängnisbücherei in Nürnberg war gut sortiert, da hätte ich gerne die ganze Haft verbracht. Hatte ihnen sogar angeboten, die gesamte Büche-

rei neu zu erfassen mit einem PC. Aber ich war, vielleicht bin ich es immer noch, ein zu grosses Risiko. Hier drinnen hat man mir sogar einen Trennscheibenbesuch wie bei den Terroristen zugestanden, weil man annimmt, dass ich gleich ne Geiselnahme im Besucherraum mache, damit ich hier rauskomme. Aber denen gönne ich das «Vergnügen» nicht, mich mit gezielten Schüssen vorne am Tor «plattzumachen». Da warte ich lieber, gehe gradlinig und mit erhobenem Haupt hier heraus, während ich sie mit meinem Arsch anlächle.

Und hier drinnen, die Bücherei?

Für Knast ganz gut. Allerdings raubt dir der Fernseher viel Zeit. Ich konzentriere mich zwar mehr auf Kulturberichte, aber manchmal lässt man sich von den «Privaten» direkt vergewaltigen, schaut irgendwas und fragt sich nachher: «Was sollte denn das werden?». Und dann haben sie sowieso alle paar Minuten Werbung. Deshalb schaue ich fast nur die «öffentlich-rechtlichen Sender» hier. Und für das Lesen nehme ich mir momentan wenig Zeit. Da schwirrt mir auch zuviel anderes im Kopf herum.

Du schreibst von Java. Ich bin irgendwie ganz auf Bali eingestellt. Einige Freunde sind mittlerweile ganz runter. Es sind die Leute, die so langsam genug von der «Abzocke» in Thailand haben. Ausserdem ist Indonesien das einzige Land der Welt, wo Homosexualität sogar neben der Ehe als normal ausgelebte Sexualität gilt. Es gibt nicht einmal Schwulenparagraphen.

Fast so, wie es in Thailand keine Worte für bestimmte Dinge in der Sexualität gibt, weil ihnen die europäische Offenheit dazu fehlt. Wusstest Du, dass «tschak wa u», also das Onanieren, im Thailändischen eigentlich von der Bewegung abgeleitet wurde, die ein Mann beim Drachensteigenlassen macht?

Nee, Bali ist nun mal ein schönes Land. Und wichtig, dort gibt es auch die schnuckeligen Mandelaugen. Wichtig ist natürlich auch, dass die Balinesen noch nicht so ganz abgezockt sind. Allerdings mache ich den Thais keinen Vorwurf. Schliesslich sind es ja immer wir, die mit der Kohle so rumschmeissen, als wären wir alles Bankräuber und überfielen alle Nase lang ne Sparkasse.

Die Thais sehen natürlich ständig die Farang, die in der Patpong nicht nur ein T-Shirt, eine Rolex oder eine Videokassette kaufen, sondern wir schlagen halt gnadenlos zu. Und ich gebe dir vollkommen recht, wenn du sagst, dass die Asiaten die schönsten, feinfühlendsten Menschen sind. Selbst ältere Thais haben noch eine wunderschöne Haut, kennen fast keine «Schweinebäuche» etc. Asiaten riechen besser, schmecken besser. Und dann ihre blendend weissen Zähne!

Ich muss aber zugehen, dass ich mit «hübschen Blackys» auch ganz toll kann. Ich war mal längere Zeit in Namibia. Was da an schnuckeligen Kerlen rumläuft, bedeutet für jeden anständigen Schwulen ne Gefahr. Allerdings fehlt den Blackys die Fähigkeit, «Klette» zu sein. Da sind die Asiaten ja Number One.

Da muss ich dich ja wirklich bemitleiden! Ich meine, wenn du in einer total verklemmten Umgebung aufgewachsen bist, dann ging es mir schon viel besser. In Internaten und Heimen läuft natürlich Sexualität ganz anders ab. Wenn ich mich an die freigewählte Sexualität mit Gleichaltrigen erinnere, dann war es eine schöne Zeit. Mit acht war ich das erste Mal richtig verliebt in einen vierzehn- oder fünfzehnjährigen Zigeuner. Dann gab es noch eine sehr alte Krankenschwester, die ich mit zehn Jahren mal heiraten wollte. Kinderträumereien! Aber es waren schöne Träume! In den Gruppen ist immer was abgegangen. Da gab es kein langes Hin und Her.

Mit dreizehn Jahren habe ich mich bei meinem Vater geoutet. Mein alter Herr war damals über siebzig Jahre alt. Ich erinnere mich noch an sein Gesicht. Keine Fassungslosigkeit, keine Schläge (ich habe von meinen alten Herrschaften nie einen einzigen Schlag bekommen), sondern nur den liebevollen Kommentar: «Das musst du alleine entscheiden. Aber es wird schwer für dich.»

Und Liebeleien hat es bei mir ständig gegeben. Auch mit Mädels. Man wollte ja nicht ganz schwul sein, bi hätte es auch getan. Doch von dieser Schiene bin ich dann irgendwann von selber abgesprungen. Lieber anständig schwul als halbscharrig bi. Ausserdem ist das Vormachen von Gefühlen für die Freundin oder Frau eine Schweinerei. Aber in der Schule war das ganz okay. Tagsüber mit der Freundin geknutscht, nachts mit einem Gruppenkameraden oder mehreren Ferkeleien gemacht.

Eigenartigerweise habe ich auch nie Schwulenhetze gegen mich mitbekommen, obwohl das bei mir bekannt war, genauso wie hier im Knast. Wem es nicht passt, dass ich mit «gut aussehenden Männern» in die Tonne husche, der muss sich nicht mit mir abgeben. Hier drinnen packe ich eh keinen an, obwohl ich zwar die «Rocky-Horror-Picture-Show» im Kino toll finde, aber denen hier im Knast und unter den Duschen nur ein müdes Lächeln abgewinnen kann, zudem habe ich meine Erinnerungen an die Mandelaugen, da kann man mich hier kreuzweise. Oder besser nicht.

Ich bin genauso normal schwul, wie es normal ist, hetero zu sein. Vielleicht nehme ich da vielen schon den Wind aus den Segeln.

Richtig total verknallt war ich mal mit vierzehn Jahren. Blond, gleich alt, ein total süsses Fahrgestell. Gebaggert habe ich wie ein Schaufelradbagger am Baggersee. Er hat mich drei Jahre zappeln lassen, genau bis zur Gürtellinie haben wir uns gestreichelt, wir haben geschmust. Aber da war Schluss. Doch dann war irgendwann die grosse Liebe meinerseits vorbei. Wir haben uns dann viele Jahre später nochmal getroffen, und er entsprach schon lange nicht mehr meinem Schönheitsideal.

Hinter einem anderen bin ich mal ein paar Jahre hergelaufen. Den habe ich wirklich abgöttisch geliebt, tue es sogar noch heute. Doch der arme Kerl ist und war schon immer so total verklemmt, dass er bis heute noch keinen Mut hatte mit einem Mädel, geschweige denn mit einem Jungen zu schlafen. Und er ist heute fast dreissig. Ihn anzubaggern, ohne ihn zu verletzen, das war das Schönste, was ich bisher erlebt habe. Und obwohl ich ihn nie rumgekriegt habe, mag ich den Kerl auch heute noch total gerne. Aber, und da gestehe ich mir eine Schwäche ein, es geht nicht immer ums Rumkriegen. Manchmal ist es einfach schön, nur zu baggern. Schauen, was das Gegenüber macht, wie es reagiert etc. Und bei meinem ganz Speziellen, da weiss ich noch heute, dass er immer gleich rot wird, wenn wir allein sind. Er ist einfach ein sehr schüchterner Kerl. Der Witz ist, dass er seit dreizehn Jahren mein schwules Leben verfolgt. Er hat schon bei mir geschlafen, ich bei ihm, aber wir nie zusammen. Meist flüchtete er auf eine Matratze am Boden, obwohl ich ihm schon so oft angedeutet hatte, dass ich seine Art zu leben respektiere, ich *ihn niemals anpacken würde. Und trotz alledem verstehen wir uns total gut.*

Okay, hier über die Knastpost natürlich nicht. Ich schweige von hier. Ich habe ihn schon so in Schwulitäten mit meinem Anderssein gebracht, jetzt auch noch Knast, na, da bekommt er ja gleich einen Kabelbrand im Herzschrittmacher. Obwohl er weiss, dass ich hier bin. Aber unsere Schweigephase ist für beide Seiten okay.

Somchai. Er stand mit Mae oben in der «Gardenbar» in Bangkok, als ich ihn das erste Mal wahrnahm.

Kennst Du die «Gardenbar»? Heute heisst sie «Topside», gehört Vichay, der Oberschwester von Bangkok. Die «Garden», das «Harries», das «Bamboo» und die «Ciro», all das waren Bars, wo sich abends Schüler und Studenten trafen. Diese Kneipen waren halb Disco, halb Striplokal. Alles turnte in seinen eigenen Klamotten rum, also keine Gogo. Man kam, man ging ohne Zwang etc. Vichay legte immer schon Wert auf Stil. Tja, und da stand er irgendwann mit Mae, tanzte, redete und hatte Spass. Er hatte ein weisses Hemd, eine schwarze Hose an, sah mich mit Vichay spassen, mit Freunden spassen und machte sein typisches arrogantes Gesicht.

Du kennst es. Somchai trägt seine Nase hoch und macht dann die berühmte asiatische Bewegung hinten an den Haaren, wenn Asiaten ihren Missmut ausdrücken. Somchai muss mich wohl länger mit meiner Blase Thais beobachtet haben. Ich trat nämlich bis dahin meist mit einer Horde von Thais auf. Ich fand es einfach lustig, wenn sich um mich herum drei, vier oder fünf Thais aufhielten. Ich hatte damals uneingeschränkt Spass.

Tja, und dann stand dieser kleine Kerl plötzlich da hinter der Säule in der Garden und warf mir sein Missfallen entgegen. Ich glaube, mich daran erinnern zu können, dass Vichay vermittelnd eingesprungen ist. Hat ihm vielleicht erklärt, dass ich gar nicht so böse sei. Vichay hatte sich einmal unsterblich in mich verliebt. Er tut es öfters. Immer wenn er einen geilen Farangschwanz erahnt, sorry, dann dreht die olle Husche ab. Aber Vichay ist wirklich ein lieber Kerl. Ich habe ihm halt den Unterschied zwischen ihm und seinen Jungs erklären müssen. Das hat er begriffen, ohne beleidigt zu sein.

Tja, und dann bin ich Somchai wohl doch nähergekommen. Aber für mich war er zunächst einer unter vielen. Zumindestens dachte ich so, als er mit zu mir kam. Am nächsten Morgen schaute das alles anders aus. Da war plötzlich so ein unheimlich sicheres Gefühl. Ich weiss nicht, ob du das Gefühl kennst, wenn man weiss, dass man sich nun «fallenlassen» kann? Bei Somchai konnte ich mich schon am ersten Tag fallenlassen. Da war plötzlich nichts mehr von Ängsten, von Unsicherheit. Da war plötzlich nur noch ein totales Verliebtsein. Und von diesem Tag an lachte die Sonne in meinem Herzen. Aber anscheinend habe ich es ihm zu selten oder nie gesagt.

Was er mir bedeutet hat, das kann ich nicht in Worte fassen. Und wenn mir jemand sagen würde, ich hätte die Zeit mit ihm nie erlebt, dann könnte ich mir gleich einen Kopfschuss geben. Bei Somchai fühlte ich mich mit meiner ganzen Angst total sicher. Klar, vielleicht hört es sich lächerlich an, ein Serienbankräuber und Angst. Aber auch der hat Angst. Angst vor dem Morgen, vor der Nacht, dem Einsamsein etc.

So im Nachhinein kann ich wohl sagen, dass ich ihm wohl nie wirklich gezeigt und gesagt habe, wie gerne ich ihn mochte, ja mag. Aber ich hatte auch meinen Job im Kopf. Ich hatte ein ganz anderes Leben. Ich liebte die Welt, das Geld, die Gefahr, und natürlich war ich mir ständig bewusst, dass man mich irgendwann mal «wegblasen» könnte. Dieses Denken hat mich natürlich total eingeschränkt, hat mir sehr wenig Platz gelassen für Gefühle. Der ganze Stress fiel eigentlich erst immer dann von mir ab, wenn Somchai mich am Flughafen abholte, ich ihm Flugticket, Pass und Beute bzw. Teile davon auf den Schoss werfen konnte. Erst dann war ich sicher wieder Zuhause. Und Somchai war eigentlich immer der ohne Wünsche. Er lebte in den Tag hinein, dann fiel ihm ein, zur Amerikanischen Universität zu gehn, dann zum Goethe-Institut. Das alles tat er ohne Zwang, mit einer typisch thailändischen Sorglosigkeit. Und eben diese Sorglosigkeit faszinierte mich. Ich weiss nicht, wie Somchai die Zeit beschreiben würde. Ich war, auch wenn ich es ihm eigentlich nie oder zu selten sagte, total glücklich.

Doch dann kam in meine nun an den Tag gelegte Sorglosigkeit irgendwann der Tag seiner Scheidung. Ich glaube, ich habe für einen Mann noch nie soviel Tränen vergossen. Somchai war im Laufe der Zeit mein selbstverständlicher Lebensmittelpunkt geworden. Und dann sagt die alte Tucke einfach tschüss und verpisst sich. Ich hätte ihn vierteilen können an diesem Abend. Ich habe drei lange Monate gelitten. Gestorben bin ich fast täglich. Nachts war kein Klammeräffchen mehr neben mir im Bett. Mit Somchai kann man so schön eng umschlungen schlafen, da macht es richtig Spass, nachts aufzuwachen und den warmen Körper neben sich zu spüren. Natürlich habe ich dann aus Wut wieder mit meiner alten Lebensweise angefangen. Aber am nächsten Tag war da nur ein *schaler Nachgeschmack auf der Zunge. Dieses schöne Gefühl der Zufriedenheit fehlte. Ich hatte mich zwar kopfmässig von ihm getrennt, doch als er mich anrief und meinte, dass er wieder im Lande sei, da wollte ich ihn sofort sehen. Allerdings nicht in Pattaya. Ich suchte sicheren Boden, wollte nicht wieder in dieses tiefe Loch der Verantwortlichkeit fallen. Wir trafen uns anständigerweise im Coffeeshop im Suri, assen etwas, tranken etwas, und ich erklärte ihm, dass wir zwar Freunde bleiben könnten, aber mehr leider nicht mehr. Zu tief sei das Messer zwischen meine Rippen gefahren. Und diese grossen Kulleraugen schauten mich so unendlich traurig an. Irgendwann fragte er mich, ob er oben in meinem Zimmer etwas schlafen könne. Sein treu-doofer Blick, sein Versprechen, uns nicht anzufassen, liessen mich schwach werden. Wir beschlossen, mit Underwear ins Bett zu gehn, um ja nicht auf doofe Gedanken zu kommen. Aber ich frage dich, lieber Chris: Wer legt sich schon halb angezogen neben so einen schnuckeligen Boy? Ich nicht! Er aber auch nicht neben mich! Sekunden später lagen wir uns wieder in den Armen, alles war vergessen, die Sorgen standen auf dem Flur und klopften laut an der Tür. Keiner liess sie herein.*

Und was denke ich heute über den süssen Märchenprinzen? Ich werde es dir in den nächsten Briefen schreiben.

Der Liebende ist nicht perfekt. Der Geliebte mag unvollkommen sein. Aber die Liebe selbst ist vollkommen.

Am Samstagabend war ich auf Pirsch. Im vollen Jagdfieber. Etwas nach acht stand ich im «Carrousel». Das Lokal bumsvoll, eine echte Prüfung für einen klaustrophobiegeplagten Menschen wie mich. Zu meiner Enttäuschung sind zunächst aber fast keine Asiaten anwesend. Und wie soll man bei diesem Gedränge jemanden aufreissen? Man kann sich ja kaum bewegen.

Ach, da kommt Andi, das ist der ehemalige Schulfreund von Eko, aus der Hotelfachschule in Passugg, den ich für arrogant halte, weil er immer so tut, als würde er mich nicht kennen. Oder ich mein das bloss und er hält mich für arrogant – was weiss ich. Auf jeden Fall finde ich Andi auch ganz sexy und süss, im Grunde genommen, wenn ich ehrlich bin. Er ist in Begleitung eines indonesischen Freundes. Und genau der lässt sich mit mir auf einen intensiven Augenflirt ein, smilt mich an. Ich schieb mich näher an ihn ran, und schliesslich stehen wir nebeneinander und beginnen zu reden. Er heisst Daniel, nein, das ist kein besonders indonesischer Name, aber was will man, seine Eltern haben ihn nun mal für ihn ausgesucht. Kaum habe ich für uns drei – Andi, Daniel und mich – Weisswein bestellt, sind sie plötzlich alle da, auf die ich gewartet hatte, Niko-Jeffery, der mir en passant auf dem Weg zum WC seine neue Handy-Nummer gibt, Piu, eine Menge anderer süsser Thais und Indos, die ich nur vom Sehen her kenne. Aber ich sitze nun zwischen Andi und Daniel. Andi ist gar nicht arrogant, sondern liebenswert und freundlich. Er wolle nichts mehr mit der alten Indo-Clique zu tun haben, deshalb habe er auch nichts mehr von Eko gehört; nur dieser hier, Daniel, sei sein Freund. Andi arbeitet jetzt in einem Hotel in Frankreich, nahe der Schweizergrenze. Da sei es langweilig; deshalb kämen sie am mit Wochenende nach Zürich.

Andi lässt uns allein, und wir reden und flirten. Daniel ist kein Strichjunge; er streitet auf jeden Fall ab, einer zu sein, und beteuert, er sei wirklich besuchsweise in Europa. Er hat nicht nur ein angenehmes Äusseres, sondern auch ein einnehmendes Wesen, und man kann sich gut mit ihm unterhalten. Und er hat eine Stimme, in die ich mich verliebe; der Klang seiner Stimme törnt mich erotisch ungeheuer an. Er scheint mich zu mögen; er fasst mich an, lässt mich seine Hand halten. Er hat eine gute Ausbildung; einen Highschool-Abschluss und eine vierjährige Kellnerlehre gemacht. Er hat oder hatte einen guten Job in Djakarta, arbeitete in einem berühmten Restaurant, den Namen habe ich vergessen, und im «Planet Hollywood» Djakarta: Er will schon Berühmtheiten und Stars bedient haben, Bruce Willis und wen weiss ich noch alles. Stolz sagt er: Ich habe den Flug nach Europa selber bezahlt. Er wohne mit Andi zusammen im Hotel, in dem der arbeitet. Sie waren in Paris und auf dem Mont Blanc. Er will später Verwandte in Holland besuchen. Ende Januar oder so muss er nach Indonesien zurück. Daniel ist sehr nett, ich mag ihn, es ist vertraut mit ihm schon nach einer Stunde. Im T&M verkauft uns eine voll aufgedonnerte Tamara, dieses Mal ganz in Rot, die Eintrittstickets. Wir trinken wieder Weisswein, halten uns, streicheln uns, küssen uns, reden. Daniel sagt zu mir: You are so sweet. Ich weiss nicht so ganz, was er damit sagen will, aber es scheint nicht unbedingt negativ gemeint zu sein, denn er ist ja ebenfalls sehr zärtlich und sweet. Er erzählt, er habe einen Freund gehabt, einen Ungarn, der in Indonesien arbeitet. Mit diesem sei es aber seit zwei oder drei Monaten zu Ende. Er glaube nicht an die Liebe, sagt Daniel. Die Liebe sei nach spätestens drei Monaten jeweils vorbei. Wichtiger sei die Verantwortlichkeit, die man füreinander habe, die Verbindlichkeit, die Treue (das hörte ich doch aus indonesischem Munde auch schon). Dass man zueinander halte, dass man füreinander dasei. Ich glaube an die Liebe, sage ich, ich fühle sie. Hier, sage ich, in meinem Herzen. Er lacht, hält seinen Kopf an meine Brust, um zu erkunden, ob er sie auch fühlen kann, meine Liebe, wie ein Baby, das strampelt im Bauch der Schwangeren.

Doch dann will er ziemlich abrupt gehen. Er müsse zurück, sich mit Andi treffen, vielleicht würden sie noch tanzen gehen, ins «Laby». Aus der Traum. Ich bin natürlich enttäuscht, dass er nicht mit mir kommen kann oder will, ich hätte ihn gern in den Armen gehalten die ganze Nacht. Ich kann seinen Entschluss aber akzeptieren; es befriedigt mich merkwürdigerweise in einem gewissen Sinn sogar, zeigt es mir doch, dass Daniel wirklich kein Moneyboy ist, dass er wirklich nicht auf mein Geld aus ist, dass er wirklich einfach die paar Stunden mit mir zusammensein wollte und das auch genoss. Er kehre morgen nach Frankreich zurück, sagt Daniel. Vielleicht würden sie das nächste Wochenende wieder nach Zürich kommen, und vielleicht könnten wir uns dann ja wieder sehen. Um zwei Uhr mache ich, dass ich zu Fuss nach Hause komm. Anderentags bin ich natürlich immer noch oder erst recht sexuell hungrig. Da es ein schöner Wintertag ist, mache ich einen Spaziergang. Ich versuche, Niko anzurufen, aber die Nummer ist gesperrt. Etwa um halb fünf, nach einer heissen Schokolade im Franziskaner, gehe ich in die bumsvolle Paragon-Sauna. Auch Asiaten sind da. Nach dem ersten Saunagang stell ich mich neben einen, den ich noch nie gesehen habe, im oberen Stock, vor den Fernsehmonitor mit dem Videoporno. Wir lächeln uns an, aber ich getrau mich noch nicht, eindeutiger zu werden. Er verschwindet in einem der finsteren Gänge zwischen den Kabinen. Ich folge ihm halbherzig nach, immer noch zögernd. Ein Grosspapa kommt und macht kurz ein bisschen mit ihm rum, im Stehen, aber ich denke, dass der nicht zahlen will und deshalb bald wieder von ihm lässt oder lassen muss. Ähnlich läuft das mit einem zweiten, der ihn schon fast belästigt, aber schliesslich ebenfalls fortgeschickt wird. Jetzt spreche ich ihn an: Are you okay. Er grinst mich an. Auf meine Frage, was er hier tue, antwortet er im Flüsterton: arbeiten. Du verstehst, ich arbeite hier, ich verdiene hier Geld. Ja, sage ich, natürlich. Ich krieg schon fast eine Latte, während ich mit ihm spreche; er hat so eine Stimme, so eine Ausstrahlung. Ich weiss gar nicht wieso. Er ist sehr kräftig, muskulös, sehr «männlich» für einen Thai. Ob ich ihm hundert Franken gebe, fragt er. Ich bin einverstanden, und wir beginnen zu knutschen. Seine kräftigen Arme. Ich frage ihn, ob er Bodybuilding mache. Ja, sagt er, aber nur in Thailand, hier in der Schweiz sei das zu teuer. Vorerst ist keine der Kabinen frei und wir knutschen draussen in einem der Gänge und im Stehen rum. Ich bin total geil, und während wir auf der Suche nach einer Kabine rumgehen, wölbt meine Latte das Badetuch wie ein Zelt. Er umfasst mich von hinten und spielt mit seinen kräftigen zärtlichen Händen an meinen Brustwarzen herum. Er kann das gut, der starke Mann. Wir beginnen, uns sehr lange und sehr intensiv zu küssen. Er umfasst meine Rute; ich finde ihn unwahrscheinlich erotisch. Es macht mich glücklich, in seinen Armen zu liegen und diesen süssen Mund zu küssen. Dass immer wieder Männer kommen und schauen und mitmachen wollen, stört mich einerseits und törnt mich andererseits aber auch an. Endlich wird eine Kabine frei. Er legt sich auf mich, küsst mich. Es kommt mir fast. Er setzt sich auf mich, reibt mein Glied an seinem Steiss, bis mir der Samen wegfliegt. Dann reibe ich ihm einen runter, während er immer noch auf mir sitzt. Bo heisst er; er ist ganz anders als Somchai, sehr maskulin, aber ich liebe manchmal auch das. Und er ist sehr nett, sehr sympathisch. Entspannt liegen wir zusammen, reden; später trinken wir zusammen was, rauchen eine Zigarette, machen einen Saunagang. Ich habe das Gefühl, er mag mich auch. Er erzählt. Er ist neunundzwanzig und wohnt in Südpattaya, stammt aber aus dem armen Nordosten von Thailand. Er ist das jüngste von vier Geschwistern, hat zwei Schwestern und einen Bruder. Sein Vater sei bereits 68, an seine Mutter erinnert er sich nicht mehr; die starb, als er noch klein war. In Pattaya habe er früher in einer Show gearbeitet; natürlich nicht als Sängerin oder Hauptakteurin, sondern als der männliche Gegenpart zu den Ladyboys; er habe nur ein bisschen hin- und hergehen und seine Muskeln zeigen müssen, sagt er und lacht. Er ist jetzt (noch bis Ende Dezember, insgesamt zwei Monate) das erste Mal in der Schweiz. Eingeladen wurde er von Tamara; er macht mit bei einer Show im T&M. Den ersten Monat musste er also nichts bezahlen, den zweiten finanziert er sich nebenbei u.a. mit solchen Diensten in der Sauna. Er ist aber sicher nicht der traditionelle Money-Boy, das merkt man. Er ist überhaupt nicht eingebildet. Ich gebe ihm meine Adresse, bevor ich gehe; die Sauna ist mir jetzt zu voll, und es geht mir einfach zu schnell, jetzt schon mit ihm auszugehen, zu essen etc. Hoffentlich ruft er mal an.

Eine Erinnerung oder eine Fantasie: Ich stehe auf einem Platz vor einer Kirche. Ich sehe meine klobigen Schuhe auf dem Pflaster. Ich sehe meine grossen, groben Hände. Ich sehe meine schmutzigen Kleider. Ich bin ein Knecht, der Knecht, der dem Pfarrer im Stall und im Garten hilft. Ich bin ein Nichts. Ich bin ein Waisenkind, das vom Pfarrer aufgenommen und aufgezogen wurde. Ich habe das Gefühl völliger Wertlosigkeit; man sagt, ich sei geistig zurückgeblieben. Man sagt, ich sei dumm, und ich glaube das auch. Ich empfinde nur das Rohe, Primitive, Animalische, Dumpfe in mir. Aber ich leide unter diesem Gefühl der eigenen Wertlosigkeit; es ist wie ein steter Schmerz, der mich von den Menschen trennt und zum Einzelgänger werden lässt. Ich sehe mich abends in der Kneipe, wo ich zum Inventar gehöre, obwohl auch hier kaum jemand mit mir spricht. Da ist es ein wenig heller, wärmer in mir. Ich habe getrunken – Bier, Schnaps –, das lindert den Schmerz ein wenig. Später, draussen in der Gasse, in der es sehr still ist, und unter dem leuchtend hellen Vollmond bin ich fast glücklich. Dann sehe ich mich auf dem Vorplatz vor den Stallungen stehn; über dem Stall befinden sich Wohnräume, vielleicht die des Kutschers oder der Köchin. Die runden Tore, die Kletterrosen, die sich am Haus hochranken: Ich sehe sie ganz deutlich. In mir ist Unruhe, Erregung. Aber die Quelle der Unruhe liegt nicht im Stall: im Stall ist es friedlich zwischen den dampfenden Leibern der leise schnaubenden Pferde. Nein, der Herd der Unruhe ist der Vorplatz selbst, allerdings zeitlich etwas später. Ich sehe mich von aussen, nackt, mit eregiertem Penis, vor einem Kind stehn, ob Knabe oder Mädchen, kann ich nicht entscheiden. Ich fühle den Rausch der Allmacht, der Zerstörungslust, die mit meinem gewohnten Gefühl der Ohnmacht kontrastiert. Ich sehe, wie das Kind zu mir hochschaut, mit diesem fragenden, unschuldigen Blick. Das tut mir so weh, dass ich es umbringen muss: Ich muss damit meine eigene Unschuld, die tief drinnen in mir irgendwo schlummert, erwürgen, das Feine, Verletzliche, Zarte, das wie in einem Gefängnis in diesem plumpen, ungeschlachten Knechtenkörper steckt. Später, als ich mir der Unumkehrbarkeit, der Unentschuldbarkeit meiner Tat bewusst werde, bin ich wie gelähmt: Der wunderliche, zurückgebliebene Knecht hat ein Kind getötet. Ich höre die Schreie der Menschen wie von fern. Ich fühle mich wie in Watte gepackt; ich spüre ihre Schläge nicht. Widerstandlos lasse ich mich ins Gefängnis werfen, wo ich den Rest meines Lebens verbringe oder bis ich gehängt werde, in absoluter Hoffnungslosigkeit, in einem engen Loch, in dem es unerträglich heiss und dann wieder bitter kalt ist. Ich sehe das kleine, vergitterte Fenster. Um das überhaupt auszuhalten, flüchte ich mich in den Wahnsinn, der es mir manchmal erlaubt, dieser Hölle zu entrinnen. Ich schreie dann und lache und singe. Aber irgendwann muss ich immer zurück in meine Zelle, zurück in die Hoffnungslosigkeit. Als ich sterbe, empfinde ich nur Erleichterung. Endlich bin ich frei; ich fühle, wie ich weiter und heller werde und mich ausdehne. Das letzte Bild, das ich habe, zeigt mir einen wunderschönen grossen Vogel mit dunkelblau leuchtenden Federn.

Am Donnerstag ruft Bo an. Ich sage, dass ich ihn sehen will, am Freitag, um elf. Da er nicht sehr gut englisch spricht, bin ich nicht sicher, ob er mich verstanden hat. Am Freitagabend gemeinsames Essen mit Ingrid, meiner Chefin, und Frau Bu., einer ehemaligen Mitarbeiterin von mir, im «Sunset Thai». Um elf bin ich im «Carrousel», das wieder gerammelt voll ist. Aber kein Bo. Natürlich wieder der kleine oberaffengeile Thai. Ich sehe Oky, der in Djakarta war, wie ich von Niko wusste, und der ja gewissermassen schon zum Inventar des «Carrousel» gehört. Eigentlich fand ich Oky ja schon immer ziemlich geil, nein, ich fand, er ist sogar richtig schön (obwohl das normalerweise eher ein Grund dafür ist, jemanden nicht geil zu finden), auch wenn er schon über dreissig ist, was aber ja bekanntlich nicht viel besagt, vor allem bei all den kosmetischen Operationen, die Oky angeblich hinter sich hat. Auf jeden Fall war ich bisher noch nie auf die Idee gekommen, ihn anzubaggern. Nur schon aus gewissermassen inzestuösen Gründen heraus. Früher, mit Eko, war Oky für mich natürlich absolut tabu, und das ist mir dann in Fleisch und Blut übergegangen. Aber jetzt, an diesem Freitag, wie er so dasitzt oder posiert auf der Fensterbank neben der Eingangstür, wie er so dasitzt und mich anlächelt und mit seiner Mimik auffordert, zu ihm zu kommen, krieg ich sofort eine Erektion. Er hat schwarze Lederhosen an und eine schwarze Lederjacke. So ein feingliedriger glatthäutiger haarloser Asiate in Lederkluft, da krieg ich glatt den Pflaumensturz. Wie von einem Magnet angezogen zieht es mich zu ihm. Wir machen ein bisschen Smalltalk, nice talking, und ich merke, dass auch Oky ganz nett ist, und dass ich bisher eigentlich nie direkt, d.h. an ihm als Person interessiert, mit ihm gesprochen habe. Dazu muss ich ihn einfach immer mal wieder anfassen. Ja, ich will mit ihm auf sein Zimmer, keine Frage. Aber wir müssen noch warten, das Zimmer ist besetzt, auch Oky bessert sich sein Gehalt auf, indem er das Zimmer «untervermietet». Kaum habe ich ein halbes Glas getrunken, kommt Oky zurück. Das Zimmer sei jetzt frei. Einmal mehr bin ich also in diesem kleinen vollgestopften Zimmer, das Oky seit vielen Jahren bewohnt, das Zimmer, das vom Bett fast ausgefüllt wird und das von Kleidern, Schuhen, Teddybären und Krimskrams überquillt. Oky ist Fifties-Fan, überall hängen Poster von Marilyn und James Dean. Auch Bilder vom eigenen Body hat er aufgehängt, er ist ein perfektes Model und hat, wie er sagt, in Djakarta auch schon Modelarbeit gemacht. Wie Eko. Nur hat Oky natürlich den Vorteil, dass er grösser ist. Pjotr Kraska, der frühere König Kraska von Zürich im Exil, hat Oky fotografisch sehr schön porträtiert. Wahrscheinlich war das auch einmal einer seiner Prinzen.

In diesem Zimmer also, in dem ich schon mit Eko (nämlich beim allerersten Mal) und mit Niko (nämlich die letzten beiden Male) Sex hatte, beginnen wir zu knutschen. Oky ist sehr gut, sehr zärtlich, einfühlsam, geil. Das ist wirklich ganz grosse Klasse, auch ist er nicht so grob, dass er nach dem Orgasmus gleich ins Prosaische hinüberwechselt. Er ist sehr entspannt, sehr erfahren. Das ist einfach besser als mit einem Frischling wie Niko, der nervös ist und aufgeregt und sich ans Leben erst noch gewöhnen muss. Oky, scheint mir, ist ein Profi, ohne abgebrüht zu wirken; eher ist er etwas resigniert, sanft und schicksalsergeben resigniert, auf eine laszive Art, hat das Gefühl, ausser diesem Geschäft (und Haarschneiden) nichts zu können, allerdings ohne dass er gross an dieser Erkenntnis leiden würde. Das ist die asiatische Tugend, sich ins Gegebene zu schicken, das Beste daraus zu machen. Ich gebe ihm 200 Franken und gehe. Es ist drei Uhr, ich merkte gar nicht, wie die Zeit verflog. Ich geh zu Fuss nach Hause, das tut mir gut.

Am Abend versuche ich, ohne viel Hoffnung, im Hotel «Goldenes Schwert» Bo zu erreichen (ich versuchte es, immer ohne Erfolg, schon am Vortag und am frühen Sonntagnachmittag). Jetzt hebt jemand ab; das muss der Zimmernachbar von Bo sein. Doch, Bo sei da, sie würden Fernsehen. Kurzes Palaver in Thai. Bo meldet sich, mit verschlafener Stimme: Wenn ich wolle, könne ich sie bei ihnen im Hotelzimmer besuchen. Okay, denke ich, versuchen wir das mal. Als ich anklopfe, öffnet nicht Bo, sondern sein Kumpel. Bo liegt schlafend im Bett, hat die Decke über die Ohren gezogen, und er wird sich auch in den folgenden Stunden nicht rühren; ausser einige Schlafgeräusche werde ich von ihm an diesem Abend nichts mitbekommen. Offenbar haben sie sich darauf geeinigt, dass ich dem Kumpel, Jeff, überlassen werden soll. Vor allem, weil der Ende dieser Woche nach Thailand zurückmuss. Zu Bo kann ich ja dann später wieder, der bleibt eine oder zwei Wochen länger. Verstehe einer die Thai. Ich weiss auch gar nicht genau, was Jeff will: offenbar sucht er einen Boyfriend. Die Situation irritiert mich in höchstem Mass. Ich muss aber auch zugeben, dass sie mich neugierig macht. Vielleicht kann ich ja wieder einmal etwas lernen.

Jeff. Ich sitze zunächst auf einem Stuhl neben seinem Bett. Auch er hat im T&M bei der Show mitgemacht, ist zum ersten Mal in der Schweiz. Er zeigt mir Fotos von seiner Wohnung in Pattaya; er wohne da mit seinem Freund, der aber kein Farang sei. Offenbar ist es auch nicht sein Geliebter, denn er stehe auf «weisse Haut». Es wird nicht ganz deutlich, ob das Haus ihm gehört – er sagt, er wolle es verkaufen – oder ob er es gemietet hat – er sagt, er zahle 10'000 Bath Miete im Monat. Er möchte mich a) in dieses Haus einladen, er möchte mir b) ein Haus oder eine Wohnung verkaufen, für 30'000 Franken sei ich dabei, sagt er. Verstehe einer die Thais. Er kennt mich ja kaum fünf Minuten. Er zeigt Bilder eines posierenden Jeff am Strand und – in Leder – in einem Interieur. Jeff ist nicht unbedingt mein Typ. Er ist ziemlich Macho mit vielen wilden Tätowierungen, wenn auch nicht ganz so muskelbepackt wie Bo. Allerdings hat er ein süsses Lächeln, überraschend sanfte Augen und eine sympathische, etwas melancholische Ausstrahlung. Ich würde ihn so gegen dreissig schätzen.

Er sagt, er stamme aus Pitsanoluk. Er sei ein halber Farang; seine Mama sei Italienerin – er kenne sie aber gar nicht, habe sie nie gesehen. Sie lebt offenbar in Italien. Mein Gott, eine italienisch-thailändische Mischung! Deshalb das nicht ganz thaimässige Aussehen, die sehr gefühlvolle Ausstrahlung, die seltsam mit diesem machomässigen Auftritt kontrastiert. Auch er arbeitet übrigens «gelegentlich» im «Carrousel», ob erfolgreich oder nicht, ist schwer zu sagen; mal sagt er, es sei nicht schwer für ihn, jemanden zu finden, dann wieder: Er sehe halt nicht gut aus, habe aber ein gutes Herz. Verstehe einer die Thai, auch oder erst recht wenn sie halbe Italiener sind. Von Zürich hat er nicht viel gesehen, nur das Gebiet zwischen Bahnhof und T&M, und vielleicht sonst noch etwas Nachtleben. Er würde schon gerne mehr sehen, nur eben nicht allein. Er würde zum Beispiel zu mir in meine Wohnung kommen. Er ist traurig, dass er bald zurückfliegen muss und in Zürich immer noch keinen Mentor, Freund, Geliebten gefunden hat. Er habe, sagt er, einfach kein Glück, und schaut mich mit seinen sanften melancholischen Augen an, dass es zum

Steinerweichen ist. Ich solle zu ihm ins Bett kriechen, will er. Er will mich verführen, das ist klar. Aber ich will doch Bo! Vielleicht erwacht der ja noch, denke ich, oder auch nur: mal schauen, was daraus wird. Ich will aber vorher duschen, stinke nach Pfeifenrauch und Schweiss. Ich leg mich zu ihm, nebenan schnarcht Bo, Jeff beginnt mich zu streicheln. Ich bin nicht sehr entspannt, verunsichert. Will Jeff Geld von mir? Er ist so zärtlich, so liebevoll, so liebesbedürftig. Das macht es eher schwieriger. Er beginnt mich intensiv zu küssen, er küsst gut, Lust keimt, aber geht auch wieder vorüber, als er sich auf mich legt und ich merke, dass er mich ficken will. Ich kann das einfach nicht, hier neben Bo. Dass ich keinen Steifen habe, verunsichert ihn sehr. Du magst mich nicht, ich bin nicht gut genug für dich, ich habe zu wenig Muskeln, ich sehe eben nicht gut aus, vermutet er. Er macht mir richtig Schuldgefühle, und da trifft er bei mir bekanntlich einen wunden Punkt. Ich mach mir ja dauernd Schuldgefühle. Ich will ihn ja nicht verletzen. Sprich dich aus, dringt er in mich. Ich versuche, ihm, so sorgfältig wie möglich, klar zu machen, dass es nicht darum geht, dass er nicht gut sei oder mir nicht gefalle oder dass mit ihm etwas nicht in Ordnung sei, sondern eben nur, dass ich eigentlich gekommen sei, um Bo zu sehen, um es mit Bo allenfalls zu treiben, in den ich mich ein wenig verguckt hätte, um es einmal vorsichtig auszudrücken. Und dass ich dann eben nicht beliebig mit einem anderen könne und wolle, auch wenn der nett und süss sei. Das versteht Jeff aber nicht, auch Bo wohl nicht. Für sie ist das offenbar beliebig austauschbar, auch ich wäre austauschbar, könnte ein anderer sein. Jeff bietet mir an, Bo zu wecken und dann eins trinken zu gehen, bis wir fertig sind, aber das will ich nicht, ich will nicht, dass Bo geweckt wird und ich will nicht, dass Jeff allein draussen in der kalten Stadt etwas trinken muss, denn er hat wieder diesen tieftraurigen Blick in den schwarzschimmernden Augen. Es ist unglaublich. Manchmal komme ich mir wirklich vor wie in einem unglaublich rührseligen, aber auch sehr komischen und dann wieder ergreifenden Film. Wie ein Ethnologe auch, der sich von gewagten Mussmassungen zu vorläufigen Erkenntnissen hangelt. Schliesslich biete ich ihm an, dass wir zusammen etwas trinken gehen, aber das will er auch nicht. Nein, das könne er nicht, es sei zu traurig, nachher allein zurück ins Hotelzimmer zu müssen.

Als ich dann allein das Hotel verlasse, ist es halb zehn. Ich habe also über zwei Stunden mit Jeff neben dem schlafenden Bo verbracht. Jeff will meine Telefonnummer und Adresse.

Gestern am Mittag mit Somchai telefoniert. Er war kurz angebunden. Ich solle in vier Stunden wieder anrufen, er sei im Auto oder im Bus. Nein, er rufe an. Am Abend rufe ich erneut an. Er sei in Ayuthaya gewesen. Mit welchem Farang wohl. Ist ja egal, er kann tun, was er will. Wieder ist er alles andere als herzlich. Wahrscheinlich ist es das, was Max als Somchais Arroganz bezeichnet. Sonst erzählt er nichts – die Telefonate sind immer sehr stockend, banal, das Wetter und so. Bringt eigentlich nichts. Ich sage, dass ich ihn vermisse. Ob er mich auch etwas vermisse – so ein Scheiss. Nein, antworte ich gleich selbst, wohl nicht. Warum ich ihm eine Frage stelle, wenn ich sie dann selbst beantworte, fährt er mich an. Da hat er recht. Idiotisch. Was soll er mich auch vermissen? Nicht nur die Antwort, auch die Frage ist blöd. Ja, sicher vermisse er mich, sagt er wenig überzeugend. Sonst würde er mich nicht ab und zu anrufen. Ist er sauer, weil ich ihm bisher kein Geld geschickt habe und das auch in Zukunft nicht beabsichtige? Vielleicht. Ich weiss es nicht. Nein, es ist mir nicht egal. Aber ich kann auch nichts tun. Er wisse noch nicht, ob er nach Song Hong fahre, sagt er. Über sonstige Pläne erzählt er nichts.

Ich rufe Oky an; ob er mir heute die Haare schneide? Ich treffe ihn um sechs in seinem Zimmer. Er hat wieder seine geilen schwarzen Armani-Lederjeans an. Er schneidet mir die Haare im klirrendkalten Flur, routiniert und professionell. Dann fragt er mich: Was machst du jetzt? Gehst du oder bleibst du noch ein bisschen? Ich bleibe noch ein bisschen, dusche, knutsche mit ihm, küsse seinen süssen Mund und lass meine Zunge tief in seinen Arsch gleiten. Er ist freundlich, zärtlich, geil.

An diesem Abend ruft endlich Bo an. Gut, sage ich, ich treff dich morgen im Hotel, um sechs. So ist es denn auch: dieses Mal ist Bo allein. Wieder find ich ihn sehr süss, anziehend, sympathisch. Er sei am Sonntag sehr müde gewesen, entschuldigt er sich. Nach der Disco am Sonntagmorgen noch ins Oxa – ich verstehe. Er will wissen, was Jeff mir erzählt hat. Wahrscheinlich ist auch Jeff ein Märchenonkel. Dass er Ende dieser Woche nach Thailand zurückfliegt, stimmt auf jeden Fall nicht. Er fährt vielmehr nach Deutschland, mit einem Freund, ist also auch nicht ein so einsames Herz, wie er mir weismachen wollte. Ich dusche, und wir beginnen zu knutschen und zu küssen, von Bo bin ich hin und weg, auch wenn er eigentlich gar nicht mein Typ ist. Aber er hat einfach sehr viel Charme, Liebenswürdigkeit, Lebensfreude, Fröhlichkeit. Er ist sehr zärtlich. Nachdem wirs getrieben haben, kocht Bo mir Kaffee, und wir plaudern. Bo kann nicht so gut englisch wie Somchai. Er ist auch viel «unverdorbener» als Somchai, viel eher der «ursprüngliche» Thai. Die Show im T&M machten sie zu dritt, mit Jeff und noch einem anderen. Irgendetwas mit Feuer und ölglänzenden Körpern. Vielleicht tritt Bo am Thaifest am 29. Dezember im Mascotte auf. Allein wolle er aber nicht auftreten; dafür sei er zu shy. Nicht wegen den Farang; wegen der anderen Thai. Von Zürich habe er wenig gesehen. Am Freitagabend geht er jeweils in den Thaiclub, wegen dem Heimweh. Er möchte schon mehr von der Schweiz sehen, aber nicht allein. Ihn fasziniere der Schnee. Ich schlag ihm vor, mal zusammen in die Berge zu fahren. Er scheint begeistert von der Idee. Er erzählt auch von seinem Leben in Thailand, von seinem Dorf mit 1000 Einwohnern, wo nur noch ganz Alte und ganz Junge lebten. Nur zum thailändischen Neujahr und anderen Festtagen strömten jeweils alle zusammen und feierten und ässen und tränken und palaverten – so, wie ich es in Song Hong erlebt habe. In Bangkok arbeitete er in einem Fitness- und Bodybuilderclub, der aber offensichtlich eher ein Bordell war. Ein Scheissjob, findet Bo, nur Warten und Kartenspielen und schlechter Verdienst. Jetzt ist er aber schon seit drei, vier Jahren in Pattaya. Er ist manchmal fast ein bisschen verlegen. Ich auch. Ich bin fast ein bisschen verliebt in ihn.

Lieber Chris,

Zuerst einmal wünsche ich dir auch das obligatorische «Frohe Weihnachten» und einen «Guten Rutsch ins Neue Jahr». Wir scheinen beide nichts mit diesen Festtagen anfangen zu können, denn auch mir geht das kollektive Weihnachtsgesabbel ganz dezent am A... vorbei.

Das ganze Jahr über redet keiner über Teilen, über Mitmenschlichkeit und Brüderlichkeit, doch über die Weihnachtstage rutschen sie auf Knien quer durch das Kirchenschiff...

Tja, was macht man über Weihnachten im Knast? Ich habe bis einschliesslich den 11. Januar «Freistellung». Das heisst, der «Arbeitssklave Max» wird in dieser Zeit nicht zur «Zwangsarbeit» genötigt, sondern sitzt die Zeit auf seiner Zelle, schreibt guten und lieben Freunden Briefe, lernt für die Prüfung und wagt letztmalig einen Angriff auf ein schon lange im Kopf beendetes Manuskript. Ob das klappt? Na, ich werde sehen!

Dein Somchai ist auch mein Somchai! Ich habe deine Tagebuchaufzeichnungen mit einem Lächeln im Gesicht gelesen. Ich habe dich beim Lesen fast sehen können. Habe dich mit ihm in der Telephonbar gesehen, übrigens einer meiner Lieblingsorte in Bangkok. Man kann gut essen dort und gut baggern, aber nicht, wenn die «gelbe Gefahr Somchai» dabei ist, denn seine Eifersucht schafft nicht einmal eine hollywoodbekannte Diva.

Zwischen dir und mir scheint es aber doch einen Unterschied zu geben. In der Beziehung zu Somchai war ich immer der Aktivere. Eigentlich habe ich immer die Marschrichtung bestimmt, natürlich mit viel, viel Spielraum für Somchais Interessen. Du schreibst von deiner Ab- und Anhänglichkeit.

Dies ist mir bei ihm auch so ergangen. Der hat mich monatelang nicht aus den Augen gelassen. Ich habe ihm oft erklärt, das er nicht «Gewehr bei Fuss» stundenlang neben mir sitzen muss. Somchai war in dieser Angelegenheit «unmöglich». Selbst an der Beach wäre er ohne meine Aufforderung nie alleine ins Wasser gegangen. Es waren das wohl seine ersten grossen Verlustängste. Dabei hätte ich ihn mit niemandem getauscht. Auch heute würde ich es nicht, wenn ich noch im «Geschäft» wäre.

Zu Somchai persönlich: Wenn ich mir jemals eingestehen würde, einen Menschen geliebt zu haben, dann würde es Somchai sein. Das Wort Liebe hat so viele Schattierungen, lässt sich so schwer definieren. Doch ich bin mir bei Somchai fast sicher. Ich habe mich bei ihm «safe» gefühlt. Ich konnte mich fallenlassen, konnte die Augen schliessen. Normalerweise vertraue ich niemandem. Doch bei ihm war das von vornherein anders. Damit meine ich nicht, dass ich irgendjemandem finanziell misstraue oder so. Das ist für mich unwichtig. Wenn jemand mit meiner Kohle durchbrennt, dann besuche ich halt die Deutsche Bank. Sorry, das darf ich ja nicht mehr sagen, geschweige denn denken. Schliesslich bin ich in der Resophase. Nein, bei Somchai war das ein anderes Vertrauen – eins, das von ganz tief innen kommt. Mit ihm würde ich ohne Fallschirm aus einem fliegenden Flugzeug springen, wenn er mir garantieren würde, dass er fliegen könne. Somchai hat solch vielseitige innere Werte, einfach ein unbezahlbarer Schatz. Somchai habe ich immer respektiert und geschätzt. Selbst kurz nachdem er sich von mir scheiden liess. Ich habe versucht, seine Gründe zu verstehen. Das Interessante bei ihm ist, dass er sehr genau sein Ziel kennt. Und diesen Weg geht er zielstrebig. Ich habe ihm schon immer, auch am

Anfang unserer Beziehung, gesagt, dass es nicht immer nach den Farangs geht. Sie hätten zwar die Asche, er hätte aber das Kapital Jugend und Schönheit. In diesen Punkten habe ich ihm wohl viel an Selbstsicherheit mitgegeben. Vielleicht ein bisschen zuviel?

Lustig finde ich übrigens, dass auch du in knapp vier Wochen mit Somchai 10'000 Franken verblasen hast. Tja, wer sagt, dass Thailand billig ist, der ist ein Träumer. Ich fand Thailand noch nie billig. Natürlich heisst dies, dass wer 10'000 Franken rausballert, der hat sich wirklich alle Wünsche erfüllt. Im Preis-Leistungsverhältnis bedeutet dies ja, dass man bei Dir in Zürich dann fast 50'000 Franken ausgegeben hat.

Ich habe mich im Laufe der Zeit auch auf 10'000 DM eingespielt. Das bedeutete aber in meiner Phuket-Zeit, dass ich teilweise drei, vier oder fünf Motorbikes laufen hatte, für mich dann noch ein Auto. Ausserdem wohnte ich auf Phuket recht nobel in der Seagull-Cottage und im Bayshore, nicht gerade billige Anlagen. Und wenn man dann noch jeden Tag unterwegs ist, dann läppert es sich zusammen. Ausserdem pflegte ich in den meisten Hotels gleich zwei oder drei Zimmer nebeneinander zu mieten. Eins, in dem ich mich erholen konnte, die anderen zwei für die Shorttimes und deren Freunde. War machmal schon recht abenteuerlich. Das hat sich erst alles gegeben, nachdem ich das «Mandelauge» getroffen habe. Aber mit zehntausend Mark im Monat habe ich wirklich keinen Wunsch mehr gehabt, den ich mir noch hätte erfüllen wollen. Meine finanzielle Freiheit war ja immer recht leicht zu erlangen. Ich hatte da mein monatliches Fixum, war eine Reserve angegriffen, hat der liebe Max mal kurz sein Hände-Hoch-Geschäft getätigt. Und da mir das Geld ja ei-

gentlich nicht gehörte, konnte ich recht freizügig damit umgehen. Max war im Trinkgeldergeben unschlagbar. Aber ich bin nun mal ein Mensch, der guten Service in Hotels oder in Bars honoriert. Die Mandelaugen verdienen ja auch nicht gerade riesig... Allerdings bin ich mit zehntausend Mark auch erst nach einer Weile ausgekommen. Mein erster Trip nach Thailand und natürlich ins teure Phuket hat mich in sechs Wochen sechsundzwanzigtausend gekostet. Wäre es mein Geld gewesen, würde ich es heute wohl bereuen. So aber war das ja nur ein Ein-Minuten-Angst-Job in einer deutschen Bank.

Zudem wird man im Alter ja auch etwas ruhiger.

Tja, und dann lief mir Somchai über den Weg. Und in finanzieller Hinsicht war er grausam. Warum? Er hat einfach kein Geld ausgegeben. Ich habe ihm mal fast mit Waffengewalt Geld für seine Familie in die Hand gedrückt. Das er dann unter Protest nach Uttaradit per Postanweisung von Pattaya aus überwies. Okay, gekauft haben wir fast täglich irgendwas. Klamotten hat er für mich erledigt, weil er den besseren Geschmack hat, und selbst hat er fast keine Wünsche gehabt. Klamotten gehören bei Thais ja zur Triebbefriedigung. Er hat Markenklamotten, aber auch schöne Sachen in der Patpong gekauft und getragen. Und einen Thai kann man eh nur ruhigstellen, wenn man ihn zum «Shopping» ins Ma Boon Khrong Center schickt.

Und jetzt noch einmal der Versuch zu sagen, was mir Somchai bedeutet hat oder noch heute bedeutet. Vom Fallenlassen habe ich geschrieben. Dazu muss ich aber in die Anfangszeit auf Phuket zurück. Als ich das erste Mal in Thailand war, habe ich mich selber gesucht. Ich habe versucht *rauszufinden, wo ich stehe, wer ich bin, und was ich möchte. Sexuell habe ich vieles durchprobiert, vom Beachboy über La-dyboys zu Katheuys etc. Manchmal wachte ich nachts auf, schaute unter das Laken, orientierte mich – und hatte doch nur einen unsäglich schalen Geschmack auf der Zunge. Oft habe ich mich da auch einfach vergriffen. Ich baggerte jeden an, der bei drei nicht auf den Bäumen war. Schlief mit Poli-zisten, mit deren Söhnen, die manchmal noch sehr jung wa-ren. Schlief mit Soldaten, mit Hunderten von Go-Go-Boys. Hatte mit meinem Ladyboy Nuj, der so geil im Fummel aus-schaute, eine enge schöne Freundschaft. Habe mit Kickboxern geschlafen etc. Doch bei allen vermisste ich etwas. Und genau dieses Etwas fand ich bei Somchai. Somchai ist teilweise sehr feminin, doch dann auch wieder sehr, sehr männlich. Nach-dem du geschrieben hast, dass Somchai dich quer durch die Hütte jagte und sich über den Lärm beschwerte, den du dabei gemacht hast: Dazu eine Geschichte von mir. Ich war bisher immer der aktive Part in meinen Beziehungen. Ich schmuse, kuschle gern, aber bumse auch gern, wenn der Typ passt. Al-lerdings bin ich bei Somchai so in die Beziehung gegangen, dass ich irgendwann feststellte, dass ich der kleinen Ratz die gleichen Rechte zubilligen wollte, die auch ich ausleben kann. Ich habe mich mit dreissig Jahren das erste Mal bumsen las-sen. Vorher hatte ich panische Angst, konnte der Sache als passiver Partner nichts abgewinnen. Tja, und dann fing die Beziehung mit Somchai an. Ich sehe noch seine erstaunten Augen, als ich ihm den Vorschlag machte. Das war wohl auch für ihn etwas Unglaubliches. Und als ich ihm die Gründe nannte, da kam ein riesiges Lachen über sein Gesicht. Ich hoffe, du zeigst ihm diesen Brief nicht. Wahrscheinlich würde er purpurrot werden. Und mit meinen dreissig Jahren hat* mir der maskuline Somchai ganz andere Welten eröffnet. Am besten bumst Somchai nach einigen Gin-Tonic. Da ging bei uns immer die Post ab. Aber auch ansonsten waren wir ein recht emsiges Paar. Manchmal schafften wir es nicht einmal, uns auszuziehen. In dieser Beziehung passte die Chemie. Ich liebe an Somchai seine unheimlich erotische feminine Seite, dann wieder den maskulinen Typen, der hart und ausdauernd um sein Recht kämpft. Bumsen können viele, aber nur wenige können es so gefühlvoll wie Somchai. Das war jetzt ganz schön offen. Somchai würde mir den Kopf dafür abreissen.

Auch als Somchai sich von mir scheiden liess, einfach nach Basel ging, und ich täglich unzählige Shorttimes machte – ich fand nie diese Symbiose wie bei Somchai und mir. Das war alles mechanisch, manchmal auch recht geil, aber doch nie das ganz tolle Wow-Gefühl. Somchai hat mich ein Stückchen erwachsener werden lassen. Hat mir gezeigt, dass ich neben meiner maskulinen Art auch eine verborgene feminine Seite habe. Und ich geniesse meine Zweigleisigkeit in mir.

Heute sehe ich in Somchai den Mann, von dem ich mir vorstellen könnte, mit ihm zusammen alt zu werden. Was beim Schreiben schon lächerlich wirkt, weil ich als fast Vierzigjähriger schon jetzt um einen Platz im Altersheim nachsuchen müsste. Nein, von der Art her wäre Somchai einfach ideal. Er ist sauehrlich, hochanständig, sein Körper schmeckt wie Champagner, sein Körper so weich wie eine frische Blume, seine ausgebende Sexualität, seine Offenheit. All dies würde ihn zum idealen Lebensgefährten machen. Aber da ich realistisch hin, weiss ich, dass ich «draussen» bin in dieser Geschichte. Und trotzdem freue ich mich, dass ich ihn kennenlernen durfte, dass ich teilhaben konnte an seiner Unbekümmertheit. Für ihn war eigentlich nie etwas richtig wichtig. Thais sind ja geprägt von einer tiefen ehrlichen Naivität. Und die habe ich von ihm übernommen. Dass ich hier so relativ gut aus der Sache komme, hat viel mit dem Erlernten von Somchai zu tun. An meiner Pinwand hängt ein thailändischer Spruch: «Mai pen rai» (etwa: Mach dir keine überflüssigen Sorgen, no problems, alles okay, don't worry). Du kennst den thailändischen Standardspruch? Mit diesem tiefsinnigen Spruch der Leichtigkeit, der Gleichgültigkeit können sie mir hier den Schuh aufblasen. Es gibt nur noch wenige Sachen, die mich verletzten können. Ich für mich bin froh, Somchai erlebt haben zu dürfen, aber ich bin genauso realistisch zu sagen, dass der Zug für mich abgefahren ist. Das schliesst allerdings nicht aus, dass ich ihn immer noch unheimlich mag. Und wäre ich heute noch in freier Wildbahn, dann könnte sich Somchai gar nicht so schnell auf einen Baum in Sicherheit bringen, wie ich ihn anbaggern würde.

Sorry, mal ein kleiner Zwischenruf. Lese gerade was Lustiges im Videotext. Dioxine sollen Männer schwul machen. Dies behaupten japanische Wissenschaftler. Mann, bin ich froh, dass es Dioxine gibt! Mein Gott, wenn ich mir vorstellen müsste, permanent heterosexuell zu sein. Das fänd ich traurig. Mit zwanzig habe ich mir mal einbilden wollen, bi zu sein. Dabei wäre ich beinahe Vater geworden. Nachdem klar war, dass es ein Junge werden würde – ich arbeitete damals in Calpe (Spanien) bei einer Zeitung –, wollte ich den kleinen Kerl mit alleinigem Sorgerecht in Spanien zur Schule schicken. Der Kleine ist dann gegen meinen Willen nach unzähligen Grabenkriegen abgetrieben worden. Weiss nicht, was sich in meinem Leben damals geändert hätte. Jetzt im Dezember

*wäre er vierzehn geworden. Der Vater schwul, als Bankräu-
ber im Knast, eine Mutter, die ihn nicht haben wollte. Eine
schlechtere Elternwahl hätte er wohl nicht treffen können.
Aber vielleicht hätte ich damals Verantwortung übernommen?!*

*So, für heute ist Feierabend. Schliesslich muss ich noch ein
bisschen abschalten. Aber morgen geht es weiter, versprochen.*

*Es ist gerade 18 Uhr. Eigentlich ist Aufschluss. Das bedeu-
tet in dieser Nobelherberge, dass die Zellen bis 21 Uhr 15 auf
sind. Aber sowas mache ich gar nicht mit. Ich lasse mich
freiwillig wegsperren, weil mir die Knackis und natürlich erst
recht die anderen Insassen hier schon tagsüber auf den Keks
gehen. So liege ich mit einer Flasche Coke im Bett. Somchai
wäre mir lieber.*

*Ich höre durch meine verschlossene Zellentür, dass ir-
gendwelche Gefangene dort auf dem Gang ihre Wellensittiche
fliegen lassen. Hier dürfen Gefangene nämlich Wellensittiche
halten; das tun viele Gefangene. Dann leben diese armen Tiere in Einzelhaft in einem kleinen Käfig, denn es ist nur einer
pro Mann und Nase erlaubt. Ich frage mich wirklich, was die
armen Vögel den Menschen angetan haben, dass man sie le-
benslang in Einzelhaft hält? Mir würde es nicht im Traum
einfallen, jemanden, egal ob Mensch oder Tier, so wegzusper-
ren. Tja, die Deutschen und der Humanismus. Zwei Welten
begegnen sich. Und ich kapiere die Gefangenen nicht. Sie regen sich darüber auf, dass man sie wegsperrt. Doch sie tun es
dem Staat gleich und schliessen selbst ein Tier in einen kleinen Käfig ein. Das finde ich himmeltraurig! Aber vielleicht
verstehe ich die psychologischen Hintergründe in meiner
schlichten Einfachheit ja bloss noch nicht.*

Pattaya! Ich habe jahrelang Pattaya gemieden. Man hörte soviel Negatives über diese Stadt. Dann aber bin ich doch mal mit Freunden dorthin gefahren. Drei Farang, sieben Thais, wobei die meisten Thais meine Begleiter waren. War eine ziemlich stressige Zeit, weil die Kids auch noch Lekkerboys waren, die permanent Klebstoff schnüffelten, alle naselang bei der Polizei freigekauft werden mussten, weil die mit den Motorbikes falsch in Einbahnstrassen donnerten oder anderen Mist bauten.

Aber ich habe mich in Pattaya verliebt. Ich mag die Sub, den Underground. Ich scheisse auf Fünfsternehotels, auf Nobelrestaurants – weil sich das wirkliche Leben auf den Strassen abspielt. Wenn du ein Land kennenlernen willst, dann gehe in die Slums, in die Klongs.

Mit Somchai habe ich immer in der «Flipper Lodge» gewohnt. Stand mal im TUI-Katalog als Familienhotel. Doch dann zogen immer mehr Schwule ein, und schwupp – heute ist es fast schon ein Gay-Hotel. Der Manager hat mir nach langer Zeit mal gesagt, dass er, seit die Gays da sind, viel besser ausgelastet sei und es weniger Stress gebe. Er meinte, dies liege daran, dass die Gays sich auch zu Hause sehr unauffällig benehmen würden. Die «Flipper Lodge» war wirklich immer toll. Das Hotel ist absolut «safe», weil auch gleich nebenan das Polizeipräsidium steht. Razzien wie in anderen Hotel gab es dort nie. Die Bullen kamen täglich zum Kaffee (am Morgen und zum MePom am Abend) ins Haus. Natürlich kostenlos. In der «Flipper» fühlte ich mich wohl. Dort hatte ich Narrenfreiheit und konnte selbst ins Foyer mit dem Motorbike fahren. Somchai hat sich da, glaube ich, auch recht wohlgefühlt. Man hat sich immer über uns gewundert, weil wir so lange und ausschliesslich miteinander zusammen wa-

ren. Als Somchai sich dann von mir scheiden liess, da hat das ganze Hotel mitgetrauert. Denn ich bin wochenlang wie ein manisch depressiver Arbeitsroboter rumgelaufen.

Im «Cafe Royal» habe ich mir mal die Suite angeschaut. Aber ich fand mich in der «Flipper» eh besser aufgehoben, zudem bezahlte ich dort im Monat nur 880 DM inkl. allem Service. Für diesen Preis musste ich allerdings lange verhandeln. Der Manager hätte beinahe Selbstmord begangen. Aber wenn es ums Handeln geht, dann schachere ich sogar noch um zwei Bath. Ich sage mir halt, wenn es die Thais als Nationalsport betrachten, dann kann man ihnen schon mal zeigen, dass auch unsereins feilschen kann. Die härteste Tour hatte ich an der Jomtien-Beach. Taxi kostete für Thais zwei Bath und für Farangs fünf Bath. Ich hatte mal wieder «Lumpensammler» gespielt; abends warteten die Streetkids immer darauf, dass ich losfuhr. So auch an diesem Tag. Ich winkte einen Pickup her und bevor ich schachern konnte, sassen schon geschlagene siebzehn Streetkids hinten auf der Ladefläche. Der Taxidriver schaute zurück, rechnete, sagte 70 Bath, ich lachte, zählte auch nach, und kam auf neununddreissig Bath. No! Der Taxifahrer bot versöhnliche fünfzig Bath, doch ich bestand auf siebenunddreissig Bath. Schliesslich waren das ihre Spielregeln. Und weil ich Bock auf Schachern hatte, liess ich alle wieder absteigen. Klar hat es dann etwas gedauert, bis ich das Taxi für neununddreissig Bath bekam, aber ich bekam es. Die Streetkids haben gemeint, ich sei schlimmer als ein Thai. Aber wenn Thais mit Thais Preise machen, sie zudem einen Farang hinter sich wissen, dann schachern sie nicht wirklich, weil ein Thai einem Thai nichts nehmen will. Andererseits bin ich natürlich auch riesig grosszügig. So haben die Darsteller in der «Cockpit», meiner Lieblingsbar in

Pattaya, schon einmal im Monat so 15'000 bis 20'000 Bath als Tip bekommen. Aber ich bin ja auch total vernarrt in gutes Cabaret. Und wenn ich mir dann die kleine Bühne in der Cockpit angeschaute, wusste ich echt, dass die 360 Tage im Jahr toll waren.

So langsam muss ich mal Schluss machen bei der neunten Seite. Ich habe wirklich mit Genuss deine Tagebuchaufzeichnungen gelesen, weil es wirklich unser Märchenprinz ist, den du da so toll beschreibst. Und ich merke halt, dass er sich nicht geändert hat. Egal ob er sich Samet, Somchai oder Sam nennt. Da kann er noch hundertmal seinen Vornamen ändern. Hast Du eigentlich gewusst, dass Somchai mal mit Nachnamen Zithiwong hiess? Aber das «Z» habt ihm im Nachnamen nicht gefallen. Irgendwas mit einem bösen Omen hat da auch noch ne Rolle gespielt. Auf jeden Fall hat er das dann aus Aberglaube oder wegen sonstwas einfach 1992 oder 1993 zu Sithiwong geändert. In Thailand anscheinend kein Thema.

So, lieber Chris, grüss mir den Kleinen am Telefon, wenn er mal wieder anruft. Und hast du schon einen Überblick, ob und wann du ihn in Bangkok triffst? Wenn, dann nimm ihn für mich auch mal kurz in den Arm.»

Am Freitag rufe ich Bo im Hotel an, um mich mit ihm zu verabreden. Ich treffe ihn um sechs im «Goldenen Schwert». Er ist eben erst aufgestanden und noch etwas verschlafen. Wir fahren zusammen an die Höschgasse, wo wir zuerst Karten spielen, Rommee und ein neues Spiel, das Bo mir zeigt, und uns dann verlustieren. Es ist verrückt, aber ich bin ganz wild auf den Kerl, er braucht mich nur anzufassen, und ich werde ganz heiss. Wir küssen. Er schmeckt mir wie eine süsse Frucht, und seine Küsse tun so gut. Ich «esse» seinen Hotdog, wie er lachend meint, und seine «Eier» und «Nudeln» komplettieren das Menu. Der Sex mit ihm ist so ein bisschen wie der Sex mit mit Wolf, er ist auch der ähnliche Typ, nur viel weniger aggressiv. Sehr zärtlich, spontan, natürlich. Offen. Allerdings überlässt er mir die Initiative, was eigentlich normal ist – schliesslich kennt er sich nicht so gut aus wie Somchai. Ich begreife jetzt, warum Max von Somchais unnachahmlicher Arroganz schreibt. Somchai spielt manchmal mit grossem Vergnügen den Vamp, die Femme fatale, die die Nase sehr hoch oben trägt. Bo dagegen ist der bodenständige Typ vom Land, etwas linkisch manchmal, was aber gerade seinen Charme ausmacht. (Später stellt sich heraus, dass Bo nicht – primär? – schwul ist und sogar ein Kind hat.)

Dann will ich Bo zum Essen einladen. Ich schlage das «Keo» an der Langstrasse vor, doch das ist geschlossen. Wir gehen im strömenden Regen die Langstrasse hoch, wo Bo das Restaurant «Sonne» kennt, eines seiner Stammlokale. Das ist wirklich sensationell. Ein dreiteiliger Schuppen. Der erste Teil ist ein asiatischer Takeaway. Der zweite Teil ist ganz Thailand, von der Stimmung her, von der Einrichtung her, von den Menschen her: halb Wohnstube, halb Restaurant, halb Bar, halb Konzertlokal. Es wird gesungen und musiziert, live, aber nicht von Profis, sondern von begabten Gästinnen und Gästen. Ganz entzückend. Kinder, Männer, Frauen. Die Thais amüsieren sich gern, singen gern, essen gern, trinken gern, sie haben diese «Naivität» im allerbesten Sinn, die mich immer wieder von neuem bezaubert, diese Fröhlichkeit, Freundlichkeit, Offenheit von Kindern. Oder das scheint auf jeden Fall so. Dahinter verbirgt sich noch etwas ganz anderes, das ein Farang nicht verstehen kann, niemals. Der dritte Teil ist eine Bar, vor allem mit südamerikanischen Prostituierten und Schweizer Männern als Kunden. Langstrassenmischung. Bo meint, am Freitag oder Samstag sei es am vollsten und am lustigsten, allerdings müsse man, weil die Thais dann besoffen seien, auch mit der einen oder anderen Schlägerei rechnen.

Bo und ich essen, was Bo bestellt hat, eine Suppe mit Lemongrass, Ingwer, Pilzen, Kräutern und Gemüsen, Riesencrevetten einerseits, ein Gemisch aus Hackfleisch, Gemüse und viel Chili andererseits. Dazu natürlich der obligate Reis. Bo meint, es sei nur mittelscharf, aus Rücksicht auf mich, obwohl auch ihm der Schweiss über das Gesicht läuft. Ich esse nicht so viel, aber Bo hat wirklich einen gesegneten Appetit. Grinsend meint er, wenn Thais sagen würden, sie hätten ein bisschen Hunger, dann könnten sie in Tat und Wahrheit eine ganze Menge verdrücken. Dazu trinken wir je drei Bier.

Dann gehen wir ins neue «Mascotte», wo am Sonntagabend in Konkurrenz zum «Cinecittà» ebenfalls Gay-Night ist. Das Lokal ist wirklich grossartig gestylt, ehrlich, mir gefällt dieses Fantasy-Design, das bis in die Toiletten durchgezogen ist. Dazu der Ausblick durch die grossen Fenster auf den Sechseläutenplatz und den See. Die Musik und die Leute sind wie immer, von der Stimmung her gefällt mir das «Cinecittà» eher besser. Die ganze Thaiclique ist jetzt hier, und von daher ist es im «Cinecittà» jetzt vielleicht auch nicht mehr so lustig. Ich sitze am Tresen der Bar und trinke Singha-Bier und beobachte. Neben mir Bo, der mich manchmal an der Hand hält oder mir die Hand aufs Bein legt. Tom sehe ich kurz und den Hairdresser und andere, die ich nur vom Sehen kenne, und natürlich Gai, mit dem ich auch ein paar Worte wechsle. Er sieht sehr feminin aus mit seinen inzwischen langen Haaren, sehr zierlich, fast ein bisschen magersüchtig, der denkbar grösste Gegensatz zu Bo, aber ich finde ihn immer noch sehr reizvoll und anziehend auf seine Art. Bo und Gai kennen sich; Bo massiert Gai den Rücken. Es ist wirklich so, dass man diese Thais unbedingt erfinden müsste, wenn es sie nicht schon gäbe. Hinter Bos Rücken zeigt Gai fragend auf Bo, und als ich nicke, schenkt er mir ein fragendes oder anerkennendes oder erstauntes Lächeln. Weil ich den Typ gewechselt habe, weil ich mich für einen «bäurischen», erdigen Mann wie Bo entschieden habe, oder weil er registriert, dass ich Somchai schon wieder «betrüge»? Ich weiss nicht; vielleicht ist ein bisschen von alledem dabei, vielleicht stimmt gar nichts. Bo hat erzählt, dass er von einigen seiner Landsleute, die die Nase hoch tragen, von oben herab behandelt oder gar ignoriert werde. Sein einziger wirklicher Freund sei Jeff. Na ja. Das höre ich ja von allen Thais, dass sie eigentlich keine wirklichen Freunde unter den Thais hätten, das habe ich auch von Somchai gehört, von den berühmten Ausnahmen mal abgesehen, und dann hocken sie doch dauernd zusammen und sind schlussendlich wie eine grosse Familie, in der es nur so knistert vor Eifersüchteleien, Intrigen etc., natürlich alles mit dem zuckersüssesten Lächeln. Schliesslich hätte auch Bos bester Freund Jeff sich nicht gescheut, mich seinem Freund auszuspannen (das war, zumindest nach Bo, nämlich doch nicht so ausgemacht, aber wer weiss es schon und will es wissen?). Jeff, sagt Bo, hat schon lange einen Freund in

Järmany, deshalb kann er auch ein bisschen Jermahn. Der hat mir also auch ein paar nette Märchen erzählt mit seinem tieftraurigen Blick.

Auch Bo hat natürlich seine Verehrer. Einer zahlt ihm Wein und möchte ihn für sich haben und ist ganz enttäuscht, dass Bo bei mir bleibt. Ich halte ihn nicht, gleichsam etwas schnippisch sage ich innerlich zu mir, dass er doch gehen soll, wenn er nicht bleiben will. Aber er bleibt bei mir, worüber mir die andere Schwester wohl hätte Gift geben können und was ein etwas unbehagliches, weil ungewohntes Triumphgefühl in mir erzeugt.

Kurz nach zwei will Bo, weil er müde ist und Kopfschmerzen hat, ins Hotel, aber als ich ihn frage, ob er nicht bei mir übernachten wolle, willigt er ein. Wir fahren also mit dem Taxi an die Höschgasse. Bo sagt, er lege sich nieder und schlafe sofort ein, und er warnt mich, dass er schnarche. Und es ist wirklich so: Bo hat nicht nur einen gesegneten Appetit, sondern auch einen gesegneten Schlaf. Ungefähr zehn Sekunden nachdem er sich niedergelegt hat, beginnt er in allen Tonlagen zu sägen und zu knurren. Ich liege noch lange wach, stopfe mir Ohropax in die Ohren, als mir die «Musik», der ich anfangs gerne lausche, dann doch zu viel wird. Als ich endlich einschlafe, träum ich in erstaunlich plastischen Bildern. Es wird mir unter anderem klar, wie Kreativität im Schreiben entsteht (nur habe ich es leider vergessen). Meistens aber träume ich, in Bangkok zu sein. Irgendwie bin ich auf der Flucht, oder suche einfach nur Somchais Apartment in Payathai. Diese Flucht oder Suche, die durch bizarre Stadtlandschaften, aber auch durch wunderbare Naturlandschaften führt, ist endlos und vergeblich und mit tausend Gefahren verbunden. Ich komme zwar nicht um, aber auch nicht an mein Ziel. Irgendwie schien mir dieser Traum ein Sinnbild zu sein fürs Leben, für dieses ständige Unterwegssein mit einem Ziel, das man nicht kennt oder immer nur zu kennen glaubt. Für die Notwendigkeit, immer wieder loszulassen und die Schwierigkeit, wirklich loszulassen, wenn es ernst gilt und man sich der Unumkehrbarkeit dieses Vorgangs bewusst ist. Ich habe manchmal das Gefühl, dass ich in immer tiefere Schichten meiner Psyche sinke. Das ist spannend, aber auch ein wenig furchterregend.

Bo schläft lange: zehn, elf Stunden. Da ist er nicht anders als Niko oder Somchai. Dann ist er wieder voll da, fröhlich, fit. Was erzählt er mir? Dass er am 1. Januar Geburtstag hat, also an seinem Geburtstag nach Bangkok zurückfliegt. Er sagt, er habe in Pattaya ein Restaurant gehabt, das aber Konkurs gegangen sei. Er habe dann ein halbes Jahr lang nur noch gesoffen. Er habe zwar kein Geld gehabt, aber es sei immer jemand mit einer Flasche Whisky vorbeigekommen. Er lacht. Auch Haschisch habe er viel geraucht, das nachts über den Mekong von Laos nach Thailand geschmuggelt wird (Bo ist ja in der Nähe der laotischen Grenze aufgewachsen, hat vielleicht selbst laotische Wurzeln; seine Geschwister seien alle sehr zierlich, nur er hat breite Hände und grosse Füsse, und seine Schwester, die ihn an Stelle der Mutter aufgezogen hat, habe ihn, natürlich im Scherz, auch schon gefragt, wie das möglich sei, bei gleicher Mutter und gleichem Vater). Er war auch einige Male im Knast, den er «Monkey-Haus» nennt, wenn auch nur einzelne Tage, wegen Haschischrauchens oder Schwarzbrennens von Schnaps, ich weiss nicht mehr genau. Auch hatte er einige Motorradunfälle mit seiner 120er-Maschine, als er besoffen unterwegs war; er zeigt mir die Narben. Er kennt ebenfalls H. F. und den vormaligen Besitzer des T&M, der ihn ja auch für seinen Auftritt in der Schweiz engagiert hat. Hier leben möchte er nicht, jedoch gern noch einmal in die Schweiz kommen schon, aber im Somme. Er fragt mich, ob ich ihm für das Visum dann eine offizielle Einladung geben könne. Ich stelle ihn Sylvia vor, die ihn auch sehr sympathisch, warm, anziehend und «saftig» findet. Wir schauen noch ein wenig fern, hängen rum, denn es regnet immer noch oder schon wieder. Um sechs will Bo gehen. Ich gebe ihm 200 Franken; er verlangt nichts, hat aber auch nichts dagegen.

Am Dienstag versuchte ich Bo vergeblich im Hotel zu erreichen. Ich war übermässig enttäuscht, hatte aber noch die Hoffnung, den Saftigen später in der Stadt zu treffen – denn ausgehen wollte ich auf jeden Fall noch. Ich habe offensichtlich viel nachzuholen. Oder bin ganz einfach nur süchtig – vergnügungssüchtig, sexsüchtig, thaisüchtig. Also ab ins «Carrousel» nach der Arbeit. Bo ist nicht da. Dafür ist Niko da, dem ich sage, dass ich nicht mehr mit ihm als Stricher ins Bett will oder kann. Er ist beleidigt, sagt mir, ich sei betrunken. Seither behandelt er mich wie Luft. Natürlich ist auch Oky da, höflich, professionell. Dann kommen ein paar Thais, Tom und Gai unter anderem, die mich sofort mit Beschlag belegen, denen ich ein paar Drinks spendiere etc. Wir sitzen und plaudern und trinken und so vergeht die Zeit. Dann wollen sie weiter, schleppen mich mit. Es geht in eine mir bisher unbekannte Disko, das «Upspace» im Niederdorf, nicht gerade schwul, aber mit der technoüblichen tolerant-gewährenden Mischung, in der ich als alter Sack auch sofort problemlos akzeptiert bin. Ich gerate wieder in Hochstimmung, will tanzen, tanze ungehemmt mit, was die Thais immer etwas verwundert – ein tanzender Opa ist für sie schon etwas strange –, fühle mich grossartig. Irgendwann irgendwie gehen wir wieder, es ist vielleicht drei, vier, ich bin im Taumel wieder einmal, trügerisches Glück. Wir nehmen ein Taxi. Gai kommt, ohne dass ich ihn besonders dazu aufgefordert hätte, einfach mit. Ich glaube aber nicht, dass wir dann noch was Unkeusches getrieben haben. Es schläft einfach neben mir, das elfenhafte Wesen, dieses sanfte Schnurrekätzchen. Am Morgen, der natürlich wieder einmal auf den Nachmittag zu liegen kommt, kann ich es mir dann aber natürlich nicht verkneifen, mich an dem Kerlchen, das aber auch schon 26 ist, zu vergreifen. Er ist von einer fast rührenden Magerkeit, aber sehr schön und sehr weiblich. Ein magersüchtiges Mädchen. Bevor er mich gewähren lässt, meint er in seiner scheu-herausfordernden Art, ich solle ihm 500 Franken geben, für Geschenke, zum Shoppen. Ich lache nur, sage, er sei ein Monster. Dann zieht er sich an, seine Socken, die wohl keine Socken sind, gehen ihm bis über die Knie, dazu trägt er Hosen mit Schlag und geradezu monströse Techno-Schuhe mit meterhohen Sohlen. Und sehr sexy Unterwäsche – kurz, er ist die klassische Huren-Madonnen-Mischung, dazu diese verruchte Unschuld, Naivität: einfach unwiderstehlich. Dann koche ich ihm Nudelsuppe, wir reden noch ein bisschen, und weg ist er. Ich gebe ihm 300 Franken. Anschliessend fühl ich mich ziemlich kaputt. Gehe dann aber doch noch zum Weihnachts-Stubengrill zu Jürg C. in der Nachbarschaft. Nach ein paar Gläsern Wein bin ich wieder in Hochform. Es wird wieder sehr spät, und am nächsten Morgen muss ich schon früh zu meinen Eltern. Das ist dann, trotz meines desolaten Zustands, auch eine eindrückliche Sache, doch das ist eine andere Geschichte.

Mir hat es Kobi angetan, ein Kambodschaner, der seit einigen Jahren in Thailand lebt. Ich quatsche ihn an. Er sei, sagt er, Student, studiere in Bangkok Ökonomie und verdiene sich hier sein Geld als Stricher. Er ist ganz nett, hat einen wunderschönen Körper. Aber ich bin in Bo verliebt. Was tu ich nur? Heute erreiche ich ihn im Hotel. Da ich aber bei Pius eingeladen bin, könne ich ihn erst um elf sehen, sage ich ihm. Ja, ich solle ihn dann im Hotel anrufen, sagt ein verschlafener, aber liebenswürdiger Bo. Ob das klappt? Ich zweifle stark.

Es hat dann doch geklappt. Pünktlich um elf rief ich vom «Franziskaner» aus bei Bo im Hotel an. Fünf Minuten später war ich bei ihm im Zimmer. Es war sofort wieder sehr vertraut, entspannt. Wir redeten, schmusten, trieben es, dann lagen wir zusammen auf dem Bett und glotzten in die Kiste. Bo war sehr müde, aber fröhlich, freundlich und zärtlich wie immer. Seine Art ist einfach absolut hinreissend. Ein lieber Mensch, und bei weitem der natürlichste Thai, den ich kenne. Gar nicht verwöhnt und eingebildet. Irgendwann mal sagt er mir: Du kannst bei mir schlafen. Mitten im Film «Break out» kann er einfach die Augen nicht mehr offen halten und schläft ein. Er hat wirklich einen gesunden Schlaf. Bei mir ist das mit dem Schlafen so eine Sache. Von unten hört man nämlich wieder einmal das Bumbum der Disco. Also kann ich nicht, oder fast nicht, schlafen, bis sechs. Aber ich bin zufrieden, neben Bo zu liegen und seine wohltuende Nähe zu spüren. Er ist für mich einfach der wunderschönste Mensch, und das hab ich ihm später auch gesagt: Mr. Universe, leicht scherzhaft. Ich habe schon einige Male zu einem Mann gesagt, er sei der schönste, zu Eko, zu Somchai, und das stimmt jedes Mal auch. Schönheit liegt schliesslich im Auge des Betrachters, wie schon der alte Thukydides gesagt hat. Ich schlaf doch noch ein bisschen, so bis gegen zwölf, dann werden wir beide wach. Ich bin zwar immer noch müde, aber was solls. Bo ist gutgelaunt wie immer, und das überträgt sich. Wir frühstücken im Zong Hua, Bo hat wieder einmal einen gesegneten Appetit. Er kann wirklich erstaunliche Mengen essen. Ach ja, und am Morgen hatten wir auch noch einmal Sex zusammen. Das heisst am Mittag. Und ich bin einfach nicht im Stande zu safer Sex. Lass ihn in meinem Mund kommen. Nach dem Essen spazieren wir am See, ich mach ein paar Fotos von ihm. Er spaziert wirklich gern, interessiert sich für seine Umgebung, das ist auch neu. Später gehen wir noch an die Höschgasse, so bis neun, zum Reden und Fernsehschauen. Dann will Bo ins «Cinecittà», ohne mich, aber das ist völlig okay so, er sagt immer genau, was er will, es ist absolut okay, er ist ein erwachsener Mann und macht keine Spielchen. Ich bin dann auch so erschöpft, dass ich um zehn schlafen geh. Und wir verabreden uns, anderntags nun doch noch auf die Rigi zu fahren. Ich solle ihn um elf im Hotel anrufen, wir wollen den Zwölf-Uhr-Zug nehmen. Und das klappt dann auch bestens. Wirklich erstaunlich. Bo ist schon wach, als ich anrufe, obwohl er diese Nacht schlecht geschlafen hat (weil er ja wusste, dass er aufstehen muss). Der Tag wird wunderschön. Wir haben Glück mit dem Wetter: strahlender Sonnenschein. Bo geniesst den Schnee, geniesst es, mal etwas anderes zu sehen als Zürich, ist glücklich wie ein Kind. Schaut fasziniert den Snowboardern und Skifahrern zu. Wir machen sogar eine kleine Wanderung durch den Schnee, und viele Fotos. Am Abend, nach der Rückkehr, muss ich ihn fast dazu überreden, sich zum Nachtessen in die Sonne einladen zu lassen. Vorher aber badet er noch bei mir, machen wir wieder Sex. Dann gehen wir erneut in die «Sonne», wo das Essen wirklich sehr gut ist und die Portionen gewaltig sind. Bo trägt wieder den weitaus grössten Teil zur Nahrungsvernichtung bei. Wir trinken Wein, ich darf der Thai-Wirtin und einer Sängerin ein Glas spendieren: Thai style. Dann will Bo aber wieder allein weiter, zur Thainight, die immer am Montag ist. Er werde morgen, also heute, bei mir übernachten, verspricht er. Er rufe mich um zehn oder so an. Mal sehen. Geld will er wieder keines.

Bo wurde am 1. Januar 1969 in Roi Et in der Nähe von Khon Kaen geboren. Er spricht von Haus aus einen laotischen Dialekt. Seine Mutter starb früh, er hat zwei ältere Schwestern (30, 32), sein Vater ist oder war Bauer. Er musste als Kind viel arbeiten, schon um vier, fünf gings auf die Reisfelder, bevor er dann um acht in die Schule musste. Er zeigt mir die Narben an seinen Füssen: das kommt aus dieser Zeit, weil er immer barfuss ging. Geld hatte die Familie keines, also konnte Bo nur seine sechs obligatorischen Schuljahre machen. Er sagt, er sei ein fettes Kind gewesen oder erst fett geworden im Kloster, denn mit 13 wurde er mangels anderer Möglichkeiten zum Mönch, obwohl er wenig spirituelle Neigungen zu haben scheint. Er war dann fünf Jahre im Kloster, wo er nur beim Heischen der morgendlichen Reisgabe mit der Aussenwelt in Berührung kam (deshalb habe er auch die Freiheit nicht vermisst; später, beim Klosteraufenthalt zur «Mannbarkeit», der nur wenige Wochen dauerte, fiel ihm die Enthaltsamkeit weitaus schwerer). Wenn ich das richtig mitbekommen habe, war er als Mönch in einem Wat in Bangkok. Im Kloster erhielt er weitere Bildung; er hätte, sagt er, als Mönch sogar an die Universität gehen können. Aber er wollte raus aus dem Kloster. Er sei zu wenig asketisch für diesen Lebensweg, sagt Bo.

Bo ist der einzige aus seinem Dorf, der jemals das Land verlassen hat. Vorher aber war er als Bauarbeiter beschäftigt (u.a. am Königspalast), Matrose auf einem Fischerboot, Stuntman für einen Film im unwegsamen Grenzgebiet zu Burma. Bevor er, na ja, im Callboybusiness oder im Fitnessgeschäft oder im Showgeschäft oder wo auch immer landete. Er musste sich halt durchschlagen, durchs Leben mischeln. Heute vermietet er in Pattaya sein Motorrad an Touristen. Er wohnt im Parterre in einem Zimmer für 2000 Bath im Monat. Lachend sagt er, er könne von seinem Zimmer aus fischen.

Übrigens: er kam gestern Abend nicht. Ich rief ihn dann nach Mitternacht an. Sein Portemonnaie mit allen Ausweisen sei ihm gestern im «Mascotte» geklaut worden, erzählt er. Heute rief er um halb zwölf an, bat mich, zu ihm ins Hotel zu kommen. Ich soll ihn ins Stadthaus begleiten, wo er sich abmelden muss. Und wir kaufen ein, Parfum erst, für seine Schwestern, dann Schokolade. Er ist bescheiden, will kein teures Markenparfum.

Also, Bo kaufte Schokolade und Vitaminbrausetabletten und Fitnessdrinkpulver und solche Sachen und zwei Dutzend Frankfurterwürstchen und scharfen Senf, denn er liebt Würste und scharfen Senf sehr. Die verspeisten wir dann anschliessend bei mir (d.h. ich ass ein Würstchen und Bo etwa zehn), dazu tranken wir Wein und Bo erzählte mir aus seinem Leben, während ich ihm seine nackten Füsse massierte. Gegen fünf verschwand er aber wieder. Er wolle nur sein Hotelzimmer aufräumen und abgeben, ausserdem erwarte er das Telefon eines Freundes, er komme aber umgehend zurück. Ich trank weiter Wein und schaute Fernsehen und wartete einmal mehr unglücklich und ungeduldig und sehr verliebt auf einen Thai. Als er um neun immer noch nicht zurück war, rief ich ihn an im Hotel, da war er auch, ja, er komme sofort, in einer halben Stunde sei er wieder da, er habe den Anruf nicht bekommen und warte jetzt nicht mehr länger. Auch dass er eine Verabredung um zwölf habe, erwähnt er nicht mehr wie noch am Nachmittag. Ja, er kommt. Ich bin schon reichlich besoffen, und wir trinken weiter Wein. Schliesslich feiern wir Silvester und Bos Geburtstag. Gegen zwölf fahren wir in die Stadt, um mit vielen anderen das Neujahrsfeuerwerk zu sehen, hängen dann noch in der Kälte rum, trinken Bier, es ist friedlich und schön. Dann gehen wir ins Hotel «Goldenes Schwert» zurück. Ich lass meine Jacke bei ihm im Zimmer. Dann führt er mich durch einen Nebeneingang ins T&M. Da ist es natürlich auch brechend voll. Ich verliere Bo, ich stehe im Gedränge herum, trinke Whisky-Cola, treffe Bo wieder, aber der hat sich bei anderen Bekannten angehängt, unter anderem meinem «Konkurrenten», den ich schon mal im Mascotte sah. Ich werde melancholisch, be-

274

soffen bin ich ohnehin. Die Zeit vergeht, ich will nach Hause – es hat eh alles keinen Zweck. Bo geht mit mir rüber in sein Hotelzimmer, damit ich meine Jacke holen kann. Unterwegs begegnen wir Gai, das weiss ich noch. Im Zimmer verabschiede ich mich von Bo, werde noch melancholischer und sentimentaler. Bo warnt mich: ich dürfe nicht weinen. Er wird fast etwas böse, wenn ich mich entsinne. Er habe eben viele Bekannte, sagt auch er zu mir. Ich gehe zu Fuss nach Hause, heulend. Ein Abschied mehr.

Am Freitagabend traf ich Kobi wieder, im «Carrousel». Wir gingen dann erneut zu ihm in sein Zimmer am Hirschenplatz. Kobi, das heisst eigentlich Frosch. Offenbar ist Kobi als Kind wie ein Frosch herumgehüpft. Und es stimmt: sein Gesicht erinnert auf drollige, hübsche Art etwas an einen Frosch, vor allem der Mund. Aber er ist wirklich sehr hübsch und charmant, auf eine anrührende Weise ernsthaft und seriös. Respekt ist ihm sehr wichtig. Er betont seine Bildung, betont, dass er sich zu benehmen wisse, und das, obwohl er aus armem Elternhaus stamme. Auch seine Eltern waren Bauern. Er stammt aus einem Dorf in der Nähe von Ubon gegen die kambodschanische Grenze zu. Seine Familie war sehr arm, sie lebten in einer Hütte ohne Strom und fliessendes Wasser, sein Schulweg, den er mit dem Fahrrad zurücklegte, betrug 18 Kilometer. Kobi sagt, er trinke am liebsten Coca Cola. Warum? Weil er als Kind im TV immer den Wagen mit dem Coca Cola-Schriftzug sah, sich dieses Zaubergetränk aber nie leisten konnte. Da, sagt er, habe er sich geschworen, wenn er einmal gross sei und es geschafft habe, dann werde er so viel Cola trinken wie er wolle.

Er hat eine ältere Schwester, die hat es ganz und gar geschafft. Ist mit einem wohlhabenden Mann verheiratet und arbeitet bei Thai-Airways in einer Manager-Position. Mit ihr verstehe er sich aber nicht so gut. Sie wolle nicht mehr viel mit ihm zu tun haben. Kobi schildert anschaulich sein Dorf in den Hügeln, wo es keinen Reisanbau gibt, wohl aber Früchtekulturen und etwas Viehwirtschaft. Wenn ich das richtig verstanden habe, ist ein Elternteil von ihm kambodschanisch und einer thailändisch. Kobi isst jedenfalls lieber kambodschanisch als Thai, das sei eher wie die chinesische Küche, nicht scharf. Kobi hat offenbar einen Highschool-Abschluss und eine Hotelfachschule besucht. Wie er das unter diesen Umständen geschafft hat, muss ich ihn fragen.

Er arbeitete in guten Hotels in Phuket und sogar als Fotomodell in Australien – er zeigt mir als Beweis entsprechende Fotos. Zum Fotomodell-Job kam er anscheinend durch Zufall – er habe sich auf eine entsprechende Annonce gemeldet und sei genommen worden, obwohl er doch so klein sei.

Jetzt studiert er Wirtschaft, noch in Bangkok, möchte aber nach Phuket wechseln. Verdient sich sein Studium durch den Strich in der Schweiz, wo er zum zweiten Mal ist. Er sagt, er habe viele Bekannte, aber wenige Freunde unter den Thais, gleich wie Bo und Somchai. Sie würden ihn als überheblich betrachten, weil er sein Geld spare, statt es wie sie auf den Kopf zu hauen. Er gehe nur selten aus. Ebenfalls wie Somchai sagt er, er fühle sich älter, als er sei (er ist 25).

Ich rufe Bo an, um ihm hallo zu sagen. Er sagt mir: «Gute Nackt», und lacht sein übermütiges Grinsen.

Somchai ruft an, sogar zweimal, einmal mitten in der Nacht, leicht eifersüchtig. Und er hat mir doch noch eine Weihnachtskarte geschickt, eine sehr liebevolle, auf der er in Versform unsere Freundschaft beschwört und für die ich ihn anbeten könnte.

Prostituierte werden, völlig zu unrecht, von vielen verachtet. Dazu besteht aber kein Grund. Sie sind Wohltäter der Menschheit, aber das nur nebenbei. Sie tun es aus dem gleichen Grund, wie wir alle tun, was wir tun: um zu überleben, um weiterzukommen, um etwas zu erreichen. Und sie zahlen einen hohen Preis. Nicht aus moralischen Gründen. Sondern weil sie ihre Gefühle abtöten müssen bis zu einem gewissen Grad. Diese Gefühle werden vor allem durch mangelnden Respekt verletzt, durch Abwertung.

Kobi mag mich, weil er fühlt, dass ich ihn respektiere.

Kobi erzählt mir viel, d.h. ich frage ihn aus, bin am Recherchieren wie immer. Kobi erzählt mir anschaulich von seinem Universitätscamp, wo über 100'000 Studentinnen und Studenten wohnten, was ich für etwas übertrieben halte. Er muss sich sein Studium selbst verdienen, musste sich auch seine (nicht abgeschlossene) Hotelfachschule selber verdienen, mit diversen Jobs, als Fremdenführer, als Angestellter bei McDonalds, als Hotelangestellter, als Modell, als Tennistrainer etc. Dass er sein Studium überhaupt angefangen habe, verdanke er der Einstellung seiner Eltern, die den Wert einer guten Ausbildung für ihn erkannt hätten. Also muss er sie nicht in dem Ausmass unterstützen wie andere Kinder ihre Eltern. Die Highschool-Ausbildung stehe im Prinzip, sagt Kobi, jedem Thai offen, da die Kosten zur Hälfte vom Staat übernommen würden. Kobi habe früher Lehrer werden wollen, jetzt «Direktor» oder Manager, irgendeine Tätigkeit im Hintergrund, wo er seinen Kopf brauchen könne. Nein, heiraten wolle er nie; er sei schwul und wolle niemandem etwas vormachen; das sei nicht gut. Er beschreibt seinen Charakter selbst als verlässlich: Es sei ihm, im Gegensatz zu anderen Thais, die vor allem ihr Gesicht nicht verlieren wollten, wichtig, zu seinem Wort zu stehen (er ist wirklich überaus pünktlich, wartet sogar vor der abgemachten Zeit am vereinbarten Treffpunkt). Er habe erst etwa mit 20 gemerkt, dass er schwul sei. Vorher habe er keine Zeit gehabt, sich um sowas zu kümmern, sei beschäftigt gewesen mit Lernen und Arbeiten. Ja, er habe es manchmal schon vermisst, unbeschwert jung sein zu können. Er beschreibt sein Comingout so: Sie hätten an der Uni manchmal Spiele gemacht, zu denen es gehörte, dass man sich «zum Spass» küsst. Da habe er, Kobi, gemerkt, dass es ihm wirklich Spass mache, Männer zu küssen. Er habe dann bei einem älteren Kommilitonen übernachtet, der ihn aber später zu sehr zu vereinnahmen suchte. Ob er, Kobi, denn nie verliebt gewesen sei? Doch, einmal, wobei er nicht wisse, ob das wirklich «verliebt» gewesen sei. Ein Märchenprinz aus dem Westen, aus Hawaii oder British Columbia. Ein VIP, ein Promi und Reicher, dem er vom Hotel für zehn Tage als persönlicher Begleiter zugeteilt worden sei Der habe ihn mit Geld- und Schmuckgeschenken verwöhnt, geredet hatten die beiden aber offenbar wenig, denn Kobi weiss nicht viel über ihn. Offenbar war der Herr auch sehr auf Diskretion bedacht.

Kobi ist ehrgeizig, er will es zu etwas bringen, und er wird es wohl auch zu etwas bringen. Die meisten Thais in der Schweiz, sagt er mit einer gewissen Verachtung, seien völlig ohne Bildung – in Australien sei das anders, da seien Thais hochangesehen. Die Schweizer hätten deshalb ein völlig falsches Bild von den Thais, würden diese verachten.

In einer der vergangenen Nächte wurde mir plötzlich sehr klar, wie die Lösung meines «Beziehungsproblems» aussehen könnte. Eigentlich lag diese Lösung schon die ganze Zeit auf der Hand. So scheint es mir wenigstens; manchmal scheint mir dieser Weg fast ein wenig zu einfach, zu pragmatisch auch, zu «berechnend». Aber eigentlich glaube ich das doch nicht. Ich sollte *Pom* «heiraten» – ich möchte «heiraten», und warum nicht ihn? Ich habe ihn gern, er gefällt mir, wir mögen uns, und er scheint auch ein Typ zu sein, der gerne «heiraten» möchte, im Gegensatz zu Somchai. Erstens ist er älter und sehnt sich nur schon von daher eher nach einer verbindlich(er)en Beziehung, zweitens hat er immer schon in solchen Beziehungen gelebt, mit Hans erst und dann mit Markus, den ich nicht kenne, auf jeden Fall ist er loyal und treu, allerdings auch eifersüchtig, wie mir Somchai zu bedenken gegeben hat, und da könnte es tatsächlich ein kleines Problem geben. Ich habe mich nämlich inzwischen ein wenig an die Promiskuität gewöhnt. Aber vielleicht kann ich mich ja «zurückgewöhnen», wenn ich «in festen Händen» bin.

Auf jeden Fall habe ich das Gefühl, dass ich zusammen mit Pom dem, was man unter Beziehungsglück versteht, am nächsten kommen könnte. Es ist an der Zeit, einen etwas ruhigeren, geschützteren Hafen anzusteuern. Ich bin des Herumstreunens müde, der ständigen gefühlsmässigen Erschütterungen.

Ich habe Pom am Samstag in Song Hong angerufen, wo er noch bis gegen Ende Januar bleibt. Und dies ist ein Zeichen, das deutlich genug ist, um von ihm verstanden zu werden. Er hat mir denn auch seinerseits signalisiert, dass er sehr gerne bereit sei, sich auf mich einzulassen. Er ist tatsächlich jetzt schon eifersüchtig, fragt mich, ob ich in die Disco gehe. Natürlich hat diese Bereitschaft, sich einzulassen, auch damit zu tun, dass ich ihm einen Ausweg aus seinem Dilemma bieten könnte (jetzt, in Bangkok, verdient er als Hairdresser zu wenig, um in dieser Stadt überleben zu können; und er ist noch zu jung, um sich in Song Hong aufs Altenteil zu setzten; ausserdem hat er zuviel gesehen von der Welt, um ständig im Dorf zu leben, auch wenn es da paradiesisch – aber eben auch paradiesisch langweilig – ist. Ich glaube aber, dass er mich wirklich mag; ausserdem habe ich einen Vertrauensbonus, da ich gewissermassen schon ein wenig zur Familie gehöre).

Nur: Wie bring ich das Somchai bei? Wie wird er reagieren: verletzt oder gerade deshalb verständnisvoll, weil es sich um seinen Onkel handelt, den er ja auch sehr mag? Ich bin ein wenig unter Vollzugszwang, da ich Somchai bereits die Einladung versprochen habe und ausserdem seine (resp. die auf meinen Namen lautende) Handynummer bereits auf Ende Januar gekündigt habe.

Natürlich ahnt Somchai mit seinem siebten Sinn, dass etwas los ist, und ruft vorgestern Nachmittag im Büro an: Er habe mich schon oft zu erreichen versucht, warum ich ihm so lange nicht telefoniert hätte etc. Ausserdem sagt er mir, dass er in zwei Tagen nach Song Hong zu fahren habe,

um den Bau einer neuen Küche zu organisieren (irgendwelche Tiere, vielleicht Ameisen, würden sich an den Le-
bensmitteln gütlich tun). Er klingt besorgt, und mir wird
schlagartig klar, dass der Wechsel zu Pom nicht so problemlos und harmonisch vonstatten gehen wird. Somchai
wird, ich spüre es, enttäuscht sein, verletzt, aufgebracht, er
wird sich betrogen vorkommen etc. Und vor allem: Wird er
dadurch nicht sein Gesicht verlieren – etwas vom
Schlimmsten, was einem Thai geschehen kann? Ich bringe
es aber nicht über mich, etwas zu sagen: zuerst will ich ja
auch mit Pom reden. Ich weiss aber auch ganz sicher, dass
ich mit Somchai nicht weitermachen kann wie bisher.
Nicht, weil ich ihn nicht mehr liebe, sondern weil er mich
nicht liebt und nie lieben wird. Er hat ja selbst gesagt, dass
er sich nicht ändern werde. Also muss ich die Änderung
vollziehen, und das geht leider nicht, ohne dass es auch
Somchai betrifft. Ach, wie ich das hasse! Aber es muss
wohl sein...

Ich rufe Pom an, und dieses Mal ist er da. Aber zuerst
wechsle ich ein paar Worte mit Ploy, seiner Schwester, und
ich spüre augenblicklich, dass sie genau weiss, was vor sich
geht. Bei Pom begebe ich mich in Medias res: «Ich muss dir
etwas sagen. Ich möchte dein Boyfriend sein.» Ich sage ihm
auch, dass ich ihn einladen möchte und nicht Somchai. Mit
der grössten Selbstverständlichkeit und ohne im Geringsten verwundert zu sein, nimmt er das an. Doch, er sei damit einverstanden. Für ihn lag das offenbar schon lange in
der Luft oder auf der Hand; er habe es aber nicht ange-
schnitten, wegen Somchai. Ja, er wolle mich auch als Boyfriend, er sei ja ungebunden, habe niemanden. Wie es jetzt

weitergehe? Ob ich Somchai schon was gesagt hätte? Nein, sage ich, ich hätte zuerst mit ihm, Pom, reden wollen. Ausserdem hätte ich ein wenig Angst, es Somchai zu sagen. Ich wolle Somchai ja nicht verletzen. Somchai werde wohl sehr upset sein, frage ich etwas unsicher. Ja, das denke er auch, sagt Pom, und macht es mir damit auch nicht leichter.

Hallo, lieber Chris

Es stimmt, die Feiertage habe ich recht gut überstanden. Ein «Mai pen rai» an der Schrankwand hilft ungemein. Ist schon lustig, mit welch banalen Mitteln man sich aus einem Tief herausholen kann. Natürlich hätte ich das Weihnachtsfest auch lieber in Bangkok oder Pattaya verbracht. Meine ganze Freundesblase ist schliesslich unten. Wieder mal so einen richtigen Zug um die Häuser machen. In Pattaya mal wieder ins «Cockpit» gehen, mit den Katheuys lachen, tanzen und Spass haben. Oder einfach in Vichays Boystown in Bangkok versumpfen. Somchai kennt Vichay ja auch recht gut. Und Vichay war auf ihn tierisch sauer, als sich Somchai von mir scheiden liess. Da durfte er längere Zeit in keine von Vichays Bars mehr rein.

Wo ich gerade von Vichay und Somchai schreibe. Du willst dich jetzt also wirklich binden, also «heiraten»? Natürlich kenne ich Pom, Somchais Onkel. Aber Somchai und ich haben ihn immer nur «Tante» genannt. Ein lieber Kerl. Ich habe ihn zwar nicht sehr oft gesehen, damals lebte Somchai noch bei ihm im Apartment, aber wenn wir uns nachts bei «Harries» oder im Coffeeshop vom Suriwong trafen, da machte er einen lieben Eindruck.

Ich kann mir schon vorstellen, dass du nun nach einer einigermassen sauberen Lösung deiner Probleme suchst. Ich an deiner Stelle würde Somchai schon sehr offen sagen, dass du nun in einer Zeit bist, wo du «klammern» und «festhalten» willst. Und weil er es im Augenblick nicht zulässt, würdest du es bei Pom auch sehr gut aushalten können. Ich denke mir eigentlich nicht, dass Somchai sehr eifersüchtig wird. Natürlich bröckelt etwas von seiner sozialen Fassade ab.

Aber er hat ja noch den Genfer, oder? Somchai muss einfach deine Wertigkeit im Moment akzeptieren. Im Gegensatz zu ihm sind wir nicht mehr die Jüngsten, können nicht mehr so viele Experimente machen. Er kann jeden Tag, ja fast jede Stunde eine neue Idee haben, sie sogar durchführen. Wir in unserer greisenhaften Langsamkeit kommen nun mal nicht mehr so schnell vorwärts. Und wenn er doch sowieso eine Ausbildung in der Schweiz macht, dann könnt ihr euch doch sowieso treffen. Oder fällt damit Somchais Plan, eine Ausbildung zu machen, dahin? Fällt damit auch deine Einladung für ihn Ende Januar dahin?

Somchai sagt also, er sei vor seinem 18. Lebensjahr ein anderer, romantischerer Mensch gewesen? Ich weiss ja nicht, wie Somchai jetzt ist. Ich kenne ihn nur aus der Zeit vor seinem 18. Lebensjahr. Romantisch war er schon, Klammeraffe zudem. Man konnte viel Zeit mit Kuscheln verbringen, man brauchte wenig Worte. Allein die Tatsache, dass man zusammen war, hat ein Gefühl der Geborgenheit ergeben.

Ob Somchai mich zum Beispiel «geliebt» oder einfach «gemocht» hat, das ist schwer zu sagen. Wir haben uns einmal darüber unterhalten. Wann liebt man, wann mag man jemanden? Das «mag» ist keine negative Bewertung. Ich weiss ja selber nicht einmal, ob ich Somchai geliebt oder gemocht habe. Ich lege mich dabei auch nicht fest. Und eigentlich spielt es auch keine Rolle. Jede Minute mit Somchai war schön, war für mich wichtig. Und weil ich die vielen Erlebnisse, ja Erinnerungen an Somchai, mit Somchai habe, kann ich sagen, dass ich glücklich bin, dies erlebt haben zu dürfen. Manche Menschen erleben so eine fast himmlische Glückseligkeit nie in ihrem Leben.

Klar, heute kann ich mir vorstellen, Somchai als Lebensgefährten zu haben. Da kann er «rumhuren», wie er will. Diese Freiheit hatte er auch schon damals immer, weil ich grundsätzlich nicht «Klammeraffe» spiele.

Ich für mich kann mir gar nicht vorstellen, «monogam» zu leben. Es ist doch einfach ein geiles Gefühl, sich stündlich auf Blickkontakt neu zu verlieben. Das heisst nicht, dass man mit jedem sofort ins Bett muss. Aber ich möchte in einer Beziehung die Möglichkeit dazu haben.

Ich erinnere mich noch sehr genau an meine erste Zeit in Thailand. Da war ich fast nie allein. Ständig habe ich mich irgendwie verliebt. Da reichte es schon, dass ich einen hübschen Polizisten an der Patpong in seinem Glaskasten sitzen sah, und schon habe ich wie wild gebaggert. Nachts bei meinen Streifzügen durch die Bars war niemand sicher. Und ich habe jeden irgendwie «geliebt». Ich hatte mal eine ganz wilde Beziehung vor Somchai. Der Junge hiess Gip, und dieser Gip ging nur mit mir mit, wenn sein «Lover» mitkommen durfte. Der war DJ im «Lucky S», ein total lieber Kerl. Wir sind dann wirklich immer zu dritt durch Bangkok marschiert. War schon ne lustige Konstellation. Ausserdem hatte Gips Lover auch noch eine Freundin. Du kannst dir vorstellen, was sich da so bei mir in meiner Zimmerflucht im Suriwong abgespielt hat. Und weil ich einfach nicht klammere, sondern jedem seinen Freiraum zugestehe, funktionieren diese Beziehungen auch. Sie sind schliesslich nicht für die Ewigkeit gedacht. Man verliebt sich, weil man jemanden schön findet, man schläft mit jemandem, weil dessen Sexualität deiner eigenen am nächsten kommt, man erforscht Körper, schmeckt sie, geniesst sie. Doch irgendwann kann man dann wieder auf Entdeckungsreise gehn, neue Menschen kennenlernen. Gip, Hau, Am, Bi, Kitisak und wie sie alle hiessen, haben meinen Lebensstil akzeptiert. Und sie waren schliesslich ebenso. Und weil ich ihnen jede erdenkliche Freiheit liess, konnte ich meine Freiheit ebenso finden. Das änderte sich erst bei Somchai. Dazu muss ich allerdings sagen, dass ich Somchais «Klammern» am Anfang auch recht gut fand. In dieser Zeit hat sich auch unser wortloses perfektes Zusammenspiel ergeben.

Dieses Gefühl habe ich allerdings auch nach unserer «Scheidung» nie wieder bei einem anderen Jungen gefunden. Sicher, man lernt jemanden an der Beach kennen, nimmt ihn mit, es ist toll, aber es hat keine Tiefe. Aber nicht jede ausgelebte Sexualität muss Tiefe haben.

Das erinnert mich an ein schönes Erlebnis. Als Somchai in Scheidung von mir lebte, meine Stammkneipe in Pattaya war das «Alt Heidelberg», vor der immer die «Motorbike-Taxidriver» standen, hatte ich mir mal einen dieser jugendlichen Driver geholt. Es war ein hübsches Kerlchen um die neunzehn oder so. Er stand immer vor der Kneipe, und er hatte auch gesehen, dass ich immer mit Somchai zusammenwar. Das «Alt Heidelberg» ist ne gemütliche Kneipe. Dort stehen an der Theke immer gleich einige hundert Jahre Zuchthaus versammelt, wie «Bild» einmal schrieb. Auf jeden Fall wollte ich mich an so einem Tag einmal von eben diesem hübschen Motorbikedriver in mein Hotel fahren lassen. Man kann nämlich *bei denen so schön kuscheln während der Fahrt. In Pattaya und dem «Alt Heidelberg» war ja schnell rum, dass man mich einfach hat sitzenlassen. Schliesslich trauerte ich wochenlang. Tja, und dann war da dieser Motorbikedriver Manam. Ich hatte ihn als absolut hetero eingestuft. Man grüsste sich, lächelte sich an, aber mehr war nicht. Kaum dass ich auf seinem Motorbike hinter ihm sass, er mit langem T-Shirt und Boxershort bekleidet, fuhr er los. Ich brauchte ihm nicht einmal die Soi Pet zu nennen. Er wusste genau, wo ich wohnte. Es war schon dunkel, vielleicht 23 Uhr. Als er die Kurve zur Second Road nahm, nahm er meine Hand und fuhr unter den Stoff seiner Boxershorts. Er trug nichts darunter, hatte seinen Schaft ausgefahren. Und er hatte einen verdammt schönen Schaft, zudem war er beschnitten. Er kam von Phuket, gehörte dort zu der Minderheit moslemischer Thais. Und was passierte? Er kam ins Hotel, sagte, dass er es einmal probieren wolle, aber er sei nicht schwul. Wir sind wirklich zwei Tage nicht mehr aus dem Zimmer gekommen, haben nur noch gebumst. Er war wirklich nicht schwul, aber hat dermassen schnell gelernt, alles zu geben und zu nehmen, dass ich total die Zeit vergass. Am zweiten Abend meldete mir der Counter, dass unten die Stulizei warte. Polizei? Eigentlich nichts Neues für mich, schliesslich machten Thai-Kids oft Mist und liessen sich von mir auslösen. Ich bat die Herren hoch. Sie suchten Manam, denn das Motorbike war geliehen und überfällig. Vielleicht hatten seine Kollegen vor dem «Alt Heidelberg» gesagt, dass er mit einem Farang weggefahren war. Vielleicht glaubten sie auch, ich hätte ihn ausgeraubt, das Motorbike verkauft und ihn vergewaltigt. Er zog sich auf alle Fälle an, folgte der Stulizei, lächelte mich noch einmal an und schwupp, weg war er. Tage später sah ich ihn wieder vor dem*

«Alt Heidelberg», er lächelte. Dann sah ich ihn einige Nächte später in der «Marine-Disc», er sass auf Körperkontakt mit einem Mädel beisammen. Und obwohl wir nun wirklich zwei wilde Tage erlebt und mir seine Geilheit fast einen Kabelbrand im Herzschrittmacher verursacht hatte, schliefen wir nie wieder miteinander. Und mit anderen Farangs ging er erst recht nicht mit. Das war einfach ein gegenseitiges Niederkämpfen, es war geil, ging beiden bis an die letzte Kraft. Und Manam wollte wirklich nur einmal wissen, wie es wohl sei, einen Typen zu bumsen bzw. sich bumsen zu lassen. Ich bin mir fast sicher, dass Manam später nie wieder etwas mit Männern gemacht hat. Und von beiden Seiten war bestimmt keine Liebe im Spiel, dazu war die Zeit viel zu kurz. Aber beide haben eine unheimlich tolle Erinnerung mitgenommen.

Nein, klammern lohnt sich nicht für mich. Ich möchte offen für allerlei Abenteuer sein.

Aber ich kann dich verstehen, wenn du nun mit Pom versuchst, eine dauerhafte, tiefere Beziehung aufzubauen, die dir Somchai nicht geben kann, weil er in zu vielen Gewässern gleichzeitig schwimmt. Ich glaube auch nicht, dass du ihm gegenüber ein schlechtes Gewissen haben musst. Drück dir das nicht auch noch rein.

Ich weiss, diese treu-doofen Kulleraugen. Ein Blick in Somchais Augen genügt, und unsereins übernimmt sogar noch eine Mitschuld am Vietnamkrieg. Somchai muss einfach verstehen, dass Ihr beide Ähnliches sucht. Somchai sucht die materielle Sicherheit und du die Sicherheit und Geborgenheit eines Freundes, der immer da ist. Gerade sehe ich Pom vor mir. Er hat mal einem Freund im Coffeeshop ne richtige Szene gemacht. Schlimm! Denn Somchai und Pom singen dann ganz schrill im Uttaradit-Slang. Stimmt, Pom ist eifersüchtig.

Aber dies ist Somchai auch. Zumindest wenn sein Plan durcheinander gerät.

Gestern Nacht hatte ich Alpträume: Ich werde von zwei jungen Männern (Sadisten? Einer davon erinnert mich an Stefano!) verfolgt. Die wollen mich bestrafen: Mir etwas in die Hand ritzen, mir den kleinen Finger abhacken. Ich erwache verängstigt und erregt. Überhaupt habe ich schlecht geschlafen letzte Nacht.

Ich nehme frei im Geschäft, weil ich unbedingt erledigen will, was mir auf dem Magen liegt. Ich muss endlich Somchai anrufen, ihm einen Brief schreiben, zu erklären versuchen. Als ich mich endlich überwunden und mit schweissnassen Händen Somchais Handynummer gewählt habe, wird mir im Moment, als er abhebt, sofort klar, dass er bereits Bescheid weiss. Du rufst wegen Pom an, sagt er, gelassen und sehr cool, wie wenn er über die Wahl einer Joghurtmarke sprechen würde, weil du ihn einladen möchtest. Ich stammle etwas davon, dass ich ihn nicht verletzen wolle, dass ich ihm erklären wolle, aber er lenkt das Gespräch sofort auf pragmatische Bahnen. Er verstehe, dass ich für mich selbst schauen müsse, sagt er, nein, er sei mir nicht böse, natürlich würden wir uns freundschaftlich verbunden bleiben, er sei nicht so wie andere, die einen Ehemaligen nicht einmal mehr kennen würden. Er erwarte nun doch, dass ich zuerst ihn, Somchai, einlade, weil er sich auf mich verlassen habe und weil sein anderer «Freund» (oder einer seiner anderen Freunde), René, bereits einen anderen eingeladen habe. Mit Pom habe er sich bereits abgesprochen, der sei einverstanden damit. Er werde dann in der Schweiz dafür sorgen, dass Pom eingeladen werde (wie wohl?). Er, Somchai, wolle nun möglichst rasch in die Schweiz kommen. Als ich ihn darauf hinweise, dass das kaum möglich sei vor dem 10. März. Wie letztes Jahr schon, als er innerhalb von zwölf vollen Monaten nur sechs Monate in der Schweiz sein durfte, versteht er das wieder einmal nicht: Es habe schliesslich ein neues Jahr abgefangen, und da werde von vorne gezählt. Das stimmt sicher nicht, aber was soll ich ihn zu überzeugen versuchen, er merkt es dann selbst.

Ob ich denn wisse, dass Pom mich auch wolle, will er wissen. Da müsse ich seinen Onkel doch zuerst fragen. Offenbar haben sie darüber nicht gesprochen. Ich sage ihm auch, dass ich seine Handynummer gekündigt habe, was er ebenfalls ungerührt (scheinbar ungerührt) zur Kenntnis nimmt.

Ich bin erleichtert und auch verblüfft nach diesem Telefonat. Etwas stimmt aber nicht. So obenhin war unsere Beziehung nicht, dass sie jetzt so obenhin gelöst werden könnte. Unter der coolen Fassade schwelen – bei mir, ich denke aber auch bei ihm – Trauer und Wut, Verletztheit, Verzweiflung über die Sehnsucht, die zu Grabe getragen wird. Aber Somchai will jetzt vor allem sein Gesicht nicht verlieren. Dass er durch die Entwicklung der Dinge quasi vor versammelter Familie als «Versager», «Verlierer» dasteht, muss ihn bei seinem Hang zur Überzeugung, Loh, der Letzte, immer zu spät Gekommene zu sein, verletzen. Andererseits verbietet ihm natürlich seine Familienloyalität, gegen die Verbindung zu sein, die seinem Onkel Vorteile bringt. Eine für alle verzwickte, für ihn äusserst heikle Situation. Deshalb seine vorsichtige, diplomatische, coole

Reaktion. Und dazu natürlich der übliche Schuss «Mai pen rai» (etwa: «Dann ist es halt so, da kann man nichts machen»).

Auch ich versuchte mich mal wieder mit der Strategie der Verharmlosung über die Runden zu bringen. Natürlich kann ich mich auf die Dauer nicht selbst betrügen. Die Trennung von Somchai tut mir weh. Sehr sogar.

Nachher rufe ich Pom an. Er sei glücklich, von mir zu hören. Doch, er ist einverstanden, dass ich zuerst Somchai einlade. Er wolle ihn ja schliesslich nicht verletzen. Er werde auf mich warten. Er werde für mich dasein, für mich kochen, auf mich warten, wenn ich von der Arbeit nach Hause käme. Er wolle auch zusammen mit mir in Song Hong das Leben geniessen. Er werde sich Mühe geben, mir ein guter Freund zu sein. Es ist rührend, macht mich sehr verlegen. Er werde, zurück in Bangkok, ins Fitnesstraining gehen – er wolle attraktiv sein für mich.

Ich kann das alles fast nicht glauben. Er scheint ebenso entschlossen zu dieser Partnerschaft, dieser gemeinsamen Zukunft wie ich. Und ich darf nicht vergessen, dass er den ersten Schritt gemacht hat – ich aber allerdings, sehr energisch, den zweiten. Ich glaube, wir sind in dieser Lebensphase wirklich füreinander geschaffen. (Später bestreitet er allerdings, diesen ersten Schritt gemacht zu haben. Sagt, er sei «very shocked» gewesen, als er von der Einladung erfahren habe.)

Was gibts Neues von der Asiatenfront? Heute habe ich die Garantie für den nächsten Besuch von Somchai erledigt, ihn angerufen und ihm das mitgeteilt. Er hat sich förmlich dafür bedankt, sonst ist er eigentlich wie immer am Telefon, nur dass er jetzt am Schluss nicht mehr in den Hörer küsst. Ich habe übrigens erfahren, dass ich mehrere Personen, also auch Pom, einladen kann. Nun gut.

Gestern Abend rief ein ziemlich verzweifelter Niko an. Er habe seit gestern nichts mehr gegessen, sagt er, er habe überhaupt kein Geld mehr. Ob ich ihm etwas leihen könne. Gut, ich weiss ja, dass auch Niko ein Märchenerzähler ist, aber er hat eine so traurige Stimme, da sage ich ihm, gut, ich gebe ihm etwas, aber er müsse es bei mir holen kommen und es mir später wieder zurückzahlen. Eine halbe Stunde später steht er auf der Matte. Erzählt seine Räubergeschichte. Offenbar wohnt er immer mal ein bisschen da, ein bisschen dort, letzthin bei Andi, der offenbar wieder in der Stadt ist, an der Spitalgasse. Dort seien die Nachbarn Brasilianerboys, ebenfalls Stricher. Und dort habe es eine Razzia gegeben, ein als Freier getarnter Polizist habe die Boys der illegalen Arbeit überführt. Er, Niko, habe sich aus Angst nicht mehr aus dem Zimmer getraut. Wie auch immer, er scheint wirklich verzweifelt, verletzt, traurig. Er weint. Er habe nicht mehr gewusst, an wen er sich wenden sollte. Wenn er doch in Lombok geblieben wäre! Dann wäre er nicht so geworden, wie er jetzt ist. Er finde sowieso nie einen guten Freund. Er hat jetzt zwar einen Freund; aber der ist offenbar unzuverlässig. Er telefoniert mit ihm am Handy: Du hast mir doch gesagt, du seist am Schlafen, aber ich habe dich im «Cinecittà» gesehen, mit einem Thaiboy. Du kannst ja machen, was du willst, aber lüge mich nicht an. So streiten die beiden ein bisschen. Niko erzählt, dieser Freund würde ihm immer versprechen, ihm dieses oder jenes zu kaufen, ihm eine Wohnung zu mieten etc., aber es sei immer nur dahergeredet, d.h. doch, dieser

Pullover und diese Jeans habe ihm der Mann schon gekauft, aber alles andere... Ausserdem habe er ihn wegen diesen Thaiboys sitzenlassen oder ihn mit denen betrogen, er habe sogar zweien die Aufenthaltsgarantie gegeben, die würden ihn gar nicht lieben, das sei doch verrückt. So geht das. Ich höre ihm zu, versuche ihn zu trösten. Ich verstehe wieder mal nur die Hälfte und weiss nicht, was ich glauben kann, aber er tut mir trotzdem leid, wie er so dasitzt mit seinem trotzigen, traurigen Bubengesicht. Ich gebe ihm 100 Franken, die er mir aber wieder zurückgeben müsse. Morgen, sagt er, wenn ich kann, geb ich sie dir zurück. Er scheint wirklich dankbar zu sein, für das verständnisvolle Ohr und die geliehene Kohle. Dann geht er: Er müsse nach Oerlikon, um da Fotos zu machen, er tue das nicht gern, aber was wolle man, er müsse es eben tun. Ich kann mir vorstellen, was das für Fotos sind.

Gestern Nacht wieder heftig geträumt. Ich will mit Roni (meiner ersten grossen, unerfüllten Liebe am Gymnasium) nach Bangkok fliegen. Im Flughafengebäude muss ich zunächst ein Paket abschicken, was mit Schwierigkeiten verbunden ist. Das Paket hat nämlich die längliche Form eines «Knirpses» (zusammenfaltbarer Schirm, ein Phallussymbol?). Trotz raffinierter Verpackung knickt das Paket immer wieder ein, löst sich das Packpapier. Ich sorge mich ein wenig darüber, ob das Paket wohl ankommt. Später merke ich, dass auch mit meinem Gepäck etwas nicht in Ordnung ist; ich habe zu wenig oder das Falsche eingepackt. Und ich habe offensichtlich, bei einem Blick in die Brieftasche, zu wenig Geld. Ich tröste mich mit dem Gedanken, dass ich ja meine Kreditkarten dabeihabe.

Wir sind auf dem Weg zum Flugzeug auf der Rollbahn. Doch das Flugzeug ist nicht oder nicht mehr da. Sind wir zu spät? Unser Flug ist auch von der Anzeigetafel verschwunden. Ich denke: Warum hat man uns nicht ausgerufen, wieso wurde nichts bekanntgegeben? Niemand weiss Bescheid. Schliesslich erfahren wir, dass das Flugzeug aus technischen Gründen von Basel oder Bern aus gestartet sei. Ich koche vor Wut, beschwere mich lautstark am Schalter der «Singapore Airlines». Ich denke verbittert, warum mir immer wieder solches passiert – ich erinnere mich nämlich daran, dass ich unter ähnlichen Umständen schon einmal ein Flugzeug verpasst habe. Wir können also nicht reisen. Ich bin sehr enttäuscht, habe das Gefühl, eine wichtige Gelegenheit verpasst zu haben. Ich weiss auch nicht, was ich jetzt tun soll. Ich muss zurück zu meinen Eltern, meinem herzkranken Vater. Es ist sehr heiss. Ich bin verzweifelt.

Gestern habe ich mich mit Niko (oder mit Jeffery, wie er sich auch nennt) im «Predigerhof» getroffen, der ja schon auch eine Sondernummer ist. Irgendwie begegnet er mir mit sehr viel Sympathie, aber auch etwas vorsichtig – er weiss ja nicht, woran er bei mir ist. Er ist nicht mehr ganz so unglücklich wie am Mittwoch. Aber er ist erst gerade aufgestanden, hatte die Nacht wieder einmal zum Tag gemacht; «Labyrinth-Oxa» wohl, wie das geflügelte Wort lautet, Disco jedenfalls, Alkohol, Niko hatte oder hat Kopfschmerzen und wohl auch sonst einen Kater. Aber er ist ja noch jung. Gut sieht er aus mit seinem neunen Kurzhaarschnitt. Überhaupt ist er halt schon ein kompaktes Bürschchen, nicht eigentlich hübsch zwar, aber saftig und sexy und für mich durchaus keine kleine Verlockung. Er wohnt jetzt zusammen mit Sany, einem Äthiopier und einem Brasilianer an der Mühlegasse, im selben Haus, wo mir der goldene Buddha geklaut wurde. Allerdings wohnt er nur auf Zeit da, bis Donnerstag noch, dauernd wohnt er mal hier, mal da, und ich denke, vor allem, weil er sich extrem vor Polizeikontrollen fürchtet, dass er inzwischen schon geraume Zeit illegal in der Schweiz ist. Er begründet seine Angst zwar damit, dass er illegal und ohne Steuern zu zahlen arbeite, aber das tun alle anderen ja auch. Dazu kommt, dass er ja schon seit über einem halben Jahr in Zürich ist, was mit einem legalen Visum wohl kaum möglich wäre.

Traum von letzter Nacht: Ich bin ein etwa elfjähriger indischer Knabe. Ich lebe im Schutz einer grossen Halle (Bahnhofshalle?) zusammen mit vielen anderen Leuten in behelfsmässigen Unterkünften; die einzelnen «Wohnungen» sind nur durch Tücher, Holzkonstruktionen etc. voneinander abgetrennt. Das Ganze ist ärmlich, aber die grosse Halle gibt Schutz; ich gehöre zwar zu einer Familie, aber das Kollektiv ist wichtiger, gibt Geborgenheit. Ich bin glücklich, zufrieden als Teil dieses Ganzen. Doch nun zieht draussen ein Sturm auf, ein gigantischer Sturm – man erkennt es an untrüglichen Zeichen am Himmel. Eine Unruhe erfasst die Gemeinschaft, eine wachsende Erregung. Der Sturm kommt immer näher; der Himmel verdunkelt sich. Ich stehe in einer Gruppe von Jugendlichen, die halbnackten Körper sind Leib an Leib gedrängt. Anfangs beengt mich diese grosse körperliche Nähe etwas, aber dann beginne ich, sie mehr und mehr zu geniessen. Ich werde Teil des gemeinsamen Energiefeldes. Niemand spricht ein

Wort, alle sind in die gespannte Erwartung zutiefst versunken. Eine Art Trance erfasst mich als Teil der Gruppe und der ganzen Gemeinschaft und ich erfahre, während wir das Losbrechen des Sturms mit jeder Faser unseres Bewusstseins miterleben, geschützt durch die Halle und in der Gruppe, die höchste Stufe des Glücks, die ich mir vorstellen kann.

Ich weiss nicht, wie lange dieses konzentrierte «Horchen» dauert. Als der Sturm seinen Höhepunkt überschritten hat, verlassen wir die Halle. Draussen klatscht der warme Regen vom Himmel auf unsere nackten Körper, während wir voller Freude und Übermut den Regentanz tanzen. Ich weiss nicht, warum ich in diesem Moment das Gefühl habe, den Ursprung aller Kreativität begriffen zu haben. Eins war mir nach dem Aufwachen aber klar: Diese Wurzel, in meinem Fall bezogen auf das Schreiben, ist in den gleichen Schichten verankert, aus denen dieser Traum kam. Ich bin, wenn ich schreibe, ein Instrument, ein «Sprachrohr» – nicht gerade dasjenige Gottes wie Uriella, aber doch einer «höheren Macht». Und auch sonst im Leben bin ich ein Instrument, das von einem mir unbekannten und doch höchst vertrauten Künstler gespielt wird.

Jetzt ereignet sich am anderen Ende des Universums gerade das Ende eines Sonnensystems, von dem erst in vielen Millionen Jahren ein Abglanz seinen Weg zu unserer Erde zurückgelegt haben wird. Und dann wird es die Erde wahrscheinlich gar nicht mehr geben. In anderen Galaxien wiederum beobachten sie – wer immer sie seien – ein Licht am Firmament, dass unsere Sonne ausgestrahlt hat, als die Erde noch gar nicht geboren war. Es ist unvorstellbar. Die

Zukunft hat schon lange begonnen, schon sehr sehr lange. Eigentlich können wir gar nichts wissen, und deshalb überrascht es nicht, dass wir das Leben, wenn wir ehrlich sind, nur immer wieder wie ein Wunder empfangen können. Und genau darum geht es im Grunde: um die Ehrlichkeit. Der Mut zur Ehrlichkeit ist die schönste Tugend und er belohnt sich selbst. Geschichten haben es an sich, dass sie irgendwann aufhören. Vielleicht tun sie das wirklich. Vielleicht aber auch nicht. Ich weiss nicht, welche von beiden Möglichkeiten die tröstlichere oder die schrecklichere wäre.

Die Fortsetzung der Geschichte, die tatsächlich (noch) kein Ende gefunden hat, erzähle ich aus der Erinnerung.

DER SPRUNG INS NETZ

Seit dem Ende des vierten Teils, der ursprünglich als das Ende zumindest der erzählten Geschichte gedacht war, ist fast genau ein Jahr vergangen, sind neue Protagonisten auf der Bühne aufgetreten, andere abgetreten, wieder andere erneut aufgetaucht.

Ich habe in diesem ganzen Jahr keine einzige Zeile Tagebuch geschrieben. Auch sonst habe ich keine Texte geschrieben. Natürlich bin ich gezwungen, im Beruf zu schreiben, journalistische Texte und Interviews. Aber auf das Verfassen von persönlichen Texten hatte ich keine Lust (ausser zum Briefschreiben, notgedrungen, da der Briefwechsel mit Max, dem Bankräuber, weiterging).

Dafür habe ich in diesem Jahr Theater gespielt. Ich bin Mitglied in einem schwulen Laientheater, und dieses Mal erarbeiteten wir uns selber aus Improvisationen ein Stück, das in einem Coiffeursalon vonstatten geht. Es ist ein völlig absurdes Stück. Im ersten Akt spielte ich einen Frisör, im zweiten Akt einen Hund und im dritten Umbrella; diese Figur wurde inspiriert von Uriella, der wirklich realsatirische Sektenchefin des Ordens Fiat Lux, die unter anderem dafür bekannt ist, dass sie ins Wasser pinkelt und dieses dann als als Heilmittel gegen alle möglichen Krankheiten verkauft. Sie behauptet, dass wir dem Weltuntergang nahe sind oder dass die Welt bereits untergegangen sein sollte oder dass die Welt bereits untergegangen sei (vielleicht haben wir es nur noch nicht bemerkt), dass aber ein Drittel der Menschheit (natürlich das gute, keusche, fromme Drittel) von Ufos gerettet werde. (Dass ein Drittel der Menschheit gut, fromm und vor allem keusch sei, ist allerdings eine reichlich «optimistische» Einschätzung.) Nun, ich kann die Handlung des Stückes, das Elemente eines Krimis hat, in dem aber auch Wunder geschehen und viel gesungen wird, beim besten Willen nicht zusammenfassen. Umbrella, die mit dem grossen Plasma in Verbindung steht, erfährt die geheimen Wünsche der Protagonisten. Der Stricher Steve zum Beispiel wünscht sich schöne Muskeln und bekommt sie. Aber dann geht alles schief: Der kunstsinnige Gérard, der phallusähnliche Plastiken formt, wünscht sich endlich ein anständiges Gemächt und bekommt auch eins; nur dass es am falschen Orte hängt, nämlich mitten im Gesicht. In Trance tritt er vor den Vorhang und singt «Ich bin von Kopf bis Fuss auf Liebe eingestellt ...»: «Was bebt in meinen Händen...» So etwa. Wirklich totaler Blödsinn, aber ein Gaudi.

Ausserdem erschien in diesem Jahr ein weiteres Buch von mir, der Krimi «Bulles letzter Fall», und mein erstes Sachbuch, «Regenbogenvögel», erhielt den Schweizer Jugendbuchpreis zugesprochen. Dadurch wurde ich tatsächlich ein bisschen bekannt. Der Preis brachte mir 5000 Franken, die ich dringend brauchte, um meine Steuern zu bezahlen. Überhaupt hangelte ich mich dieses Jahr andauernd dem finanziellen Ruin entlang, aber immer dann, wenn wirklich Gefahr drohte, in die roten Zahlen zu kommen, hatte ich Glück, und ein unerwarteter Geldsegen traf ein. Sylvia wohnte noch bis Ende April als Untermieterin bei mir, dann zog sie glücklicherweise aus; die letzten Wochen und Monate waren doch von nicht unerheblichen

Spannungen und Eifersüchteleien zwischen Pom und ihr gekennzeichnet, und ich stand da mitten drin, wieder einmal mehr in der für mich zwar typischen, aber verhassten Rolle als Vermittler.

Meine Mutter wurde Anfang dieses Jahres ziemlich schnell vollkommen pflegebedürftig und musste in ein Heim eingewiesen werden. Sie ist jetzt an den Rollstuhl gefesselt und hat ihre räumliche Orientierung (und ihr Gedächtnis) so ziemlich vollständig verloren. Sie leidet an Parkinson, und ich besuchte sie (und meinen Vater, der jetzt allein lebt) beinahe jedes Wochenende in diesem Jahr. Das war – ist – ebenfalls anstrengend und lässt mir kaum die Zeit zum Schreiben. Aber das ist eine andere Geschichte.

Max schrieb – und das gehört nun wieder zu dieser Geschichte – am 17.9. folgendes: «*Aber jetzt mal zu deiner Frage bzw. zu der Beantwortung. Mich werden sie noch ca. fünfeinhalb Jahre hier in dieser Luxusherberge internieren. Dann ist Schluss, und ich kann sie mit meinem Arsch anlächeln. Ich gehe mal von Endstrafe aus. Das heisst in Bayern, wenn du zu kritisch, zu offen bist, ihnen hier nicht den Rektalbereich sauberhälst, dann bekommst du keinerlei Lockerungen oder frühzeitige Entlassung. Sie mögen mich nicht, ich mag sie nicht. Ich mag nur hübsche schnuckelige Thaiärsche, so eine Hand voll, mag keine von Staatsdienern, und damit ist schon viel gesagt. Sie lassen mich schmoren. Oh, ist das geil! Im Gegensatz zu den Staatsdienern hier komme ich wenigstens noch mal aus dem Knast. Sie hingegen nie. Sie sitzen lebenslänglich, fallen dann für ein paar Tage oder Monate in den Ruhestand, um dann übergangslos in die Kiste zu rollen. Für mich ein erschreckendes Beispiel Leben. Aber das müssen sie leben!*

Du wolltest wissen, wie es zu meiner Verhaftung kam? Pech gehabt, mehr nicht. Die Aktion war schon durch, als die Bank den scharfen Alarm auslöste. Zufälligerweise befand sich ein Bullenhubschrauber zur Stauüberwachung in der Nähe. Und die stecken ja ihre Nasen überall rein. Na ja, unser erster Stütz- und Fluchtpunkt war ein riesiges Badecenter gewesen, dort hatten wir uns zwischengebunkert. Wie es nun dazu kam, dass der Hubschrauber plötzlich über dem Badezentrum war, das kann ich nicht sagen. Auf jeden Fall schwebte dieses Dreckding permanent über mir. Keine Chance abzuhauen. Mein Mittäter meinte zwar, ich soll da mal kurz reinleuchten. Aber das ist etwas anderes, denn das Badecenter war voll mit Kids, weil noch Herbstferien waren. Wenn da so ein Bullenhubschrauber reinknallt, dann wird man plötzlich noch zum Massenmörder. Und da habe ich dann die Flügel gestreckt. Man muss auch mal aufgeben können. Denn die Folgen wären wohl unüberschaubar gewesen. Auch im Hinblick auf die 13 Jahre Knast ist und bleibt meine Entscheidung, nicht in den Hubschrauber zu schiessen, richtig. Zwar ist der Knast tödlich, aber wenn man sich nicht von ihnen brechen oder gängeln lässt, dann kann man das – wie auch immer – irgendwie wegstecken.

Du siehst, man kann zehn Überfälle oder mehr machen, irgendwann zerbröselt es einen dann doch. Und trotzdem gehören die Sachen zu meinem Leben. Ich akzeptiere meinen Weg, weil ich sowieso nicht weiss, inwieweit der selbstbestimmt ist. Vielleicht gibt es ja auch Phänomene hinter den Dingen, die unser Leben bestimmen. Wer weiss. Ich kann mit meinem Leben gut umgehen, ich schäme mich für nichts. Und das widerliche Rumgeschwänzel von «Es tut mir alles so leid» ist mir schon immer auf den Sack gegangen. Da gibt es so einen schönen Spruch: «Es erscheint wohl krimineller, eine Bank zu gründen als eine zu überfallen!» Wer sagte das? Ich glaube Brecht.

Pom. Ja, stehengeblieben bin ich bei dieser nicht unglücklichen Zwischenzeit zwischen der Abreise Somchais Anfang November und dem Eintreffen Poms am 7. März. In dieser Zeit hatte ich diese kurze Affäre mit Bo und traf mich mit ab und zu mit Kobi, mit Nico-Jeffrey (vor allem, wie ich bei der Durchsicht meiner Agenda sehe, mit Jeffrey; später habe ich erfahren, dass dieser tatsächlich ungefähr ein Jahr illegal in der Schweiz verbrachte; dann kehrte er nach Bali zurück, wo er sich ohne viel Aufwand einen neuen Pass mit etwas geändertem Namen besorgen konnte, um trotz Einreisesperre erneut ein Visum für die Schweiz zu bekommen. Das geht heute im Zeitalter der digitalisierten Pässe nicht mehr). Schliesslich wurde er einer der Favoriten des «Schlossherrn» von Bad Zurzach und hatte es dann nicht mehr nötig, andere Kunden zu akquirieren, aber das ist wieder eine andere Geschichte.

Und dann, eben am 7. März, einem Samstag, sollte Pom in Zürich eintreffen. Sehr früh am Morgen, zwischen 6.30 und 7.00 Uhr; mit Flug TT 970. Ich müsse ihn unbedingt abholen, hatte Pom verlangt. Ich war aber schon früher erwacht, etwa um vier, aus Nervosität und weil ich Durchfall und Magenkrämpfe hatte. Knapp schaffte ich es, mir im Taxi, das mich zum Flughafen brachte, nicht in die Hosen zu scheissen. Ich fühlte mich schwach, krank und elend, und diese Warterei im trostlosen Flughafen am morgen früh war wirklich zum Abgewöhnen. Dauernd musste ich aufs WC rennen; überdies bekam ich hohes Fieber, und natürlich hatte der Flug über zwei Stunden Verspätung. Es gab also alles andere als ein frohes Wiedersehen. Ich brachte Pom und sein Gepäck und meinen siechen Körper mit dem Taxi an die Höschgasse, wo ich mich gleich ins Bett legte. Wahrscheinlich hielt es Pom für seine Pflicht, sich zu mir zu legen. Wir versuchten, Sex zu machen, aber ich war so krank, dass ich keine anständige Erektion zustande brachte. Also verliess mich Pom bereits wieder, um, statt mich zu pflegen, nach Basel weiterzureisen und seine Verwandten – Ploy und Hans – und seinen Exfreund – der ihm schliesslich noch seinen Spitalaufenthalt abbezahle, das müsse ich begreifen – zu besuchen.

Ich lag also an diesem Wochenende krank im Bett, allein und nicht, wie ich es mir vorgestellt hatte, mit meinem neuen Geliebten zusammen. Das wars, dachte ich damals schon, und ich hätte viel Geld sparen können, wenn ich dieser Erkenntnis vertraut und nicht gemeint hätte, ich müsse sie auf Teufel komm raus zu verifizieren versuchen. Ich liege mit meinen Eingebungen und Ahnungen und Einschätzungen nämlich meistens nicht sehr weit daneben. Nur traue ich ihnen eben nicht, oder ich erliege dem Wunschdenken.

Und so erwiesen sich die nächsten drei Monate unseres Zusammenseins als insgesamt wenig befriedigende oder gar beglückende Zeit. Natürlich gab es ein paar gute Momente; zum Beispiel, als wir zusammen eine Zirkusvorstellung besuchten; manchmal, wenn bei Gesprächen eine wirkliche Begegnung entstand. Ansonsten aber zeigte sich, dass wir zu unterschiedlich sind, zu wenig zusammenpassend von unserem Lebensstil, unseren Bedürfnissen, unserem Charakter und der Chemie her.

Unsere Beziehung hatte den Charakter einer Zweckgemeinschaft. Gewiss, ich mochte ihn, ich hätte ihn sogar lieben können, wenn ein wenig mehr von ihm zu mir zurückgekommen wäre an Gefühlen, an Zuneigung. Er gefiel mir auch, sein eigentümliches, hässlich-anziehendes Gesicht (das Gesicht eines Kobolds), sein kurzbeiniger kleiner, zugleich zarter und kompakter Körper, und sein kleiner, wohlgeformter strammer Schwanz gefielen mir sogar sehr. Aber der Sex, den wir zusammen hatten, war nicht gut. Eine Pflichtübung, zweimal in der Woche. Pom wollte eigentlich nicht mit mir schlafen, es verlangte ihn nicht nach meiner körperlichen Nähe. Ich glaube und bin mir ziemlich sicher, er steht auf junge Männer wie ich. Er war denn im Bett auch immer sehr passiv, liess sich von mir abknutschen und «oral befriedigen», ohne selber das geringste zu tun, um meine Wohllust zu steigern. Kurz, es war eigentlich sehr langweilig und stereotyp im Bett mit ihm, und ich glaube, er verbrachte keine einzige ganze und erst recht keine kuschelig-verschmuste Nacht mit mir während dieser drei Monate. Ich ging denn auch ein paarmal «fremd» in der Zeit mit Pom.

Trotzdem hoffte ich, es würde sich etwas wie eine Partnerschaft aus dieser Kopfidee ergeben. Dabei waren die Zeichen dafür, dass das nicht klappen konnte, unübersehbar. Und ich muss auch zugeben, dass Pom mir nie etwas vorgemacht hat. Er sagte mir ausdrücklich, dass er mich nicht (oder: noch nicht) liebe. Er fand mich vielleicht nett oder sympathisch, was immer das bei einem Thai heisst. Er ärgerte sich aber auch über mich, über meine Unordentlichkeit, meine mangelnde Hygiene, über dieses und jenes kulturell bedingte Ungenügen in seinen Augen.

Meistens verliefen die Tage und Wochen nach einem mehr oder weniger gleichbleibenden Muster (ausser die paar Tage, die ich frei nahm, da waren wir ein bisschen öfters zusammen). Am Morgen, wenn ich aus dem Haus zur Arbeit ging, schlief Pom natürlich noch. Er schlief bis am Mittag, am Nachmittag (natürlich war ihm oft auch langweilig, oder er fühlte sich eingeschränkt, wenigstens solang Sylvia noch bei mir wohnte). Am Abend, wenn ich nach Hause kam, hatte Pom gekocht (das erachtete er als seine wichtigste Pflicht in unserem Tauschgeschäft). Er erwartete mich also tatsächlich nach der Arbeit zu Hause, wie er es mir versprochen hatte. Und er hielt mir die Wohnung blitzblank geputzt (eine unaufgeräumte Küche, ein schmutziger Herd, ein nicht nach Sauberkeit duftendes WC machten ihn krank – krank oder tobsüchtig oder beides, er war da schlimmer als früher meine Mutter), wusch und bügelte mir meine Wäsche. Nach dem Essen blieb er noch ein wenig mit mir zusammen sitzen (wenn ich nicht zur Theaterprobe musste), oder wir machten, nachdem ich geduscht hatte, zusammen Sex (eine weitere Pflicht dem zahlenden Farang gegenüber). Spätestens um neun, halb zehn ging er in den Ausgang, und zwar nicht um zu arbeiten, sondern um sich zu vergnügen, in den Bars und Discos, mit jeder Menge Drinks und Drogen. Vor vier, fünf in der Früh kam er nie nach Hause. Pom erwies sich dabei als erstaunlich zäh, drei, vier Stunden Schlaf genügten ihm im Allgemeinen, um wieder fit zu werden. Pom ging jede Nacht in den Ausgang und verbrauchte dafür natürlich jede Menge Geld – von meinem Geld. Pom war zwar dreiunddreissig, aber um kein Haar weniger verrückt und vergnügungssüchtig als Somchai, ganz im Gegenteil. Pom ging am Sonntag in den Ausgang (Gay Night im «Cinecittà»), am Montag in den Ausgang (Thai-Night im «Cinecittà»), am Dienstag in den Ausgang («Predigerhof», «Carrousel», «T&M», dann vielleicht noch Techno im «Upspace»), am Mittwoch und am Donnerstag in den Ausgang (siehe Dienstag), am Freitag natürlich erst recht (da durfte ich ihn am frühen Abend begleiten, im «Predigerhof» ein paar Bier mit ihm trinken, aber spätestens um zwölf, wenn er erst ins «T&M», dann ins «Labyrinth», dann noch ins «Oxa» wollte, schickte er mich weg). Am Samstag kam er dann meistens erst gegen oder nach Mittag nach Hause, um für zwei, drei, vier Stunden zu schlafen und dann zu seinem (Ex?)Freund nach Basel zu fahren und da den Samstagabend, den Sonntag und manchmal noch den Montag zu verbringen.

Mich wollte er also nie dabei haben, wenn er in den Ausgang ging. Ich sei zu alt dafür, beschied er. Ich war natürlich nicht gerade erfreut über diese ehrliche Aussage, aber er hatte natürlich recht, im Grunde. Ältere Männer, die im Technoschuppen «auf jung» machen, sind nur peinlich. Einmal begleitete ich ihn dennoch ins «T&M»; aber da verschwand er einfach, und nachdem ich ihn etwa eine oder zwei Stunden nicht mehr gesehen hatte, verliess ich das Lokal und ging allein nach Hause, kochend vor Wut und Enttäuschung und mit blutendem, verletztem Herz – ich ging zu Fuss, um Taxigeld zu sparen, das Taxigeld, dass er später ausgab, denn er fand es natürlich crazy, zu Fuss irgendwohin oder nach Hause zu gehen. Damals war ich drauf und dran, ihn zum Teufel zu jagen. Ich rief ihn an, auf das Handy, das ich ihm gekauft hatte, um ihn zu beschimpfen und mich zu beklagen und ihm zu sagen, dass er aus meinem Leben verschwinden solle. Er sei ja schlimmer als alle anderen bisher zusammengerechnet, die mich enttäuscht und ausgenommen hätten. Er war im Oxa an einer Afterhour. Ein paar Stunden später stand er in der Stube. Er habe stundenlang geweint, sagte er. Ob er packen und gehen solle? Ich bringe es nicht übers Herz, ihn wegzuschicken. Es gilt nach wie vor: Der Thai ist immer schlauer als der Farang, er erhält immer, was er will, das muss er von seiner Lebenssituation her. Wir Europäer und vor allem Schweizer sind in dieser Hinsicht verweichlicht. Und der Farang wird den Thai nie ganz verstehen (das gilt allerdings umgekehrt auch). Er beschwatzt mich und klopft mich weich, kehrt den Spiess um: Jetzt bin ich es natürlich, der «Probleme macht», und wenn das noch einmal vorkomme, gehe er von selbst. Pom ist wie Eko ein Meister der psychologischen Kriegsführung, und ich bin ein absoluter Versager, wenn es darum geht, Nein zu sagen und meine Grenzen zu setzen.

Poms materielle Anspruchshaltung. Ich habe ihn eingeladen, ihm den Flug bezahlt. Ich beherbergte ihn, bezahlte das thailändische Essen, bezahlte ihm die Regenbogenkarte, die Krankenkasse, kaufte ihm das Handy und natürlich die Easy Card, er war ja dauernd am Telefonieren mit seinen Freunden, obwohl er die ja täglich sah. «I want to have», quengelte er in der Art eines kleinen Kindes, und ich fand das auch noch süss! Ach, ich altes Schlachtschiff von einem personifizierten Mutterkomplex! Er löcherte mich mit seinen Wünschen so lange, bis ich nachgab, immer wieder kam er damit. Wollte Schuhe, Hosen, T-Shirts –

selbstredend alles teure Markenprodukte. Und er brauchte natürlich Taschengeld. Ich überwies ihm 1000 Franken auf sein Konto, damit er nicht dauernd um kleine Geldbeträge betteln musste. Dieser Betrag gelte pro Monat, wie ich betonte; allerdings vergeblich. Nach zwei, spätestens drei Wochen war das Geld aufgebraucht. Also schob ich was nach, damit der Techno-, Whisky- und Ecstasy-Liebhaber auch weiterhin seinen Spass haben konnte. Er sei noch nie so frei gewesen, sagte er, immer hätten ihn seine Freunde bevormundet, eingeengt. Endlich wolle er mal das Leben geniessen. Dass das auf meine Kosten ging, war für ihn selbstverständlich, und dass ich bei diesem Lebensstil in die roten Zahlen geriet, war ihm auch egal. Natürlich, warum nicht? Es wäre an mir gewesen, dem einen Riegel zu schieben. Wenn ich die Auseinandersetzung scheute, war es mein Problem.

Etwa einen Monat nach Pom kam auch Somchai in die Schweiz, ebenfalls eingeladen von mir. Auch er wohnte dann bei mir, bezog das ehemalige Zimmer von Sylvia. Nun waren wir also zu dritt, manchmal wenigstens, denn Somchai war meistens in Genf, wo er arbeitete und mit Stefano zusammenlebte. Er gefiel mir immer noch, war nun aber für mich tabu, wenigstens solange Pom noch in der Schweiz weilte (später hatte ich ein einziges Mal Sex mit ihm, kurz vor seiner Abreise). Somchai brachte manchmal Kunden oder Freunde an die Höschgasse, die ich dadurch etwas besser kennenlernte, René K. und Peter aus Zug. Wir pflegten ein durchaus freundschaftliches Verhältnis. Somchai schien mir wirklich in Dankbarkeit verbunden; er schenkte mir zum Abschied sogar eine (echte) Tissot-Uhr, worüber ich sehr überrascht war.

Ich war fast froh, als Pom wieder weg war. Ich versprach ihm aber, ihn weiterhin finanziell zu unterstützen, und überwies ihm bis Dezember jeden Monat 700 Franken. Der Sommer war angefüllt mit Aktivitäten, vor allem wegen des Theaters, denn Premiere war anfangs August. Im Juli hatte ich (nachdem auch Somchai weggeflogen war) übrigens einen weiteren Untermieter, Jacky, Somchais besten Freund, der aber höchst selten an der Höschgasse war und mir immerhin zweimal 300 Franken zahlte.

Im Juli lernte ich in der Stricherbar einen bezaubernden Indonesier kennen, Hendri. Er war sehr schön, grossgewachsen, schlank, hatte ein bezauberndes Lächeln, war sehr zärtlich, sehr sympathisch, ein guter Liebhaber. Natürlich verliebte ich mich ein wenig in ihn. Ich traf ihn einige Male, bis etwa Ende August. Ich fürchtete mich aber davor, erneut in eine Abhängigkeit zu geraten, und stellte die Treffen ein, obwohl Hendri lange hartnäckig blieb und mich immer wieder anrief. Dazu kam, dass ich einen weiteren netten Indonesier traf, Faisal alias Kris alias Muklan, der zwar weniger schön war, aber noch zärtlicher und anhänglicher, ausserdem blieb der immer über Nacht, ohne dafür (mehr) Geld zu verlangen, und schien mich wirklich zu mögen, schien es wirklich zu geniessen, mit mir zusammenzusein, auch sexuell. Was für eine Wohltat nach der frustrierenden Erfahrung mit Pom!

Über Hendri schrieb ich an Max: *Hendri stammt aus Banjuwangi («Rosenstadt») im Osten Javas gleich gegenüber von Bali. Er ist 22, wunderschön und sehr liebenswert, sehr sanft und fröhlich und der zärtlichste Mensch, den ich je getroffen habe. Er ist in dieser Hinsicht auch völlig ungehemmt. Er hat sich sogar unser Theaterstück angeschaut, obwohl er* kein Wort verstanden hat, und war ganz begeistert. Er spielt Badmington, war an den Amsterdamer Gay Games, und ich war mit ihm auch schon an einem Karaoke-Anlass, wo er ganz ungeniert ein Lied zum besten gab. Kennengelernt habe ich ihn allerdings im «Carrousel», der Stricherbar, und es ging bei unserer Begegnung natürlich auch – und vor allem – um Geld.

Was weiss ich sonst noch von Hendri? Zum Beispiel, dass seine Mutter, eine Krankenschwester, ihm diesen Namen aus Verehrung für Henry Dunant, den Gründer des Roten Kreuzes, gegeben habe (eine wunderbare Erklärung, aber natürlich frei erfunden; Hendri ist ein in Indonesien durchaus nicht ungebräuchlicher Vorname für Jungs und hat mit Henri Dunant gar nichts zu tun). Seine Mutter sei übrigens jung gestorben, nicht wegen Krebs, sondern an «schwarzer Magie». Hendri ist gläubiger Muslim und geht auch in Zürich jeden Freitag in die Moschee, aber er glaubt auch ganz selbstverständlich an schwarze Magie und andere magische Praktiken (laut Faisal ist Banjuwangi ein Zentrum der schwarzen Magie, und bei den momentanen politischen Unruhen und wirtschaftlich schwierigen Zuständen in Indonesien sollen in Banjuwangi entweder 300 Terroristen durch schwarze Magie umgekommen sein oder aber 300 Bürger durch von Terroristen praktizierte schwarze Magie, ich hab das nicht so recht verstanden). Hendri kommt aus einer armen Familie und ist ein disziplinierter Schaffer. Er beginnt um die Mittagszeit im Sexkino «Walche», am Nachmittag arbeitet er im Shopville oder in der Paragon-Sauna, abends im «Carrousel». Er geht nicht aus, raucht nicht, trinkt nicht, isst natürlich kein Schweinefleisch. Laut Faisal, der ein Konkurrent ist und eifersüchtig, weil er weiss, dass ich was mit Hendri hatte, ist er *aber trotzdem ein Schlitzohr, der mit seinem süssen Lächeln allen Freiern ein A für ein O vormache und den einen oder anderen ganz schön abgezockt habe. In Wirklichkeit stehe er gar nicht auf Europäer, sondern unterhalte in Djakarta selbst zwei sehr junge indonesische Freunde.*

Und wer ist Faisal? Er ist vielleicht 25, 26, 27. Anfangs September schrieb ich an Max: *Faisal lebt in Sumatra, genauer im Riau-Bezirk, einer Insel in der Nähe von Singapur. Er hat unzählige Geschwister; sein Vater gehört nicht zu den ganz Armen im Lande, immerhin besitzt er Land und 3000 Kokospalmen, wie Faisal nicht ohne Stolz erzählt. Er hat eine Tante in Basel, wie Somchai, die mit einem Schweizer verheiratet ist. (Das ist Quatsch; die Tante ist ein Onkel, ein Sponsor.) Faisal ist nicht ganz so hübsch wie Hendri, er ist auch ein anderer Typ, männlicher, er hat sogar ein paar Haare auf der Brust, sicher fliesst in seinen Adern malaysisches und vielleicht sogar etwas holländisches Blut. Das erotische, sexuelle Zusammensein mit ihm erregt mich so sehr, dass ich mich in die Pubertät zurückversetzt fühle. Ich kriege nur schon einen Ständer, wenn ich seine Stimme hörte, geschweige denn, wenn er mich anfasst. Und er fasst mich oft an, sogar auf der Strasse, im Tram ... Peinlich, peinlich. Überhaupt ist er sehr anhänglich, häuslich noch dazu, er will gar nicht, dass wir ausgehen. Er sagt, er finde es erholsam, mit mir zusammen zu sein; offenbar fühlt er sich geborgen. Ich weiss nicht, durch welche Brille er mich sieht, aber ich bin erstaunt. Er sagt, ich sehe jung aus wie 30 und er finde mich schlank, na ja, vielleicht «medium», auf jeden Fall ungeheuer gesund; wenn einer zu mager sei, findet Faisal, sehe der krank aus, und dann möge er auf keinen Fall mit dem ins Bett gehen.*

Nun ja, mir soll es recht sein. Faisal ist ein bisschen ein ängstlicher Typ, trotz seiner männlich-erotischen Ausstrahlung, fürchtet sich vor der Kälte, vor dem Fliegen, davor, in der Nacht überfallen zu werden, und davor, Pickel im Gesicht zu bekommen. Aber vor Letzterem fürchteten sich bis jetzt noch alle Boys aus Südostasien, die ich kennengelernt habe.

Im September, Oktober, als ich keinen Besuch hatte, traf ich mich mit weiteren Indonesiern, wieder einmal mit Jeffrey, der dann abreiste, und dann ein paarmal mit Oji, einem Freund von Jeffrey, der sogar zwei- oder dreimal die Nacht mit mir verbrachte. Auch Oji gehört nicht zu den Schönsten im Lande, aber die haben ja nicht immer den grössten erotischen Reiz. (Faisal findet sowohl Jeffery wie auch Oji «ugly», allerdings sagt er auch von sich selbst, allerdings etwas kokett, er sei nicht «handsome».) Auch Oji erzählte mir aus seinem Leben, er ist in einem Kaff auf dem Land aufgewachsen, wo Homosexualität ein absolutes Tabu war. Also reiste er nach Bali, damals noch ohne Englischkenntnisse, und lernte seinen ersten Westler, einen Engländer, kennen. Er konnte nur «yes» und «no» und «money» sagen, aber das genügte offenbar. Etwa ein Jahr später reiste er allein und praktisch ohne Geld zum ersten Mal in die Schweiz. Hier hatte er Glück, dass er gleich am ersten Tag einen Kunden fand…

Somchai sagt, dass ich bei den Carrousel-Boys einen guten Ruf hätte, weil ich nett sei und man mit mir ein vernünftiges Gespräch führen könne, was nur «in einem von hundert Fällen» möglich sei.

Gegen Mitte, Ende Oktober kehrten alle wieder zurück: Hendri, den ich aber kaum mehr gesehen habe, Faisal, mit dem ich mich regelmässig ein- oder zweimal pro Woche treffe, und schliesslich auch Somchai, der am 23. Oktober frühmorgens in Kloten landete. Ich hatte an diesem Freitag freigenommen und Somchai traf gegen Mittag in der Höschgasse ein. Er war müde, durcheinander, unglücklich. Er müsse reden, er habe jetzt drei Monate mit niemandem richtig reden können. Er trinkt eine ganze Flasche Wein, er weint. Er erzählt. Sein Freund, Stefano, sei nun ebenfalls im Knast, für drei oder fünf Jahre (weshalb, weiss er nicht oder will es mir nicht erzählen; er erwähnt als Möglichkeiten Drogen oder Verführung Minderjähriger). Auch wegen John, seiner grossen Liebe, die nichts mehr mit ihm zu tun haben will, ist er immer noch traurig (diesen John, einen Engländer, lernte Somchai letzten Winter oder Frühling in Bangkok kennen. John arbeitet und lebt in Thailand, ich glaube als Textilkaufmann. Somchai hat sich in diesen richtiggehend verliebt. Er ist vielleicht dreissig, fünfunddreissig, schlank, gutaussehend. Er habe ihm den Hof gemacht, ihn zum Essen ausgeführt, ihm Blumen gebracht etc. Sie seien nur ein paar wenige Male zusammen im Bett gewesen, aber an die werde sich John sein Leben lang erinnern, sagt Somchai nicht unbescheiden. John lud Somchai zweimal nach Hong Kong ein, wohin er geschäftlich musste – First class-Flug und Unterkunft im ersten Hotel der Stadt, dem «Peninsula». Doch dann fuhr Somchai in die Schweiz, ohne John etwas davon zu sagen und ohne dass John wusste, wie Somchai sein Geld verdient, was dann zum Bruch führte.)

Am 30. Oktober 1998 schrieb ich an Max:

«Nun ist er also wieder da, dieser Somchai, und füllt erneut mit seiner berührenden, beunruhigenden und erregenden Präsenz meine Wohnung und mein Leben aus. Ich hätte mir denken können, dass es auch dieses Mal nicht einfach sein wird. Er ist noch immer der, den ich am meisten liebe, am meisten begehre, da hilft aller guter Wille nichts, nein, ich liebe und begehre ihn sogar desto mehr, je besser ich ihn kenne. Nun ist es ja das Lieben an sich völlig problemlos. Ich bin und ich bleibe sein Freund, das ist klar, ich gehöre gewissermassen zu seiner «Familie», und er weiss, dass ich ihm immer helfen und ihn unterstützen werde, wenn er in einer Notlage ist oder meine Hilfe braucht. Ich kann gar nicht anders. Er ist mir eben tief unter die Haut gegangen, steckt tief drin in meiner Seele, ich kann das gar nicht beschreiben. Auch dieses Mal fragt er mich wieder, warum ich ihn so sehr liebe und respektiere, und nimmt etwas ratlos an, das müsse seine karmischen Gründe haben. Denn er hält ja manchmal nicht sehr viel von sich, und das ist ein Jammer, er sieht nur seine eigenen Schwächen und kann nicht begreifen, was für ein wundervoller Mensch er ist. Er sieht es nur indirekt im Spiegel meiner Augen...

Inzwischen haben sich ein paar ziemlich unangenehme Dinge ereignet. Somchai hat wirklich nicht seine beste Zeit zur Zeit. Ich habe zur Zeit auch nicht meine beste Zeit.

Somchai sagt: Andere hätten ja auch Probleme, aber warum sei nur er so unglücklich? Und mir drückt es fast das besorgte Mutterherz ab, wenn er das so sagt. Überhaupt verwandle ich mich immer mehr in seine besorgte Mamma. Chris und Somchai, Mutter und Tochter: das hat bei allem

Sweet-and-Sour, was eine solche Konstellation beinhaltet,
auch seine komische Komponente, glaube mir.

Am 12. November feierten wir meinen Geburtstag. Som-
chai trank reichlich Champagner. Er blieb dann noch ein we-
nig länger in der Disco als ich altes Biskuit, und als er nach
Hause kam, schlief ich schon resp. hatte schon geschlafen und
war wieder wach, geweckt durch mörderische Kopfschmerzen,
welche vom durcheinander getrunkenen Alkohol herrührten
(Champagner, dann Rotwein, schliesslich noch Bier, das ist
zumindest von der Reihenfolge her keine empfehlenswerte
Mischung, muss ich sagen). Somchai klopft an meine Tür
(gleichsam durch die Inzestschranke veranlasst, schlafen wir
jeder im eigenen Bett, aber davon später). Er habe Magen-
schmerzen, jammert er, es sei, als habe er einen Stein im
Bauch, ob ich ihm eine Pille hätte. Ich geb ihm ein krampflö-
sendes Mittel und leg mich dann wieder hin, erschöpft und
verkatert und mit diesem riesigen Kopf: Es ist Freitag der
dreizehnte, Halleluja! Es soll mir nur niemand mehr kom-
men, es sei Aberglauben, dass das ein Unglückstag sei. Zwei,
drei Stunden später, wieder erwacht, höre ich, wie Somchai
sich erbricht. Die Krämpfe seien stärker, nicht schwächer ge-
worden. Auch ein anderes Mittel, das ich in der Apotheke be-
sorge, hilft nicht. Schliesslich kann ich nicht mehr länger zu-
sehen und alarmiere, auch wenn Somchai das nicht will, den
Notarzt. Dieser verpasst dem armen Kerl Spritzen, die aber
auch nicht länger als zwei, drei Minuten wirken. Ich muss
ihn in die Notaufnahme des Triemli-Spitals bringen. Da wird
er am Samstagabend operiert: Er muss sich einen riesigen
Gallenstein und die Gallenblase, mit der dieser Stein zusam-
mengewachsen ist, herausoperieren lassen. Ich nehme an,
dass das eine Routineoperation war, aber natürlich ängstigte

sie Somchai und nahm ihn mit. Er musste eine Woche im Spital verbringen. Natürlich gab es auch Probleme wegen der Versicherung, ich hatte zwar für Somchai eine Reiseversicherung abgeschlossen, aber die schliessen ja gewisse Krankheitsfälle aus, zudem ist die «Schadenssumme» auf 10'000 Franken beschränkt, und das Krankenwesen in der Schweiz ist extrem teuer. Auf jeden Fall verlangte das Spital anfangs eine «Kaution» oder ein Depot (oder wie man dem sagt) von 20'000 Franken, die ich sofort hinterlegen sollte. Da konnte ich nur lachen: ich hatte nicht einmal mehr 2000 auf dem Konto. Schliesslich machte die Versicherung immerhin gegenüber dem Spital eine Kostengutsprache. Wie die Rechnung schlussendlich aber aussieht und wieviel davon die Kasse übernimmt, weiss ich noch nicht.

Inzwischen geht es Somchai, wenigstens körperlich, wieder besser. Er hat natürlich immer noch die Wunden und schont sich nicht gerade, so dass ich schwer gegen die besorgte Mutter in mir zu kämpfen habe. Natürlich möchte er so bald wie möglich wieder Geld verdienen, aber er scheint mir deprimiert und ich habe den Eindruck, dass er diese Art von Arbeit seelisch je länger je weniger verkraftet: er erträgt es nicht mehr, als Stück Fleisch betrachtet zu werden. Ich jedenfalls habe mir vorgenommen, ihn nicht mehr anders als freundschaftlich zu berühren (und ich habe auch nicht mit ihm geschlafen, seit er wieder in der Schweiz ist), weil ich das Gefühl habe, dass er im Moment dringend die Gewissheit braucht, als Person und Freund von mir respektiert und nicht als Sexobjekt betrachtet zu werden (auch wenn er jetzt wieder neben mir im Bett liegt).

Auch leidet er wohl unter einer gewissen Perspektivelosigkeit. Du kennst ihn, du kennst seinen Stolz, und jetzt ist er *endgültig kein Kind mehr, sondern definitiv erwachsen. Ich helfe ihm, so gut ich kann, aber das ist beschränkt möglich. Somchai möchte keine Last für mich sein, er möchte selbständig sein, das habe ich zu respektieren. Er muss seinen Weg selbst finden.*

Ich werde jedenfalls im Dezember nicht nach Thailand fliegen, aus verschiedenen Gründen, vor allem aber deshalb, weil ich jetzt weiss, dass die Idee, es könnte mit Pom zusammen klappen, eine Kopfidee war, aus Vernunftgründen heraus entstanden, die in der Praxis nicht funktionieren kann. Ich wusste eigentlich schon sehr bald, dass Pom nichts an mir gelegen ist und dass er einen gemeinsamen Urlaub mit mir allenfalls als Pflichtübung betrachten würde. Unsere Beziehung könnte nie mehr sein als eine geschäftliche Vereinbarung, und ich weiss jetzt, dass mir das zu wenig ist. Ich habe deshalb, auf Somchais Vorschlag hin, beschlossen, meinen Urlaub zu verschieben und Ende Januar, wenn Somchai ohnehin zurückfliegen muss, nach Thailand zu reisen und meine Ferien mit Somchai zu verbringen. Nicht, weil ich denke, dass wir (wieder?) ein «Liebespaar» werden könnten, ich weiss, dass ich nicht sein Typ bin, sondern eben, weil uns diese Freundschaft verbindet. Eine Liebesbeziehung könnte ich mir inzwischen eher vorstellen mit Faisal, dem Indonesier, den ich immer noch regelmässig treffe. Ich geniesse diese Treffen sehr – Faisal scheint, im Gegensatz zu Pom, ganz gerne mit mir zusammen zu sein. Aber ich bin inzwischen vorsichtig geworden.»

So ist es noch immer. Inzwischen geht es Somchai wieder einigermassen gut, aber wie es weitergehen soll, weiss ich nicht so recht. Es fällt mir nicht leicht, bloss Somchais Mama zu sein. Manchmal bin ich immer noch verliebt in ihn, und fast immer spür ich die erotische Wirkung, die er auf mich hat. Wir sprechen auch darüber, wir sprechen uns jetzt überhaupt über fast alles völlig offen aus, was absolut erstaunlich ist. Somchai sagt, er könne schon mit mir schlafen, aber es ist auch klar, dass er es als Gefallen und nicht aus Gefallen tun würde. Er sagt mir ganz klar, dass er mich als Freund liebe, und zwar eher noch stärker als vorher, dass ich aber erotisch-sexuell einfach nicht sein Typ sei. Er stehe auf Jüngere, nicht ganz Junge, sondern so vielleicht ab 28 bis 35. Und vielleicht würden sie auch noch jünger, je älter er werde. Er sagt auch, dass er eigentlich gar nicht mehr recht Spass am Sex haben könne, weil für ihn Sex zu stark mit Geschäft verbunden sei. In Thailand habe er manchmal monatelang keinen Sex (mit anderen, mit sich selbst schon).

Er sagt, er habe die Kraft, das Feuer nicht mehr, diesen Job zu machen.

Er sagt, er könne vergangene Freundschaften nicht einfach vergessen, was aber die Voraussetzung dafür wäre, Karriere zu machen (*I just cannot jump and I don't want it*).

Er sagt von sich selbst, er sei zwar clever, habe aber ein zu grosses Herz, und er wolle dieses Herz auf keinen Fall verlieren.

Er liebt es, anderen – natürlich seiner Familie, aber auch entfernteren Verwandten – zu helfen; er ist grosszügig und denkt nicht zuerst an sich.

Er braucht dringender Geld als Pom, der seinem Vater, Mr. Rai, nur selten Geld zu schicken braucht (das macht Hans). Ausserdem ist das Haus von Mr. Rai schon fertig, während Somchais Haus noch immer seiner Vollendung harrt. Somchai braucht das Geld für die Behandlung seines Vaters.

Somchai lebt von der Hand in den Mund, hat seine Reserven bald aufgebraucht.

René hat Somchai vorgeworfen, er sei undankbar. Sie haben sich entzweit. René, der mit einem goldenen Löffel im Mund geboren ist, kann Somchai und seinen Stolz nicht verstehen.

Somchai sagt, über diese Dinge könne er nur mit seiner Basler Tante – der Schwester von Pom – und mit mir sprechen.

Gestern telefonierte ich mit Franziskus, einem Freund aus der schwulen Theatergruppe. Er hat ähnliche Vorlieben wie ich, was das Balzen betrifft, nur ist er noch viel verrückter und natürlich auch wesentlich jünger als ich. Da er schlank und grossgewachsen ist und gut aussieht, hat er im Gegensatz zu mir alle Chancen bei den asiatischen (und brasilianischen und…) Boys. Ich ruf ihn also an, um mich mit ihm zu verabreden. Nach einigem Geplauder kommt er auf Faisal zu reden; er sagt, dass er Faisal kurz getroffen habe auf der Strasse. Dieser habe ihn sofort angemacht: *Oh, I want to be your friend, you are so nice* usw. Da habe er, Franziskus nur lachen können. Offenbar hält er nicht viel von Faisal oder verachtet ihn sogar, hält ihn für einen billigen Stricher und denkt, dass er etwas hundertmal Besseres als diesen haben kann.

Mir hat es weh getan, dies zu hören, weil ich Faisal wirklich mag. Ich möchte nicht, dass er sich zum Narren macht. Ausserdem bin ich auch enttäuscht. Ich hatte bei Faisal schon zweimal ein Verhalten beobachtet, dass mich zugegebenermassen stört. Das erste Mal, als Faisal unser Theaterstück anschaute. Da hat er in der Pause seinen Banknachbar angemacht; ihn angefasst, seinen Schwanz berührt. Das hat mir dieser Banknachbar, nicht ahnend, dass ich Faisal kenne, später einmal in der Kneipe erzählt.

Ein anderes Mal hatte ich ihn zur Geburtstagsparty von Reto, unserem Regisseur, mitgenommen. Und da hat er mir quasi in aller Öffentlichkeit die Hörner aufgesetzt. Er hat mit Franziskus, der ihm ganz offensichtlich gefällt, nicht nur geflirtet, sondern ihn auch angefasst, mit ihm Händchen gehalten, er ist auch einmal mit ihm auf der Toilette verschwunden. Und das alles in meiner Gegenwart. Freilich hatte Franziskus auch damals schon kein grosses Interesse an Faisal gezeigt; er ist einfach nicht sein Typ. Aber wenn das anders gewesen wäre? Wahrscheinlich hätte Faisal mich dann ganz schnell ganz vergessen.

Ich hatte diesen Vorfall schon fast verdrängt, aber jetzt, nach dem Gespräch mit Franziskus, ist es mir wieder hochgekommen. Immer noch erliege ich leicht dem Wunschdenken, und wahrscheinlich kann ich es mir abschminken, dass mit Faisal jemals was wird.

Ich weiss nicht, warum Faisal sich so verhält, ob er so naiv ist oder so respektlos mir gegenüber oder so ahnungslos über die hiesigen Gepflogenheiten. Man kann sagen, Faisal habe überhaupt keinen Stil, er sei ordinär und taktlos, und vielleicht ist das auch so, das ist eine Frage des Standpunkts. Aber deshalb mag ich ihn trotzdem. Sein «Marktwert» ist vielleicht nicht so hoch wie der anderer Boys (Somchai sagt, Faisal schade ihm, weil er die Preise drücke, indem er ihm mit Dumpingpreisen seine Kunden abjage). Trotzdem, mir gefällt er, mir gefällt auch seine

Naivität. Aber ich weiss nicht, ob er mich wirklich mag. Somchai meint, dass mich Faisal natürlich möge, wenn er mich jede Woche treffen könne, in einer angenehmen Atmosphäre, mich, einen netten Menschen, der ihn respektiere und mit dem er reden könne und der ihm dadurch ein regelmässiges Einkommen ermögliche; da könne er es zwischendurch auch mal gratis machen.

Somchai sagt, dass er es mir natürlich gönne, wenn ich meinen Spass hätte und glücklich sei; er wolle nur nicht, dass ich wieder enttäuscht werde.

Letzten Freitag kam die dicke Post: Die Versicherung will die Spitalkosten von Somchai nicht übernehmen, weil ich die Prämie ein paar Tage zu spät einbezahlt habe. Nun sitz ich ganz schön in der Scheisse, habe wahrscheinlich 15'000 bis 20'000 Franken Schulden am Hals. Es wird ein neues Kapitel in der Aera der Familiengeschichte aufgetan («Wir Hunters machen keine Schulden!»).

Der Kontakt zwischen Somchai und mir ist dadurch allerdings noch viel enger geworden. Er braucht mich, um sich auszusprechen; da er mir jetzt vertraut, erzählt er mir alles. Wir hatten inzwischen auch wieder zweimal Sex; das war für mich aber fast ein bisschen seltsam, und ich weiss jetzt, dass es nicht (mehr) das ist, was zwischen uns zählt (ausserdem habe ich – noch – den Sex mit Faisal, der mich wirklich sehr sättigt).

Somchai ist mittlerweile von René so enttäuscht, dass er nichts mehr mit ihm zu tun haben will. Dieser erlebe, weil er sein Coming-Out so spät gehabt habe und bis vor zwei, drei Jahren noch verheiratet gewesen sei, mittlerweile seine zweite Pubertät. Er denke dabei nur an sich selbst und überhaupt nicht an ihn, Somchai. Er verlange, dass Somchai ihn «uneigennützig» liebe (also kein Geld von ihm fordere), und nehme dafür in Kauf, dass dieser auf den Strich gehen müsse. Er sei nicht bereit, auch nur das Geringste für Somchai zu tun; im Gegenteil, er verlange Dankbarkeit dafür, wenn er Somchai als Begleiter für seine Lustbarkeiten Drinks und Drogen bezahle, und sehe nicht, dass Somchai ihm seine Zeit opfere, Zeit, in der er folglich nicht arbeiten und nichts verdienen könne. Er sei absolut nicht imstande, sich in die Verhältnisse von Somchai einzufühlen, obwohl er die Verhältnisse in Song Hong kenne, werfe ihm vor, seine Eltern zu sehr zu unterstützen. René sei begeistert von Jack, einem mafiösen (thailändischen) Bordellbesitzer in Oerlikon, weil dieser ihm Ecstasy und Kokain beschaffe, ihn manchmal nach durchgefesteten Labynächten im Puff schlafen lasse und auch sonst eine sicher nicht ganz uneigennützige Kumpanei mit diesem betreibe (inzwischen soll, oh heilige Güte, René bereits «aus Gefallen» dazu bereit sein, Ecstasy-Tabletten aus der Thailand in die Schweiz zu schmuggeln. In jedem Reiseführer kann man lesen, was es heisst, in Thailand mit Drogen erwischt zu werden – da kann man sich wirklich nur über die Naivität dieses Typen wundern). Da auch Somchai manchmal gezwungen ist, in diesem Bordell zu arbeiten, weiss ich inzwischen darüber Bescheid, was da so läuft (oder es so für sich entschieden hat, dass es das beste sei, da zu arbeiten, denn seine Geschäfte gehen im Moment definitiv nicht gut – was natürlich auch damit zusammenhängt, dass er diese Art von Arbeit fast gar nicht mehr durchsteht – er mag nicht mehr lächeln, charmant sein, so tun, als würde er zuhören...). Am Sonntagabend beispielsweise ging er überhaupt nicht weg; wir haben an diesem Abend von sechs bis halb zwei in der früh ununterbrochen geredet, dazu sechs kleine Bier und zwei Flaschen Chianti getrunken und zweimal gekocht und sehr scharf gegessen. Inzwischen hört Somchai schon auf den Rat seiner Mutti, aber entscheiden tut er natürlich immer noch selbst). Das Bordell arbeitet vor allem mit Transvestiten, und die Kunden sind, etwa im Gegensatz zum «Carrousel», üblicherweise keine Gays; das Geschäft, höre ich, laufe ganz gut. Vor allem für den Besitzer; denn dieser bindet die Boys nur schon mal dadurch, dass er ihnen die Einreise verschafft, dafür aber 2000 Franken verlangt, ans Haus. Sie leben dann ganz in diesem Mikrokosmos, essen da, trinken da, schlafen da, gehen kaum aus. 50 Prozent von dem, was der Freier bezahlt, behält der Boss. Die anderen 50 Prozent geben die Boys oft genug dafür aus, dass sie von demselben auch die Drogen, die reichlich vorhanden sind, beziehen. Dadurch macht Jack gleich zweimal ein Geschäft, und die Boys haben, wenn sie nach drei Monaten wieder nach Hause müssen, unter dem Strich gar nichts gespart. Für mich ist sowas kriminell und in der Nähe von Sklavenhandel; René aber findet das offenbar toll und wollte schon wenige Tage nach dessen Operation, dass Somchei dort arbeite, da könne man gutes Geld machen. Ich weiss nicht, ob das Naivität ist oder der unbekümmerte Egoismus eines Menschen, der mit dem goldenen Löffel im Mund geboren ist – oder ob es einfach daran liegt, dass René aus dem hinterwäldlerischen Herisau kommt. Ich bin wütend, mein Blutdruck ist noch immer zu hoch und mein Herz klopft wie verrückt. (Ausserdem weigert er sich, auch nur den geringsten Betrag an die Spitalkosten von Somchai zu bezahlen, dieses Arschloch.)

Inzwischen war ich selbst zweimal in diesem sogenannten Massagesalon, als Besucher wohlverstanden und nicht als Kunde. Ich hatte nämlich sonst kaum mehr Gelegenheit, Somchai zu sehen. Er verbrachte fast die ganze Zeit meiner Weihnachtsferien in Oerlikon und zumindest die Wochenenden bei einem neuen Verehrer, den ich natürlich inzwischen auch kennengelernt habe, dem fünfzigjährigen Hanspeter, der aber noch ganz gut im Schuss ist. Natürlich machte mich das wieder eifersüchtig, verzweifelt, obwohl ich dazu natürlich überhaupt kein Recht habe. Es ist nicht ganz klar, was Somchai diesem neuen Verehrer gegenüber, der heftigstens in ihn verliebt ist, empfindet, ob er ihn wirklich mag, wofür es Anzeichen gibt, oder ob er ihn nur zum Verfolgen gewisser Pläne benützt, wofür es ebenfalls nicht an Anzeichen mangelt, oder ob beides...

Nein, ich hatte keine gute Zeit in den letzten Tages des vergangenen Jahres, fühlte mich einsam, deprimiert, enttäuscht, ja desillusioniert, indem ich zur Gewissheit kam, mein Wunsch nach einer erfüllenden Liebesbeziehung werde wohl niemals wahr. Mir wurde klar, dass Faisal mich zum Beispiel nicht liebt; seine Haltung mir gegenüber wurde immer gleichgültiger, sogar verächtlich; ich hatte den Eindruck, dass er über meine Verliebtheitsgefühle lacht. Wahrscheinlich bin ich ihm zu vorsichtig, und er merkt, dass es bei mir das grosse Geld nicht zu holen gibt. Ein Beispiel: Als ich ihm ein Parfum schenke, dankt er mir zwar brav und höflich, meint dann aber in einem dahingemurmelten Nebensatz «That's better than nothing» und vergisst nicht zu erwähnen, dass Jeffrey von seinem Boyfriend 4000 Franken zum Geburtstag erhalten habe. Somchai hat mir wegen meiner gefühlsmässigen Dummheit auch schon tüchtig ins Gewissen geredet – es sei sträflicher Leichtsinn, sein Herz an einen solchen Boy zu verlieren. Ich sollte auf Somchai unbedingt hören – er weiss, wovon er spricht. Kommt dazu, dass ich Angst vor der Zukunft habe – finanziell, beruflich sieht es eher düster aus.

Im Massagesalon arbeiten die Boys in Frauenkleidern. Gai, der ebenfalls in diesem Etablissement arbeitet, ist noch weiblicher geworden, hat sich künstliche Brüste aus Silikon implantieren lassen, wodurch er jeden erotischen Reiz für mich verloren hat. Auch Somchai ist geschminkt und trägt ein eng anliegendes Kleid. Er sieht aber auch so sehr anziehend, ich möchte sagen: überzeugend aus, bewahrt seine Natürlichkeit und Würde. Er ist wohl von Natur aus ein zweigeschlechtliches Wesen.

Als ich gestern nach Hause komme, ist Somchai seit langem wieder einmal da; er hat die vorherige Nacht sogar in seinem Zimmer übernachtet. Aber ich spüre, dass er stinkesauer auf mich ist. Wegen meiner liederlichen Haushaltführung, weil ich vergessen habe einzukaufen, was er mir aufgetragen hat? Das auch, aber nicht nur und nicht in erster Linie. Wieder einmal lässt Somchai mich verstehen, dass er bei allem Charme sehr dominant und immer im Recht ist. Er lässt mich spüren, wie sehr er mir überlegen ist, wie wenig ich eine Chance habe gegen ihn habe (oder hätte, wenn ich das wollte). Auch im Gespräch bin ich ihm keinesfalls gewachsen, selbst wenn (oder weil) seine Aussagen oft widersprüchlich sind. Seine Überlegenheit basiert auf seinem psychologischen Geschick, er kann das Gespräch immer in eine Richtung lenken, die bewirkt, dass ich in der Verteidigungs- und er in der Anklageposition ist. Er wirft mir zum Beispiel meine Wankelmütigkeit in Liebesdingen vor, während er, wenn er jemanden, zum Beispiel John, liebe, sich immer hundertprozentig hineingebe (dass er aber während dieser John-Geschichte immer noch mit Stefano liiert war, vergisst er dabei zu erwähnen). Mein Verhalten und sein eigenes misst er mit unterschiedlichen Ellen. Ich merke doch, er ist eifersüchtig wegen meiner Gefühlen für Faisal, wegen meiner Enttäuschung über Faisal; er verbittet es sich ausdrücklich, dass ich ihn mit Faisal vergleiche (was ich gar nicht tue), obwohl er dann andererseits auch wieder zugibt, aus den gleichen Motiven zu handeln wie dieser. Nun, er ist mir bitterböse, dass ich mein Herz an solche wie Faisal verliere, und hat sicher recht, wenn er sagt, dass daraus nichts werden könne; ich verstehe nur nicht, warum er so böse ist. Er sagt zwar, dass es eine erneute Liaison zwischen ihm und mir in keinem Fall geben könne, denn wenn man sich einmal entschieden habe, dann gelte das auch und sei nicht rückgängig zu machen; andererseits aber spiele ich für seine Zukunftspläne doch immer noch eine Rolle. Ich weiss noch immer nicht, was ich für ihn bedeute: Mutter oder Freund oder Geschäftspartner; sicher nicht Sugar Daddy – einen Sugar Daddy möchte er nicht, da er seine Freiheit zu sehr liebt. Aber auch meine Gefühle für ihn sind immer noch widersprüchlich; ich liebe ihn, nicht nur als Tochter, sehe aber auch ein, dass es zwischen ihm und mir besser ist ohne Sex und vor allem ohne gegenseitige Besitzansprüche. Denn eben, nicht nur ich bin eifersüchtig, auch er ist es, obwohl er es nie zugeben würde. Er möchte mich für sich, aber er braucht und will auch andere, er möchte mich ausschliesslich für sich, aber ich soll von ihm nichts erwarten, nichts verlangen. Das ist schwer.

Er ist immer noch verletzt wegen René und eigentlich wegen allen, die er gekannt hat und mit denen es zum Bruch gekommen ist. Er kann sie wirklich nicht vergessen. Er träumt von der romantischen Liebe, auch er, mich aber funkelt er böse an, wenn ich Gleiches tue, und meint ganz allgemein, dass es romantische Liebe im schwulen Leben nicht gebe. Er sagt, er achte die Gefühle der anderen immer, sagt aber auch, dass er zum Beispiel mit den Gefühlen von Hanspeter nur spiele, ihn in sich verliebt mache, um ihn dann zu verletzen oder auszunehmen. Dabei empfindet er doch etwas für diesen, allerdings nur, weil dessen Gesicht so grosse Ähnlichkeit mit dem Gesicht Johns habe. Von seinem Charakter hält er allerdings nicht viel; der verstehe auch nichts, wie René, wolle ihn als Freund, ohne für ihn zu schauen und Verantwortung zu übernehmen.

Dass ich so schwach und gefühlsduselig sei, rege ihn auf. Ich solle das als Geschäft sehen, Sex gegen Geld, und damit basta. Mit einem Moneyboy sei nie eine Beziehung möglich, das müsse ich mir ein für allemal klarmachen. Ich solle endlich einmal für mich schauen; ich hätte für alle anderen Verständnis, nur nicht für mich. Und ich solle Geld sparen, denn so sei ich für einen Boy auch von der materiellen Seite her nicht interessant; ich könne ihn mir schlicht nicht leisten.

Was er sagt, leuchtet mir einerseits ein, andererseits beginne ich ihm, was seine Motive mir gegenüber betrifft, wieder einmal zu misstrauen; nützt er mich immer noch aus, jetzt, wo ich fast nichts mehr habe und er mir fast nichts mehr gibt (aber stimmt das auch?), oder ist er wirklich mein Freund?

Und was ist das, Freundschaft, zwischen Somchai und mir, was kann es sein?

Lieber Max

Ich will dir mal erzählen, wies im Land der Märchenerzähler dieses Mal so war. Ich bin allerdings immer noch etwas groggy vom Kultur- und Temperaturschock und hoffe deshalb, dass du nachsichtig mit mir bist, wenn mein Bericht eher einem Schüleraufsatz als einem literarischen Erzeugnis gleicht. Überhaupt entwickle ich mich, glaube ich, wieder zum Analphabeten zurück. Ich habe zum Beispiel mindestens fünf Bücher mit nach Thailand genommen. Gelesen habe ich einen einzigen schmalen Krimi – im Flugzeug auf dem Hinflug. Und obwohl ich am Strand ganze Tage bloss rumgehangen bin, habe ich da keine einzige Zeile gelesen. Ich war einfach zu faul. Lieber beobachtete ich träge die wohlgestalteten Jungs, wie sie Volleyball spielten.

Aber der Reihe nach. Der Hinflug war am Tag, d.h. ich bin am frühen Nachmittag abgeflogen und dann in die Nacht hinein- und durch die Nacht hindurchgeflogen, d.h. ich kam in Bangkok um sechs in der früh an, obwohl es in meinem Empfinden gerade erst Mitternacht war und ich im Flugzeug überhaupt nicht geschlafen hatte. Das ist ja schon verwirrend genug. Somchai hatte mir versprochen, mich am Flughafen abzuholen, aber ich hatte es für unmöglich gehalten, dass er es so früh am Morgen aus den Federn schafft, und ich hatte recht damit. Das war aber egal. Ich bin ja schliesslich schon gross genug, um mir selber ein Taxi zu nehmen, das mich auf der neuen Schnellstrasse in Windeseile zum Hotel «Opera» bringt. Inzwischen dauert es nur noch knapp zwanzig Minuten vom Flughafen zur Petchburi.

Bangkok ist noch grösser, lärmender und stinkender geworden, trotzdem ist es gewissermassen ein guter Geruch, der so etwas wie Heimkommen bedeutet. Im «Opera», das ja gleich neben Somchais Apartmenthaus steht, legte ich mich ein wenig hin, war aber viel zu erregt, um zu schlafen. So um Mittag war Somchai dann wach, so dass wir uns begrüssen konnten; wir hatten uns zwar gerade mal einen Tag lang nicht gesehen. Im gleichen Hotel war zudem mein Kumpel von der schwulen Theatergruppe aus Zürich, der sich während der letzten Tage seines Urlaubs vögelnd durch die Boysbestände der Bangkoker Schwulenlokale (DJ, Telephone, Babylon...) hindurcharbeitete.

Nun, am ersten Abend, in der ersten Nacht war ich so übermüdet und überdreht, dass ich sie gleich durchfeiern musste. In der DJ-Station war ja auch schwer was los, wie immer, und ich traf erstaunlicherweise recht viele Bekannte. In Beschlag genommen wurde ich allerdings sofort von einem zwielichtigen Bürschchen mit abstehenden Ohren, das verschlagen und versaut und sehr sexy auf mich wirkte. Wir gingen dann noch in ein Karaokelokal (zu viert, ich mit meinem Kumpel und er mit seinem Kumpel, Somchai hatte ich aus den Augen verloren) und dann, es war inzwischen schon vier, ins Hotel. Während ich duschte, legte er sich ins Bett und stellte sich schlafend.

Da ich dem Burschen nicht traute, schaute ich nach, was er mir aus dem Portemonnaie geklaut hatte: tatsächlich, da fehlte einiges an Schweizer und auch thailändischem Geld, das wie durch Zauberhand in der Hosentasche des Jungen gelandet war. Nachdem ich das Bare an seinen rechtmässigen

Besitzer zurücktransferiert hatte, «weckte» ich den anscheinend so tief schlafenden Jungen, um ihn nach Hause zu schicken. Du hättest mal sehen müssen, was jetzt für ein Lamento, umrahmt mit den hübschesten Geschichten, losging. Ich musste mir das Lachen verbeissen. Zwar bat er mich auf Knien und schon fast weinend um Verzeihung, aber fortschicken lassen wollte er sich partout nicht. Nur, um ihn endlich loszuwerden, liess ich mich von ihm bumsen; er hatte einen zwar langen, aber ziemlich dünnen Pimmel, so dass ich die wilde Rammelei ziemlich unbeschadet und sogar mit einem recht netten Lustgewinn überstand. Als wir endlich fertig waren – es war inzwischen sechs Uhr in der Früh – wollte er zwar noch immer nicht gehen, aber ich blieb hart: ich war einfach zu müde und erschöpft, um mich noch länger mit ihm herumzuschlagen – trotz seiner abstehenden Ohren. Er wolle mich aber am andern Abend sehen, sagte er. Ich liess ihn in dem Glauben, dass dem so sein werde, ignorierte ihn aber fortan. (Selbstverständlich gab ich ihm das Geld, das ihm zustand und auf das wir uns geeinigt hatten.)

Am übernächsten Tag flogen wir nach Pitsanoluk, wo wir von einem Teil von Somchais Familie abgeholt wurden. Auch das war wie eine Heimkehr: ich wurde in den Schoss dieser Familie aufgenommen wie ein Mitglied. Die Tage in Song Hong selbst waren von einer gewissen Ereignislosigkeit gekennzeichnet, da es in diesem Dorf nicht allzu viele Unterhaltungsmöglichkeiten oder touristische Attraktionen (ausser einem riesigen Nachtmarkt in einem Wat in der Nähe von Uttaradit) zu sehen gibt. Es war aber für mich wieder ganz angenehm, (allerdings völlig passiv) am thailändischen Alltagsleben teilzunehmen. Natürlich wurde ich verwöhnt und gemästet von hinten bis vorn; einmal wurden mir sogar kleine geröstete Frösche zum Snack gereicht. Zudem gab es eine alle versöhnlich stimmende Aussprache mit Pom, der ebenfalls in Song Hong war. Auf jeden Fall erholte ich mich auf diese Weise bestens. Manchmal erzählte mir Somchais Grossmutter ein halbes Stündchen lang eine Geschichte, von der ich allerdings kein Wort verstand, was sie aber nicht zu stören schien.

Von Uttaradit fuhren wir mit dem Zug nach Chiang Mai durch eine faszinierende, aber momentan ziemlich vertrocknete Dschungellandschaft. In Chiang Mai hatte uns die «Schwester» oder Cousine von Somchai, Korrakot, sie arbeitet in einem Reisebüro, in einem Hotel (Pornping Tower) für 1000 Bath pro Nacht ein Doppelzimmer besorgt.

Chiang Mai gefiel mir so gut, dass ich mir vorstellen könnte, einmal da zu leben. Von der Grösse und vom Klima her passt mir diese Stadt jedenfalls besser als Bkk. Wir machten da natürlich ein bisschen Sightseeing (das Wat auf dem Berg, eine Schlangenfarm, ein Elephantencamp, eine Orchideenfarm, Hotsprings...), und zwar zu dritt, denn Somchai hatte mir am ersten Abend eine Gogobar gezeigt, wo mir Chom, ein halber Chinese, in die Augen stach, der dann für ein paar Tage ein ganz netter Begleiter war. Wie gesagt, das ging problemlos mit Somchai. Er sagte: «I am happy when you are happy, Mutti». Er kann ganz schön grosszügig sein. Es nervte ihn nur, wenn ich zu naiv war (d.h. mich in einen Jungen vielleicht ein bisschen verliebte) oder mich ein Junge in der Öffentlichkeit anfasste (wobei es immer noch darauf ankam, in welcher Öffentlichkeit).

Von Chiang Mai flogen wir zurück nach Bkk, und da lernte ich gleich am ersten Abend im «DJ Station» Nui kennen, Miss Lampang, wie er sich selbst scherzhaft nannte, während sich Somchai zur Miss Uttaradit erklärte. *Die beiden kommen also in etwa aus der gleichen Ecke und sind auch gleich alt (beide Jahrgang 74), aber sonst sind sie doch sehr verschieden. Somchai hat zwar auch eine sehr weibliche, aber auch eine ausgeprägt männliche Seite, während Nui wirklich ein «Mädchen» ist: zierlich, unsportlich, verträumt, verspielt, etwas naiv ... aber im Ganzen gesehen ein allerliebstes und vor allem sehr zärtliches, kuscheliges Wesen (Somchai hat mich einmal fast etwas unwillig gefragt, welches denn nun eigentlich mein Typ sei, hat er mich doch auch schon zusammen mit eher maskulinen Boys wie Faisal oder Bo gesehen). Nui bewunderte jedenfalls Somchai masslos und versuchte sogar, ihn zu «kopieren». Es war auf jeden Fall klar, wer von den beiden der stärkere, der «Boss» war. Somchai hat Nui zweifellos mehr als bloss ertragen, aber ob er ihn wirklich (ausser mir zuliebe) akzeptiert hat, weiss ich natürlich nicht, so weit geht meine Kenntnis der thailändischen Psychologie denn doch noch nicht. Trotzdem muss ich sagen, dass unser Zusammenleben zu dritt, das insgesamt fast vierzehn Tage dauerte, mit wenigen Ausnahmen wirklich hervorragend klappte.*

Ich fühlte mich natürlich wie die Made im Speck, versorgt mit allem, was mein Herz begehrt. Von Bkk aus fuhren wir mit dem Bus nach Ko Samet, eine Insel, die du bestimmt auch kennst: ein Paradies. Etwa zehn Tage dauerte unser Leben am Strand; meinetwegen hätte es noch viel länger sein können, denn es fehlte mir an nichts, das Klima war angenehm, die Luft und das Wasser sauber...

Ach ja, der Herbstanfang... Herbst war mir allerdings immer die Lieblingsjahreszeit, wenigstens meistens, wenn es nicht wochenlang schifft, aber ich finde den Herbst gar keine melancholische Jahreszeit, im Gegenteil, eher eine euphorisierende und auch erotisierende (die Geilheit des Sommers ist irgendwie zu laut, zu schnell, zu heiss – was natürlich manchmal auch gar nicht schlecht ist). Ich finde die symphonischen Farben des Oktobers mit seinen Nebelschlieren und dem fast surrealistischen Blau des Himmels unübertrefflich und auch den Geruch in der Luft, den Geruch, diesen leicht fauligen Furchtbarkeitsgeruch. Du musst wissen, ich bin ein totaler Nasenmensch. Gerüche können mich erregen. Gerüche finde ich interessant. Andere mögen sagen: es stinkt. Ich sage: es riecht interessant. Vielleicht ein bisschen streng, aber interessant. Und es gibt so viele Variationen von Gerüchen, Kombinationen, und jeder Geruch hat wieder eine andere Wirkung auf die Psyche: Es gibt solche, die anregen, solche, die aufregen und erregen, es gibt beruhigende Gerüche, sättigende Gerüche und erbärmliche Gerüche. Ich weiss nicht, woher ich das habe, diese Nasenbezogenheit. Ich muss an Menschen herumschnuppern können. Wenn ich jemanden nicht riechen kann, dann soll er mir lieber nicht zu nahe kommen. Wenn ich aber bei einem die Witterung aufgenommen habe und er mir positiv in die Nase sticht, dann muss ich fortwährend an ihm herumschnüffeln, an allen möglichen Körperstellen, und ich werde richtig süchtig nach dem Bukett seiner Gerüche. Etwas überspitzt gesagt könnte man sagen, dass die Liebe bei mir nicht durch den Magen, sondern durch die Nase geht. Faisal zum Beispiel verströmt einen herben Duft, der mich fast rasend macht, er riecht etwas animalisch nach jungem Männchen, es ist einfach wunderbar. Nicht, dass er sich nicht waschen würde. Im Gegenteil, er ist sehr reinlich, er duscht jeden Tag mindestens zweimal, mindestens. Aber sein Duft ist eben stärker (von mir aus könnte er sich ruhiger etwas weniger oft duschen). Nicht dass du jetzt denkst, was ist denn dieser Hunter für eine perverse geile Sau. Ich bin ein ganz unschuldiger Nasenmensch. Wahrscheinlich war ich in einem früheren Leben einmal ein Hund. Ich kann die intensive Beschäftigung von Hunden mit Gerüchen jedenfalls bestens verstehen. Aber jetzt genug von diesem Thema. Wie bin ich überhaupt darauf gekommen? Ach, ja, der Herbstanfang. Frisch gepflügte Kartoffelfelder, Herbstfeuer und so.

Aber jetzt fahr ich mit Faisal zunächst einmal für ein paar Tage nach Barcelona (nachdem ich im Juni mit ihm in Amsterdam war), und da wird es ja wohl noch einigermassen südlich zugehen. Faisal reist sehr gerne, und er ist ein total angenehmer, relaxter und fröhlicher Begleiter, so dass ich mich sehr auf diesen kurzen Trip freue. Wenn er in Zürich ist, sehe ich ihn häufig, aber jeweils nicht für sehr lange, weil er dann wieder in der Gegend herumrennt und Ziele verfolgt und Termine hat und so. Somchai sehe ich eigentlich kaum, auch er hat Pläne und verfolgt Ziele und hat keine Zeit. Aber was solls? Als gute Mutter weiss man, dass man die Jungen machen lassen soll.

Nun zu Deinem Brief. Die Vollzugsbehörden sind ja gar nicht rachsüchtig. Also, wenn einer sich wehrt, dann wird er doppelt bestraft. Was lehrt man daraus? Das Menschenbild dieser Behörden sieht den Idealbürger als kadavergehorsamen Arschkriecher. Dabei nimmst du ja nur deine Rechte wahr. Ich finde es auf jeden Fall toll, dass du diese Beamten auf Trab hälst. Und ich wünsch dir und deinem Reststrafengesuch trotzdem alles Gute. Vielleicht geschieht ja ein Wunder!

Die Schweizer Vollzugspraxis ist da übrigens auch nicht besser, eher schlimmer. Kennst du den Fall Walter Stürm? Der war in den Achtzigern hierzulande mal fast so etwas wie ein Volksheld. Er war bekannt als Ausbrecherkönig und ging einmal im Frühling «Ostereier suchen». Aber er wurde immer wieder geschnappt. Er wehrte sich jedoch mit allen juristischen Mitteln gegen die Justiz, war renitent und wurde grausam dafür bestraft. Über sechs Jahre lang wurde er in Isolationshaft gehalten, und das ist bekanntlich Folter – jedenfalls für den Europäischen Gerichtshof, wenn auch nicht für die Schweizer Justiz (die Schweiz ist das einzige zivilisierte Land, das diese Haftfolter noch kennt). Das hat er aber psychisch nicht durchgehalten. Zwar wurde er vor etwa zwei Jahren nach ewiger Zeit endlich offiziell entlassen, aber da war er schon ein gebrochener Mann. Er machte erneut einen Bruch, wurde wieder eingebuchtet, wieder Isolationshaft. Zum Schluss hat er sich nicht mehr renitent verhalten. War ruhig, schicksalsergeben. Das hielten die Behörden für ein gutes Zeichen. War es aber nicht. Nein, der Mann sei nicht suizidgefährdet, hiess es offiziellerseits. Natürlich nicht. Er hatte ja auch erst zwei Versuche hinter sich. Vor etwa einer Woche hat er sich umgebracht. Mit einem Plastiksack selbst erstickt. Eine traurige Geschichte.

Ich bewundere dich sehr dafür, dass du das Rauchen aufgegeben hast. Und das sogar im Knast. Oder ist es im Knast sogar leichter? Nein, das glaube ich eigentlich nicht. Nun, ich bin auf jeden Fall ein typischer Fall von willigem Geist und von schwachem Fleisch. Willensstärke ist nicht unbedingt meine Stärke, und ich habe einfach einen Hang zum barocken Lebenswandel. Er könnte schon, hiess es in meiner Kindheit, aber er ist faul, hat keinen Ehrgeiz und unkeusche

Gedanken. Und es ist schon so: Freiwillig schaffe ich es kaum, auch nur einem der sogenannten Laster, die ja meistens Genüsse sind, zu entsagen. Ob das Rauchen wirklich ein Genuss ist, weiss ich allerdings nicht. Manchmal empfinde ich es schon so, aber manchmal muss ich auch einfach zugeben, dass ich ein süchtiger Mensch bin. Ich rauche manchmal, weil ich nervös bin oder weil mir langweilig ist. Aber der Mensch ist eben nicht dazu geboren, perfekt zu sein. Ich schon gar nicht.

Ich hol mir ja manchmal auch einen runter, bloss weil ich nervös bin oder mir langweilig ist, und das ist ja dann auch nicht so toll. Hilft aber schon, wenn auch nur ein bisschen. So wie dem Kind im dunklen Wald, das aus lauter Angst zu pfeifen und zu singen beginnt. Sozusagen tut als ob. Um die Gespenster, Nachtmahre und das andere Ungetier in der Dunkelheit zu täuschen. Aber doch, ich kenne Leute, die sind ganz ehrlich asketisch veranlagt. Manchmal beneide ich diese Menschen fast ein bisschen, oder nein, es nimmt mich einfach wunder, wie es sich anfühlt, wenn man ist wie sie. Das wäre ja sowieso ab und zu ganz interessant, in einen anderen Menschen hineinschlüpfen zu können. Manchmal gelingt es mir fast, oder ich bilde mir das nur ein. Man weiss ja nie, ob irgendetwas so ist, wie man meint. Aber spielt eh keine Rolle, man kann es ja doch nicht überprüfen. Mir kommt es jedenfalls so vor, und ich kann dann völlig entrückt und gespannt einem total banalen Gespräch lauschen. Ist es dir auch schon so ergangen?

Manchmal habe ich das Gefühl, dass es nichts Fantastischeres als die sogenannte Realität gibt.

Kürzlich sass ich beispielsweise im Zug und wollte in einem Buch lesen. Vis à vis sassen zwei ältere Herren, Jungge-

335

sellen oder Wittwer, so ein bisschen sport- und wandermässig gekleidet, wahrscheinlich auf dem Weg zu einem Tagesausflug in die Berge. Unter der Woche sind die Züge der Schweizerischen Bundesbahnen fast ausschliesslich den Pensionierten (also den Rentnern) vorbehalten. Diese erzählten einander jedenfalls von Ferienerlebnissen auf griechischen Inseln resp. darüber, wie schwierig es sei, in einem griechischen Hotel als älterer Schweizer Mensch zu überleben. Der eine hatte zum Beispiel einen kleinen Esstick oder eine Essobsession. Das konnte er nicht essen und jenes tat ihm nicht gut und das Dritte brauchte er unbedingt zum erfolgreichen Verdauen. Das Frühstück war jeweils besonders heikel, da vertrug er immer nur ein kleines Müsli und dann eine Scheibe Brot und dann etwas Käse. Aber diese unmöglichen Serviertöchter da! Jedesmal, wenn er etwas Neues habe holen wollen, sei abgeräumt gewesen. Was, wollte der andere wissen, das ganze Buffet? Nein, der andere ganz verzweifelt, nicht das Buffet, sondern mein Gedeck! Mein Müesli, das ich mir vorher mühsam ergattert habe! Da habe er dann wieder ganz hinten in der Schlange anstehen müssen! Der habe er aber den Marsch geblasen! Die habe ihn kennengelernt! Dasselbe am Abend, mit dem Tee. Das sei ganz komisch, aber er brauche am Abend zum Verdauen einen Schwarztee. Der sei ihm auch dauernd abgeräumt worden, und zwar die noch halbvolle Tasse. Und so weiter.

Die Urlaubszeit ist eine herrliche Zeit, nicht war? Aber immerhin, man war in Griechenland.

Verzeih mir, ich schreibe einfach so vor mich hin. Aber das ist auch die Art, wie ich denke. Oder träume. Nur natürlich viel schneller. Man kommt ja beim Schreiben nicht nach. Aber das Prinzip ist dasselbe: eins ergibt sich aus dem ande-

ren, ein Gedanke aus dem anderen, ein Bild aus dem anderen, das ist ein endloser, breiter, träger Fluss. Deshalb liebe ich auch Bücher so, die diesen assoziativen Prozess abbilden, zum Beispiel die Bücher von Paul Bowles. Kennst du die? Bowles ist schon lange einer meiner Lieblingsautoren, und ich habe manche seiner Bücher schon mindestens dreimal gelesen (ich vergesse den Inhalt nach einer Weile sowieso). Paul Bowles ist ursprünglich Komponist und Amerikaner, aber er lebt schon seit 50 Jahren in Marokko, weil er die jungen Marokkaner so sehr mag. Nicht nur deshalb. Inzwischen ist er über neunzig und schreibt leider keine Romane mehr. Zuletzt förderte er sowieso vor allem junge einheimische Autoren.

Warum ich manchmal glücklich bin? Sicher nicht, weil ich das Gefühl habe, Glück zu verdienen. Ich gehöre nicht zu jenen, die der Meinung sind, glücklich zu sein sei eigentlich der natürliche Zustand des Menschen, und deshalb dauernd mit beleidigter Miene in der Gegend herumlatschen. Ich habe die Erfahrung gemacht, dass Glücklichsein – wie die Liebe – etwas Seltenes, Flüchtiges ist, das man weder herbeizwingen noch an sich halten kann. Für mich ist Glück ein Zustand der Leichtigkeit und Freiheit. Wenn ich glücklich bin, bin ich im Einklang mit mir und mit meiner Umgebung, ich will dann nichts dazu oder weg. Im Zustand des Glücks bin ich frei von allen Wünschen. Wunschloses Glück ist sozusagen die Verdoppelung des Gleichen oder anders ausgedrückt, es gibt kein Glück, das nicht ein wunschloses wäre. Was aber ist dann der Wunsch, die Sehnsucht, das Verlangen? Sicher nicht das Gegenteil des Glücks, wie man es eigentlich erwarten könnte als logisch denkender Mensch, sondern eher so etwas wie ein Vektor zum Glück, eine Speerspitze, die auf eine Erfüllung zeigt, die niemals eintreten wird – jedenfalls niemals auf eine solche Weise, wie der Wunsch es will oder wie der Wunsch es sich vorstellt.

Sicher kann man sich vorstellen und es auch in Erfahrung bringen, dass Glück in der sexuellen Erfüllung liegt. Sex, sagt man, findet im Kopf statt. Was heisst das? Begehren ist bis zu einem gewissen Grad unabhängig vom Objekt der Begierde. Das brennende Begehren nach einem Menschen, der fast schmerzhafte Hunger auf einen Menschen kann einen anfallen aus dem Nichts heraus, völlig unerwartet. Vielleicht hat man diesen Menschen schon viele Male gesehen und nichts von diesem Begehren gespürt. Oder man hat das Begehren bei einem Menschen erlebt und es ist wieder in sich zusammengefallen. Wie konnte ich nur, fragt man sich in solchen Fällen und steht den leidenschaftlichen Gefühlen von gestern etwas ratlos gegenüber. Und das Begehren ist das eine. Die Sättigung oder Tränkung oder Erfüllung oder wie immer man es nennen will, wenn Träume wahr werden, ist immer ein wenig von Enttäuschung begleitet – selbst wenn es noch so schön war. Enttäuschung und auch etwas von einer beinahe verschämten Erleichterung ist dabei – man ist insgeheim froh, dem Wahnsinn noch einmal entkommen und auf dem Boden der Realität gelandet zu sein. Nein, darin kann also das Glück nicht liegen. Das ist ein Mythos. Ich neige dazu, in dieser Hinsicht dem Buddhismus recht zu geben. Leben ist Leiden, und das Glück, das die Begierde verspricht, eine Illusion. Trotzdem ist im Kern die Sehnsucht, die im Begehren steckt, im Wunsch, im Wollen wahr und echt und hat eben doch mit dem Glück zu tun. Nur kann es, und das ist das Paradoxe daran, auf diese Weise nicht erreicht werden. Es kann überhaupt nicht erreicht werden. Das Glück ist ein Zustand, der einem geschenkt wird, der sich gerade dann ereignet, wenn man ihn nicht mehr anstrebt. Ja, das Glück ist ein Geschenk, wie die Liebe.

Mein lieber Max

Mit den Fest- und Feiertagen habe ich es ja nicht so. An Sylvester sass ich, zunehmend melancholischer und betrunkener werdend, mit Somchai in Aschis «Tip Top-Bar» und habe sogar das monumentale Feuerwerk verpasst. Ich hatte wohl so eine Vorahnung. Tatsächlich hat das neue Jahr oder von mir aus auch Jahrtausend nicht gerade gut angefangen, um ehrlich zu sein: es hat fürchterlich angefangen. Ich habe es dir ja schon auf der Karte, falls du diese bekommen hast, angetönt. Ich bin am 2. auf den 3. Januar 2000 unverzüglich nach Chiang Mai geflogen, weil ich mich danach sehnte, Com zu treffen. Natürlich, erst Com und dann seine Schwester oder Cousine Pong hatten mir per E-Mail geschrieben, dass Com erkrankt sei; offenbar ernsthaft erkrankt. Ich dachte aber bloss an eine heftige Grippe oder so was und nahm diese Nachrichten nicht ernst; schliesslich war Com erst 22 und hatte geschrieben, er sei krank geworden, weil es so kalt in Chiang Mai geworden sei.

Ich muss mich immer noch dazu zwingen, mich an diese ersten Tage in Chiang Mai zu erinnern. Mit dem Motorrad vom Flughafen abgeholt wurde ich von Pong. Sie brachte mich in Coms Zimmer, und ich erschrak. Com sah noch immer sehr schön aus, aber auch sehr mager, sehr zerbrechlich, sehr schwach. Er könne schon seit Tagen nichts mehr essen, habe Schmerzen in der Lunge, Brechreiz. Da er ausserdem ganz gelb war, tippte ich auf eine Gelbsucht. Doch, er sei schon beim Arzt gewesen, aber dieser habe ihm bloss ein paar Tabletten in die Hand gedrückt und ihm gesagt, er solle in zehn Tagen wieder kommen. Com freute sich, mich zu sehen, aber er war natürlich auch traurig, dass er mich jetzt nicht auf meiner Reise begleiten könne. Er wollte ja nach seiner Ausbildung in zwei Jahren in die Schweiz kommen, aber das sei wohl jetzt auch nicht möglich. Wahrscheinlich ahnte er schon da, dass er sterben musste. Ich dachte noch nicht im Entferntesten daran. Ich hatte ihm eine Uhr aus der Schweiz mitgebracht, über die er sich sehr freute. Er hatte mir ein traditionelles Musikinstrument gekauft, Honig und Tee aus den Bergen.

Am anderen Tag führte mich Pong mit dem Motorrad in der Stadt und der Umgebung herum. Am Abend ging es Com eher schlechter, und inzwischen waren seine Eltern eingetroffen, um ihn zu pflegen, Bauern aus Maeai, mit denen ich mich nur über Pong unterhalten konnte, weil sie kein Englisch sprachen. Es sind aber sehr liebe Leute; der Vater hatte mal Probleme mit Heroin, und Com war ihr einziges Kind. Ich drängte dann darauf, Com ins Spital zu bringen, weil ich Austrocknung und Entkräftung befürchtete und weil Com wirklich absolut keine Nahrung bei sich behalten konnte, aber sie wehrten sich dagegen, obwohl ich natürlich anerbot, sämtliche Kosten zu übernehmen. Irgendwie erfassten wir alle noch nicht so recht den Ernst der Lage. Com sagte, er könne fast kein Englisch mehr sprechen; er hatte offensichtlich Fieber, fror manchmal und schwitzte dann wieder; immer gegen Abend trübte sich sein Bewusstsein und er sah Leute, die gar nicht im Raum waren. Er bat mich, nicht wegzufahren, sondern bei ihm zu bleiben; natürlich könne ich mich mit Jungs *vergnügen, aber ich solle ihn immer wieder besuchen kommen, ich sei sein einziger Freund (tatsächlich besuchte ihn, ausser der Familie, keiner seiner Freunde oder Kollegen jemals, was ihn sehr beschäftigte).*

Am anderen Tag nahm mich Pong mit auf den Doi Inthanon, den mit etwa 2600 Metern höchsten Berg in Thailand. Das war eigentlich ein wunderschöner Ausflug mit einer atemberaubenden Weitsicht über das nordthailändische Bergland und einer fast märchenhaft anmutenden Flora und Fauna auf dieser Vegetationsstufe mit uralten Bäumen, und ich verstand mich wirklich gut mit Pong, einer kleinen, noch jungen, aber erstaunlich reifen und sehr starken Person, die gut Englisch spricht. Aber als wir nach Chiang Mai und zu Com zurückkamen, mussten wir feststellen, dass es ihm um kein Haar besser ging. Dieses Mal setzte ich mich durch: Com müsse jetzt unverzüglich ins Spital gebracht werden. Com konnte sich kaum mehr auf den Beinen halten, so geschwächt war er. Wir mussten ihn fast tragen. Im Lift ein kurzer Stromunterbruch, es war wie in einem Alptraum. Offenbar kann man in Chiang Mai nicht einfach eine Ambulanz rufen, also mussten wir Com in einem Cab ins Spital, das Gott sei Dank nicht weit entfernt lag, bringen. Dann das endlos lange Aufnahmeprozedere (erst wollten sie ihn gar nicht dabehalten; wir mussten zunächst in der spitaleigenen Apotheke die Medikamente bezahlen, bevor Com auf der Notfallstation ein Bett zugewiesen bekam. Allerdings sind die Medikamente für unsere Verhältnisse sehr günstig, und auch das Spitalbett kostet, in Relation zu einem Schweizer Salär gesetzt, nicht viel.) Die Stimmung in diesem Spital war sehr ruhig, völlig ohne Hektik, und die Kranken, Sterbenden, ihre Angehörigen, das Personal legten alle ein Verhalten an den Tag, das von einer grossen Würde geprägt war. Auch Com hat sich, obwohl er ganz offensichtlich fürchterlich litt und eine Medikamentengabe wegen seiner Leber offenbar nur sehr bedingt möglich war, kein einziges Mal beklagt oder gejammert. Natürlich gab es Emotionen, Trauer, aber sehr still. Wohl nirgends wurde mir die Quaslität der thailändische Kultur und die grossartige Lebenshaltung dieser Menschen so bewusst wie in diesem Spital.

An diesem Abend war ich etwas beruhigt. Nun ist Com unter ärztlicher Kontrolle, dachte ich, jetzt wird alles gut. Wahrscheinlich wird es eine Weile dauern, bis er wieder auf dem Damm ist. Ich stellte mich liebend gern darauf ein, die ganzen drei Wochen meiner Ferien in Chiang Mai zu bleiben und Com zu besuchen, worum er mich auch gebeten hatte. Es klingt vielleicht seltsam, aber ich liebte Com von ganzem Herzen. Er war ein ungewöhnlich gutherziger Junge, und selbst in diesem beklagenswerten Zustand noch sehr anziehend. Besuchszeit war immer von 12 bis 13.30 Uhr und 15 bis 19 Uhr.

Am nächsten Tag hatte Com einen Schlauch in der Nase, der eine übel aussehende braune Substanz aus seinem Körper beförderte. Sein Urin war dunkelbraun. Er bekam eine Menge Infusionen, aber es ging ihm nicht besser. Er hatte Schwierigkeiten mit der Atmung; Sauerstoff musste ihm zugeführt werden. Am Morgen des 7. Januars sagte mir Pong, die Ärzte hätten ihr mitgeteilt, dass man mit allem rechnen müsse. Coms Überlebenschancen würden im besten Fall 50% betragen. Wahrscheinlich werde sich in der nächsten Nacht alles entscheiden. Eine Menge Verwandte der Familie trafen ein: die Grosseltern, Onkel, Tanten, Cousinen, Cousins und deren Partnerinnen.

Ich wurde von allen ganz selbstverständlich als Familienmitglied betrachtet. Die Stimmung war unglaublich; manchmal hätte man das Fallen einer Stecknadel hören können. Com ging es so schlecht, dass er jetzt Spritzen bekam; offensichtlich glaubten die Ärzte nicht mehr an eine Heilung, auch wenn er immer wieder zum Röntgen gebracht wurde. Com verlor hie und da das Bewusstsein, hatte aber immer wieder klare Momente. Einmal schaute er mich an und sagte nur ein Wort: «Dead». Er sagte dieses Wort und nickte. Es war eine Feststellung; keine Anklage. Natürlich hatte er Angst vor dem Sterben. Aber er ging durch diese Angst hindurch wie ein Held. Ein paar Stunden, bevor er starb, wollte er seinen goldenen Ring anziehen und die Uhr, die ich ihm geschenkt hatte. Wenig später konnte er, wie mir Pong sagte, nicht mehr sehen – der Grad der Vergiftung seines Körpers schritt unaufhaltsam fort. Als es sieben Uhr am Abend war, mussten die Besucher (ausser den Eltern, die bleiben durften) gehen. Com befand sich bereits in der Agonie, hatte die Angst überstanden.

Wenig später, Pong wollte mich mit dem Motorrad zum Hotel bringen, erreichte uns die Nachricht seines Todes. Ich konnte es nicht glauben, war wie betäubt. Ich dachte nur, dass Com jetzt nicht mehr leiden muss. Wir fuhren ins Spital zurück; ganz mechanisch liess ich alles weitere über mich ergehen. Als ich Com noch einmal sah (oder eben nicht sah), steckte er bereits in einem Leichensack, denn er musste so schnell wie möglich nach Maeai transportiert werden, wo die Bestattungsrituale resp. die Verbrennung stattfinden sollten, auf heimatlichem Boden. Wieder endlose Warterei. Der Spitalaufenthalt musste bezahlt, ein Sarg ausgesucht werden.

*Natürlich wollten die versammelten Familienmitglieder,
dass ich nach Maeai mitfahre. Aber das, fühlte ich, ging über
meine Kräfte. Irgendwie hatte ich das Gefühl, den Verstand
zu verlieren. Ich brauchte Distanz, die Möglichkeit, zunächst
einmal zu verdrängen, um wieder Boden unter die Füsse zu
bekommen. Plötzlich schien mir das fremde Land als existen-
tielle Bedrohung. Ich versuchte, das Pong zu erklären, und da
sie gesehen hatte, wie sehr mich Coms Sterben mitnahm, ak-
zeptierte sie das (natürlich war auch sie erschüttert, aber sie
ist, wie ich schon sagte, psychisch und charakterlich eine sehr
starke Persönlichkeit). Natürlich gab ich den Eltern Geld, um
die Überführung der sterbliche Überreste ihres geliebten Soh-
nes zu bezahlen, und ich versprach, ihnen später Geld für die
Begräbnisrituale zu überweisen. Denn sie, die Eltern, hatten
nicht nur ihren Sohn verloren, sondern auch ihren Beschüt-
zer, Ernährer, ihre Altersvorsorge. Com war ein vorbildlicher
Sohn gewesen. Er hatte ihnen zum Beispiel, wie ich wusste,
ein Dutzend Schweine gekauft. Ich wusste, dass es zumindest
zeitweise Probleme mit seinem Vater gegeben hatte, weil dieser opiumsüchtig gewesen war. Vielleicht, dachte ich, hatte
Com auch aus Sorge um seine Eltern vor meinen Augen sterben wollen.*

*Woran oder weshalb er genau gestorben ist, weiss ich
nicht. Sicher, die Leber; er hatte, wie er sagte, schon früher
Probleme mit der Leber gehabt, und es seien auch schon Verwandte von ihm wegen Problemen mit der Leber gestorben.
Vielleicht ein angeborener Leberschaden? Keinesfalls lag es an
seinem Lebenswandel. Com rauchte und trank nicht (mehr).
Früher, da habe es eine Phase gegeben, wo er viel Whisky getrunken habe; aber er war ja noch nicht einmal 23 (da müsste ich schon längst einen Leberschaden haben). Er hasste u.a.*

auch deshalb seinen Job als Gogo-Boy, der für ihn sowieso nur ein Notnagel war, wegen dem Rauch und dem Whisky (und weil er wahrscheinlich kein bisschen schwul war, sondern ein ganz normaler Junge, der sich für Mädchen und Fussball interessierte, wie die Auswahl der Poster in seinem Zimmer vermuten liess). Immer wieder hatte er mir in seinen Mails geschrieben, er mache sich Sorgen um meine Gesundheit, don't drink the whisky and smoke the cigarette!

In der Nacht seines Todes trank ich den Whisky pur, und zwar eine ganze Menge, und rauchte auch viele Zigaretten. Ich sass fassungslos im Hotelzimmer und betrank mich, weil ich aus dieser Erstarrung herauskommen wollte. Und dann konnte ich endlich heulen. Manchmal gibt es nichts Wichtigeres auf der Welt, als weinen zu können. Alles andere war mir egal. Die Trauer ist wie ein Meer, absolut grenzenlos und auch grundlos, «ich bin traurig, weil...» spielt keine Rolle mehr. Die Trauer ist wie die Liebe viel viel grösser und umfassender als unser lächerlicher Verstand. Sie ist ein Element wie die Luft und das Wasser. Und obwohl sie in ihrer Unerschöpflichkeit kaum zu ertragen war, tat es trotzdem gut, sie zu fühlen, ihr einen Ausdruck zu geben, und rettete schliesslich auch den kleinen, lächerlichen, im Käfig der Rationalität wie wild rotierenden Verstand. Zum ersten Mal, seit ich ein Kind war, weinte ich mich in den Schlaf, der sich wie eine weiche wärmende Decke auf meine wunde Seele legte.

Am anderen Tag brachten mir Pong und Coms Mutter einige Dinge von Com und verabschiedeten sich von mir. «She lose her only son and I lose my only brother», sagte Pong. Die Trauer stand überdeutlich in ihren Augen geschrieben. Dann sass ich wieder in meinem Hotelzimmer und überlegte, wie es jetzt weitergehen sollte. Eigentlich wäre ich am liebsten nach

Hause geflogen. Ich liebte dieses Land, Thailand, zwar mehr denn je, aber es wurde mir im Moment einfach alles zuviel: die Sonne, die Hitze, die Farben, das Licht, die Gerüche... Und ich sehnte mich nach Geborgenheit, Sicherheit. Ich fühlte mich einsam. Aber ich scheute auch die Strapazen der Rückreise, und ich überlegte mir, dass ich, wenn ich jetzt zurückfahren würde, wohl nie mehr den Mut aufbringen könnte, je wieder nach Thailand oder in ein anderes südostasiatisches Land zu reisen.

Und da versuchte ich Nui zu erreichen, der meines Wissens in einem von Chiang Mai nicht allzuweit entfernten Dorf lebte, in der Nähe von Lampang. Nui, mit dem ich letztes Jahr (zusammen mit Somchai) eine Woche in Ko Samet und Bkk verbracht hatte. Ich hatte Glück: Nui war da. Ich versuchte, ihm kurz zu erklären, was passiert war, und bat ihn dann darum, mir Gesellschaft zu leisten oder vielmehr sich meiner anzunehmen. Ja, sagte er, warum nicht, er habe Zeit. Also verabredeten wir, dass er mich anderntags in Lampang am Busbahnhof abholen werde.

Nui habe ich viel zu verdanken. Mit grosser Feinfühligkeit ist er auf mich eingegangen, ohne meine Gefühle zu forcieren, und hat mir Geborgenheit und Wärme gegeben. Ich verbrachte zunächst einmal drei ruhige Tage in seinem Dorf im Haus seiner Eltern, und dann reisten wir noch im Norden herum, waren in Maesai, Phayao, Lampang und Mae Hong Son. Dank Nui gelang es mir manchmal sogar, Freude zu empfinden, auch wenn ich zwischendurch immer wieder emotionale Abstürze erlebte, Phasen einer bleiernen Müdigkeit oder plötzlich mitten auf der Strasse das Gefühl hatte, ohnmächtig zu werden.

Schwierig wurde es noch einmal, als es Abschied von Nui zu nehmen galt. Auch die Rückreise, die vom Zeitpunkt meiner Abfahrt zum Flughafen von Chiang Mai 24 Stunden dauerte (mit mehrstündigen Aufenthalten auf den Flughäfen Bangkok und Dubai und einer weiteren Zwischenlandung in Istanbul), war ein echter Überlebenstrip für mich.

Inzwischen habe ich wieder etwas mehr Boden unter den Füssen, auch wenn ich manchmal immer noch sehr traurig bin wegen Com. Natürlich nicht wegen Com, sondern weil ich ihn ganz egoistisch vermisse. Und weil mir die Erfahrung, seinem Sterben zuzuschauen, zutiefst verstört hat. Weil ich ganz egoistisch erschrocken bin über die Zerbrechlichkeit der menschlichen Existenz. Wegen Com, ich weiss, brauche ich mir keine Sorgen zu machen. Aber mir wurde bewusst, dass es nicht so leicht ist zu sterben – und dass ich Angst davor habe. Vor dem Tod fürchte ich mich an sich nicht; obwohl ich natürlich Mühe habe, meine Vorstellung, ein «Ich» zu sein und eine Identität zu haben, aufzugeben. Ich, also eben dieses «Ich», ist vielmehr gar nicht dazu imstande. Man kann sich ja schlecht vorstellen, nicht zu sein. Überhaupt finde ich es unangenehm, an etwas erinnert zu werden, das ich nicht verstehen, einordnen kann. Es fehlt mir da natürlich auch die Beruhigung eines «festen» Glaubens. Alles, was ich weiss, ist, dass ich es nicht weiss. Dass ich zu den allerwichtigsten Fragen keine Antworten kenne. Und dass ich denjenigen, die behaupten, eine Antwort zu haben, mit dem allergrössten Misstrauen begegne. Nicht den Personen übrigens, sondern ihren Bekenntnissen. Ich verstehe den psychologischen Hintergrund und die psychologische Wirkung, und ich mag es jedem gön-

nen, bei dem es funktioniert. Es ist einfach angenehmer, mit Gewissheiten als mit Ungewissheiten zu leben.

So was treibt mich immer noch um und beeinflusst meinen Alltag, den ich zwar lebe, aber der mich bis zu einem gewissen Grad unbeteiligt lässt. Ich bin mir jetzt fast immer bewusst, dass wir über dünnes Eis gehen. Das war zwar vorher auch manchmal so, und ich war immer froh, wenn ich es vergessen und mit festem Fuss auftreten konnte. Jetzt kann ich es nicht mehr vergessen und muss trotzdem mit festem Schritt über das dünne Eis gehen. Aber gewisse Dinge kann ich einfach nicht mehr ernst nehmen: Debatten, Diskussionen, Rechthabereien... Vieles langweilt mich noch mehr als zuvor; ich lasse alles, was schal und abgestanden auf mich wirkt, lieber bleiben und ziehe mich zurück. Ich lebe nicht wie ein Einsiedler, das wirklich nicht. Auch gibt es immer noch Dinge, die mir wichtig sind. Die Liebe zum Beispiel. Aber die Liebe ist eine flüchtige Sache, sie ist wie der Wind, eine ganz unverdiente Gnade, und man kann jeden lieben, oder könnte, oder jedenfalls viele, sagen wir: manche, etliche. Ich liebe Nui und Faisal, momentan, aber von beiden bin ich vorübergehend getrennt durch den Raum und die Zeit. Somchai sehe ich selten. Seine ganze Zeit verbringt er im Salon, diesem Biotop, ich weiss ja, er steht unter Druck, aber ich halte es nicht für gesund, dass es er da nicht rauskommt. Nun, es ist seine Sache. Mütter sollen sich aus den Angelegenheiten ihrer erwachsenen Kinder heraushalten.

Lampang liegt ja nur etwa 100 km von Chiang Mai entfernt, aber der Bus brauchte etwa zweieinhalb Stunden dafür. Grund dafür ist der Strassenzustand. Überall sind vierspurige Autobahnen im Bau, und über lange Strecken fährt man über provisorische, unasphaltierte Strassenstücke im Staub.

Auf dem Busbahnhof in Lampang wartete ich noch eine wei-
tere halbe Stunde, bis Nui auftauchte, zusammen mit seiner
Nichte Far, einem dreizehnjährigen pummeligen Teenager. Die
Begrüssung ist so selbstverständlich und beiläufig, als hätten
wir uns erst gestern und nicht vor einem Jahr das letzte Mal
gesehen. Wir fahren mit einem «Taxi», also einem halboffe-
nen Cab, zu einem Supermarkt am Stadtrand von Lampang,
wo wir allerlei Lebensmittel kaufen, die Nui für die Ernäh-
rung eines Farangs für nötig erachtet; denn in seinem Dorf,
wohin er mich mitnehmen will, gebe es nichts oder fast nichts
zu kaufen oder nur zu überhöhten Preisen, weil nämlich der
Besitzer des kleinen Ladens in seinem Dorf die Waren auch in
diesem Supermarkt in Lampang beziehe und dann natürlich
noch etwas draufschlage. Wir fahren also etwa eine Stunde
in die Pampa hinaus, genauer wieder Richtung Norden in die
Nähe von Chiang Mai, einfach hinter einer Bergkette im Wes-
ten. Nuis Familie lebt in einem kleinen Dorf im Distrikt Chae
Hom. Die Distrikt-«Hauptstadt» hat auch nur etwa 500 oder
1000 Einwohner, und das Dorf von Nui sogar nur 200 oder
300. Aber es ist wunderschön da, von der Landschaft, der Ve-
getation her, vom Licht her, und die Menschen sind sehr
freundlich, auch wenn ich mich nur über Nui mit ihnen ver-
ständigen kann. Natürlich werde ich im ganzen Dorf vorge-
stellt. Nuis Eltern sind schon alt, gegen siebzig. Nui ist das
Nesthäkchen, er war ein zartes Kind und ist auch heute noch
ein zartes Wesen. Nui hatte zwei Schwestern, die aber beide
in ihren Dreissigern gestorben sind und zwei Nichten hinter-
lassen haben, die jetzt auch zur Familie gehören und versorgt
und ausgebildet werden müssen (deren Väter haben sich aus
dem Staub gemacht). Eine der Schwestern war geschäftlich
sehr erfolgreich, sie hatte irgendein Touristenbusiness in Phu-

ket (auch Nui hat eine Weile in Phuket gearbeitet). Solange sie lebte, ging es der Familie gut. Davon zeugen die schönen Möbel im traditionellen Thaistil im Haus von Nuis Eltern. Ausserdem hatte die Schwester neben diesem Haus auf dem Grundstück der Familie ein zweites Haus gebaut; dieses aber ist vollständig leer, weil die Schwester kurz nach der Fertigstellung gestorben ist und dann kein Geld mehr vorhanden war, um es einzurichten. Jetzt muss Nui für den Unterhalt der Familie sorgen (der Vater hat zwar immer noch Land, das landwirtschaftlich genutzt werden könnte, aber er ist zu alt dazu, und Nui taugt nicht zum Bauern). Er schlägt sich halt so durch, verdient mal hier was, mal da was, den letzten «richtigen» Job hatte er in Bangkok in einem Karaoke-Lokal (als Kassierer, glaube ich), und deshalb ist es ihm auch recht, einem Farang in den Ferien Gesellschaft zu leisten.

Nuis Eltern machen einen überaus zufriedenen Eindruck, natürlich haben sie wie alle alten Menschen ihre Altersbeschwerden, aber sie scheinen glücklich zu sein, soweit Menschen glücklich sein können. Der Vater ist ein sehr freundlicher Mann, der den ganzen Tag über an irgend etwas herumwerkt, den Knoblauch, den er hinter dem Haus angebaut hat, wässert oder in die Berge wandert, um da eine Feldratte zu erlegen, die er mir am Abend stolz zeigt, um sie dann zu grillen und genüsslich zu verspeisen (überhaupt sind die Ernährungsgewohnheiten in Nuis Dorf nicht so mein Ding; auch die kleinen schwarzen Nacktschnecken, die sie als Delikatesse verspeisen, wollen mir nicht so recht schmecken. Aber Nui kocht meistens extra was für mich). Nuis Mutter ist eine energische Frau, bei der man weiss, wer im Haus die Hosen anhat.

Nui und ich übernachten im leeren Nachbarhaus auf Matratzen unter einem Moskitonetz. Nuis Mutter geht schon um sieben Uhr schlafen, der Vater schaut noch ein bisschen fern bis acht. Um acht Uhr abends werden in diesem Dorf die Läden hochgeklappt und die Lichter gelöscht, ist es dunkel und ruhig bis auf das Quaken der Frösche und das Bellen der Hunde. Manchmal brettern auch laut knatternd Motorräder auf der Strasse vorbei. Das seien Opiumschmuggler oder andere Banditen, sagt Nui. Nachts sei es auf diesen Strassen nicht sicher. Aber der Sternenhimmel ist gewaltig. Nach Sonnenuntergang wird es erstaunlich kühl um diese Jahreszeit, während das Thermometer tagsüber auf über dreissig Grad klettert. Ich schlafe schlecht diese erste Nacht, weil ich es nicht gewohnt bin, so früh schlafen zu gehen und vor allem, weil ein Hund andauernd heult und bellt. Ich hätte dem Köter den Hals umdrehen können. Anderntags werde ich aufgeklärt: Im Haus, zu dem der Köter gehört, der sich übrigens bei Tag als liebenswürdiges Hündchen entpuppt, sei vor kurzem ein alter Mann gestorben und der geistere jetzt halt nachts herum. Na klar, was denn sonst.

Anderntags fahren wir in die Berge, zu Wasserfällen und heissen Quellen, zusammen mit einer ehemaligen Schulkollegin von Nui, die, seit sie einen schweren Töffunfall hatte, ein bisschen gaga sei, wie Nui meint. Auch sie hat ein uneheliches Kind, das bei der Grossmutter lebt, während sie normalerweise für einen meistens betrunkenen Schotten in einer Bar in Cha Am arbeite. Bei den heissen Quellen ziehen Nui und ich uns in eines der kleinen Badehäuser mit dem warmen schwefligen Wasser zurück und ergötzen uns ein wenig aneinander. Am Nachmittag besuchen wir ein paar Dörfer, die von Bergvölkern bewohnt werden und in denen die Zeit stehengeblieben zu sein scheint. Die Menschen, von denen mich vor allem die älteren Frauen in ihren traditionellen Gewändern äusserst misstrauisch begutachten, sehen eindeutig chinesisch aus. Die Männer sind nicht zu sehen und die Frauen sind mit Stickarbeiten beschäftigt, die später in der Stadt verkauft werden. Nui unterhält sich mit ihnen, obwohl sie, wie er sagt, eine eigene Sprache sprechen. Insgesamt bleiben wir zwei Tage, an denen wir die Umgebung erkunden, und drei Nächte in Nuis Dorf, eine sehr ruhige Zeit, die mir gut tut und in der ich mich psychisch etwas erholen kann. Ich schlafe viel und bin von freundlichen Menschen umgeben, und Nui, der sich um mich kümmert, aber mich nicht forciert und in Ruhe lässt, schätze ich von Tag zu Tag mehr. Es ist einfach sehr angenehm, mit ihm zusammen zu sein.

Dann fahren wir früh am Morgen mit dem Lokalbus Richtung Wang Nua und Chiang Rai. Auf dem ersten Teil der Strecke hält der Bus immer wieder, um Frauen herauszulassen, Lehrerinnen aus Lampang, wie mir Nui erklärt, die in den Dörfern Unterricht erteilen. Manchmal fährt der Bus aus mir unerklärlichen Gründen im Schritttempo. Auf jeden Fall brauchen wir für die ganze Fahrt bis Chiang Rai bestimmt fünf Stunden. Wir bleiben aber nicht in Chiang Rai, sondern fahren direkt weiter bis Maesai, der nördlichsten Stadt Thailands an der burmesischen Grenze. Wir nehmen uns ein Zimmer im besten Hotel der Stadt, das umgerechnet etwa vierzig Franken kostet und einen überwältigenden Blick hinüber nach Myanmar bietet. In dieser zwischen Hügelketten gebetteten, zweigeteilten Stadt fühle ich mich eigenartigerweise sofort sehr wohl, fast heimisch. Es ist keine grosse Stadt, aber es gibt trotzdem viel zu sehen. Die Architektur der Tempel ist burmesisch, und es herrscht ein erstaunliches Völkergemisch aus verschiedenen Bergstämmen, Chinesen und Thais, aber auch Inder sieht man erstaunlicherweise viele. Das Angebot an Kunsthandwerk ist überwältigend. Wir können uns ein Tagesvisum besorgen, um den burmesischen Teil der Stadt zu besichtigen, der von einem gewaltigen vergoldeten Chedi dominiert wird. Am Abend pfeift ein kalter Wind von den Hügeln durch die Stadt, sodass ich erstmals auf dieser Reise froh um meine Jacke bin.

Wir blieben zwei oder drei Nächte in Maesai. Nach dem Abendessen trinken wir jeweils in einem zum Hotel gehörenden Lokal mit Livemusik ein paar Gin Tonic. Einmal ist gerade eine Feier im Gang, in deren Verlauf Polizisten befördert oder ins Korps aufgenommen oder ich weiss nicht was werden.

Es werden lange Reden gehalten, und die Geehrten müssen ein Lied singen, was die einen besser, die anderen schlechter können. Auch die oberste Polizeichefin von Chiang Rai sei anwesend, erklärt mir Nui. Von einem der Redner werde ich persönlich auf englisch begrüsst; er entschuldigt sich dafür, dass sie mit ihrer Feier Unruhe in den Saal brächten. Ich finde die Zermonie sehr unterhaltend; überhaupt habe ich Polizisten in Thailand immer als äusserst hilfsbereit und zuvorkommend erlebt (auch der Mann einer Cousine von Com ist bei der Polizei), wobei mir natürlich bewusst ist, dass meine persönlichen Erfahrungen nicht repräsentativ sind.

In Lampang, wo wir zwei weitere Tage verbringen, hat Nui die High School besucht, hier kennt er Leute. Eines Abends nimmt er mich mit in eine Riesendisco mit Liveacts und Showeinlagen, und ich bin bestimmt der älteste Mensch (und der einzige Farang) in diesem Laden, den ich vielleicht in Bangkok, aber sicher nicht in Lampang erwartet hätte. Es sind bestimmt tausende oder mehr Jugendliche hier. Ich mache den Fehler, ein Bier zu viel zu trinken, und wieder kommt die grosse Traurigkeit über mich. Ich verlasse die Disco fluchtartig, weil ich die Tränen nicht zurückhalten kann. Nui lässt mich gewähren, geht feinfühlig über solche Ausbrüche hinweg, ohne sie je wieder zu erwähnen. Auch sonst mache ich manchmal unfreiwillige Reisen ins Reich der Psychedelik, habe plötzlich mitten auf der Strasse das Gefühl, auf einem Trip zu sein, den Boden unter der Füssen zu verlieren, ohnmächtig zu werden. Aber das geht vorbei.

Von Lampang fahren wir nach Chiang Mai zurück, wieder mit einem Lokalbus. Irgendwann unterwegs platzt mit einem ungeheuren Knall ein Reifen – glücklicherweise einer an einem Rad mit zwei Reifen. Der Bus fährt aber mindestens noch 50 Kilometer mit dem einen «Finken», bis er den zerfetzten Pneu auswechseln lässt. Ich kann nicht gerade behaupten, dass es mir auf dieser Fahrt sehr wohl ist, und auch Nui ist angespannter als sonst.

In Chiang Mai fahren wir direkt zum Flughafen, um das Flugzeug nach Mae Hong Son zu nehmen, einem kleinen Städtchen im unwegsamen Gebirgsland an der burmesisch-thailändischen Grenze. Das Flugzeug benötigt dafür nur 25 Minuten, während man mit dem Bus auf den kurvigen Gebirgsstrassen acht oder neun Stunden unterwegs wäre. Mae Hong Son ist ein paradiesischer Fleck Erde in einer wunderschönen subtropischen Landschaft. Hier verbringen wir die letzten Tage meiner Ferien. Wir nächtigen in einem Bungalow an einem kleinen See. Tagsüber machen wir Ausflüge, zum Beispiel zu einem Karen-Dorf (du weisst, die Frauen mit den langgestreckten beringten Hälsen), oder zu einer Quelle mit riesengrossen, heiligen Fischen, die pausenlos von Pilgern mit

Salatblättern und Gemüsestücken oder Eiern gefüttert werden und riesengross werden. Natürlich steht auch ein Heiliger in einer felsigen Ecke, und Nui spricht ein Gebet.

Die letzten Tage vergehen natürlich sehr rasch, und es ist mir etwas wehmütig zu Mute. Es fällt mir schwer, von Nui Abschied zu nehmen, er war mir ein sehr guter Freund, Kamerad, Reisebegleiter, er hat mir Wärme gegeben und Zuneigung und Lust. Er hat mich getröstet und mir gut getan. Ich bin nicht in ihn verliebt, aber ich liebe und respektiere ihn sehr, und ich werden ihn bestimmt für den Rest meines Lebens nicht mehr vergessen.

Ich muss dir unbedingt einen Gruss von Somchai ausrichten. Das ist ja der noch viel faulerer Kerl. Er wisse, sagte er mir kürzlich, dass er dir über ein Jahr nicht geschrieben habe. Aber er hat dich nicht vergessen. Du gehörst, sagt er, zu den wenigen Menschen, die er sein ganzes Leben nie vergessen werde. Du hast also sozusagen einen festen Platz in seinem Herzen. Du weisst ja, wie Somchai ist; er wird sich nie grundlegend verändern. Er ist ein feiner Kerl und wird das bleiben. Es geht ihm übrigens den Umständen entsprechend gut; er arbeitet zwar nach wie vor im Salon, nimmt sich jetzt aber mehr Zeit, sich manchmal auszuruhen, ausserdem besucht er wieder einen Deutschkurs; und immer wieder verschönert er mir die Wohnung. Hier begegnet er übrigens ab und zu Faisal; die beiden haben einen höflich-distanzierten Umgang miteinander. Manchmal kommt es mir so vor, als wäre ihnen die Kultur des jeweils anderen fremder als die europäische, westliche. Mit Faisal war ich übrigens letzte Woche für vier Tage im knallheissen Budapest (es hatte bis zu 36 Grad im Schatten).

Mir hat es sehr gefallen. Faisal eigentlich auch. Er interessiert sich sehr für fremde Städte, er ist ein dankbarer Reisegefährte. Man kann mit ihm nicht nur in die Disco, sondern auch ins Kunstmuseum gehen. Seine Art der Kunstbetrachtung, die Art, wie er die Bilder sieht, seine Bemerkungen dazu sind für mich eine echte Bereicherung. Für ihn ist das alles ja sehr exotisch. Faisal liebt also die Stadt, die er sogar interessanter als Barcelona findet, aber er liebt die Ungarn nicht. Warum? «They don't like me», sagt er, «they don't like poeple with dark skin.» Das macht ihn unglücklich und wütend. Und es stimmt: Auch ich habe bei den Ungarn – natürlich nicht bei allen! – eine Fremdenfeindlichkeit resp. einen Rassismus entdeckt, die über das übliche Mass hinausgehen. Das fängt schon damit an, dass sie Faisal am Zoll richtiggehend schikanieren, und zwar sowohl bei der Ein- als auch bei der Ausreise. Natürlich das reine Theater, bewusst als Machtdemonstration von Machos inszeniert – lächerlich eigentlich, aber gerade deshalb auch beängstigend. Man ist diesen primitiven Scheisskerlen an so einem Zoll natürlich total ausgeliefert. Faisals Pass sei doch gefälscht, behaupten sie. Wir müssen über eine Stunde warten, sie drohen, Faisal in die Schweiz zurückzuschicken. Ich weiss nicht, ob sie was gegen ihn wegen seiner dunklen Hautfarbe haben oder gegen uns als schwules Paar oder wegen beidem. Dabei ist ja offensichtlich, dass wir zusammen als Touristen kommen und somit Geld ins Land bringen. Diese Art von «Gastfreundschaft» will Faisal einfach nicht in den Kopf. Das setzt sich dann fort in den Läden und Restaurants. Warum lachen die nie, warum gehen sie nicht auf die Leute ein? Vielleicht haben sie nichts zu lachen, wende ich ein, verdienen schlecht und so. Doch diesen Einwand lässt Faisal nicht gelten: Dann hätten sie eben erst recht nichts zu lachen, wenn sie nicht lachen. Klar, Lächeln und Lachen hat in Indonesien natürlich eine etwas andere Bedeutung als bei uns, ist sozusagen viel höher bewertet, aber es hat schon was. Nun ja, wir zwei haben es jedenfalls gut miteinander, und manchmal bin ich mit Faisal sehr glücklich. Sein heiteres, verspieltes Naturell, sein Humor, sein Charme, seine Liebenswürdigkeit und Unkompliziertheit wirken auf meine Psyche wie eine gute, starke Medizin. Die meiste Zeit verbringen wir am Corso der Donau entlang, wo wir die bier-trinkenden Fussballfans beobachteten, die auf Grossvideo die Europameisterschaftsspiele mitverfolgen, gesponsert von Bor-sodi, einer ungarischen Biermarke, die nicht mal so schlecht schmeckt, und wo wir die rumänischen und russischen Stri-cher beobachten, die Tag und Nacht auf Kundenfang sind, die Touristen… So ein heisses Wetter hat den Vorteil, dass man die Musse sucht, die Langsamkeit, so dass man weniger aktiv nach Eindrücken strebt und sie vielmehr passiv an sich her-ankommen lässt.

Am 18. August fuhr Faisal nach Indonesien zurück, und pünktlich tauchte Somchai, der sich in der letzten Zeit eigent-lich eher selten hatte blicken lassen, wieder vermehrt bei mir auf. Er brachte einen weiteren Gast, eine weitere Katze mit, Bobby oder Nithi, wie er eigentlich heisst, einer seiner besten Freunde. Kennst Du den? Er hatte erst einen Freund in La Réunion, einen französischen Lehrer, und dann einen Tank-stellenbesitzer in der Nähe von Zürich, aber er hatte mit bei-den kein Glück. Nithi ist ein sehr lieber und liebenswerter Mensch, aber er war schon immer ein bisschen ein verrücktes Huhn, das gerne die Nächte durchfeiert («Ich bin Snapsnase», verkündet er nicht ohne Stolz). Jetzt ist er mit Somchai im

«Salon» gelandet, und Somchai bringt ihn zu mir an die Höschgasse. Ob er sich da ein bisschen ausruhen dürfe, nur für zwei, drei Tage. Er sei momentan nicht ganz auf der Höhe. Natürlich sage ich ja. Er bleibt dann fast drei Wochen, und ich merke, Nithi ist nicht einfach ein bisschen erschöpft, sondern – ausgelöst durch den exzessiven Konsum von wirklich idiotischen Drogen – ziemlich verrückt. Schizophren oder so was. Er hat den Realitätsbezug fast ganz verloren, obwohl er auf der anderen Seite gewisse Dinge für einen Thai beachtlich klar sieht – zum Beispiel bezüglich der Oberflächlichkeit der Partyszene, der Geldgier des Sexgewerbes usw. –, aber diese Erkenntnisse nützen ihm nicht nur nichts, sondern schaden ihm in seiner momentanen Lage eher. Er kann stundenlang ein Buch, eine CD-Hülle oder einen Prospekt anschauen, Objekte, die ihm offenbar geheime Botschaften verkünden. Er fühlt sich gleichzeitig verfolgt und als Superstar. Er fühlt sich allen Ernstes verantwortlich für den Anstieg der Benzinpreise in Frankreich und befürchtet, «sie» würden ihn schon suchen. Fantasie und Wirklichkeit gehen bei ihm Hand in Hand. Und er gefährdet sich selbst, seine Hand sieht fürchterlich aus von einer Verbrennung vor noch nicht allzu langer Zeit, die er sich beim «Kochen» zugezogen hat. Wenn ich zur Arbeit gehe, weiss ich nie, ob das Haus in Flammen stehen wird, wenn ich zurückkomme. Manchmal ist er verzweifelt und weint. Kurz, es ist eine ziemlich anstrengende Situation. Nithi schläft wenig und isst kaum. Glücklicherweise ist er überhaupt nicht aggressiv, verlangt aber doch stets nach Aufmerksamkeit und Zuwendung, und wenn man ihm zu verstehen gibt, dass man seine Ruhe haben will, zieht er sich verletzt zurück. Somchai, der sich für seinen Freund verantwortlich fühlt, ist verzweifelt, weil er nicht weiss, was er tun

soll, und ich merke, dass ich allmählich auch an meine Gren-
ze komme. Ich fühle mich zu Hause überhaupt nicht mehr
wohl. Somchai weiss natürlich, dass er das Problem nicht
einfach mir überlassen kann, und ist demzufolge auch sehr
oft an der Höschgasse, um Nithi zu betreuen, wodurch er
aber seine anderweitigen Pflichten vernachlässigen und um
seinen hart erkämpften Platz in der Rangordnung im Salon
fürchten muss. Ich rufe einen befreundeten Psychiater an, ei-
nen Ex von mir, um ihn um Rat zu fragen. Der findet, Nithi
gehöre unbedingt in Behandlung, und zwar in eine Klinik auf
die geschlossene Abteilung, es sei nicht ausgeschlossen, son-
dern sogar wahrscheinlich, dass er sich früher oder später
etwas antun werde. Ich bin zwar überhaupt nicht dafür,
Menschen in der Psychiatrie «abzugeben», verstehe nun aber
eher, wenn überforderte Angehörige sich nicht mehr anders
zu helfen wissen als mit diesem Schritt. Nun war und bin ich
ja nicht Nithis Angehöriger und auch nicht Mutter Theresa
(auch wenn es manchmal den Anschein hat), und deshalb
kann (und muss) ich den Entscheid Somchai und Nithi über-
lassen. Ich mache aber klar, dass ich Nithi nicht ewig in mei-
ner Wohnung behalten könne, und ich biete Somchai an, ihn
zu unterstützen, wenn sie sich zu konkreten Schritten ent-
schieden hätten. Nun beginnt ein Palaver auf Thai und
schliesslich sagt Somchai, Nithi sei damit einverstanden, in
die Klinik zu gehen, ich solle den Notarzt rufen (wobei ich
annehmen muss, dass Nithi nicht wirklich versteht, worum es
geht, und auch später einfach folgsam wie ein Schaf macht,
was man ihm sagt). Nithi tut mir wirklich leid und ich habe
Schuldgefühle, als wir ihn in der psychiatrischen Uniklinik
dem Pflegepersonal übergeben. Aber wir beide – Somchai und
ich – sind auch unglaublich erleichtert, dass wir diese Ver-

antwortung, wenigstens für den Moment, los sind, und ich schlafe in der folgenden Nacht zum ersten Mal seit langem wieder einmal ohne Alpträume und ohne dauernd aus einem unruhigen Schlaf zu erwachen. Inzwischen habe ich Nithi nicht mehr gesehen (es gehe ihm aber wieder gut, versichert mir Somchai) und auch Somchai ist in meinem Leben wieder etwas in den Hintergrund getreten (vor allem, seit Faisal wieder da ist). Trotzdem, es besteht zwischen uns ein starkes Band, das uns in Wellen räumlich und seelisch immer wieder sehr nah bringt. Das sind meistens nicht ganz einfache, aber besonders intensive Zeiten. Ein bisschen ist es tatsächlich so, als ob ich seine Mutti wäre.

Eine weitere Geschichte. Kurz bevor Faisal wieder in die Schweiz kommt, habe ich ein überaus erfreuliches Erlebnis. Ich gehe auf der Strasse so vor mich hin, da springt mir plötzlich eine südostasiatische Erscheinung ins Auge. Und wie das so ist, wenn dem so ist: Ich schau hin. Er schaut zurück. Wir lächeln uns an. Wir plaudern ein bisschen, trinken zusammen Kaffee. Der Junge ist eben erst in Zürich eingetroffen, er kennt da ein paar indonesische Freunde (die ich auch kenne, dem Namen nach oder vom Sehen her zumindest) wie Anto, Manto, Yono, Dedi... (nein, Faisal kennt er nicht). Vorher war er in Holland, in Amerfort, einem Kaff, bei einem Zahnarzt, der ihn aber regelrecht eingesperrt und auch sonst ziemlich eigenartig behandelt hat, sodass Budak – so heisst der Junge – Hals über Kopf mit nur den Sachen, die er auf dem Leib trug, die Flucht ergriff. Budak stammt aus einer armen Familie in einer Stadt in der Nähe von Banjuwangi. Sein Vater, sagt Budak, sei ebenfalls schwul – schon lange kümmere er sich nicht mehr um die Familie. Jetzt ist er allerdings wieder verheiratet – nicht wegen dem Sex, sondern *weil er im Alter nicht allein sein will. Seine Mutter musste also die Söhne alleine durchbringen – nein, einen anderen Mann habe sie nicht mehr angeschaut – und ist jetzt alt und krank, leidet an Asthma und hohem Blutdruck. Dies alles und noch viel mehr erzählt mir Budak beim Kaffee und später, es sind ja immer ähnliche Geschichten, die man hört. Budak war früher schon mal in Europa, in Frankfurt, für drei Monate. Mit diesem Freund hatte er aber auch kein Glück gehabt, weil der schon einen «heimlichen» indonesischen Freund hatte. Budak ist klein, zierlich und hat irgendwie arabisch-chinesische Gesichtszüge, er ist ein ganz anderer Typ als Faisal, ich finde ihn aber ebenfalls höchst anziehend. Wir verabreden uns, und am Abend kommt er zu mir an die Höschgasse. Es ist umwerfend. Mit Budak kann man stundenlang schmusen und küssen, es verleidet ihm nie, da ist er schon ganz anders als Faisal. Was mich aber am meisten wundert, ist, dass er wirklich auf mich zu stehen scheint. Er ist ganz wild auf meinen Hintern, und schon lange nicht mehr wurde ich von einem Jungen mit allen Organen so sanft-hart drangenommen, natürlich total unsafe. Er steht auf Poppers und flippt beim Sex fast aus.*

Am darauffolgenden Samstag treff ich ihn gleich noch einmal. Er will bei mir übernachten, da ist natürlich nicht viel mit schlafen. Budak ist rührend, romantisch, ein bisschen verrückt. Er trinkt und schluckt Ecstasy und feiert gerne die Nächte durch. Er ist in allem so ziemlich das Gegenteil von Faisal, der bodenständig und pragmatisch ist und genau weiss, was er will. Budak weiss, dass ich einen Freund habe und dass der am nächsten Montag kommt, aber das ist für ihn kein Problem. Inzwischen ist Faisal schon wieder über eine Woche hier, und bis jetzt haben sich aus der Situation noch keine Schwierigkeiten ergeben. Ich weiss nicht, ob Faisal von der Geschichte mit Budak schon erfahren hat, glaube aber eher nicht. Nun warten wir mal ab und schauen, wie die Sache sich entwickelt. Jedenfalls habe ich Faisal immer noch sehr gern und könnte mir nicht vorstellen, mich von ihm zu trennen.

Am Wochenende hatte ich die Auseinandersetzung mit Somchai, der Faisal verachtet, weil der selbstsüchtig sei und nur an sich denke und mich ausnütze und einfach nichts anderes als ein billiger Stricher sei, dem ich viel zu sehr auf den Leim gekrochen sei. Somchai ist sehr heftig, er droht mir sogar mit der Mafia (nicht mir, aber er könne Faisal etwas antun lassen). Ich höre ihn mir einfach mal an. Ich spüre seine Eifersucht. Am Abend davor hatte ich gekocht, Somchai schlief noch, wir – ich und Faisal – assen fast alles auf, und als Somchai dann erwachte und Hunger hatte, war fast nichts mehr da. Da war er das erste Mal schon mal heftig verletzt. Dass ich mich dann auch noch mit Faisal in mein Zimmer zurückzog, um herumzumachen, machte ihn zusätzlich sauer (obwohl ich und Somchai ja schon lange keinen Sex mehr haben). Zudem hatte Somchai meine Teppiche schamponiert, und Faisal, der Pascha, hatte keinen Finger gerührt, um dabei zu helfen.

Als ich nach Hause komme, ist Faisal bereits da, zupft sich seine Barthaare und schaut Tennis. Er sieht scharf aus in seinen knallengen Lederhosen. Ich habe ihn in der letzten Zeit ein paar Mal angeraunzt, war mit ihm nicht mehr so glücklich. Er gibt sich jetzt ein bisschen mehr Mühe, macht gelegentlich was im Haushalt, ist etwas netter mit mir. Ab und zu haben wir es immer noch gut miteinander, weil Faisal unaggressiv und angenehm im Umgang ist. Natürlich wird mir immer klarer, dass er mich nicht liebt und ich immer so etwas wie ein Freier für ihn bleiben werde. Wir gehen dann zusammen ins Bett (weil ich es so will), und Faisal lässt sich seinen Schwanz blasen, während er einen Porno (einen von Somchai) anschaut (ja, so ist inzwischen unser Sex). Er bläst mir dann auch einen, allerdings mit Gummi, und lässt sich von mir das Arschloch lecken und befingern, bis es mir kommt. Auch küssen will Faisal mich nicht mehr, auch nicht mehr zärtlich sein. Er erzählt mir ganz ungeniert, wie er im T&M mit ganz jungen Kerlen rummache. Andere, sagt er, wie Artha und Jeffrey, würden europäische Stricher gar bezahlen. Das, sagt Faisal, habe er nicht nötig. Die jungen Boys würden auf ihn stehen. Nein, der Sex mit Faisal ist schon nicht das wahre, und wenn ich ihn mit dem Sex mit Budak vergleiche, sind das ganz unterschiedliche Ligen. Faisal sagt dann, als er gehen will (vorher verlangt er, dass ich seine Hausaufgaben mache), wie er es früher oft getan hat: «Give me Geld». Ich lache ihn nur aus, sage, ich hätte ihm schon genug gegeben für das, was er mir zu bieten habe. Ja, ich habe mich verändert. Von mir aus soll Faisal ruhig gehen. Ich werde ihm viel weniger geben, und wenn ihm das nicht passt, soll er ruhig ganz verschwinden. Vielleicht schicke ich ihn auch zum Teufel. Faisal sagt über Budak: Er nehme ihm alle Kunden weg. Eddie, einer seiner Stammfreier, habe gesagt, Budak sei ganz grosse Klasse. Zwar schon 35 Jahre alt (jedoch jünger aussehend), aber absolut erste Liga. Das kann ich nur bestätigen. Faisal sagt, er habe alle seine Stammkunden verloren. Andererseits erzählt mir Budak, dass Faisal natürlich im Vorteil sei, weil er so offensiv oder aggressiv auf potenzielle Kunden losgehen könne; er habe ihm erzählt, er habe bereits 4000 Franken verdient. Das kann aber Aufschneiderei sein, das Konkurrenzgehabe zwischen den indonesischen Strichern ist ja schon fast absurd. Am Vortag hatte ich mit Faisal eine Auseinandersetzung, weil er mir ankündigte, er wolle sich teure Socken kaufen, wegen der Qualität, solche von Versace für 60 oder 100 Franken das Paar. Das macht er nur, um den anderen zu imponieren. Ich sage ihm jedenfalls, das sei der allergrösste Blödsinn, für Socken soviel auszugeben, und dass ich ihm keinen Rappen für diese Socken geben würde; ich rege mich mal wieder ziemlich auf. Faisal weiss, das ich in finanziellen Schwierigkeiten stecke und er von mir nicht mehr alles haben kann, dauernd neue Klamotten, Ferien... Den Sprachkurs habe ich ihm bezahlt, da macht er wenigstens mal was Sinnvolles (allerdings nimmt er das Deutschlernen nicht sehr ernst, immer öfter lässt er mich seine Hausaufgaben machen. Absurd – schliesslich kann ich schon Deutsch). Das neue Handy aber musste er selber bezahlen. Auch die Laser-Epilation seiner Oberschenkel muss er selber bezahlen (meinetwegen müsste er sich die Haare da nämlich nicht wegmachen lassen, ich würde es viel sexier finden; ich finde es auch schade, dass er seine Brusthaare abrasiert). Nun ja, ich schimpfe viel mit Faisal in letzter Zeit.

Auch der vorgestrige Tag war ein Tag voller Widrigkeiten. Anhaltende Spannungen im Büro, Stress, nicht eingehaltene Termine – zu lange im Büro, dann heim, kochen für Faisal, Hausaufgaben machen mit (oder sogar für) Faisal, dann geht der, um zu arbeiten und Geld zu suchen, und ich bin einfach so fertig, dass ich mich nur noch vor die Glotze schmeissen kann. Der gestrige Tag war dann besser, ich fühlte mich relativ fit, nicht mehr so nervös und missgelaunt. Auch die Situation im Büro hat sich entschärft. Faisal schläft am Morgen, wenn ich ins Büro gehe, man sieht nur seinen dunklen Kopf unter der Tigerdecke, er ist halt schon süss.

Am Abend ruft Budak an, während ich Faisal bei den Aufgaben helfe. Ich sage ihm, ich könne jetzt nicht, ich würde später zurückrufen. Faisal bleibt ganz cool. Er erwähnt den Anruf mit keinem Wort, obwohl er sogar Budaks Teil des Dialogs mitgehört haben muss. Nur indirekt lässt er erkennen, dass er etwas besorgt ist über diese «Konkurrenz». Jedenfalls: Eifersucht erkennen lässt er keine. Natürlich, er erzählt mir noch mehr über seine Eskapaden. Und testet aus, wieviel von mir materiell noch drin liegt (momentan nicht viel). Dann gehen wir zusammen ins Bett, d.h. ich bitte ihn quasi um Sex, was er mir nicht verweigert, er kommt dem aber eher lustlos nach. Immerhin, er küsst mich, weil ich das will, obwohl er Küssen jetzt offenbar verabscheut (wenigstens mit mir). Als er dann gegangen ist, rufe ich bei Budak an. Er ist ganz verzweifelt, weil ihm sein Portemonnaie mit 680 Franken abhanden gekommen ist (auf einer Toilette – er legt es immer raus beim Scheissen, weil er Moslem ist und was arabisch Geschriebenes darin aufbewahrt). Ich glaube ihm das. Ausserdem fährt sein indonesischer Kumpel, bei dem er momentan wohnt, bald nach Indonesien zurück und jetzt weiss er nicht, wo er dann unterkommen resp. wie er eine Unterkunft bezahlen soll. Ich solle ihn doch bitte bitte bitte treffen, er brauche mich. Okay, ich verspreche ihm, ihn morgen zu sehen.

Am Samstagmorgen, nachdem er erwacht ist, will ich unbedingt Sex mit Faisal, ich bin superscharf. Ich höre mal wieder so richtig die Engel singen, als ich mich auf ihn lege und, praktisch ohne mich zu bewegen, einen langsamen Orgasmus erlebe, einfach, weil es mich so antörnt, ihn nackt an mir, unter mir zu spüren. Ich schnuppere an seinen Achselhöhlen, mein Gaumen erlabt sich am salzigen Geschmack seines pheromongetränkten Schweisses. Am Nachmittag will Faisal natürlich wieder «jagen» gehen, ich koche für ihn am Mittag und am Abend, mache Hausaufgaben mit ihm, er ist immer noch ein Pascha und lässt sich bedienen (in Indonesien, sagt er, brauchst du dann nicht zu kochen, das macht dann meine «Schwester» – also seine Gattin. Daran, das Faisal nicht kochen kann und auch sonst keine Ahnung vom Haushalten hat, hätte ich eigentlich merken können, dass er nicht wirklich schwul ist).

Faisal geht nachmittags wieder weg, verspricht aber, den Abend mit mit mir zu verbringen. Das tut er dann auch, geht aber früh schlafen, weil er sich krank fühlt. Wir haben erneut Sex zusammen. Faisal will wieder, dass ich ihn ficke, aber das geht nicht, weil er zu eng gebaut ist da unten; also versuche ich seinen After mit meinen Fingern ein wenig zu weiten – Training muss sein. Faisal kommt in meinem Mund und ich schlucke sein Sperma. Am Montag geht Faisal nicht zur Schule, weil er so erkältet ist. Am Dienstag und am Mittwoch ruft Budak an, der behauptet, sich in mich verliebt zu haben und mich zu vermissen. Er muss am Samstag nach Holland zurück. Eigentlich wollte ich ihn gestern sehen, aber Faisal blieb zu Hause, weil er sich wieder nicht gut fühlte. Vielleicht sehe ich Budak heute Mittag.

Lieber Max

Um Somchai mache ich mir im Moment echt Sorgen. Er hat sich auf eine Art und Weise verändert, die mir gar nicht gefällt. Gestern Morgen zum Beispiel kam er ganz aufgelöst nach Hause, als ich zur Arbeit wollte. So richtig sagen, was denn los sei, kann oder will er mir aber nicht. Er habe Angst. Ja, er wirkt ziemlich paranoid. Kommt mir verdammt bekannt vor. Es erinnert mich an das Verhalten von Bobby vor ein paar Monaten. Als ich ihn frage, ob er Drogen gehabt habe, verneint er das zwar heftig, aber ich glaube ihm nicht. Diese verdammten Thaipillen! Sein Herz schlägt so heftig wie das Herz eines aufgeregten kleinen Vogels. Seine Paranoia hängt irgendwie zusammen mit seinem «Job»; einmal sagt er, die wollten ihn da rausmobben, ein andermal, er wolle kündigen, ein drittes Mal, die würden ihn bescheissen. Ich verstehe kein Wort. Wenn er zu mir in die Wohnung kommt, das schrieb ich dir auch schon, dann schläft er jeweils bis gegen 36 Stunden quasi am Stück. Ich weiss nur, dass es Somchai nicht gut geht, und dass seine Souveränität, sofern er überhaupt noch welche zeigt, nur mehr gespielt ist. Es ist ein Elend. Aber was soll ich tun? Du kennst ihn ja selbst: Es ist praktisch unmöglich, ihn zu beeinflussen, er ist wie eine Katze, und eigentlich will ich das ja gar nicht, denn schliesslich ist er erwachsen. Aber es macht mir Sorgen. Das Einzige, was ich ihm bieten kann, ist ein Zufluchtsort, wo er sich ab und zu ausruhen kann. Wenn er allerdings tatsächlich so «verrückt» wird wie Bobby, würde ich wohl auch bald wieder an eine Grenze der Überforderung kommen. Ich hoffe, dass er vorher die Kurve noch kriegt, und tatsächlich aus diesem irgendwie unheimlichen Ort rausfindet. Vor ein paar Wochen hat Somchai mir eine Szene gemacht, die war schon beängstigend. Somchai war unwahrscheinlich sauer auf Faisal. Er hatte ein Teppichreinigungsgerät besorgt und Faisal hatte sich an dieser Teppichreinigungsaktion in keinster Weise beteiligt, was Somchai masslos erbitterte und seine ganze Eifersucht und seinen Hass gegenüber Faisal zu Tage treten liess. Das ging bis hin zu Drohungen. Ich hab das dann im Moment so stehen lassen, weil ich ihn nicht weiter reizen wollte, machte ihm dann aber später schon klar, dass das immer noch meine Wohnung sei und er sich hier nicht wie ein kleiner Napoleon aufführen könne, zumal er mir immer wieder versprochen hatte, sich an der Miete zu beteiligen, was aber immer bei leeren Worten geblieben war. Daraufhin gabs natürlich wieder Tränen – du weisst ja, wie Somchai ist, wenn er Schuldgefühle hat. Ich merke dann in solchen Momenten, dass Somchai mich wirklich braucht, weil er tatsächlich keinen anderen Freund hat hier, denn seine sogenannten Thaifreunde kümmern sich einen Dreck um ihn, wenn es ihm schlecht geht. Er ist bestimmt auch eher ein Typ, der sich ausnutzen lässt (als Beispiel: Er hat Bobby so viel geholfen, aber Bobby würde auch nie nur den geringsten Finger rühren, um etwas für Somchai zu tun). Das erbittert Somchai natürlich manchmal zutiefst.

Gott sei Dank hat sich Somchais Zustand als akut und nicht chronisch erwiesen, d.h. man kann jetzt mit ihm wieder auf einer normalen Ebene kommunizieren. Offenbar war er damals wirklich auf Drogen (ob willentlich oder nicht, sei dahingestellt, er behauptet, jemand müsse ihm das Zeug ohne sein Wissen in den Drink getan haben – schöne Freunde wären das...) – obwohl ihm das weder bekommt noch er es überhaupt geniesst (ich habe doch inzwischen zur Genüge erfahren, dass Somchai von jeder Art von Drogen ziemlich rasch ziemlich schlecht draufkommt). Komisch, ich schreibe schon fast wie ein Abstinenzfanatiker, obwohl ich doch früher in meiner nun doch schon etwas fernen Jugend auch so manches eingepfiffen habe. Ich habe zu viele Fälle gesehen, wo Drogen, vor allem, wenn sie nicht mit Mass genossen werden (und wer ist schon imstande, Drogen mit Mass zu geniessen), verheerende Folgen hatten. Ich will auch gar nicht behaupten, dass ich heute drogenfrei lebe. Ich rauche Zigaretten und trinke Wein, und die Grenze zwischen Sucht und Genuss ist schmal... Auf der anderen Seite geht mir diese amerikanische Tendenz, dieser neue Puritanismus auch gehörig auf den Wecker, diese klinisch-fit-gesunde dynamische Lebenshaltung, die so tut, als ob das Leben aseptisch wäre. Ich habe letzthin im Fernsehen in einer Sendung über den Fitnesswahn Amerikaner gesehen, die gaben an, ihr Lebensziel sei es, möglichst alt zu werden. Na danke schön!

Aber lassen wir dieses Thema. Im Moment fühl ich mich sowieso eher krank und alt und schwach. Ich habe kaum geschlafen letzte Nacht, der Schädel brummt mir und sämtliche Glieder tun mir weh. Es ist halt eben wieder Vorweihnachtszeit, und da fühl ich mich jedes Jahr mal so, das gehört eben dazu.

Im Moment weiss ich mal wieder nicht, was ich tun soll. Faisal ist jetzt noch gut einen Monat in der Schweiz, dann kehrt er nach Indonesien zurück. Budak ist bereits seit zwei, drei Wochen wieder in Bali. Er ruft mich an, beschwört mich, bekniet mich, ich solle ihn einladen, ich solle ihm den Flug bezahlen, er habe sich in mich verliebt etc. Ich kenn das natürlich bereits und nehm es nicht zum Nennwert, aber Budak ist natürlich schon eine nicht geringe Versuchung angesichts seiner Fähigkeiten im Bett. Andererseits weiss ich, was ich an Faisal habe, er ist gewissermassen ein sicherer Wert, und dadurch, dass wir uns nun schon bald drei Jahre lang kennen, gibt es natürlich auch eine Vertrautheit zwischen uns, die ich ungern aufs Spiel setze.

Somchai hat übrigens inzwischen einen Job gefunden, als Kellner in einem thailändischen Restaurant (wo bereits sein Freund Jacky arbeitet, seit geraumer Zeit nun schon). Vorerst kann er nur stundenweise da arbeiten, und im ersten Monat erhält er nur die Hälfte seines Salärs, aber es ist immerhin ein Anfang und ich bin froh darüber für ihn. Ich hoffe, dass das ihm die Möglichkeit gibt, einen ersten Schritt zu einem etwas freieren, selbstbestimmteren, glücklicheren Leben zu tun.

Heute Mittag, als ich zur Lunchpause nach Hause kam, fand ich ihn in der wohl eigenartigsten Haltung auf dem Sofa – ja ich muss schon sagen: balancierend – schlafend vor. Er ist manchmal so erschöpft, dass er nicht mal mehr seinen Mantel auszieht, bevor er einschläft – und dann 18 oder 20 Stunden so in einem komatösen Schlaf verharrt. Aber das schrieb ich Dir schon.

Wie bin ich froh für dich, dass du dem bayrischen Hinterwäldlertum nun endlich entronnen bist und in einigermassen zivilisierte Verhältnisse kommst! Habe soeben auf der Karte nachgeschaut, wo Hagen liegt. Da oben also, in der Nähe von Wuppertal. Du schreibst, dass es da Telefonzellen für Gefangene gibt. *Ja, kann man dich denn mal anrufen? Das wär natürlich fein. Sicher könnte ich dann auch Somchai mal dazu bringen, dir zu kabeln.*

Ihm geht es übrigens soweit gut. Etwas schmal ist er geworden, er isst und schläft zu wenig (ausser wenn er sich bei mir in der Wohnung ausruht, da macht er nichts anderes), aber er sagt, das müsse so sein, wenn er in die Rolle von Sonja zu schlüpfen habe (Sonja ist sein weibliches Alter Ego). Nein, er hat es noch nicht geschafft, sich vom Massagesalon zu lösen, obwohl er selbst weiss, dass es da gefährlich für ihn ist, vor allem wegen der Drogen. Somchai hatte ja diesen Job als Kellner in einem Thai-Restaurant (allerdings vorerst nur auf Probe), der ihm von Jacky vermittelt worden war, aber Somchai hielt nur ein paar Tage durch. Du kennst ihn ja. Er ist immer voll guten Willens, aber ungefähr so zähmbar wie eine Katze. Nur schon sein Verhältnis zur Zeit. Das ist natürlich ein Haupthindernis für ihn in einem «normalen» Job. «Bald», das kann für ihn in zwei Stunden sein oder in zwei Wochen. Ich habe es längst aufgegeben, ihn «erziehen» zu wollen. Ich bin seine Mutti, zu der er, wenn es wieder mal an der Zeit ist, ins Nestchen kriecht, um sich auszuruhen (oder mir meine Wohnung zu verschönern – das ist nämlich ein Hobby von ihm –, er hat einen ausgesprochenen Sinn fürs Kitschige, aber das dürfte ich ihm natürlich nie sagen, da wäre er schwer beleidigt, und ich sage auch nichts, denn mich amüsieren sein Stil und die Überraschungen, die ich manchmal erlebe, wenn ich meine Wohnung betrete (wenigstens meistens).

Somchai ist jetzt übrigens wieder mit Stefano, seinem anderen Ex-Freund, der im Knast sass, nun aber bereits Halbfreiheit und deshalb einen externen Job und an den Wochenenden Freigang hat, zusammen. Meistens übernachten die beiden dann bei mir. Inzwischen verstehe ich mich mit diesem Italiener, der einmal mein inbrünstigst gehasster Konkurrent war, einigermassen.

Inzwischen ist Faisal wieder nach Indonesien zurückgekehrt, und ich bin gar nicht unglücklich darüber. Irgendwie habe ich das Gefühl, dass das Kapitel Faisal für mich abgeschlossen ist, aber man weiss ja nie. Unsere Beziehung hatte ihr Gutes, und es wäre in gewissem Sinn auch ganz bequem, immer so weiter zu machen (diese Variante würde von Faisal bevorzugt), aber ich finde, dass sie stagniert und sich nicht weiterentwickeln kann, und das ist mir einfach zu langweilig. Faisal mag mich, gewiss, aber er liebt mich nicht, und meine Gefühle für ihn haben sich inzwischen auch ziemlich abgekühlt. Faisal ahnt das zwar, hofft aber natürlich immer noch, dass ich ihn weiterhin in die Schweiz einlade und ihm womöglich auch den Flug bezahle. Was er nicht weiss, ist, dass ich Budak (ich schrieb dir von ihm) eingeladen und diesem den Flug bezahlt und deshalb sogar auf meine Ferien in Asien verzichtet habe. Vielleicht bin ich ein Idiot, und ich schaue diesem Budak-Kapitel eher mit Skepsis entgegen, auf der anderen Seite reizt mich dieses Experiment aber auch, und ich kann das Zusammensein mit ihm wenigstens zeitweise geniessen. Was ich mit Faisal genoss, war das Vertrautsein, seine Unkompliziertheit, seine Ehrlichkeit und sein trockener Humor, während mich sein nüchterner Pragmatismus und sein ausschliessliches Interesse am Geld eher nervte. Leidenschaftlich oder zärtlich oder gar romantisch war Faisal praktisch nie (und ich glaube auch nicht bei anderen), während Budak sehr zärtlich und leidenschaftlich sein kann. Er behauptet, dass er sich in mich verliebt habe, aber ich weiss natürlich nicht, wie ehrlich er ist, dazu kenne ich ihn noch nicht gut genug, und letztlich spielt es auch gar keine so grosse Rolle, denn im Leben ist alles flüchtig, vergänglich und von trügerischer Natur. Vielleicht spielt er nur Theater, wie Faisal mit herunter gezogenen Mundwinkeln sagen würde. Aber der setzt seine Konkurrenten (ich meine jetzt ganz allgemein, denn er weiss natürlich, wie willig mein Fleisch und wie schwach mein Geist ist) natürlich nicht gern ins beste Licht. Nun ja, das ganze Leben ist ein Spiel, manchmal ein ganz reizendes, dann wieder ein nervenaufreibendes und quälendes, aber alles geht vorbei, alles zieht vorbei, verschwindet unwiderruflich im grossen Maul der Vergangenheit und man reibt sich die Augen und fragt sich, ob da überhaupt was war. Was zurückbleibt, sind Geschichten. Geschichten bleiben, wenn sie gut sind, immer frisch. Oder sie haben auf jeden Fall eine wesentlich längere Verfallsdauer als alles, was sonst mit dem Menschen zusammenhängt. Denn die Menschen bleiben, trotz wahnwitzigem technischem Fortschritt, was sie schon immer waren, und ein evolutionärer Quantensprung findet, so befürchte ich, allen Optimisten zum Trotz, nicht so bald und so plötzlich statt. Aber wer weiss? Die Frage ist nur, was es uns bringen würde?

Von Faisal habe ich mich ja schnöde ab- und dafür Budak zugewandt. Der ist jetzt schon bald zwei Monate mein Gast. Natürlich ist es auch sein erstes Ziel, Geld zu verdienen. Abgesehen davon ist aber die Geschichte mit ihm schon heisser als die zuletzt mit Faisal, die ja ein bisschen lauwarm wurde. Wahrscheinlich bin ich aber einfach nicht zur Monogamie geschaffen. Budak ist ein spannender Junge, etwas verrückt, aber psychologisch sehr begabt. Er ist 33, was man ihm aber

nur ansieht, wenn er zwei Nächte lang im Labyrinth durch-
getanzt und durchgekokst hat. Im Bett kann er unglaublich
gut sein, er ist gleichzeitig sensibel und feinfühlig und unver-
schämt und versaut. Ich brauch wirklich noch etwas Zeit, um
ihn besser kennenzulernen – falls es mir jeweils auch nur ansatzweise nur gelingt.

*Ganz herzlichen Dank für deinen lieben Brief. Ich habe
mich auch sehr gefreut, dir in Köln zu begegnen. Das war
eine wirklich gute Zeit für mich, ich habe es sehr genossen
und ich mag dich sehr.*

*Ich habe momentan mal wieder eine volle Wohnung: vier
Personen sind wir zur Zeit, Lotterpension Hunter, da bin ich
jeweils froh, wenn nicht alle zu Hause sind. Budak ist vor einer Woche aus Bali zurückgekehrt. Ebenfalls immer noch erhalten geblieben ist mir der hyperaktive «Boyfriend» (?) von
Somchai, den die Indonesier nur den «crazy man» nennen –
ich habe dir von ihm erzählt. Er ist wirklich etwas verrückt
und manchmal ziemlich anstrengend, auf der anderen Seite
aber auch gutmütig und sehr loyal. Er kommt mir ein bisschen vor wie ein Hund, der ständig in Bewegung ist und der
immer beschäftigt werden muss. Er ist einer, der ständig auf
die Schnauze fällt, tausend stets wechselnde Ideen hat, deren
Verwirklichung meistens in die Hosen geht, der aber auch ein
Stehaufmännchen ist und ein wahrer Überlebenskünstler.
Manchmal muss man ihn sich vom Leib halten (vor allem am
Morgen früh, sonst quatscht er dich zu), aber so richtig böse
sein kann man ihm nicht – jedenfalls ich kann es nicht. Wie
Somchai zu ihm steht, ist für mich schwer zu entscheiden,
meistens reagiert er völlig entnervt bis empört auf ihn,
scheint dann aber doch wieder mehr an ihm zu hängen als*

man glaubt. Momentan ist dieser Stefano aber viel mehr mit Alex zusammen, einem wirklich sensationell schönen Jungen aus Java, der aber auch sehr clever und geschäftstüchtig zu sein scheint. Ob Somchai von dieser Liaison seines Partners weiss und wie er darauf reagieren würde, wenn er es wüsste – vielleicht (wahrscheinlich) weiss er es auch und ist sogar froh, momentan seine Ruhe von Stefano zu haben... ich weiss es nicht. Somchai hat natürlich auch seine Nebengeschichten, von denen Stefano nichts weiss. Somchai sagt, er habe eigentlich genug von Stefano, wisse aber nicht, wie er ihn loswerden könne – und in die selbe Richtung äussert sich auch Stefano über Somchai. Das gilt aber nur für einen Tag – am nächsten ist alles wieder anders! Du siehst, das Leben ist eine Seifenoper, und ich bin mitten drin.

Ich bin sehr froh, dass du dich peu à peu wieder in der Welt der «Freiheit» einlebst (obwohl wir ja beide wissen, wie relativ diese Freiheit ist). Aber ich denke, es ist für dich, nach den Jahren im Exil, doch wieder schön, ein bisschen mehr von der Vielfalt der Welt zu riechen und zu schmecken und vor allem hin und wieder selber auswählen zu können, wohin du deine Schritte lenken willst.

Ich habe ein schrecklich schlechtes Gewissen, dass ich brieflich so lange stumm geblieben bin. Aber es liegt ein Horror-Sommer hinter mir, und ich hatte bisher einfach nicht die Energie, dir zu schreiben oder überhaupt etwas zu tun, was nicht über das unmittelbare Überleben hinausging. So zart besaitete Damen wie ich nehmen die Dinge eben manchmal recht schwer, und man ist im Leben eben leider nicht immer von Gentlemen umgeben (so wie du zweifelsfrei einer bist). Ich hatte nicht ganz recht mit dem, was ich dir in meinem letzten Brief schrieb – um es einmal vorsichtig zu formulieren. Mit diesem Stefano habe ich schon anfangs Juni erhebliche Probleme bekommen. Er fühlte sich nämlich, nachdem Budak gekommen war und Somchai sich von ihm zurückzuziehen versuchte, auch von mir vernachlässigt oder gar verraten. Er hat, weil er so schwierig ist und vereinnahmend und ein in gewisser Hinsicht sehr eigenartiges Realitätsverständnis hat, nur wenige oder eigentlich gar keine Freunde, und wenn ihm dann jemand etwas Zuwendung gibt, schmeisst er sich dann an den ran. Kurz, er hatte das Gefühl, ich müsse nun sein Freund sein (natürlich nicht im Bett), und dafür hatte und habe ich eigentlich keinen Bedarf und auch keine Zeit, und ausserdem ist meine Wohnung eigentlich nicht gross genug für vier oder fünf Personen. Dass Stefano schwierig ist und wahrscheinlich hyperaktiv (oder sonstwie psychisch beeinträchtigt), wusste ich schon immer, aber nicht, dass er so verrückt ist. An einem Donnerstagabend, als ich meinen Bruder in Olten traf, rief er mich übers Handy an. Er sagte, nein er brüllte, er bringe sich um, niemand liebe ihn, er habe Heroin genommen, ich sei nicht sein Freund etc., und immer wieder, er bringe sich um (er war in meiner Wohnung). Ich konnte überhaupt nichts sagen, er hörte nicht zu. Schliesslich stellte ich das Handy aus, war aber sehr besorgt und hielt das Treffen mit meinem Bruder kurz. Als ich zwei Stunden später wieder in Zürich war und in meiner Wohnung eintraf, lag er regungslos und stocksteif wie ein Stück Holz auf dem Wohnzimmerteppich. Ich schüttelte ihn, und schliesslich kam er wieder zu sich (wenn das alles nicht einfach Theater war). Es gab noch ein bisschen Lamento und Vorwürfe, aber dann liess er sich doch von mir beruhigen. Später erfuhr ich von den Nachbarn, mit denen ich anschlies-

send nicht unerhebliche Schwierigkeiten bekam, dass er während etwa drei, vier Stunden so in meiner Wohnung und vor allem auf dem Balkon getobt hatte, dass es noch drei Häuser weiter zu hören gewesen war (ich hatte ihn unter der Bedingung vorübergehend bei mir wohnen lassen – schon damals hörte ich Selbstmordankündigungen –, dass er sich an der Miete beteilige und mir so weit wie möglich meine Privatsphäre lasse; als ich das dann einforderte, war er enttäuscht und sauer. Er sagte, er sei illegal hier, habe einen Landesverweis, arbeitete aber dann doch ganz offiziell bei einer Temporärfirma. Allerdings hielt er es an keiner Stelle, die ihm zugewiesen wurde, lange aus, er bekam andauernd Streit mit den Leuten und es kam immer wieder zu Schlägereien).

Am kommenden Samstag hatte ich Besuch von Severin, einem guten Freund. Wir tranken ein bisschen, und so war ich nicht mehr ganz nüchtern, als Stefano etwa um Mitternacht nach Hause kam. Irgendwie kam es zu einer Auseinandersetzung zwischen ihm und mir, und ich sagte ihm schliesslich, dass ich nicht mehr möchte, dass er bei mir wohne, und dass ich mir mein Leben von ihm nicht kaputtmachen lassen wolle. Da klinkte der Typ vollständig aus. Verrückt wie eine Scheisshausratte, wie Stephen King sagen würde. Er gab mir einen sogenannten «Schwedenkuss», wobei meine Nase und meine Brille zu Bruch gingen, schlug mich zusammen und drohte, mich umzubringen, und ich weiss nicht, was er getan hätte, wäre Severin nicht dagewesen. Er warf mir völlig unsinnige Dinge vor, von denen ich gar nicht verstand, worum es ging; offensichtlich machte er mich in diesem Moment auch für Dinge verantwortlich, die er mit ganz anderen Leuten erlebt hatte. Da ich mich überhaupt nicht wehrte, eskalierte die Situation nicht weiter. Nach etwa einer Stunde be-

ruhigte er sich etwas. Ich war völlig fertig und auch Severin war geschockt. Erst wollte mein Freund nicht gehen und mich mit dem Verrückten allein lassen, aber schliesslich versicherte ihm Stefano, dass er mir nichts tun werde und nur mit mir reden wolle. So halbwegs entschuldigte er sich, wenn er auch meinte, ich hätte ihn eben nicht provozieren sollen. In den nächsten Tagen war ich wie gelähmt, apathisch, ich hatte einfach nackte panische Angst vor Stefano und hoffte, dass er mich nicht nachts im Schlaf totschlagen würde. Von Ausziehen sagte ich natürlich nichts mehr und auch Geld wollte ich keines mehr von ihm. Ich wusste einfach nicht mehr, was tun. Auch Somchai war ratlos. Stefano übte auch gegen ihn eine Art Psychoterror aus und liess ihn einfach nicht los.

So ging das bis Ende Juli. Dann wurde er ganz überraschend in meiner Wohnung verhaftet. Ich war auf der Arbeit, als es passierte, deshalb weiss ich auch nicht genau, wie und warum das geschah. Stefano hatte ja meine Adresse bei der Temporärfirma angegeben und auch einmal, als er eine Busse wegen Schwarzfahrens von der VBZ einkassiert hatte, die er nicht an Ort und Stelle bezahlen wollte oder konnte. Er wurde dann nach Italien ausgeschafft und ist jetzt in der Nähe von Genf, wo er offenbar eine Stelle als Maurer bekommen hat. Natürlich ist es für ihn leicht, wieder in die Schweiz einzureisen, und er hat mir wiederholt telefonisch gedroht, mich umzubringen, weil er denkt, ich – oder Budak – hätte ihn bei der Polizei verpfiffen.

Tja, Budak... manchmal auch nicht gerade unanstrengend, dieses Zusammensein mit ihm. Er ist ein lieber Kerl und ich mag ihn wirklich sehr (und er mag mich wohl auch), aber er ist in gewisser Hinsicht sehr schwach. Er hat einen fatalen Hang zum Drogenkonsum, obwohl er Drogen (vor allem Kokain) überhaupt nicht verträgt und natürlich dann sein Geld so ausgibt, anstatt es für sein Haus, das er in Java bauen will, zu sparen. Kurz bevor er jetzt zurückgeflogen ist, hatte er offenbar zwei Wochen lang jeden Tag gekokst. Als er die Droge dann (eine Woche vor Abflug) absetzte, bekam er grauenhafte Depressionen, konnte nicht mehr schlafen und brach andauernd in Tränen aus (auch über psychosomatische Symptome, zum Beispiel ein Kältegefühl auf der Kopfhaut oder im Kopf, beklagte er sich). Noch am Vortag vor dem Abflug hatte ich das Gefühl, ihn in die Psychi bringen zu müssen.

Ich merke, dass ich ein bisschen strenger, fordernder werden muss. Die Leute erwarten das manchmal fast von einem. Ich denke aber immer, das sind doch erwachsene Leute, die sollten doch selbstverantwortlich handeln können. Aber so ist es eben nicht. Nun, es gibt ja Schlimmeres. Ein Arbeitskollege von mir hat diesen Sommer erfahren, dass er an MS erkrankt ist – er hat etwa 20 Kilo verloren und ist nur noch ein Schatten seiner selbst. Gerade vorhin sagt mir ein anderer Arbeitskollege, dass vor einer Woche sein Freund gestorben sei. Da erscheinen mir meine Probleme wieder einigermassen bedeutungslos.

Aber halt doch: Es war ein Sommer, der mich Substanz gekostet hat, der mir schwere Existenzängste bescherte. Dauernd hatte ich die Polizei im Haus, meine Nachbarn beschwerten sich bei mir über meine Gäste, ich fürchtete, aus der Wohnung geschmissen zu werden und bei der herrschenden Wohnungsnot keine neue Wohnung zu finden, mit meinem neuen Buch bekam ich Probleme, weil ich einige Textpassagen aus dem Internet «geklaut» hatte und man mir deshalb mit Klage drohte... All das ist vielleicht nicht so schlimm und natürlich neige ich zur Hysterie, aber alles zusammen brachte mich in einen Zustand, in dem ich das Gefühl hatte, den Boden unter den Füssen zu verlieren.

Und dann kamen die Katastrophen dieses Spätsommers und Herbstes, der 11. September, der Amokschütze von Zug usw. Und ich hatte eine solche Paranoia wegen Stefano, dass ich mich September/Oktober kaum mehr nach Hause getraute und meistens bei Severin oder Pius übernachtete. Es ging mir sehr schlecht. Ich fühlte mich heimatlos, obdachlos. Im November entspannte sich die Lage, ich erfuhr, dass Stefano nach Thailand abgereist war, wo er drei Monate blieb. Anfangs November fuhr ich mit Severin für ein paar Tage nach Locarno, am 9. November kam Budak wieder. Max unternahm in diesem Horrorherbst einen Selbsttötungsversuch, wurde aber in letzter Minute gerettet. Er schrieb mir (und anderen) einen langen Abschiedsbrief, in dem er Bilanz zog über sein Leben, das er als unerträglich schildert. Inzwischen geht es ihm aber besser, er hat eine Wohnung und ist nicht mehr im Knast.

Seit wir nicht mehr ein Paar sind, gibt Faisal sich wesentlich mehr Mühe im Bett. Natürlich bezahle ich ihn, aber das habe ich vorher eigentlich auch getan, wenn auch nicht direkt. Ich fürchte, mit Budak läuft es in dieser Hinsicht ähnlich.

Am Sonntagabend fühl ich mich irgendwie verletzlich, verloren, einsam. Meine Abenddepression, die ich jeweils mit Alkohol bekämpfe. Immer noch gezeichnet durch die Geschichte mit Stefano. Da ist eine Wunde entstanden, die schlecht verheilt, vielleicht deshalb, weil sie ältere Wunden wieder aufgerissen hat. Ich mache mir Pasta Aglio Oglio, schaue mir einen Krimi im Fernsehen an. Schlafe sehr schlecht, erwache immer wieder, träume viel und schrecklich.

Am Mittwochabend kommt Faisal und verbringt die Nacht bei mir. Ich will einfach mal wieder nicht allein schlafen. Mein (sexueller) Hunger nach ihm ist nicht mehr so gross (der findet eh im Kopf statt) – trotzdem haben wir zweimal zusammen Sex, am Abend und am Morgen. Ich merke aber, dass ich keinen Zweifel daran habe, dass ich Budak liebe und nicht Faisal.

Inzwischen ist Budak bereits wieder eine Woche in Zürich. Ich habe mir vorgenommen, dieses Mal nicht mit ihm zu streiten, und das ging bis jetzt sehr gut. Budak ist meistens sehr liebevoll mit mir, wenn ich nicht an ihm herumnörgele oder ihn zu etwas zu überreden versuche, was er nicht will. Am 20. war Faisal noch einmal bei mir und wollte am 26. noch einmal zu mir kommen. Erschien aber nicht. Sein Handy war abgestellt. Ich dachte schon, dass er eventuell im Kino hops gegangen sei, und so war es dann auch – er, der schon seit sechs Jahren in die Schweiz kommt und immer Glück hatte. Jetzt ist er also wieder in Indonesien. Übrigens hat die Polizei auch Sam (etwas früher) und Handika (drei Pässe, zwei Identitätskarten) erwischt.

Handika wurde aber nicht abgeschoben, komischerweise, er habe Leukämie, erzählt man mir, musste ins Spital, ist jetzt aber wieder draussen, was weiss ich. Man redete, Faisal habe Handika an die Polizei verpfiffen. Faisal erzählte es mir allerdings anders, und ich glaube ihm: Er sei hereingelegt worden. Der Polizist, der Agent provocateur, habe geblufft und Handika gegenüber behauptet, Faisal habe ihn denunziert. Nun, Faisal wird es nicht leicht haben, wenn er wieder herkommt. Er gilt sowieso als Aussenseiter, weil er sich dem Gesetz der Gruppe (d.h. dem Gesetz des sich gegenseitig Unterstützens, aber auch dem gegenseitigen Umgang mit den anderen Indonesiern verweigert oder teilweise verweigert). Faisal nimmt keine Drogen und trinkt wenig Alkohol, er raucht nicht und geht nicht mehr viel aus. Wahrscheinlich denken die anderen, er sei, weil er sparsam ist, ein wenig geizig, und das ist ja unter Indonesiern ein ziemlich starkes Schimpfwort.

An einem der Freitage beim Spazieren kam mir der folgende Roman- oder Essayanfang in den Sinn: *Ich bin das, wozu mich meine Erfahrungen gemacht haben. Aber weshalb habe ich gerade diese Erfahrungen gemacht? Wenn ich beispielsweise 50 oder 100 Jahren früher in der Schweiz geboren worden wäre, hätte ich wahrscheinlich nie und nimmer junge Männer aus Thailand und Indonesien getroffen und mein Leben wäre ganz anders – wahrscheinlich weitaus weniger glücklich, aber wer weiss? – verlaufen. Die Geschichte meines Lebens ist insofern bedeutend und spannend, weil in ihr auf einzigartige Weise Umstände und Zufälle gebündelt sind, ein Zusammentreffen von Faktoren stattfindet, das sozusagen matchentscheidend ist. Oder auch nicht. Was ist Wirklichkeit? Vielleicht ist eben doch alles nur ein Traum? Was bleibt von der Vergangenheit, von vergangenen Geschichten? Meine eigene Vergangenheit, meine eigene «Geschichte» kommt mir genau so irreal vor wie die Geschichte überhaupt. Was empfinde ich, wenn ich an die Zeiten von Breschnew oder Nixon denke? Mich streift genauso ein Gefühl der Irrealität, wie es mich früher, als Kind oder junger Mann streifte, wenn ich an das Jahr 2002 dachte. Das war Science Fiction für mich!*

Heute, als ich über Mittag nach Hause an die Höschgasse kam, lagen da drei Indonesier rum: Budak natürlich und Andre, der recht häufig bei uns zu Gast ist, und Nico/Jeffrey, der seit Jahren im Schloss von Zurzach lebt, thront und weilt, aber das ist eine andere Geschichte. Da ich so selten Tagebuch schreibe, gehen viele Geschichten unter. Der Schlossherr von Zurzach mit seinen Boys wäre jedenfalls auch eine Geschichte wert, die ich vielleicht einmal nachtrage. Nun, da habe ich also heute, wenn auch kurz, wieder einmal Jeffrey gesehen, und muss sagen, dass er immer noch sehr sexy ist, obwohl er etwas zugenommen hat (es gab ja Zeiten, wo für mich klar war, dass Jeffrey der Mensch mit dem meisten Sexappeal auf der Welt überhaupt sei, ein Mister Universe gewissermassen). Das bringt mich dann jeweils ins Träumen, ich stelle mir Orgien vor, zum Beispiel mit Jeffrey und Sebastian, den ich ebenso sexy finde. Sebastian ist übrigens auch so eine Geschichte, die nachgetragen werden sollte. Mit Sebastian hatte ich im letzten Herbst viele Male einen derart geilen Sex, dass ich mich bis ans Ende meines Lebens mit einem Kribbeln im Bauch daran erinnern werde. Sebastian ist zwar der grösste Schauspieler von allen, aber das tut der Sache keinen Abbruch. Ihn zu küssen – er hat weiche volle Lippen in seinem runden chinesischen Gesicht – ist für mich ein unglaublicher, gewissermassen hochkulinarischer Genuss. Als ich ihm im letzten Herbst wiederbegegnete – das erste Mal trieb ich es etwa vor sieben Jahren mit ihm und dann, in unregelmässigen Abständen, immer mal wieder, war er etwas wohlgenährt und hatte ein Bäuchlein, was ich ungemein erotisch fand (leider hungerte er sich dann bald wieder auf seine gewohnte schlanke Figur runter). Ich küsste ihn dann nicht nur mit aller Inbrunst, der ich fähig bin, sondern biss ihn auch voller Leidenschaft in seinen Bauch. Oder ich musste seinen kompakten nackten Körper stundenlang an mich drücken, meine Haut reiben an der seinen. Oder ihn ablecken von Kopf bis Fuss. Oder seinen etwas gekrümmten Schwanz mit der prallen Eichel bis zur Wurzel in mich hineinsaugen. Oder meine Zunge in seinen Arsch versenken, während er meinen Schwanz mit seinem grosszügigen Kussmund bearbeitet. Aber lassen wir das für heute.

Gut eine Woche, nachdem Budak nun wieder hier ist, kam es bereits zur ersten Auseinandersetzung. Wobei, Auseinandersetzung: Ich weiss doch, dass ich mich mit Budak nicht «auseinandersetzen» kann. Da macht er zu, verweigert sich, denkt, ich würde ein «Theater» veranstalten. Nein, ich bin ihm nicht gewachsen. Mit Budak – aber auch mit anderen Bezugspersonen – kann ich offenbar nur auskommen, wenn ich nicht widerspreche, wenn ich nachgebe. Sonst droht Liebesentzug, und davor habe ich noch immer Angst. Aber schön der Reihe nach. Als Budak gestern Abend kam, war ich bereits im Bett, aber es war noch recht früh, so gegen halb elf. Ich sehe Budak, wenn ich arbeite, ja kaum, da wir total unterschiedliche Rhythmen haben. Das war die erste Woche noch anders, weil ich einige Tage frei hatte. In der Freitagnacht ist Budak in der Disco und taucht erst am Samstagmittag auf, um dann bis am Abend zu schlafen, bevor er sich wieder aufmacht in die Nacht. Natürlich um zu arbeiten. Ich sehe ihn also auch am Wochenende kaum. Und wenn, sind häufig noch seine Freunde dabei. Aber darüber will ich mich nicht beklagen, das habe ich akzeptiert. Gut, Budak kommt also heim gestern Abend und kommt sofort ins Bett. Ich habe das Bedürfnis nach Zuwendung und auch, ich gebe es zu, nach Sex – schliesslich ist es schon beinahe eine Woche her seit dem letzten Mal (das war am letzten Mittwoch, etwa um zwei Uhr, ich hatte schon tief und fest geschlafen, da nahm er meine Hand und ich befriedigte ihn dann mit dem Mund – auf jeden Fall ging es in diesem Fall weitaus mehr um seine als um meine Befriedigung). Nun, in diesem Fall reagiert er nicht auf meine «Annäherungsversuche». Ich fühle mich zurückgestossen. Es war mir ja früher schon aufgefallen, dass es sexuell eigentlich nur klappt, wenn die Initiative von seiner Seite ausgeht – und das ist eben selten der Fall, wenn er «arbeitet». Mit einem Gefühl der Enttäuschung schlafe ich trotzdem ein. Etwa um zwei Uhr wache ich mit heftigen Emotionen aus einem Traum auf: Es sind Gefühle des Verlassenwerdens, der Trauer und der Wut, und der Traum hing mit Budak zusammen. Das ist nun der Preis dafür, dass ich es mir gestattet habe, mich Budak nahe zu fühlen – und er, wie mir schien, das auch zugelassen hat. Aber nun, so scheint es mir, ist es für mich an der Zeit, wieder Distanz zu schaffen. Budak ist in der Küche. Er hat noch einmal etwas gegessen. Ich hätte wohl schlecht geträumt, meint er, ich hätte gestöhnt und geschrien im Traum. Tatsächlich bin ich immer noch aufgewühlt, habe Tränen in den Augen. Ich erzähle ihm, dass ich geträumt hätte, er wolle mich verlassen. Er werde mich schon nicht verlassen, sagt er trocken, viel eher würde ich von ihm weglaufen. Wir gehen dann wieder ins Bett, aber ich kann nicht wieder einschlafen, wälze mich ruhelos hin und her, was natürlich auch Budak nicht schlafen lässt. Ich möchte mit ihm reden, weiss aber nicht wie. Schliesslich frage ich ihn doch, wann er denn wieder mit mir schlafen werde. Ich hätte ihm doch gesagt, meint er unwillig, einmal pro Woche sei für mich genug, und jetzt sei er erst gut eine Woche hier und wir hätten sogar schon zweimal Sex gehabt miteinander. Wenn er arbeite, dann könne er einfach nicht häufiger, schliesslich sei es sein Kapital, dass sein Schwanz stehe. Das sehe ich ja einerseits ein und weiss andererseits, dass ich in meiner Liebesbedürftigtkeit unersättlich bin und Zurückweisung auf diesem Gebiet bei mir wie schon seit eh und je eine fast panikartige Frustration auslöst. Budak hat genug von mir und geht in ein anderes Zimmer schlafen. Ich lege mich hin und höre die Stunden schlagen. Ich kann nicht richtig durchatmen, die Gedanken schnüren mir den Atem ab – auch das ein altbekanntes Symptom. Gleichzeitig wundere ich mich selbst über die Heftigkeit meiner Reaktion. Oder eigentlich doch nicht. Ich hatte nur gedacht, ich hätte diese Gefühle ein wenig überwunden. Habe ich aber nicht, und das lässt mich jede Gelassenheit vermissen. Ich sagte Budak auch noch, es mache mich fertig, dass er mich nicht liebe. Budak antwortete darauf, völlig zutreffend: *You cannot push me to love you. But I like you very much and I really try to be close with you.*

Ich schlief dann doch noch ein wenig ein diese Nacht, obwohl ich insgesamt kaum mehr als vier Stunden geschlafen habe. Das heisst, geschlafen habe ich nicht, sondern vielmehr geträumt. Es waren Träume voller Kämpfe – mit Somchai, mit meinem Vater etc. Immer musste ich mein Recht verteidigen und mich dagegen wehren, nicht ausgenützt zu werden; auch das ist ja nicht neu. Heute morgen fühle ich mich natürlich ziemlich abgekämpft und erschöpft. Ich erwachte mit dem Gedanken, dass trotz aller Verständlichkeit irgendetwas nicht fair sei an Budaks Verhalten. Vielleicht, weil ich unter dem Strich doch recht wenig geboten bekomme von ihm für das, was ich ihm gebe. Ja, ich bin auch wütend, wenn sich diese Wut jetzt beim Schreiben auch auflöst. Schliesslich stellt sich mir die Frage: Gibt es das, selbstlose Liebe? Kann man sich Zuneigung verdienen? Kann man sie aufrechnen gegen Geld? Ach Scheisse!

YESTERDAY – ALL MY TROUBLE SEEMS SO FAR AWAY

Jetzt, etwa 20 Jahre später, lese ich fasziniert diese Aufzeichnungen, die von manchem handeln, was ich schon fast wieder vergessen habe. Inzwischen bin ich fast auf den Tag genau 65 Jahre alt und immer noch mit Budak zusammen – oder genauer: jetzt erst recht mit Budak zusammen, weil wir uns ja erst mit der Zeit richtig kennen- und schätzengelernt haben. Endlich bin ich am Ziel angekommen, habe ich gefunden, was ich gesucht habe. Unsere Beziehung hat sich natürlich sehr verändert. Sexualität steht nicht nur nicht mehr im Zentrum, sondern spielt keine Rolle mehr – darf keine Rolle mehr zwischen uns spielen. Würde sie das, würde sich Budak nach wie vor als Prostituierter mir gegenüber fühlen. Das habe ich irgendwann eingesehen. Zärtlichkeit ja, ein selbstverständlicher Körperkontakt ja, aber nichts mehr, was an sexuelle Dienstleistung erinnert. Ich berühre ihn gern, er gefällt mir immer noch, hat sich äusserlich kaum verändert in den 21 Jahren, die wir uns jetzt schon kennen. Und meine Liebe zu ihm ist inzwischen auch zu Mutter-, Bruder- und/oder Vaterliebe sublimiert. Wobei so etwas zu sagen im Grunde Scheisse ist. Ich bin nicht sein Bruder, seine Mutter oder sein Vater (er hat – oder hatte – schon Brüder, Vater, Mutter). Viel eher bin ich sein Sohn oder seine Tochter. Aber das stimmt auch nicht, die Vorstellung ist sogar lachhaft. Sind wir Freunde? Das auch, natürlich sind wir Freunde, ohne Freundschaft zerbricht jede Beziehung, aber da ist noch viel mehr. Er ist das Zentrum meines Lebens und ich bin das Zentrum seines Lebens, ohne ihn bin ich – in aller Freiheit – nur halb. Seine Gegenwart macht mich glücklich. Ich bin der Ernährer, aber auch der Alki, der ohne Budak schon längst verwahrlost wäre, heillos abgestürzt, ein Penner, der stinken würde, in Lumpen einherginge und von einem einigermassen gepflegten Erscheinungsbild keine Ahnung hätte, der in einem spinnwebenverklebten Loch lebte, zusammen mit Ratten und Kakerlaken, in muffiger Bettwäsche schliefe und einmal im Monat duschte. Er ist der Hüter, der Bewahrer, der Heger und der Pfleger, er ist in allem gut, in dem ich schlecht bin, er hat einen grünen Daumen, geschickte Hände, einen guten bodenständigen Verstand – und das grösste Herz, das man sich vorstellen kann. Was uns verbindet, ist unsere Feinfühligkeit und unsere Abneigung von Streit und Zank, übler Nachrede und neidischer Schlechtmacherei.

Ich bin mir meiner Schwächen – aber auch meiner Stärken – inzwischen sehr bewusst. Eins muss ich betonen: Ich bin inzwischen nicht mehr – oder fast nicht mehr – eifersüchtig. Das kommt daher, dass ich bei Budak beinahe keine Verlustängste mehr habe. Natürlich befürchte ich, er könnte krank werden, einen Unfall haben, Opfer eines tätlichen Angriffs werden. Aber ich befürchte nicht mehr, dass er mich verlässt. Es ist mir inzwischen eigentlich egal, ob ich auf der Gewinner- oder Verliererstrasse gehe. Ich weiss ja, dass es völlig in Ordnung und gewissermassen unausweichlich ist, manchmal und immer wieder die Verlierer-strasse zu gehen. Hauptsache, man tut es mit hoch erhobenem Haupt. Wobei ich mittlerweile ebenfalls weiss, dass das hoch erhobene Haupt auch nicht viel mehr als eine Pose ist. Und ich bin sehr sehr glücklich zusammen mit Budak, der wirklich das Beste ist, was mir im Leben passieren konnte. Ich habe von Budak mehr gelernt als von sonst jemandem. Von Budak, der mit Pflanzen reden kann. Von Budak, der manchmal überraschende kleine anarchistische Anwandlungen hat, winzige Boshaftigkeiten, die ihn äusserst liebenswert machen. Von Budak, der an Geister und Schwarze Magie glaubt, der aber auch voller Inbrunst zu Allah betet.

Budak, Faisal und andere erzählen mir von ein paar eigenartigen sexuelle Vorlieben ihrer Kunden. Mir wird dabei klar, welche ungeheure Variationsbreite es in diesem Bereich gibt, jedenfalls bei Männern. Daraus lässt sich auch schliessen, dass Sex wirklich eine ausschliessliche «Kopfsache» ist. Einer wird zum Beispiel nur dann scharf, wenn sein «Objet de désir» Adidas-Klamotten trägt. Er muss irgendwann auf diese Marke konditioniert worden sein. Ein anderer will nicht küssen, nicht blasen, nicht ficken, er will bloss, dass man ihm mit Kraft oder Geschwindigkeit mit den Händen über die Innenseiten seiner Oberschenkel fährt. Bei einem anderen ist es die Brust, die auf diese Weise behandelt werden soll. Das sind ja alles harmlose Vorlieben. Schwieriger wird es, wenn die Vorlieben mit der Anwendung von Gewalt einhergehen oder gegen der Willen einer Person erfolgen. Ich fiel mal einem Würger zum Opfer, das war nicht angenehm.

Eko ist inzwischen Assistent Chef Concierge in einem Luxushotel in Zürich und ehrenwertes Mitglied bei den Les Clefs d'Or Suisse. Es wundert mich nicht, dass der ehrgeizige, fleissige, inzwischen nicht mehr ganz so junge Mann Karriere gemacht hat. Er geht gern in die Oper und lebt in einer festen Beziehung. Wenn wir uns – sehr selten – mal zufällig begegnen, begrüssen wir uns freundlich, aber distanziert. Wir sind sogar auf Facebook «befreundet».

Somchai lebt auch immer noch in Zürich, ist ebenfalls seit vielen Jahren in der Gastronomie tätig (und neuerdings als Zugbegleiter bei den Bundesbahnen) und seit vielen Jahren in festen Händen und Beinen (die Hände gehören seinem Freund, die vier Beine einem rundlichen Mops). Er ist gesund, psychisch stabil und wirkt inzwischen sehr ausgeglichen. Und er sieht immer noch beinahe so jung aus wie vor zwanzig Jahren. Von seinem ehemaligen Lover, dem gefährlichen Stefano, haben weder er noch ich jemals wieder etwas gehört – Gott sei Dank. Es würde mich wundern, wenn er noch unter den Lebenden weilte. Vielleicht hat er sich umgebracht, vielleicht wurde er umgebracht. Vielleicht sitzt er auch in irgendeinem Knast.

Faisal und seine Familie mit mittlerweile drei Kindern leben irgendwo in Indonesien. Faisal führt mit mässigem Erfolg einen Waschsalon und versucht sich singenderweise in einer Karriere als Youtube-Star.

Nui, «Miss Lampang», der mich damals rettete, als ich wegen Coms Sterben in einer tiefen Depression zu versinken drohte, lebt inzwischen seit vielen Jahren mit seinem Partner in der Ostschweiz. Begegnet sind wir uns aber seither noch nie. Ich verfolge sein Leben aber ein bisschen auf Facebook. Er hat offenbar Auftritte als «Tempeltänzerin» an Thaifesten, wo er auch für den Blumenschmuck besorgt ist.

Andere Protagonisten dieses Buchs habe ich aus den Augen verloren, z.B. Niko, Bo, Jayjay, Hendri oder Gai, insbesondere auch den Bankräuber Max. Keine Ahnung, wo der steckt und was der macht. Zuletzt hatte er einen Job als Medizinaltechniker und eine Geschichte mit einem jungen rothaarigen Punk laufen, den er «betreute». Doch irgendwann sind der Kontakt und die Korrespondenz abgebrochen.

Ich gehe nicht mehr in Bars und Discos, das ist nicht mehr interessant für mich, dafür bin ich jetzt wirklich zu alt. Auch in die Sauna gehe ich kaum noch, und die Stricherbar ist keine Stricherbar mehr, jetzt läuft alles übers Internet, z.B. über Plattformen wie Gayromeo. Meine Sexsucht habe ich überwunden, was vielleicht dem Alter und der Tatsache geschuldet ist, dass ich seit Jahren Antidepressiva zu mir nehme. Das Medikament heisst Venlafaxin und ist ein Arzneistoff, der in der Behandlung von Depressionen und Angsterkrankungen verwendet wird. Chemisch handelt es sich um ein Phenylethylamin-Derivat, das als selektiver Serotonin-Noradrenalin-Wiederaufnahmehemmer seine Wirkung im Zentralnervensystem entfaltet. Serotonin ist gut für die weibliche Libido, aber schlecht für die männliche. Denn eine Nebenwirkung dieser Medikamente ist der (männliche) Libidoverlust.

Auch mit meinen anderen Süchten habe ich leben gelernt: Ich rauche zwar immer noch, aber mässig, und mein Alkoholkonsum hält sich in Grenzen. Andere Drogen konsumiere ich kaum noch – vielleicht mal ausnahmsweise einen Joint.

Und noch ein Letztes: Ich habe den Bungee-Sprung tatsächlich gewagt. Dazu fuhr ich ins Tessin, ins Verzascatal. Bewaldete Hügel, unten das tief eingeschnittene Tal, hinter mir der Stausee: eine fantastische Aussicht, die ich aber (noch) nicht geniessen kann, weil ich die 220 Meter hohe Staumauer, von der ich mich kopfüber in die Tiefe fallen lassen will oder soll, vor Augen habe. Wenn du da oben stehst, hast du automatisch grosse Angst. Das geht ausnahmslos jedem so. Wagst du einen Blick in die Tiefe, ist es, als würdest du einen Blick in die Hölle werfen. Das Adrenalin schiesst ins Blut. Der Schweiss läuft dir aus allen Poren und die Knie beginnen zu zittern.

Der definitive Ausnahmezustand, der unltimative Kontrollverlust. Ich bin unwahrscheinlich aufgeregt. Mein Herz hämmert wie ein Presslufthammer. Es schlägt bis in den Hals hinauf.

Bungee-Springen ist ein bisschen wie Sterben, glaube ich.

Man weiss seit langem, dass anderthalb Sekunden vor einer willentlichen Handlung ein sogenanntes «Bereitschaftspotenzial» im Gehirn auftritt. Das ist eine extrem schwache elektrische Spannungsverschiebung im Millionstel-Volt-Bereich. Interessant ist, dass diese Spannungsverschiebung bereits auftritt, bevor man die bewusste Entscheidung für eine Handlung fällt. Der Sprung wird also unbewusst vorbereitet.

Hinterher eine unglaubliche Euphorie. Das Hirn wird offenbar mit Endorphinen, körpereigenen Opiaten, überflutet. Nach dem Überwinden der angeborenen Höhenangst durch schiere Willenskraft ist das eine enorme Belohnungsreaktion. Wenn du es geschafft hast, wirst du mit einem seltenen Gefühl beglückt, das jeder kennt, der einer unmittelbaren Todesgefahr entronnen ist: reines, unverfälschtes Glück. Und ein Gefühl der Freiheit, das sich durch nichts begründen lässt. Da kann jeder Orgasmus einpacken – und doch ist das Gefühl mit einem sehr starken Orgasmus, der den ganzen Körper erfasst, vergleichbar. Falls du es noch nicht weisst: Der Orgasmus ist nichts, was in den Geschlechtsorganen geschieht. Der Orgasmus ereignet sich im Hirn.

Nun, eigentlich lässt sich die Erfahrung eines Bungee-Sprungs genauso wenig beschreiben wie die Erfahrung eines Orgasmus oder ein Trip mit psychedelischen Drogen. Das Erlebnis findet eben jenseits der Sprache, der Rationalität statt. Genauso wenig können wir mit Sprache das Leben beschreiben. Wir können nur Geschichten erzählen. Und die haben mit dem Leben eigentlich nichts gemein.

Eko, Somchai, Faisal, Max und alle anderen sind also Märchenfiguren, ganz und gar erfunden – und auch ich, Chris Hunter, gehöre als Figur zu dieser Commedia dell'Arte – wahrscheinlich bin ich Arlecchino, der teuflische Possenreisser. Und wenn sie nicht gestorben sind, leben sie heute noch.

❖

Die Felsenarena – ein abenteuerlicher Ritt durch Zeiten, Welten und Identitäten!

Roman, 460 Seiten
Erhältlich über den Buchhandel oder über
edition-sastra.com

Christian Urech

Pilgerreisen. Irrfahrten

Drei Romane

Pilgerreisen. Irrfahrten

Drei Romane (Misericordia City Blues, Kopps
letzter Fall, Tod in Obstalden), 464 Seiten
Erhältlich über den Buchhandel oder über
edition-sastra.com

EDITIONSASTRA

Mein Senf zu allem

Philosophisch-poetische An- und Enwürfe,
212 Seiten
Erhältlich über den Buchhandel oder über
edition-sastra.com

Daniel Costantino
Der Papagei von Lumpentroy
Texte
212 Seiten
Erhältlich über den Buchhandel oder über
edition-sastra.com